# 異文の愉悦

狭衣物語本文研究

片岡利博
Kataoka Toshihiro

笠間書院

# 目次

# はじめに

よく知られているように、狭衣物語には内容のはげしく異なる種々の伝本が存在しており、このことが狭衣物語の研究における大きな障碍となってきた。どのテキストが作者によって書かれた本来の狭衣物語であるのか、その見当すらつかないようでは、安んじて研究に取りかかることなどとうていできない、と考えられたからである。したがって、草創期の狭衣物語に関する研究論文は、若干の概論風のものを別にすれば、ほとんどが狭衣物語の伝本についての研究であった。そうした研究の到達点が、中田剛直による『校本狭衣物語巻一（〜巻三）』（昭和五一年（〜五五年）・桜楓社）であり、三谷栄一による一連の本文研究（平成一一年二月に一書に纏められ、『狭衣物語の研究［伝本系統論編］』として笠間書院から出版された）である。中田の研究は、複雑に錯綜する物語本文を分類整理し、諸本を系統づけた驚異的な労作であるが、あまりにも内容が煩雑であるため、残念なことに必ずしも有効に活用されているとはいいがたい。それに対し、三谷は、現存最古の写本である深川本（＝西本願寺本）に代表される第一系統本文こそが狭衣物語の原態をもっともよく伝える「最善本」であると論断し、第一系統本文を有する完本である内閣文庫本を底本として日本古典文学大系『狭衣物語』（昭和四〇年八月・岩波書店）を学界に提供した。かくして、深川本狭衣物語は、源氏物語研究において大島本が果たしたのと同じ役割を担うこととなった。その後の狭衣物語研究はほぼ例外なく日本古典文学大系のテキストに依拠して進められ、にわかに多くの研究論文が発表されるようになったのである。

しかし、物語の伝本が本ごとに内容の異なるテキストを伝えているのは、必ずしも狭衣物語にかぎったことではない。古い時代の写本が多く残存している源氏物語や伊勢物語にも、やはり、内容の異なる種々の異本が存在しているのである。そうした状況下、源氏物語の場合は大島本、伊勢物語の場合は定家本が「最善本」と位置づけられ、他のもろもろの異本をないがしろにして、研究はもっぱらこの「最善本」だけを対象として行われているのが現在の物語研究のありようである。三谷の研究成果が世に出て以来、狭衣物語においても本文研究はほとんど行われなくなり、「日本古典文学大系狭衣物語」の研究に収斂していったのは、そうした学界の趨勢の反映以外のなにものでもない。

本書は、この、活字本の形で提供された「最善本」だけを研究対象としている現今の物語研究に対して異を唱えるものである。平安時代の著名な物語はどれも、伝来のプロセスで内容の異なる種々の異本を生み出してきた。それは平安時代物語というジャンルの重要な特性のひとつである。したがって、この特性を無視し、平安時代物語を近代の小説などと同じように取り扱う研究は、物語研究のあるべき姿ではないと私は考える。

こうした考えのもと、本書では、原本文への遡及を目的にしてきた従来の本文研究とは袂をわかち、現存するさまざまな異本の本文をどれも等しく物語本文として認めた上で、種々の異本の本文が相互にどのような関係をもっているかを考察した。

本書では、まず最初に、現在の学界に蔓延してしまっている三谷栄一・中田剛直両氏の本文系統論についての誤解を解いておく必要があると考え、第一章ではその点に問題を限定して詳しく論じておいた。この問題は、現在の源氏物語本文研究にも波及する重要な問題であると考えている。

第二章は、原本の再建ばかりを目指してきた従来の本文批評とは異なり、もろもろの異本の本文を相互にどう位置づけるかという観点から、四つの具体例を示して新しい本文研究の方法を模索したものである。校訂本を使ってしか研究が行われなくなってしまっている学界の現状に対する批判という意味合いもこめたつもりである。

第三章では、半世紀以上にわたり学界で無批判に珍重されてきた深川本狭衣物語が、平安時代末期までに後人の手によって作られた合成本文にすぎないということを、やや執拗に論じてみた。

第四章は、平成九年四月に上梓した小著『物語文学の本文と構造』（和泉書院）の第II部の諸論と同趣のものであるが、本書の第二・第三章の考えに基づいて本文を分析してみると、異本間で、文章のみならずストーリーまでが違っている場合があることを明らかにしたものである。

第五章、第六章は、三谷・中田両氏の本文研究には慈鎮本と九大細川本という重要な本が組み入れられていなかったために、誤った結論になっていること、したがって、狭衣物語の巻三・巻四の本文研究はもう一度はじめからやり直す必要があるだろうということを述べたもので、第一章とも深い関係のある章である。

第七章は、第二章の各論ともいうべきものである。狭衣物語の中から、複雑な本文対立の生じている九箇所をピックアップし、その箇所の諸本の本文が相互にどういう関係にあるかを具体的に論じてみた。その結果、どの箇所においても、基本となる二種類の本文が存在すること、さまざまな「解釈のフィルター」を通してその二種類の本文を合成することによって派生した数種の本文が存在すること、それらが狭衣物語諸本の本文対立を錯綜させていることなどを確認することができたと考えている。

第八章は、学界に横行している引用論や典拠論の方法について、その根本的な問題点を取り上げて論じたものである。諸本の本文異同を視野に入れず、もっぱら校訂本だけを用いて行われている現行の引用論や典拠論は、方法上あまりにも多くの問題があるということを、具体例をあげて論じたものである。

第九章では、四十年近くにわたり狭衣物語研究に携わってきた経験と、如上の研究結果に基づき、現在の青表紙本一辺倒の源氏物語研究のありようを批判的に論じてみた。これが現在の私の研究の到達点だと思っている。

本書は一貫して、現存する狭衣物語諸本の本文のみを研究対象とし、それら本文の分析を通して平安時代物語のありようを考える、という方法に徹した。よくもあしくも、それが本書の特色であると思っている。物語本文以外の外在的な資料を組み合わせて形成されてきたこれまでの知見を排除し、現存する物語本文の分析を通して考えを詰めていくと、物語に関して行われている現行の通説には机上の空論にすぎないものがあまりにも多すぎるように思われる。非礼は重々承知しつつ、先行研究に対する批判的な言辞が随所にあらわれる結果と相成った次第である。「最善本」の登場によってほとんど顧みられることがなくなってしまったもろもろの伝本が、ふたたび研究の俎上に上ることを強く願う気持ちのなせるところである。諒とされたい。

# 異文の愉悦

## 狭衣物語本文研究

# 第一章　狭衣物語諸本の分類と系統

狭衣物語の諸本間に見られるおびただしい本文異同は、三谷栄一、中田剛直の両氏によって一応の整理が完了している。両氏の本文研究の方法は出発点から異なっており、諸本に対する見解も相違するところがあるものの、狭衣物語諸本の本文が大きく三種類に分かれるとする点では一致している。まったく異なる方法によっていながら結論においてこのように両者一致を見たことは、この結論の正しさを保証するものといってよいのかもしれない。近年では狭衣物語の異文を三分類する説はほぼ定説化したといってよく、ことに三谷による分類は単純明快であるため、これまで多くの研究者によって是認されてきた。両氏による分類の相互関係を概括的に示すと、次の表のようになる。

| | 巻一 | 巻二 | 巻三 | 巻四 |
|---|---|---|---|---|
| 第一系統 | 深川本・内閣本<br>第一類本第一種 | 深川本・内閣本<br>第一類本第一種 | 深川本・内閣本<br>第一類本第一種 | 内閣本・流布本<br>第一類本第二種 |
| 第二系統 | 為家本<br>第二類本 | 大島本・高野本<br>第二類本 | 大島本・京大本<br>第二類本 | 大島本・為秀本<br>第二類本 |
| 第三系統 | 三条西本<br>第一類本第二種 | 流布本<br>第一類本第二種 | 流布本<br>第一類本第二種 | 蓮空本<br>第一類本第一種 |
| 第四系統 | 流布本<br>第一類本第二種 | | | |

各巻ごとに、三谷がいうところの第一～第三（四）系統の本文を有する代表的な本を欄内右側に表示し、それらの本が中田の分類ではどうなっているかを欄内の左側に併記してみた。両説をここまで単純化して対比させることには種々の問題があろうし、ことに中田説の側からは異議が提出されるであろうことも十分に承知した上で、あえてこのように単純化して示すのは、現時点での研究者たちの共通理解はおおむねこのようなものであろうと思われるからであり、このくらいにまで単純化したほうが当面の問題点が明確になるであろうと考えるからである。

この表によって明らかなように、巻三までは、三谷のいう「第一系統」が中田の「第一類本系統第一種」、「第二系統」が「第二類本系統」、「第三（第四）系統」が「第一類本系統第二種」となってパラレルに対応する。ところが、巻四においては、三谷のいう「第一系統」が中田の「第一類本系統第二種」、「第三系統」が「第一類本系統第一種」となって、巻三までとは対応のありようを異にするのである。まずは、この捻れをしっかりとおさえておく必要がある。

さて、次に指摘しておかねばならないのは、この捻れの問題は現時点ではこれ以上議論しうる性質のものではないということである。このことについての無理解や誤解は狭衣研究を専門とする研究者たちの間にも蔓延しているようなので、この際、このことをやや詳しく論じておきたい。三谷、中田両氏ともに、狭衣物語ではほとんどの伝本において異系統本文の取り合わせが行われているため、諸本研究は各巻ごとに別個の問題として行われねばならない、としている。したがって、三谷説が「第×系統」といい、中田説が「第×類本系統第×種」というのも、各巻ごとに（厳密にいえば、三谷説の場合は本文対立の生じている箇所ごとに）同一グループとして分類された本文に対して与えられた「名称」でしかない。分類に際して、三谷は深川本を基準にし、中田は流布本（古活字本）を基準にしているのであるが、どの本を基準にしたかの違いが、内閣本と流布本が同系本文となっている巻四において、表に見るような「名称」のくい違いとなってあらわれてきたにすぎないのである。巻一の第一系統（第一類本第一種）と巻二の第一系統（第一類本第一種）の間にどういう関係があるのか、巻一の第一系統（第一類本第一種）と巻四の第一系統（第一類本第二種）の間にどういう関係があるのかといった、巻を超えての諸本文間の関係については、現時点ではまったく議論しうる状況にはないということを、研究者はよくよく心得ておかねばならない。(1) 三谷の「第×系統」といい、中田の「第×類本系統第×種」というのは、各巻内部での本文の違いを問題にする場合にだけ意味をもつにすぎないわけであるから、多少面倒ではあっても、巻一には第一〜第三（四）系統の三（四）種類があり、巻二にはA〜C系統の三種類があり、巻三には甲〜丙系統の三種類があり、巻四にはα〜γ系統の三種類がある、とでもしておくか、そうでなければ、いっそ即物的に「深川本の系統」「流布本の系統」「異本の系統」とでも名付けておいたほうが、無用の誤解や混乱を回避しえたのではないかと思う。

問題をもとに戻す。そもそも巻四において三谷説と中田説の間でこのような捻れが生じたのは、三谷が分類の基準とした深川本に巻四が欠けていることに起因するといってよい。もし、深川本に巻四が存在しており、その巻四が、巻三までと同様、流布本と大きく異なる本文を有していたなら、上の表の巻四の第一系統欄には疑いなく「深川本」が入り、「内閣本・流布本」は第三系統欄に位置づけられていたにちがいないのである。というのも、三谷のいうところの「第一系統」とは、すなわち氏が分類の基準とした深川本の系統にほかならないからである。そのことは、三谷自身が、「私が『狭衣物語』系統論を展開するに当って、第一系統とか第二系統・第三系統とかいうが如き名称を採って、西本願寺本系統とか深川本系統とかを採用しなかった大きな理由の一つにも、この西本願寺本に巻四を欠くことにあった(2)」と明言していることからも明らかである。

深川本には巻四が欠けている。すなわち、巻四には「深川本の系統」という名称で呼ぶべき本文は現存しないのである。三谷が「第一系統」という名称を用いて「深川本系統」という名称を採用しなかったのは、そのためであった。そこで、三谷は、巻四については、深川本に代えて内閣本の本文を「第一系統」とした。しかし、内閣本を「第一系統」とするということは、内閣本と同系本文を有する流布本を「第一系統」とするということであるから、巻四の「第一系統」は、すなわち「流布本の系統」なのであって、巻三までの「第一系統」とは意味するところがまったく違っているのである。異なる内容のものに対して「第一系統」という同じ名称を用いたところが巧まずしてトリッキーであり、大方の誤解と混乱をまねく原因はそこにあったといえる。

ただし、先にも述べたように、それが単に「名称」の問題にとどまっているかぎりでは、巻四の内閣本（＝流布本）の本文を「第一系統」と呼ぼうが、「流布本系統」と呼ぼうが、極端なことをいえば、何の根拠もなく「深川本系統」の名で呼ぼうが、どうでもよいことだったはずである。つまるところ、それは、巻四の、あるグループの本文に対して与えられる「名称」にすぎないからである。

しかし、問題は、入江相政が深川本（＝西本願寺本）を学界に紹介した際に「(西本願寺本には）書写の当初から巻三迄しかなかつたものと考へられる節がある」[3]と述べていたことに対して、三谷が、「たとえ西本願寺本に巻四がなかったとしても、『狭衣物語』巻四に第一系統の存在しない理由とはなり得ない。私の今日までのこの巻における諸本の本文研究の結果においても、巻二・巻三と同様、三つの系統に分類されることが確認された」[4]と述べたところにある。すなわち、各巻ごとに別個の問題として考えられなければならなかったはずの巻四の本文研究が、ここでは「第一系統」という名称によって巻二や巻三での研究結果と関係づけられてしまっているのである。引用前半部にあらわれた「第一系統」の存在への異様なまでの三谷の固執は、氏のいうところの「第一系統」なるものが、単に名称の問題だけではなかったことを如実に示しているといわねばならない。

すなわち、三谷のこの言説に示された真意が次のようなものであったことは、疑いようがない。

巻三までと同様、巻四にも、他の二つの系統とは異なる「深川本の系統」の本文が存在していたにちがいない。現在の深川本は巻四を欠いているけれども、「深川本の系統」の巻四の本文は内閣本や流布本に伝えられている。

しかし、この言説にはなんら根拠がない。まず、第一に、巻四に他の二つの系統とは異なる「深川本の系統」の本文が存在したという証拠はどこにもないし、また、それが存在したと考えなければならない客観的な理由も、今のところ認められない。第二に、たとえ巻四の「深川本の系統」の本文なるものが存在したとしても、内閣本や流布本の本文がそれであるとすべき根拠はどこにもない。むしろ、巻三まで一貫して深川本と同系の本文を有していた内閣本が、巻四にいたってとつぜん、それまではげしく対立していた流布本とほとんど変わりのない本文になってしまうというのは、深川本が巻四を欠いていることとなにか関係があると考えるほうが無理のない考え方ではないか。また、巻三までは流布本とあれほどまで異なる本文を有していた深川本が、巻四だけはそれまでの巻々とは違って流布本と同系本文になっており、のみならず、その異質な性格をもつ巻四だけが、まるでその異質性を覆い隠すかのように、しかし偶然に、散逸してしまった、と考えるというのは、あまりにも蓋然性に乏しい推定だとはいえまいか。

もし、入江のいうように、そもそも深川本には当初から巻四がなく、したがって巻四には「深川本の系統」の本文なるものは存在しないとすれば、巻四には「流布本の系統」と「異本の系統」の二系統しかないことになる。また、三谷の考えるように、深川本には巻四がなくても「深川本の系統の巻四の本文」は存在し、流布本の本文がそれであると仮定するにしても、その場合、「深川本の系統＝流布本の系統」となって、巻四にはやはり「深川本の系統（＝流布本の系統）」と「異本の系統」の二系統しかないことになる。いずれの場合にせよ、三谷のいう「巻二・巻三と同様、三つの系統に分類される」という結論は、どこからも導き出されてはこないのである。

にもかかわらず、三谷は、巻三までは一貫して末流の粗悪な混態本文であるとして排除してきた「蓮空本」をここに持ち出してきて、これを第三系統の位置に据え、これまで第三系統としてきた流布本を「第一系統」に昇格（？）させてまで、「（巻四も）巻二・巻三と同様、三つの系統に分類される」と説くのである。

このように考えきたれば、問題点の所在はおのずから明らかであろう。三谷説の当否はもっぱら、三谷が巻四の第三系統本文とした「蓮空本」の扱い如何ということに絞られてくる。

巻三までとは違って、蓮空本の巻四だけは末流の粗悪な混態本などではなく、第一・第二系統とは異なる第三の本文を有しており、かつ、巻三までの三つの系統本文がそうであったように、もろもろの混合・混態本文の形成に蓮空本の本文が関与しているかどうか、その点が問題である。もし蓮空本が、巻三までと同様単なる末流の混態本文にすぎず、第一・第二系統とは異なる独自の本文を有していないのなら、巻四には「流布本の系統（第一系統）」と「異本の系統（第二系統）」の二種類しかないことになって、上記の三谷説は成り立ちえなくなる。それればかりか、四巻全体を通して「第一系統（＝深川本の系統）」なるものが存在し、それこそが狭衣物語の原型である、としてきた三谷学説そのものがそもそも成り立ちえないことになる。すでに狭衣研究者の間で「末流の粗悪な混態本」としての評価が定着してしまっている蓮空本本文の再検討こそが、いま喫緊の課題として要請されねばならない。そのことについては第六章で丁寧に検討する。

三谷の「第×系統」という命名も、中田の「第×類本系統第×種」という命名も、ともに、いかに誤解と混乱を生じさせやすいものであったか、それは時に論者自身をも欺きかねないものであったことは、上に見てきたところで明らかにしえたかと思う。

本書は、ひとえに三谷・中田両先学のすぐれた研究成果の上に成り立っている。だからこそ、両氏の研究を曲解することのないよう、極力注意を払いたいと思う。そのためにも本書では、巻を超えて同じ名称を用いる両氏の命名法を踏襲することはせずに、両氏が説くところの三種類の本文を、版本や古活字本の本文に代表される「流布本系本文」、流布本とはげしく対立する「異本系本文」、そして、深川本の本文に代表される「深川本系本文」という名で呼ぶこととしたい。

本書を成すにあたり参照した狭衣物語の諸本は次のとおりであり、本書においてはそれぞれの呼称を標記のごとく統一した。

○大島本……未刊国文資料の翻刻による。九条家旧蔵本。
○鎌倉本……古典研究会刊の影印による。
○京大本……紙焼き写真による。京大五冊本。
○黒川本……実践女子大学電子叢書の影印による。
○古活字本……古典資料類従の影印による。
○慈鎮本……狭衣物語諸本集成第三巻「伝慈鎮筆本」の翻刻を、「『狭衣物語諸本集成　第三巻　伝慈鎮筆本』翻刻本文補正」（『文林』四五号・平成二三年三月）で補正したものによる。
○神宮本……萩野敦子「神宮文庫本『狭衣』翻刻」（『琉球大学教育学部紀要』六二～六五集）による。ただし、巻四は国文学研究資料館蔵のマイクロフィルムからの複写による。神宮文庫本。
○新宮城本……静嘉堂マイクロフィルム（雄松堂）による。

○高野本……古典聚英の影印による。伝民部卿局筆本。
○竹田本……狭衣物語諸本集成第四巻「伝清範本」の翻刻による。
○為家本……古典聚英の影印による。
○為定本……古典聚英の影印による。
○為相本……国文学研究資料館蔵のマイクロフィルムからの複写による。
○為秀本……静嘉堂マイクロフィルム（雄松堂）による。
○東大本……国文学研究資料館蔵のマイクロフィルムからの複写による。平野広臣旧蔵本。
○内閣本……国文学研究資料館蔵のマイクロフィルムからの複写による。内閣文庫本。
○中山本……狭衣物語諸本集成第一巻「伝為明筆本」の翻刻による。
○版本……承応三年刊の整版本による。
○深川本……古典聚英の影印による。
○宝玲本……古典文庫の影印による。
○細川本……九州大学蔵本の紙焼き写真による。
○前田本……狭衣物語諸本集成第五巻「紅梅文庫本」の翻刻による。
○雅章本……狭衣物語諸本集成第六巻「飛鳥井雅章筆本」の翻刻による。
○松井三冊本……静嘉堂マイクロフィルム（雄松堂）による。
○松浦本……天理図書館蔵本のデジタルプリントによる。
○龍谷本……龍谷大学図書館デジタルライブラリーの影印による。
○蓮空本……古典文庫（昭和五六年の再版）の翻刻による。ただし、翻刻の不備な点については、美谷一夫

「金沢大学図書館蔵（四高本）「さころも」について（二）」（金沢女子短期大学紀要『学葉』平成七年一二月）により補訂する。

上記以外の本については、中田剛直『校本狭衣物語』を参照した。

貴重な御蔵書の複写を許可してくださった各位に厚く御礼申し上げる。

（1）　狭衣物語のみならず、源氏物語の本文研究においても同様の問題が提起されるようになってきている。大島本源氏物語は初音を除く巻のすべてが青表紙本であるという。そしてそのことが大島本に対する高い評価の理由のひとつにもされてきた。しかし、五十四帖全巻が青表紙本で統一されているような本がたとえあったとしても、それはその本が「取り合わせ本ではない」ということにはならないし、逆に、青表紙本の巻々と別本の巻々が混交しているような本が「取り合わせ本である」ということにもならない。なぜなら、かつて存在したはずの青表紙本原本（当然のことながら、五十四帖すべてが青表紙本である）が、書写に際して巻ごとに素姓の異なるまちまちな素姓の本を親本にして作られていたなら、そもそも青表紙本原本自体が「取り合わせ本」にほかならないからである。だとすれば、むしろ、青表紙本で全巻が統一されていないような本のほうが「取り合わせ本ではない」可能性が高い、ということもありうる。のみならず、青表紙本原本がそうした取り合わせ本であった蓋然性というのはけっして低くはないといわねばならない。というのも、夙に指摘されているように、青表紙本と河内本の間の本文異同は巻によって多寡の差が大きい。河内本という校訂本の性格からしてその校訂方針が巻ごとに大きく違っていたということは考えにくいから、両者間の異同の多寡は青表紙本・河内本それぞれが作成される際に底本とした本の違いに起因するものと考えなければならない。異同が少ない巻は青表紙本と河内本が素姓を同じくする同系統本を底本にしたのであり、異同の多い巻は異なる素姓の本を底本にしたのだと考えられる。吉岡曠「源氏物語本文の伝流」（『源氏物語研究集成　第十三巻』平成一二年五月・風間書房）は、「河内本が五十四帖を通してある一本を底本にしたという保証はないし、その一本が混態を起こしていなかったという保証もない」と説いている。そのとおりである。そして、まったく同じことが青表紙本原本についてもいえるはずである。これまでの源氏物語研究では、各巻ごとの本文内容を検討しないまま五十四帖すべてを青表紙本・河内本という「名称」のもとに分類してきたが、そのやり方は、全四巻を十把一絡げにして本文系統を論じていたごく初期の誤った狭衣物語研究と同じ過ちをおかしているといわざるをえない。吉岡の上記論文が説くように、「源氏物語の本文研究は各巻ごとにゼロから出発しなおすことを余儀なくされている」といえよう。

（2）「狭衣物語巻四における諸伝本の基礎的研究――三系統存在の確認について」（『実践女子大学紀要』昭和三七年三月）。後に、『狭衣物語の研究〔伝本系統論編〕』（平成一二年二月・笠間書院）に収録。本書では、三谷の論の引用はすべて後者に拠る。四二三頁。

（3）岩波講座日本文学『狭衣物語』（昭和六年一一月）。

（4）（2）に同じ。

# 第二章　文学研究と本文批評

## 1　はじめに

昭和初期までの、たとえば、吉沢義則や山脇毅などの源氏物語の研究書を見ていると、河内本の取り扱いがひじょうに重いことにあらためておどろかずにはいられない。青表紙本本文をあっさり捨てて、河内本本文を採っている場合があったりさえする。もっとも、この場合の青表紙本というのは湖月抄本文であるから、素姓も定かでない近世の刊本の本文をそうそう容易には信用しがたかったという事情があるのであろうが、それにしても、青表紙本本文が異文のひとつとしてしか扱われていない、という印象は否めない。

しかし、大島本（＝飛鳥井雅康筆本）の出現以後、源氏研究といえばもっぱら大島本本文に依拠することとなり、これを底本にした注釈書が次々と刊行されたこともあって、源氏物語研究は飛躍的に進展した、と、一応はいってよいのであろう。だから、狭衣物語の研究もすみやかに源氏研究のあとを追うべきだ、という意見がしばしば述べられてきた。信頼するに足る本文を早急に見定め、もっと次元の高い研究を推し進めていくべきだ、との意見もある。門外の人たちからは、狭衣物語はどの本によればいいのか、という質問を受けることも多い。

狭衣物語には質・量ともにおびただしい異本が残存している。三谷栄一、中田剛直、両先学の永年にわたる想像を絶する努力によって、諸本を整理してゆく方向性はひとまず見えたものの、さて、どの本に依拠すべきかという問いに対する答えは、まだまだすぐには出そうにない。三谷は深川本を強く推奨し、それが定説になりかけた時期もあったが、後藤康文によれば「片岡利博氏の強烈なキャンペーン(1)」のせいで、昨今はまた混迷の方向に戻ってしまったようである。

しかし、この際、あえていおう。源氏物語の本文の問題はどのようにかたづいたというのであろうか？　現在の、大島本一辺倒の源氏研究が、ほんとうに、あるべき研究の方向なのであろうか？　そのような源氏研究のあとを、狭衣研究も追わねばならないのだろうか？

そもそも、源氏物語の伝本状況と狭衣物語の伝本状況は様相を異にしている。源氏物語の場合、伝本の数は多いけれども、それらの本文のヴァラエティは狭衣物語ほど豊かではない。したがって、並大抵の凡庸なイマジネーションをもってしたのではほとんど何も見えてこない。

それに比べると、狭衣物語は、多種多様な異本を、質的にも量的にもずいぶん豊かに今日まで伝えている。このことは、今日の源氏研究のような行き方からすればとんでもなく厄介な状況にほかならず、狭衣研究者たちに絶望的な思いを味わわせ続けてきたわけであるが、考えてみれば、物語の本文の問題を真剣に考えていこうとする者にとって、これら豊富な資料が研究上マイナス条件になどなるはずはないのである。資料が豊富にあるがために研究が進展しないというのは、その研究方法に問題があるか、そうでなければ、手抜きの研究を期待しているか、そのどちらかであるといわざるをえないであろう。つまり、源氏研究の方法を規範にしようとさえしなければ、源氏研究がしてこなかった（あるいは、しようとしてもなしえなかった）研究が、狭衣物語の場合にはできる可能性が高いのである。

藤原定家が源氏物語の異本群を前にして、「狼藉未散不審」（明月記）と嘆き、源親行が「真偽舛雑」（蓬萊寺本源氏物語奥書）と評した、中世初頭における源氏物語の本文状況は、青表紙本と河内本の間に見られるようなレベルの本文異同ではなくて、むしろ、現在の狭衣物語の本文状況に近いか、あるいはそれ以上だったのではないかと、私は思っている。源氏物語の場合は、伝来の早い時期に定家や親行によって一定のテキストが作られ、それが権威づけられた結果、平安時代には種々存在したにちがいないもろもろの本文が淘汰されていったのであろうと思う。今日の源氏研究は、もっぱら、この権威づけられたテキストだけに依拠して推し進められているのだということになる。権威づけられたテキストだけに依拠して行われる研究がもつ問題点については、本章末尾で再度とりあげ、後続の諸章においても繰り返し考えてゆくことになるが、ここではひとまず、狭衣物語における四例の本文対立箇所を取り上げて、物語本文を研究してゆく際の基本的な姿勢と方法にかかわるいくつかの問題について検討してみる。

## 2　本文批評の具体例・その一——異文が混入しているケース

狭衣物語巻一。天稚御子降下事件。息子狭衣が宮中で吹いた笛のせいで天人が天下り、狭衣を天へ誘った、との報告を受け、堀川関白は立っていることすらできない状態で内裏へ駆けつける。近衛の陣で車を下りて、人々に抱きかかえられながら宮中に入ると、あたりはひっそりと静まり返っている。


【深川本】こゝのへの内は、ものさはがしげにもなし。火たきやのひども、常よりはあかくみえわたりて、こゝかしこのつらぐ〵によりゐたるげすどもなど、

「あはれ。めでたき人の御とくに、あめわかみこをさへみたてまつりつるかな」

「されど、中将殿のにほひには、こよなくおとり給たり」

などいふこゑ、「たゞこの事なるべし」とき給に……（巻一・二七オ～ウ）

関白が宮中に足を踏み入れた直後の場面を、現存する狭衣物語の伝本中もっとも古い写本とされる深川本によって掲げてみた（私に、濁点・句読点等を施してある）。新編日本古典文学全集（以下『新全集』と略す）や『狭衣

物語全註釈』（以下『全註釈』と略す）はこの深川本を底本とし、日本古典文学大系（以下『大系』と略す）は深川本と同系統の内閣本を底本にして本文を作っている。いっぽう、有朋堂文庫、日本古典全書（以下『全書』と略す）、新潮日本古典集成（以下、『集成』と略す）などが底本とする、いわゆる流布本では、この箇所が次のようになっている。

【版本】九重のうちは、ものさはがしげもなし。火たき屋の火共、つねよりはあかくて、こゝかしこのはざま、へいのつら〴〵などにいふこゑ〴〵、「たゞ此事なるべし」ときゝ給ふに、「さて、まことにそらにのぼり給ひぬるにや。いかにいふぞ」とおぼすに……（巻一之上・二三ウ）

両者を比べてみてすぐに気づくのは、深川本が下衆たちの会話文を直接話法でリアルに描写しているのに対し、流布本のほうには会話文がなくて、その部分が「いふこゑ〴〵」と、きわめて簡略になっている点である。これについて、三谷栄一は、深川本本文は下衆たちの会話を描写することによって、「下衆達の声を通して狭衣のすばらしい人物や容貌の賛美を一層盛り上げようとする」のに対し、版本の本文では「下衆達の会話は全く省略化されて無味乾燥な筋書だけのものとなってしまう」と評した(2)。まったくそのとおりだという気がする。流布本系本文は深川本系本文を簡略化してできたのだという説は、この箇所に関しては異論の余地もないように思われる。

しかし、ほかならぬこうした論法が、これまでの狭衣物語の本文研究、否、狭衣物語のみならず物語の本文研究を混乱させてきたのだ。

「本来は芸術的にすぐれた文章だったものを、その価値を理解しない後人が勝手に書き変えてつまらないものにしてしまった」という論法が一般に受け入れられやすいのは、どういうわけなのだろう。「流布本のような本文が先にあって、それではつまらないと考えた後人が、下衆たちの会話文を挿入することによって、よりリアルな場面描写に仕立て直したのだ」という論は成り立ち得ないものなのだろうか？

しかし、ここでそんな一般論を論じていても埒はあくまい。この箇所についていえば、文献学の初歩的な手法を用いて分析しさえすれば、真相はおのずから明らかになる。

深川本系本文とも流布本系本文とも異なる、第三の本文（異本系本文）を有する為家本では、この箇所の本文が次のようになっている。

【為家本】こゝのへのうち、しめ〴〵と、所〴〵の火たきやの火も、つねよりもあかうみえわたされて、こゝかしこのものゝつらどもによりゐたるげすどもなど、「あはれ。めでたき人の御とくに、あめわかみこをさへもみたてまつるかな」「されど、中将殿ゝにほいには、こよなくおとりたまひたりけり」などいふこゝろをきゝたまふに、「まことなりけり」と、たえ入給ぬべし。（二一五オ〜ウ）

深川本と同様、下衆たちの会話文がここにも出ているが、そのかわりに、深川本系本文と流布本系本文とで同文であった「たゞこの事なるべしとき給に」という部分が、為家本では「まことなりけりと、たえ入給ぬべし」という異文になっている。三種類の本文がこのような対立の様相を呈するとき、深川本系本文は、流布本系本文や異本系本文に先行するものではありえない。なぜなら、もし、深川本系本文が最初にあったと仮定すれば、流布本系本文はもとの本文の下衆たちの会話の部分だけを簡略化したことになり、もう一方の異本系本文は、流布本系本文が簡略化した深川本系本文の会話部分だけはそのままに残し、流布本系本文が残し伝えた部分だけを別の本文に書き改めたことになる。流布本系本文の作者と異本系本文の作者とが協力してもとの本文を分かち伝えた恰好になるわけだが、そのような仮定は馬鹿げているといわざるをえない。これは、流布本系本文と異本系本文の二種類が先にあって、深川本系本文は、これらを見比べあわせ両者を合成して作られた、としか考えられないのである。

したがって、本文のあとさきという問題に関しては、深川本系本文は問題外なのであって、流布本系本文が先か、異本系本文が先か、ということに問題の焦点は絞られることになる。

深川本本文の問題点についての検討は次章に譲ることにして、この例に関連してこの際指摘しておきたいと思うのは、深川本系本文が二つの異なる本文を合成してできた素姓のあやしいものだということがわかってしまうやいなや、あれほどすぐれているように思われた深川本系本文の欠点がにわかに目についてきてしまうことである。下衆たちの会話文は、本来、為家本のような異本系本文に備わっていたものであった。為家本によれば、関白は、宮中に足を踏み入れたとたんに、静けさの中でささやかれる下衆たちの会話を耳にし、「まことなりけり(天稚御子降下事件は本当だったのだ!)」と思って、気を失いそうになった、というのである。自邸で事件の報告を受け、あわてて参内する道すがら、関白は、なにかの間違いであってほしい、と願ったことであろう。しかし、その一縷の望みもこの下衆たちの会話を聞いて完全にうち砕かれたのである。「まことなりけり」という一文には、関白のそうした絶望がまことによく表現されているといってよい。

下衆たちの会話文をもたない流布本系本文ではどうであろうか。静まりかえった宮中のあちこちの物蔭で、人々のひそひそ話す声が聞こえる。何を話しているのかはよく聞き取れない。しかし、関白は、「たゞ此事なるべし(きっと、この事件のことを話しているにちがいない)」と思う。そして、「さて、まことにそらにのぼり給ひぬるにや。いかにいふぞ(さては、息子は本当に昇天してしまったのか。かれらがどういっているか、しっかり聴きとらねば……）」と思った、というわけである。為家本の描き出した関白に比べると、こちらの関白はすこし気丈なところが感じられるが、それなりに関白の心理をよく描き出しているといってよいだろう。

しかし、この二つを合成して作られた深川本系本文は変である。深川本でも、為家本と同様、天稚御子事件について話す下衆たちの会話が記されている。関白はそれをはっきりと聞いているのだ。にもかかわらず、「たゞこの事なるべし」とは、あまりにも間の抜けた心中描写だといわざるをえない。

下衆たちの会話文は為家本本文のような文脈においてこそ意味をもつのであり、「たゞ此事なるべし」という関白の心中の描写は流布本のような文脈においてこそ意味をもつものだったのである。ところが、深川本系本文は、互いに異なる文脈の中にある二つの叙述を継ぎ接ぎしてしまったため、これらの叙述のもつ文脈内での有機性が失われてしまっているのである。

深川本と流布本だけしか見ないで両者を比較したときには、深川本系本文のほうが流布本系本文よりもすぐれたものに見えてしまったところが、なんとも怖い気がする。所詮、我々の文芸論的な「価値判断」なるものは、ことほどさように状況に左右されやすい、信用ならないものだということを、この際、我々はしっかりと肝に銘じておく必要があろうと思う。

同様の例をもうひとつあげてみよう。

【深川本】「猶、かくなどやほのめかして、御けしきをもみまし」とおもへども、思たつかたとても、すこしはかゞしきことにてもあらず、中〳〵おぼしやらんあづまじたびの、あさましうはづかしければ、「たゞ行するゑなくてやみなん。せきのたま水、ながれあはんことは、いつともしらず、まちわたるばかりにては、そのながれしられたてまつらでこそはあらめ」と、さすがおもふかたはつよきものから、「あさましかりけ

る心かなとは、しばしがほどはおぼしいで、んかし」などおもひつゞくる……（巻一・七〇オ〜ウ）

飛鳥井女君が東下りの計画を狭衣にうち明けたものかどうか迷う感動的な場面であるが、流布本のこの部分は次のようになっている。

【版本】「なを、かくなんとやほのめかして、御けしきを見まほし」と思ふも、思ひたつかたの事とても、すこし人々しきさまにだにあらず、中〳〵おぼしやらんにも、あさましうはづかしければ、「たゞ行衛なくてやみなん」とおもひとるかたはつよき物から、「浅ましかりける心のほどかなと、しばしはいかにおぼしいでんずらん」と思ふに……（巻一之下・六オ）

両者ほとんど同系本文といってよいが、深川本の傍線を付した部分が流布本には欠けている。まずは流布本が傍線部分を写し落としたか、あるいは「せきの玉水……」という和歌的表現が解釈できなかったために省略してしまったか、などと考えたくなるところだが、これも他の本と見比べあわせてみると、そうではないことが判明する。為家本のこの箇所を見てみると、

【為家本】「かくとはしり給はぬにこそ。ほのめかしきこえまほしけれど、いふかいなきありさまにてうちつゞかむほどの思ひやり、はづかしきを、われとゆく〳〵とうちいでんことはつゝましう、又、中〳〵みゐたてまつるまじからむには、いづくゐなどおぼつかなくてもありなん。せきのたまがは、ながれあふせも、いつともしらず、まちわたるばかりにては、そのながれしられたてまつらでうちあらめ」と、さすがに思ひ

とまるかたつよくて、たゞいかにしのばれんとにや、なよ〳〵とそひきこえたるさまの……（巻一・五九オ〜ウ）

となっている。為家本の本文は、深川本や流布本とはほとんど重なるところがない異本系本文になっているのだが、流布本にはなくて深川本にあった傍線部の本文がここに出ている。もし流布本系本文が深川本系本文の傍線部を写し落としたのだとすれば、流布本系本文の写し落とした、まさにその部分だけが、まったく素姓の異なる異本系本文と深川本系本文とで一致していることになるわけである。この奇妙な現象を合理的に説明する方法としては、やはり、深川本系本文が流布本系本文と異本系本文の合成によってできた、と考える以外にはない。つまり、深川本系本文は、流布本系本文をベースにしながら、異本系本文の「せきのたまがは……」の一節を取り込んで作られた混合本文なのである。

このように見てくると、深川本が狭衣物語本文のもっとも古い形を伝えているなどと考えられるはずもないことは明白である。にもかかわらず、これまで長い間、流布本は後人が勝手に手を入れて書き変えた末流本文であって、深川本本文こそが狭衣物語の原型をよく伝えていると考えられてきた。今もなおそのように信じている研究者が少なからずいるようである。現在刊行中の『全註釈』も、その凡例において、「底本には、第一系統の代表的古写本で、目下最善本と考えられる西本願寺旧蔵本……」と言挙げしている。何をもって西本願寺旧蔵本（＝深川本）を「最善本」というのか？　深川本は書写年代が古いから本文も善いものにちがいない、などという初歩的な誤った判断は論外として、おそらく、かれらは各自の「文芸論的価値判断」に照らし合わせて、流布本系本文よりも深川本系本文のほうがすぐれている（ような気がする）、だから、深川本系本文のほうが流布本系本文よりも古い（にちがいない）、と思っているのだろうと思う。でなければ、これほどまでに明白な事実を前にして、なお、深川本が「最善本と考えられる」などと、根拠も示さずにいえるはずもないのである。しかし、さきにも見たように、我々の「文芸論的価値判断」なるものはずいぶん信用ならないものであって、話の都合でどうにでも転ぶものである。そのようなあやふやな判断に基づいて論が展開され続けるかぎり、物語研究における、本文についてのまともな論は望むべくもないといわねばならない。

## 3　本文批評の具体例・その二――本文の脱落か？　異文の混入か？

前節では、深川本系本文が二種類の異なる本文を混合して異なる新しい本文を作り出している例を見たが、本節では、事情がやや異なるケースを見てみたい。

巻四。皇位に即いた狭衣は、宰相中将に妹君の入内を促すが、妹君は体調がすぐれないため参内できないという。

【版本】例ならずなやましげにしたまへば、「いかに」と見奉り給ひて、さやうにそうし給ふを、きかせ給ひても、いとゞしづごゝろなふおぼつかなくおぼしめさるゝまゝに、とみによるのおとゞにもいらせ給はず、はかなき琴、笛、さるべき文どもなど御らんじつゝ、こよなふふかしても……（巻四之下・一四オ）

これはこれで、なんら解釈上不都合な点はない。巻四では、内閣本も、版本や古活字本と同じ流布本系本文になっているが、さらに他の本を見てみると、この部分の叙述量がずいぶん多くなっているものがある。

たとえば、蓮空本。

【蓮空本】れいならずなやましげにみえ給へば、「いかに」とみたてまつりなげき給て、さやうにそうし給ふを、きかせ給ふに、いとゞしづ心なくおぼしめさるゝぞ、心やすかりしありさま、いとゞ恋しくおぼしいでさせ給ける。九月などになりては、いとゞひとりねさびしくおぼしめさるゝまゝに、よるのおとゞにもいらせ給はず、はかなきこと、ふえ、ふみなど御らんじつゝ、こよなくふかして……（巻四・二六七頁）

蓮空本本文を流布本系本文と比べてみると、傍線部「心やすかりしありさま、いとゞ恋しくおぼしいでさせ給ける。九月などになりては、いとゞひとりねさびしくおぼしめさるゝまゝに」というフレーズをもっているところが目立って違っており、他の部分は流布本系本文と同系の本文と見てよい。傍線部のようなフレーズをもつのは蓮空本だけではない。為秀本にもやはり同様のフレーズがあらわれる。

【為秀本】「れいならずなやみ給へば、いかゞなど見たてまつりなげきて侍」などそうしたまふを、きかせ給て、いとゞしづ心なくおぼつかなくおぼしめさるゝにぞ、心やすかりしありさまは、恋しうおぼしめされける。九月などになりては、ひとりねさびしくおぼしめさるゝまゝに、とみにも夜のをとゞへもいらせ給はず、はかなきこと、ふゑ、ふみなどとりちらして、こよなうふかして……（巻四・一三五オ）

流布本や蓮空本と違って、この為秀本本文は宰相中将の奏上の言葉を直接話法で記していて、異本系本文と認められるが、これもやはり、蓮空本と同様、流布本系本文にはない傍線部分をもっているのである。

流布本系本文・蓮空本本文・異本系本文の三本間に見られるこうした対立のありようは、前節で見た流布本系本文：深川本本文：異本系本文の場合とまったく同じパターンであると考えられる。すなわち、蓮空本本文は、流布本系本文をベースにしつつ、為秀本のような異本系本文から「心やすかりし……さびしくおぼしめさるゝまゝに」の部分だけを取り込んだのだ、と、前節と同様の説明がここでも成り立つ。

しかし、この場合はさらにもう一つ別な考え方をすることも可能である。流布本系本文に欠けている部分を注意深く観察してみると、この欠落部分の直前は、どの本でも「おぼしめさる、ぞ」となっており、欠落部分の最後もやはり「おぼしめさるゝまゝに」となっていて、「おぼしめさるゝ」という同じ文字列が前後に繰り返しあらわれている。写本においては、このような場合、同じ文字列の間の部分をすっぽり写し落としてしまうケースがしばしばある。はじめのほうの「おぼしめさるゝ」まで書き写したところで、いわゆる「目移り」を起こして、あとの「おぼしめさるゝ」のところから書き続けてしまった結果、その間の部分がすっぽり抜け落ちてしまうわけである。比較的近い位置に同じ文字列が反復して出てくる場合、「目移りによる脱文」を起こす蓋然性は高い。流布本系本文がこの目移りによる脱文の結果であると考えるなら、脱落を起こす前の流布本系本文は、

……いとゞしづごゝろなふおぼつかなくおぼしめさるゝ【ぞ、心やすかりしありさま、いとゞ恋しくおぼしいでさせ給ける。九月などになりては、いとゞひとりねさびしくおぼしめさるゝ】まゝに、とみによるのおとゞにもいらせ給はず……

となっていたことになり、異本である為秀本も含めて、この部分には諸本間に大きな本文異同はなかったことになる。

ただし、「目移りによる脱文」というのは一種の写し誤りであるから、このような脱落を起こした場合には文

意が通らなくなるのが通例である。したがって、論の手順としては、ある本の本文が意味の通らないものになっている場合にはじめて、そのような欠陥本文が発生した事情を、「目移りによる脱文」という考え方を適用して説明する、ということでなければならない。たとえ「目移り」が疑われたとしても、むやみに誤写や脱文をいいたてることは、往々にして本文に関する議論を混乱させ紛糾させる原因となるから、研究者たる者、誤写を論じる際には慎重の上にも慎重を期さねばならないであろう。

而して、今問題にしている箇所は流布本系本文で十分に意味は通るわけであるから、あえて流布本系本文の脱文をいいたてる必要もなければ、脱文を証拠づけることもできないのである。『全書』や『集成』は流布本のこの箇所を脱文であるとし、他本に拠って、「ぞ、心安かりし有様いとど恋しく思ひ出でさせ給ひける。九月などになりては、いとど独り寝淋しく思し召さるる」（『全書』二五四頁）を補って本文を作っているが、流布本で狭衣物語を読むという立場からすれば、無用の処置であるといわざるをえない。

ただ、狭衣物語のさまざまな異本が発生してきたプロセスについて考えてみる場合には、考え方のひとつとして、上に述べたような流布本系本文の脱文の可能性というのも考慮の中に入ってくるだろう、というだけのことであって、流布本系本文の脱文という考え方を採るか、蓮空本本文における異文混入という考え方を採るかは、諸本の本文の性格を十分に究明してからでなければ正当な判断は得られないであろう。

ちなみに、『大系』は、この箇所については底本である内閣本（＝流布本系本文）のままに本文を作っている。第六章で述べるように、巻四の蓮空本本文は異本系本文を混入した末流の混態本文であることが明らかであるから、この部分については『大系』の処置に従うべきであろうと私は思っている。

＊　＊　＊

次に示す例も、現象としては同じような対立の様相を呈する箇所である。しかし、この場合は、問題がさらに複雑になってくる。

巻四。故式部卿宮の北の方が、かねてより臨終の地と心に決めていた山寺に移居したことを述べるくだり。流布本系本文は次のようになっている。

【版本】かめ山のふもとに、ぢ心寺などいふわたりに、故宮の、いかめしきてらたて給ひて、ともすればこもりつゝ、ふだんの念仏などおこなひ給ふを、此秋は御心地くるしうして、えわたり給はざりつれば、「九月にだにまぎれなく念仏もして、やがてきえもはてなん」とおぼして、わたりたまふなりけり。（巻四之中・一オ）

版本に代表される流布本系本文のこの部分は、非常にわかりにくい。引用した部分をはじめから読んでくると、「ともすればこもりつゝ、ふだんの念仏などおこなひ給ふ」の主語は「故宮」と解するのが自然であるが、「此秋は御心地くるしうして……」以下は、叙述内容から見て、主語を「北の方」と解さねばならない。どこで主語が故宮から北の方に転換したのか、流布本系本文は判断しえないものになっているといわざるをえないのである。ところが、蓮空本ではこの箇所は次のようになっている。

【蓮空本】かめ山のふもと、いふわたりに、二宮の、いかめしき堂たて給て、ともすればこもりゐて、おこなひ給しを、うせ給てのちも、年に二たびは、ひがんのをりはわたり給つゝ、ふだん念仏おこなひ給を、この秋は御心ぐるしくて、えわたり給はざりければ、「九月にまぎれなく念仏もして、きえはてなん」とおぼして、わたり給ふなりけり。（巻四・二七七頁）

本文に「二宮」とあるのは「こ宮」の誤写であろうが、「いかめしき堂たて給て、ともすればこもりゐて、おこなひ給しを」までは「故宮」が主語であり、次の「うせ給てのちも」という句を境に、「年に二たびは……」以下は主語が北の方に転換する。流布本系本文と違って、この場合の主語の転換点ははっきりしている。故式部卿宮が在世中に亀山の麓に御堂を建ててしばしば仏道修行を行っていたが、宮の死後は、北の方が年二度の彼岸にここを訪れ、不断念仏を修している、というのである。流布本系本文と比べてみると、傍線を付した部分「ゐて、おこなひ給しを、うせ給てのちも、年に二たびは、ひがんのをりはわたり給」が、流布本系本文ではちょうど抜け落ちた恰好になっている。そのために流布本系本文では主語の転換点がわかりにくくなっているわけである。したがって、これは、流布本系本文がこの傍線部を写し落としたもの、と考えたいところである。しかし、この場合、問題はさらに複雑なようなのである。

為秀本ではこの箇所が次のようになっている。

【為秀本】かめ山のふもと、へんせうじといふわたりに、こ宮のだうなどたてたまひて、ともすればこもりつゝ、ふだんのねん仏などをこなひ給しを、うせたまひてのちも、二たびのひがんにはわたり給てをこなゐたまふに、この秋ぞ御心ちくるしうて、わたり給はざりけるをや、その所にとしごろおぼしつれば、「まぎれなくねん仏をききて、きゐはてん」とおぼして、わたりたまへるなり。（巻四・五二オ〜ウ）

この本文もやはり「うせたまひてのちも……」の句を有しており、主語の転換点は明確である。「ふだんのねん仏などをこなひ給しを」までは故宮が主語、「二たびのひがんには……」以下は北の方である。これを流布本系本文と比較してみると、「ふだんのねん仏などをこなひ給」の次の波線部分「しを、うせたまひてのちも、二たびのひがんにはわたり給てをこなゐたまふ」が、流布本系本文には欠けていることになる。

流布本系本文は、蓮空本との比較によれば、「ゐて、おこなひ給しを、うせ給てのちも、年に二たびは、ひがんのをりはわたり給」が欠けていることになり、為秀本との比較によれば、「しを、うせたまひてのちも、二たびのひがんにはわたり給てをこなゐたまふ」が欠けていることになるわけである。脱文を起こす前の流布本系本文はどちらだったのであろうか。

流布本系本文と蓮空本本文は、脱文箇所以外はほぼ一致している。それに対し、いっぽうの為秀本本文は、後半部に「その所にとしごろおぼしつれば」というような特異な異文をもっていて、流布本や蓮空本とは異なる異本系本文と判断される。したがって、常識的には、蓮空本のような本文こそが脱文を起こす前の流布本系本文の姿であろうと考えたくなるのであるが、さきにも述べたように、脱文を想定する際には、脱文を起こす蓋然性ということも考慮されねばならない。この、「脱文を起こす蓋然性」という視点を導入すると、この場合、流布本系本文の脱文は、むしろ為秀本のような本文から生じたと考えたほうがよいことになってくる。というのも、蓮空本のような本文がもとの形であったと考えた場合、脱文を起こして流布本系本文のようになる蓋然性はかなり低いといわざるをえないのに対し、為秀本のような本文がもとの形であったとすると、「ふだんのねん仏などをこなひ給【しを、うせたまひてのちも、二たびのひがんにはわたり給てをこなゐたまふ】」というふうに、二箇所に「行ひたまふ」という同じ文字列が出ており、流布本ではその間の部分がすっぽりと抜け落ちた恰好になっていて、いわゆる、「目移りによる脱文」であると判断することができるからである。すなわち、脱文を起こす前の流布本系本文と異本系本文は引用箇所の前半部分ではほとんど違いはなかった、と考えるほうがかえって無理のない判断だということになる。

では、蓮空本の異文はどのように考えればよいのであろうか。互いに異本関係にある為秀本と流布本の間でも、前半部分に関してはもともと本文異同はなかったのであるから、蓮空本本文の筆者がこれをことさら別な本文に書き変えたとは考えにくい。蓮空本は後半部分において流布本系本文を忠実に伝えているところから見ても、そう考えるのが穏当である。蓮空本本文は、この部分に脱落を起こした後の流布本系本文に基本的には拠っているものの、流布本系本文は意味のとりにくいものになっていることに気づき、異本系本文を参照して脱文を補おうとしたのであろう。そして、その際、誤ってこれを「不断の念仏など行ひたまひし」の前に挿入してしまった結果、新たな異文を発生させてしまった、というようなことではなかったかと思うのである（同様の例を、第六章にもあげておいたから参照されたい）。

現行の校訂本でのこの部分の処理のしかたを見てみると、『大系』と『新全集』はここに脱文を認めて、異本系本文を有する大島本によってこれを補っているのに対し、『全書』と『集成』は底本のままに本文を作り、注において底本の脱文の可能性を指摘するにとどめている。さきにあげた例の、「心やすかりしありさま……」を流布本系本文の脱文であると認めるぐらいなら、むしろ、こちらのほうをこそ脱文と判断すべきではなかったかと、私は考える。

## 4　文学研究の基礎としての本文批評

以上、都合四箇所の本文対立の例をあげて検討してきたのであるが、これら四箇所は、現象としてはどれも同じパターンの対立であるといってよい。すなわち、三本のうちの二本が共有している本文を、一本だけが欠いている、というケースである。しかし、現象としては同じ対立パターンになっていても、異文生成のプロセスについて考える際には、上に見てきたようにさまざまな要素を考慮し、それぞれのケースに即して考えてみなければならないということがわかるであろう。はじめにも述べたように、恣意的な価値判断を持ち込んだり、特定の本に対して先入観をもったりするのは禁物であるが、かといって、すべての事例に画一的な方法を機械的に適用して事足れりというわけにもいかないところが、物語の本文批評の厄介なところでもあり、また、面白いところでもあると思う。

画一的な方法の適用では片づかないこうした研究のありかたに不安がないかというと、不安ではある。同じ対象を扱うかぎり、誰が試みても同じ結論が出るような、定式化された研究方法を確立するというのが、近代の学問のあるべき姿であり、そういう研究こそが合理的なすぐれた研究であるとされてきた。それを「実証的」というのであろうけれども、しかし、そのことにこだわりすぎた結果、近代の学問、ことに人文学の分野が、きわめて浅薄で偏頗なものになってしまったばかりか、皮肉にも、かえって権威主義的にさえなりつつあるということに、そろそろ我々は気付いてよい時期がきているのではないだろうか。

昨今の国文学の論文ではほぼ例外なく、どのテキストに依拠したかということがきちんと明記されている。そのこと自体は結構なことなのだけれども、「特定の、あるテキストに依拠する」ということがどういうことなのかを、どれだけ真剣に考えているのだろうかと考えさせられてしまうようなケースもずいぶん多い。源氏物語などの場合、「本文は大島本を底本とする××全集によった」というクリシェを書き記すことが、本文に関する諸問題はいっさい不問に付す、ということとほとんど同義になってしまっているばかりか、本文そのものに関する議論を拒絶するための口実になってしまっている観すらある。我が国における多くの外国文学研究がそうであるように、本文の問題をいっさい不問に付すような研究方法というのもありえなくはないだろうと私は思っているが、研究対象を特定のテキストに限定してしまう研究方法が当然の結果としてもたらすはずの、論の限界や立論の窮屈さといったことがほとんど自覚されないまま、無批判なマジョリティの数の権威だけを頼んでそういう方法の採られているところが、ゆゆしい問題だと思うのである。

狭衣物語の場合、『大系』と『集成』が、「依拠すべきテキスト」としてこれまでよく利用されてきたようである。どちらも熟読しなければならないテキストであることはいうまでもないが、だからといって、そのいずれをとってみても、全幅の信頼を置いて依拠するに足るような本文でないことは、上にあげた四例を見ただけでもすでに明らかであろう。後続の諸章で述べるように、『新全集』もしかり、『全註釈』もしかり、である。

そもそも、文学のテキストというのは各人が個々に自分で作りあげていくべきものなのであって、他人の作った本文に「依拠する」というような性質のものではないのであろうと、私は思っている。文学作品を読むということは、各人がそれぞれの解釈にしたがって各人のよるべきテキストを作りあげていくことにほかならないのだと思う。

本文批評は文学研究の「基礎」である、とは誰しも認めるところである。狭衣物語は、その「基礎的研究」である本文批評がたち遅れているために研究が進展しないのだ、と、これまで幾度となくいわれてきた。しかし、そうではないであろう。狭衣物語の研究が進展しないのは、「本文批評がたち遅れているために研究が進展しない」と考えている、まさに、その「他人まかせ」の考え方にあるのだ。本文批評は文学研究の基礎である、というときの「基礎」とは、他人の作った基礎の上に見栄えのいい楼閣を建てるというようなものではないと思う。各人が真剣に諸本の本文と取り組み、本文を批判し、それに基づいて各人の考えるテキストを作り上げていかなければ、「モノとしての本文」は存在しても「文学のテキスト」というものは存在しえない。だからこそ、本文批評は文学研究の「基礎」なのだ。他人の用意してくれたテキストに「依拠」して済ますことができるのなら、本文批評など、もとより必要ないのである。

以上、狭衣物語はどのテキストによればよいのかという質問に対する答えだけは、とりあえず出せたかと思う。文学のテキストは、各人が個々に自分で作り上げていくものである。それが文学作品を読む、ということである。狭衣物語のおびただしい異本の存在は、そのことをなによりも雄弁に物語っているのではないだろうか。

（1）『狭衣物語論考　本文・和歌・物語史』（平成二三年一一月・笠間書院）の「はじめに」。
（2）「狭衣物語における改変と改作の問題（上）――異本文学の方法」（『文学』五三の四・昭和六〇年四月）。後に『狭衣物語の研究［異本文学論編］』（平成一四年二月・笠間書院）に修正を加えて収録。引用は後者による（五八頁）。

# 第三章　深川本狭衣物語本文批判

# 一　深川本について

深川本『狭衣物語』三巻（巻四欠。「西本願寺旧蔵本」とも呼ばれるが、近年は「深川本」の呼称が一般的である）は、明治末年から大正初年のころに西本願寺を出て深川淳一のもとにわたり、その後、吉田幸一の個人蔵となったもののようである。[1]この間、昭和六年に入江相政によってこの本の存在が学界に紹介され、[2]その後、三谷栄一の一連の本文研究において現存最古の最善本であるとの評価が与えられて、今日に至っている。

ところで、昭和四〇年八月に刊行された、三谷栄一、関根慶子両氏の校訂になる日本古典文学大系『狭衣物語』は、以後の狭衣研究に「大き過ぎる」といっても過言ではない甚大な影響力をもった。狭衣物語に言及した昭和四〇年代以後のもろもろの文章は、かぎられたごく少数の論文を除けば、ほとんどすべてがこの『大系』のテキストに依拠している。狭衣物語にかぎらず、国文学はそのころから大衆化の途を歩み始め、それにともなって平易な注（さらには現代語による全訳まで）を備えた種々の古典文学全集の類が企画・刊行され、やがて、一般読者だけでなく、専門の研究者たちまでもがこうした校訂本に依拠して「論文」を量産する時代をむかえる。源氏物語の青表紙本のような権威づけられた伝本もなく、「本文の乱れ」が常に研究上のネックとされてきた狭衣物語においてはとりわけ、碩学の手に成るこの校訂本の出現が研究者人口の増大に拍車をかけた。

と、一般論としては、このような研究史的経緯が考えられよう。しかし、そのとき諸家によって選び採られた活字本のテキストが、日本古典全書や新潮日本古典集成ではなくて、ほかならぬ『大系』であり続けてきたことの理由は、この一般論では説明できない。

『大系』の狭衣物語は内閣本を底本としているが、底本として内閣本が用いられた背景には、深川本に対する絶大な信頼（これは、むしろ「信仰」というべきであろう）があった。この「深川本信仰」こそが、かくも遍き『大系』本狭衣物語の流布をもたらしたのだといってよい。『大系』の底本に内閣本が採択されたのは、深川本が巻四を欠いているため、次善の本として同系統の内閣本が底本として採択されたものと思われるが、内閣本自体が必ずしも評価されたわけでないことは、『大系』本文が作られる際に底本本文があまたの他本によって、あまりにも多く、あまりにも大規模に校訂されているところに如実にあらわれていよう。肝腎の深川本が公開されないまま、種々の本文を合成して作られた『大系』本文が、「深川本信仰」に支えられて研究を牽引したところに、この物語の研究の不幸な歴史が展開したといえる。

我々が深川本本文のありようをなんとか窺い知ることができるようになったのは、昭和五一年から五五年にかけて刊行された『校本狭衣物語』[3]によってであり、深川本の全容が影印本の形で学界に提供されたのは昭和五七年一〇月になってからのことであった。[4]かくして、深川本は、半世紀以上の長きにわたって、神殿の奥深く鎮座ましまます神さながら、個人の書庫の奥から隠然たる影響力を学界に及ぼし続けたのである。

こうした状況のもと、平成一一年から一二年にかけて刊行された『新全集』は、深川本を底本に採択し、深川本に欠けている巻四は平出本を底本としている。深川本の欠を平出本で補うことが適切な措置であるかどうかは、第一章で述べたように、現時点ではいかんとも判断しえないが、[5]それはさておき、『新全集』が『大系』と大きく異なるところは、底本たる深川本の本文に対してほとんど校訂の手を入れていない点である。これは『新全集』の特徴といってよいであろう。今後は『大系』本文に代わってこの『新全集』の本文が流布していくことになるのかもしれないが、全訳まで付された『新全集』は一般読者を対象として作られた校訂本であろうから、それなら「読める」本文が提供されねばならないはずである。いたずらに底本本文に拘泥する態度は、「読み」をおざなりにする姿勢の裏返しである場合も少なくない。その点で、『新全集』の本文の作り方に対しては批判があって当然であろう。しかし、それはそれとして、私は、『新全集』によって深川本系本文のもつさまざまな問題点が白日のもとに晒され、これまでの深川本への信頼が実は非学問的な、文字通り「信仰」にほかならなかったことが明らかになっていくのを期待せずにはいられないのである。というのも、旧著においても折に触れて指摘してきたところであるが、私は、深川本の本文は世間で信じられているほど純良な本文ではまったくない、と確信しているからである。(6)

本章では、現時点で気付いている深川本本文のもつ問題点のいくつかをとりあげ、深川本本文の批判を試みる。

（1）入江相政『いくたびの春　宮廷五十年』（昭和五六年一月・TBSブリタニカ）。山岸徳平「狭衣物語の思出」（日本古典文学大系月報・昭和四〇年八月・岩波書店）。吉田幸一『深川本狭衣とその研究』（『古典聚英』別冊・昭和五七年一二月）など。

（2）『狭衣物語』（『岩波講座日本文学』昭和六年一一月）。

（3）中田剛直『校本狭衣物語巻一（～巻三）』（昭和五一年一一月～昭和五五年三月・桜楓社。巻四は刊行に至らなかった）。

（4）『狭衣物語　上（下）〈深川本〉』（昭和五七年一〇月・古典聚英）。

（5）深川本に欠けている巻四を、為定本で代用する向きも一部にはあるようであるが、それもまた同様の理由から、適切な措置であるかどうかの判断はなしえない。

（6）『物語文学の本文と構造』（平成九年四月・和泉書院）第II部。

## 二　巻一冒頭の脱文をめぐって

### 1　現行校訂本における当該脱文の処理状況

深川本の巻一は、始まって間もないあたりに大規模な脱文がある。主人公狭衣の、源氏宮に対する秘めた思いが語られたあと、

いまはしめたる事にはあらねと、猶さらてもありぬへきことは、よろつにすくれ給つらん女の御あたりには、まことの御せうとならさらんおとこは、むつましう◆をおほしいてゝ二条ほりかはのわたりを四丁こめつゝ、こゝろ〳〵にへたてつくりみかゝせ給たまのうてなに……　(三ウ~四オ)

とある、◆の部分にかなり規模の大きな脱文が想定されるのである。

平成一一年に、深川本を底本にした二つの注釈書『全註釈』と『新全集』がたて続けに刊行された。両書はいずれもこの脱文を内閣本によって補っているのであるが、内閣本ではこの部分が次のようになっている。

【内閣本】……けふはしめたることはあらねとなをさらてもありぬへきことはよろつにすくれ給つらん女の御あたりにはまことの御せうとならさらんおとこはむつましく【もてなさせ給ましかりけれはやうはなかすみのし〻う宰相中将なとのためしとも〻なくやはましてこれはことはりそかしいはけなくより人にもにすめてたき御ありさまをやう〳〵もの〻こ〻ろしり給ま〻にか〻らん人をこそわかものにせめこれにおとりたらん人をはみしとのみおほししみにけれはとかく人をみあつめたまふま〻にいとかくしもしをきけんむすふ神さへうらめしくそおほさる〻このころほり川のおと〻ときこえさせて関白したまふは一条のゐん当代なとのひとつきさいはらの五のみこそかしは〻きさいも内つ〻きみかとの御すちにていつかたにつけてもをしなへての大臣ときこえさするもかたしけなけれとなにのつみにかた〻人になり給ひにけれは故院の御ゆいこんのま〻にみかとた〻この御心に世をまかせきこえさせ給ておほやけわたくしの御ありさまめてたし二条ほり川のわたりを四丁つきこめてこ〻ろ〳〵にへたてつ〻つくりみか〻せ給へる玉のうてなに……（三オ～四オ）

深川本の脱文の始まりが上に【で示した「もてなさせ給……」からであろうことはまず疑いがないと思われるが、脱文の終わりの部分がどこであるのかがこれでは確定できない。「二条ほりかはのわたり……」以下はどちらの本にもあるけれども、その前にある深川本の「をおほしいて〻」にあたる部分が内閣本には見当たらないからである。

そこで、上記の二つの注釈書がこの問題をどのように処理して本文を作っているかを見てみる。

『全註釈』は、「もてなさせ給ましかりけれ」から「御ありさまめてたし」までを内閣本によって補い、深川本の脱文箇所の次にある「をおほしいて〻」を何のコメントもなく切り捨ててしまって、「おほやけわたくしの御ありさまめてたし。二条堀川のわたり……」（五一頁）と本文を作っている。

いっぽう、『新全集』では、脱文箇所の前の本文を「まことの御兄人ならざらん男は、むつましう生ほし出て、もてなさせたまふまじかりけれ」と作り、「もてなさせ……」以下「御ありさまめでたし」までが脱落である旨を頭注（二〇頁）および下巻に付された「校訂付記」において指摘している。傍線を施した「生ほし出て」なる本文は深川本の「をおほしいてゝ」の部分を生かして本文化したものかと思われるが、深川本本文には「をおほしいてゝ」とあって、はっきりと「を」の文字が記されているにもかかわらず、校訂本文ではその「を」が切り捨てられている。しかし、そのこと以上に『新全集』のこの処置の特異なところは、深川本の脱文を「むつましう」の次からではなく、「をおほしいてゝ」の次から、と考えているところである。

先にも述べたように、深川本は狭衣物語の伝本中もっとも信頼すべき本文を有するものとされてきたのであるが、その内容の公開が遅れていたため、同系統の内閣本（あるいは、それを底本にした『大系』）が次善のテキストとして用いられてきた。しかし、最善とされる深川本の全容が公開された今、その深川本本文を次善の内閣本本文で校訂するというのは本末転倒の処置であるといわねばならず、それでもなお、やむをえず深川本に手を加えねばならない場合には、校訂に際して適正な判断としかるべき根拠とが明示されるべきであろうと思う。その点で、上に見たような両書の処置はいずれもきわめて安直であるといわざるをえず、深川本に対してこのような恣意的な処置を施すくらいなら、はじめから深川本など底本にせずに、内閣本ですませておいてもかまわなかったのではないか、とさえ思われるのである。

## 2　現行校訂本の校訂方針の違いについて

はじめに述べたように、『全註釈』も『新全集』も、ともに、上述の脱文箇所を内閣本によって補塡しているのであるが、凡例に記すところの両書の校訂方針は大きく違っている。

『全註釈』は「同一系統の内閣文庫本を参照しつつ本文を作成した」とし、『新全集』は「内閣文庫本、飛鳥井雅章筆本、蓮空本、伝為明本、伝為家本、伝慈鎮本などと校合して本文を作成した」と、それぞれの凡例に記す。『新全集』のここに列挙された諸本は、中田剛直の『校本狭衣物語巻一』の分類によれば、

深川本…………第一類本系統第一種A
内閣文庫本………第一類本系統第一種A
飛鳥井雅章筆本……第一類本系統第二種C
蓮空本…………第一類本系統第二種B
伝為家本………第二類本系統

となり、残る伝為明本（=中山本）は、私見では第一類本系統第二種E、伝慈鎮本は第二類本系統である。このように系統をまったく異にする種々雑多な諸本によって底本本文を校訂するなどという処置は、これまでの文献学の常識からすればとうてい考えられないことであるといわねばならない。なにゆえ『新全集』においてこのような常識はずれの校訂方針が採られたのかは定かでないが、かといって、私は、『全註釈』のように同系統とされる内閣本だけで深川本本文の欠陥が処理しきれるとは思えないし、それが適正な方法であるとも思わないのである。

三谷栄一は深川本と内閣本を、ともに「第一系統本」であるとし、中田剛直も両本を同類として「第一類本系統第一種A」に分類する。たしかに、内閣本は規模の大きな独自異文を深川本と共有している。たとえば、主人公狭衣が源氏宮への恋心を自戒するくだり。流布本をはじめとするほとんどすべての本で、

【版本】「大殿、宮などもたぐひなき御こゝろざしといひながら、この御ことは、さらばさてもあれとも、よにまかせ給はじ。世の人のきゝ思はん事もゆかしげなく、けしからずもあるべきかな」と、とざまかうざまに世のもどきなるべき事なれば、あるまじきことにふかくおぼしとるにしもぞ……（巻一之上・三オ〜三ウ）

となっているところが、深川本では、

【深川本】「世のひとのきゝおもはん（こと）もむげに思やりなくうたてあるべし。大殿まい（はゝ）宮などもならびなき御心ざしといひながら、この御事はいかゞせん、さらばさてあれかしとは、よにおぼさじ。いづかたにつけてもいかばかりおぼしなげかん」など、「かた〴〵あるまじき事」とふかく思しり給にしも……（三オ〜ウ）

となっている。世人の思惑への顧慮が両親の悲嘆への気遣いに先行している点、そのことと関連して傍線部分がまったく違った本文になっている点などが目立って異なるところであるが、この箇所が深川本のようになっている本は、『校本狭衣物語』によれば、「第一類本第一種A」に分類される内閣本と平出本だけなのである。

したがって、内閣本は他のどの本よりも深川本に近い本文を有するといってよいと思うのであるが、それでもなお、両本間に質・量ともにかなりの異文があることはすでによく知られているところでもある。のみならず、両本文が異なっているとき、内閣本は異系統の本文のほうに一致しているケースが多い。(1) つまり、深川本の側からすれば、内閣本は多くの異系統異文を混入しているのであって、そのような不純な本文をもつ内閣本によって深川本本文を校訂するということは、結果的には異系統本で深川本を校訂したのとなんら変わりがないということとにもなりかねないわけである。それならば、いっそのこと、混合・混態本も含めてできるだけ多くの本を見比べ合わせた上で、その都度、深川本と同系統の本文を残し伝えているとおぼしき本によって深川本本文を校訂していくほうが、気付かないうちに異系統本文を混入させてしまうという過失を回避できるのではないか。その意味で、一見非常識にみえた『新全集』の校訂方針のほうが、実は、『全註釈』の校訂方法よりもはるかに理にかなっているといってよいと、私は思うのである。

そこで問題の脱文箇所の処理について考えてみようとするわけであるが、ここを内閣本で補塡することがはたして適切な処置であったといえるのであろうか？　以下、そのことについて考えてみたい。

## 3　当該脱文の発生の経緯

古典聚英の影印によれば、上述の深川本の脱文は、巻一の三丁ウラから四丁オモテに丁移りする部分に発生している。すなわち、三丁ウラは「……よろ／つにすくれ給つらん女の御あたりには、まこ／との御せうとならさらんおとこは、むつましう／」で終わっており、続く四丁オモテは「をおほしいてゝ、二条ほりかはのわたりを四丁／こめつゝ、こゝろ〳〵にへたてつくりみかゝせ給／たまのうてなに……」と始まっているのである。

さらに、吉田幸一「深川本狭衣書誌」(2)によれば、深川本巻一の装幀は、折帖九括からなる綴葉装で、その第一括は「二紙を重ねて二つ折にして四丁となし、最初の一丁を表紙にあて、第二丁以下に本文を書す。墨付三丁。」(三五四頁)とされているから、上述の脱文は、第一括から第二括へ移る箇所に発生していることになるわけである。この脱文について吉田は次のように説いている。

……コレハ一見、深川本ノ一丁分ガ切取ラレタコトニヨル欠文ノヨウニ見エルガ、書誌上カラハ、切取リノ跡ハナイ。マタ、深川本書写者ノ犯シタ誤脱カト疑ッテミタガ、

むつましうをおほしいて、二条ほりかは（深川本）

むつましくもてなさせ（以下長文如下段）めてたし二条ほりかは（内閣本）

コノヨウナ両本ノ傍線部分ノ校異カラ見テ、ソレモイカガ。デ、結局コレハ、深川本ノ祖本ニオケル誤脱文ヲ、ソノママ承ケテ書写シタモノト見ルベキ可能性ガ強イノデハナイカト思ウ。（四二三頁）

『新全集』が深川本の脱文を「をおほしいて、」の次からと考えたのは、吉田のこの説に従ったのかもしれず、深川本の現物を存分に観察した上で吉田がこのように説いたことの重みはじゅうぶんに尊重せねばならないとは思うものの、それでもなお、私は、この脱文は深川本自体に起因するものと考えるべきだろうと思うのである。なぜなら、深川本の祖本の時点からすでに存在していた脱文がこのように深川本の括移りの箇所にぴったり一致する偶然などというのは、深川本筆者が字詰めや綴じ方に至るまで祖本を忠実に模したというのでもないかぎり、とうてい考えられることではないからである。

そういう疑いの目で深川本の書誌を再検討してみると、不審な点は見えてくる。前掲書によって、各巻の第一括の仕様を見てみると、

巻一……二紙を重ねて二つ折にして四丁となし、最初の一丁を表紙にあて、第二丁以下に本文を書す。墨付三丁。

巻二……五紙を重ねて二つ折にして一〇丁とし、最初の一丁を表紙、第二丁を遊色、第三丁以下に本文を書

す。墨付八丁。

巻三……四紙を重ねて二つ折にして六丁とし、最初一丁を表紙に、第二丁を遊紙とし、第三丁以下に本文を書す。墨付六丁。

と記されている。傍線を付しておいた巻二の「遊色」は「遊紙」の、巻三の「六丁」は「八丁」の誤りであろうが、巻一にだけ「遊紙」がないことに注目したい。

吉田は、深川本巻一の第一括に切取りの形跡は認められないとしている。それはそのとおりであろう。しかし、ここは、切り取りではなく、落丁を考えるべきであろうと思うのである。すなわち、巻一の「表紙」と第四丁とを構成していたはずの、いちばん外側の一枚が脱落したために、上述の脱文が発生したと思われるのである。深川本巻一の第一括は、もとは三紙からなっていたのであって、

第一紙……表紙と第四丁

第二紙……遊紙と第三丁

第三紙……第一丁と第二丁

となっていたもののうち、外側の「第一紙」が脱落した結果、もとの第四丁がなくなってしまったのであろう。深川本の現在の第一紙（もとの第二紙）は現在「表紙」として用いられているが、それは、現在の装幀が、第一紙の脱落後、もとの遊紙を表紙として利用したものであることを示している。書誌によれば、表紙は「本文と共紙」であり、外題は本文とは別の「後筆」であるとするが、これらの事実は上の推論と抵触しないばかりか、むしろこの推論の妥当性を積極的に保証するものであるといってよいだろうと思う。

以上の考察結果から、深川本の脱文は深川本自体の落丁に起因するものであり、脱文のあとに続く文章は、

「をおほしいて、二条ほりかはのわたりを四丁こめつ、……」というふうに始まっているのだということになる。「をおほしいて、」を何の断りもなく切り捨てて内閣本と同文にしてしまった『全註釈』の処置は論外として、「をおほしいて、」を「生ほし出でて」と本文化した『新全集』の処置も、やはり失当といわざるをえないのである。

かくして、深川本の脱文箇所に続く「をおほしいて、」が「……を思し出でて」であることはもはや確実なのであって、脱文の末尾は、二条堀川邸新造の際に堀川大殿が「思し出で」たもの、をあらわす言葉で終わっていたにちがいない。しかし、この部分にそのような語句を有する本は管見に入らず、『校本』にもそのような異文を見出すことはできない。狭衣物語のシチュエイションをむやみに先行物語の先例にかこつける癖のある深川本系本文の特性からすれば、脱文の最後は、「光源氏の六条の院つくり出でさせたまひたる」とでもあったのではないかなどと考えてみたりもするが、むろん、まったく恣意的な、空想の域を出るものではない。

## 4　当該脱文の内容

前節の考察から、深川本の脱文内容は、同系統とされる内閣本の本文とも異なる、きわめて特異なものであることが判明した。したがって、現存するいずれの本によっても、この脱文を復元することはできないということになるわけであるが、この脱文が深川本の第一紙の脱落によって生じたものであるという前節の考察結果をもとにして、その脱文内容をもう少し限定して推測しておくことは可能かと思う。本節ではそのことについて述べてみたい。

深川本のこの脱文箇所に相当する内閣本の本文を先に掲げておいたが、実は、この箇所は諸本間に大規模な本文異同が生じているところであって、流布本ではこの部分が次のようになっている。

【版本】今はじめたる事にはあらねどなを世中にさらでもありぬべかりける事はあまりよろづすぐれたまへらん女の御あたりにはまことの御せうとならざらんおとこはいみじうともむつましうまじきわざなりけれこのごろ堀川のおとゞと聞えて関白し給ふは一条院当帝などのひとつ后ばらの二の御子【こそおふしたて給ふぞかし母后もうちつゞき御門の御すぢにていづかたに付てもをしなべておなじおとゞと聞えさするもいとかたじけなき御身のほどなれど何の罪にかたゞ人に成給ひにければ故ゐんの御ゆいごんのまゝにうちかはりみかどたゞ此御心に世をまかせ聞えさせ給ひていとあらまほしうめでたき御ありさまなり二条ほり川のわたりに四町つきこめてみつにへだてゝつくりみがき給へる玉のうてなに……（巻一之上・三ウ～四オ）

内閣本にあった「早うは、仲澄の侍従、宰相中将（「在五中将」ノ誤デアロウ）などのためしどももなくやは。ましてこれはことわりぞかし。いはけなくより人にも似ずめでたき御有様を、やうやうものの心知りたまふままに、かからん人をこそ我がものにせめ、これに劣りたらん人をば見じ、とのみ思し染みにければ、とかく人を見集めたまふままに、いとかくしもし置きけん結ぶ神さへうらめしくぞ思さるる」という長文の異文が、流布本をはじめとする多くの本にはないのである。この長文の異文の有無を、『校本狭衣物語巻一』によって表示してみると、

○これを有する本

第一類本第一種A　平出本・内閣本

第二種B　蓮空本・大島本
C　鈴鹿本・雅章本・宮内庁四冊本
E　宮内庁三冊本・松井本
I　武田本・東大本・龍谷本・中田本

○これをもたない本

第一類本第一種B　為秀本
第二種A　為相本
D　四季本・宝玲本・文禄本・三条西本
F　吉田本・鎌倉本
G　京大五冊本
H　竹田本
I　松浦本
J　押小路本・鷹司本・黒川本
L　流布本

第二類本系統　為家本(3)・前田本

となる。三谷がいうところの第一系統本、および第一系統本文を混入した混合・混態本にはこれがあり、第二系統本や第三・第四系統本にはこれがないという構図である。

では、深川本はどうであったか、というと、これは、ほぼ確実にこの異文を有していたと考えてよいだろうと思う。というのも、深川本は各面一〇行に書かれており、一行の字数はおおむね二〇字弱である。いま、第一括を構成している各面の字数を数えてみると、

一丁オモテ　一九二字　一丁ウラ　一九五字
二丁オモテ　一六九字　二丁ウラ　一八一字
三丁オモテ　一九二字　三丁ウラ　一八八字

となっている。和歌一首を含む二丁オモテを別にすれば、各面の字詰めは、一八〇〜一九五字の範囲にあるとしてよいであろう。そうなると、失われた第四丁の両面に書かれていた文字数は三六〇〜三九〇字程度であったと推定される。いま、さきに示した内閣本で、この欠脱部分に相当する「もてなさせ給ましかりけれ」から「おほやけわたくしの御ありさまめてたし」までの字数をかぞえてみると、三九〇字であるから、これはほぼ深川本の一丁両面分になる。いっぽう、流布本の場合だと、これが一九〇字程度にしかならない。用字の違いを考慮しても、流布本系本文のような内容では深川本の一丁両面を埋めることはとうてい不可能であろう。このことから、脱落した深川本の第四丁両面に書かれていた本文が流布本系本文や前田本・慈鎮本のような異本系本文ではなかったということだけは断定できる。

とはいえ、深川本の脱文の末尾は、同系統とされる内閣本や平出本ともまったく異なる、特殊な異文であったこともすでに明らかなのであるから、末尾のみならず脱文内容の全体が諸本とはまったく違ったとんでもない異文になっていた蓋然性というのも、皆無とはいいきれない。しかし、そのような突拍子もない推論をあえてするというのもまた、非常識な暴論なのであって、なんら根拠のないことであるといわねばならないであろう。さきにも述べたように、深川本系本文は他系統本に比べて、物語のシチュエイションを先行物語の先例にかこつけたがる癖がある。深川本の脱文内容に、「仲澄の侍従……」という、内閣本と同様の特異な本文が存在していたと

考えるのはむしろ無理のない推論であり、とりあえず深川本の脱文を、量的にほぼ等しい本文を有する内閣本や蓮空本等で補っておくことは、この場合、やむをえない処置であるとせねばならないであろう。

（1）中田剛直「狭衣物語巻一伝本考」（『国語と国文学』昭和三三年五月）は、深川本・内閣本・平出本の三本の独自共通異文を四〇八箇所と認定し、そのうちの七七箇所を「大異同」としているが、同時に、三本の独自異文が内閣本では六六箇所、平出本では二七箇所であるのに対し、「深川本は二六七に及ぶ膨大な独自異文をもち、これ等三本は同種本とはいへ厳密にはかなり隔たりがある」とも指摘している。すでに指摘されているように、この異文数の数え方に種々問題はあるにしても、指摘の趣旨については何人も異論の余地はないであろう。

（2）『狭衣物語の研究』（昭和五七年一二月・古典文庫）所収。

（3）『校本』は為家本を第二類本系統とするが、本書「第七章　一」に述べるように、為家本のこの部分の本文は第二系統ではなく、流布本系本文による補写である。ただし、異本系本文を有する前田本・慈鎮本にもこの異文はないから、第一系統本にこの異文がないという認識を変更するには及ばない。

## 三　深川本本文の実態

深川本本文のもつさまざまな問題点をいくつかのパターンに分けて、以下、検討していくこととする。

### 1　深川本系本文が流布本系本文と異本系本文を合成したものにすぎないケース

【第一例】巻二。昼寝をしている女二宮を見て、母大宮が懐妊に気づく場面（校本一三八頁）。次に見るように、流布本系本文（版本）と異本系本文（高野本）はかなり異なったものになっている。

【版本】つねよりもあつきひるつかた、御丁のかたびらすこしゆひあげて、ゆかの上にてひのおましばかりをしきて、くれなゐのうすものゝひとへ、すゞしの御はかまばかりを奉りて、かひなをまくらにてね入せたまへるに、御ぐしのひさしくけづりなどもせさせ給はねど、露ばかりまよふすぢなくつや〳〵としてうちやられたるに、こぼれかゝらせたまへるいろあひ、つらつきなどの、かく久しき御なやみにつゆ斗もおとろへず、いとゞなまめかしく見えさせ給ふ。大宮も、つく〴〵と見奉らせ給ふに、「かひなたゆきもしらせ給はぬにこそ」と、こゝろぐるしうかなしくて、涙のほろ〳〵とこぼれさせたまふ。（巻二之上・二八ウ～二九オ）

【高野本】四月十よ日にもなりぬ。まだしきにあつさを人〴〵なげくひるつかた、ましていかにくるしうおぼさるらんとて、大宮わたらせたまへれば、み丁のかたびらすこしあげて、ゆかのうゑにてんのをましばかりうちしきて、くれなゐのうすもの、ひとへ、すゞしの御はかまばかりをたてまつりて、御かいなをまくらにしてねいりたまへるに、御ぐしのゆく《ママ》〳〵とうちやられて、御ひたいがみはことさらにひねりかけたるやうに御かほにゆら〳〵とこぼれかゝりて、さばかりその人ともみえぬまでやせそこなはれたまへるしも、いとゞしろくゝまなき御いろのあはひ、あてに心ぐるしく、うすものゝ御ひとへもをもたげにあはれげなる御さまを、つく〴〵と御らんずるに、「かいなたゆさもしられたまはぬにこそは」と、心ぐるしうかなしきに、なみだのみほろ〳〵とこぼれさせ給。(三一オ〜ウ)

これらに対し、深川本系本文は次のようになっている。

【深川本】つねよりもあつきひるつかた、御丁のかたびらすこしあげて、ゆかのうへにてんの御ましばかりにて、くれなゐのうす物ゝ御ひとへ、すゞしの御はかまばかりをたてまつりて、かひなを御まくらにてふさせ給へるに、御ぐしのひさしうけづりなどもせさせ給はねど、つゆばかりふくみたるすぢもなくゆら〳〵つや〳〵としてうちやられたるひたいがみのことさらにひねりかけたらんやうにこぼれかゝらせ給へるつらつきなど、さばかりその人ともみえぬまでやせそこなはれ給へるしも、いとしろふくまなき御いろあはひなど、いますこしあてに心ぐるしう、うすものゝ御ひとえもおもげにあはれげなる御さまを、大宮はつく〴〵とみたてまつらせ給に、「かいなのたゆさもしらせ給はぬにこそ」と、心ぐるしうかなしうて、なみだこぼれ給。(三四オ〜ウ)

この深川本系本文は、基本的には流布本系本文と同じでありながら、流布本系本文の傍線部分を削り、それに代えて異本系本文の波線部分を挿入した形になっている。これまで信奉されてきた「深川本系本文が狭衣物語の原態である」という考え方では、三者のこうした本文対立を説明することはできない。これと同様、深川本系本文が流布本系本文と異本系本文の混合・混態から成ると考えなければならない箇所は、他にも多々ある。そのことは旧著においても実例をあげて述べたことであり(1)、さらに本書第二章にも実例をあげたので、ここではこの一例だけにとどめるが、この際あらためて注意を喚起しておきたいのは、三者の本文のよしあしを「文芸論的」な観点からあげつらうことは今ここで述べている問題とは別問題だ、ということである。深川本系本文を支持してきた論者たちの論法は、おおむね、文芸論的観点から深川本系本文の「よさ」を述べ立てるものばかりであった。しかし、思うに、流布本系本文や異本系本文に手を加えてまで新たな本文を作り出した人は、わざわざもとの本文より粗悪な本文を作ろうとしたわけではないであろう。彼は彼なりになんらかの価値観に基づいてもとの本文を「改良」しようとしたにちがいないわけであるから、深川本系本文がもとの本文よりも「よい」側面をもっていたとしても、それは当然である。したがって、深川本系本文を支持する論者がこの合成本文を作成した者と同じ価値観しか持っていなかった場合、その論者は深川本系本文をもっとも「よい」本文であると考えることになる。しかし、その場合の「よさ」は、本文の素姓の「よさ」を保証するものではまったくない。原本あるいは原本文のもつ価値というのはあくまでも「文献学的価値」なのであって、「文芸論的価値」とは別物であるということを論者は肝に銘じておかねばならない。狭衣物語にかぎらないが、本文の先後関係を論じる際に安易に文芸論的価値判断を持ち込んで議論を混乱させてきた旧来の本文研究の方法は、はなはだ非学問的であるといわざるをえないと思う。

ちなみに、『校本狭衣物語巻二』が「第一類本第一種」としている諸本はいずれも、この箇所では深川本と同様の本文になっている。また、この深川本系本文とは別に、三谷栄一が指摘しているように(2)、流布本系・異本系両本文を合成してできた松浦本（第一類本第二種B）をはじめとする別種の混態本文が存在する。その松浦本は、次に示すように、流布本系本文（傍線部）と異本系本文（波線部）による複雑な混態本文となっている。

【松浦本】つねよりもあつきひるつかた、いかにましてくるしくおぼしめすらむとて、大みやわたらせ給へれば、き《ママ》てのかたびらすこしゆいあげて、ゆかのうゑにおましばかりをしきて、くれなゐの御ひとへばかりおたてまつりて、かいなをまくらにてねいり給へるに、御ぐしのひさしくけづりなどもせさせ給はねども、つゆばかりふくだむけなく、ゆく〳〵つや〳〵としてうちやられたるに、御ひたいがみのひねりかけたらんやうにこぼれかゝらせ給へるいろあはひつらつき、かゝるひさしき御なやみに、その人《ママ》とみえぬまでやせそこなはれ給へるしも、なまめかしくあてにこゝろぐるしく、うす物ゝ御ひとへもおもかげにあはれげなる御ありさまを、大みやみたてまつらせ給て、「かいなたゆきもしらせ給はぬにこそ」と、こゝろぐるしうかなしきに、なみだをほろ〳〵とこぼさせ給に、（三八オ〜ウ）

## 2　深川本の脱文

【第二例】上にあげた第一例の少し後、大宮から女二宮懐妊のことを告げられて当惑する乳母たちの言葉（校本一四七頁）が、深川本では次のようになっている。

【深川本】「月ごろもあやしう心えぬ御ありさまを、御もの〻けにやとみたてまつりなげくよりほかには、又えいかにも〳〵みしりまいらすることも侍らず。さりともことのありさましる人侍らんかし。むかし物がたりにも……（巻二・二六オ）

いっぽう、流布本系本文（版本）・異本系本文（高野本）はそれぞれ次のようになっている。

【版本】「月ごろもあやしうこゝろ得ぬ御ありさまを、御物のけにやなど見奉り、なくより外に又いかにも〳〵見奉り知事もさぶらはず。れいせさせ給ふ事もつねにさのみおはしませば、あやしと見おどろくべきにも侍らでこそ。さりとも事のありさまはしる人侍らんかし。昔物がたりにも……（巻二之上・三一オ〜ウ）

【高野本】「月ごろは心えずあやしき御心ち、たゞいかにとのみ、たてまつりあつかふ事よりほかに、またなにごとをかは。いかにしる事もさぶらはずなん。れいの御ことのひさしうせさせ給はぬをも、つねにさのみをはしませばとこそは思たまへれ。さりとしる人はべらん。むかしのものがたりにも……（三三オ）

ここでも流布本系本文と異本系本文はかなり異なったものになっているが、深川本の本文は流布本系本文と同じである。ただし、深川本には傍線部分が欠けている。深川本を底本とする『新全集』や『全註釈』はこの箇所に異文が存在することを指摘しながらも、傍線部分が欠けていても意味が通じるせいか、深川本のままに本文を作っている。傍線部分は流布本系本文だけでなく異本系本文にも存在しているから、あるいは、深川本信奉者たちは、傍線部のない深川本の本文こそが狭衣物語本文の原型であって、流布本系本文の傍線部分は異本系本文から取り込まれたものだ、と主張するのかもしれない。しかし、異本系本文から取り込まれたにしては、流布本系本文の傍線部分は異本系本文のそれとは措辞が違いすぎている。そこで、『校本狭衣物語巻二』を閲してみると、傍線部分をもたない本は、実は深川本だけであることが判明する。『校本』が深川本と同類（第一類本第一種A）としている雅章本でも、次に見るように傍線部分は存在している。

【雅章本】月比もあやしう心えず、御ありさまを、御もの、けにやとみたてまつりなげくよりほかには、又はいかにも〳〵みしりまいらする事も侍らず。れいせさせ給こともさのみおはしませば、めおどろくことにもはべらでこそ。さりともことの有さましたるひとはべらんかし。むかし物がたりにも……（四八ウ〜四九オ）

おそらく、ここは雅章本のような本文が深川本系本文の祖本の形なのであって、異本である高野本や大島本を別にすれば、諸本間に大きな異同はなく、深川本が単に傍線部分を写し落としただけのことと考えるべきであろう。深川本は、雅章本の傍線部分の前後にある「侍らず」「はべらでこそ」という二つの「はべら」の目移りからその間の部分を写し落とし、後に若干の手を加えて本文を整えたという底のものであるにちがいない。深川本の本文を校訂しなかった『新全集』や『全註釈』の判断には問題があるといわねばならない。あわせて、雅章本はけっして深川本の末流本文などではないことがこれによって証明され、深川本の独自異文をどう処理するかという問題に対しても、雅章本は重要な発言力をもつことになる。

【第三例】巻三。飛鳥井女君の残した女児（忍草）を覗き見るため一品宮邸に忍び入った狭衣が、物言いさがなの権大納言に見つけられてしまうくだり（『校本狭衣物語巻三』一六八頁）。深川本、版本（流布本系本文）、大島本（異本系本文）は、それぞれ次のような本文になっている。(3)

【深川本】かくこそはありけれとみいでゝ、みぬかほにて、御めのとごの中納言のきみといふ人に心ざしありがほをみせつゝ、かよひけるを、いまとなりてはほのめかしいでつゝ、せめわたるを……（五四ウ）

【版本】かうにこそありけれと見はてゝ、見ぬかほにてすぎぬるも、おほきおとゞの御子の権大納言也けり。はやうより思ふ心ありて、御めのとごの中納言の君といふにこゝろざしありがほに見せつゝ、かよひけるに、今となりてはほのめかしいでつゝ、せめわたるを……（巻三之中・三ウ）

【大島本】かくこそは有けれとみて、見ぬかほゝして過ぬるも、大おとゞの御子の権中納言成けり。はやうより思ふ心ありて、御めのとごの中納言の君といふ人に御心ざし有がほにみせつゝ、かよひけるを、いまと成ては、ほのめかし出つゝ、せめわたるぞ……（五〇オ）

この箇所では三本の本文間にほとんど違いがないが、傍線を付した部分が深川本には欠けている。『新全集』はここでも底本のままに本文を作っているが、傍線部分がなければこのあたりの主語が誰であるのかはいっさいわからず、解釈不能であるといわねばならない。『新全集』がこの箇所の口語訳において、「見破って、知らぬ顔をしていたが、権大納言が、一品の宮の御乳母子の中納言の君という人に……」（七五頁）というように、主語を補って訳しているのは、深川本本文のままでは解釈不能であることを如実に示しているというべきであろう。

にもかかわらず、『新全集』は、脱文を補訂することがないままに本文を作っておきながら、頭注七（七八頁）で「流布本には、狭衣の正体を見破った箇所の次に「太政大臣の権大納言なりけり」と、素姓が明かされている。」と注をつけている。いったいどういう本文を提供しようとしているのか、私にはその意図を忖度しかねる。また、深川本を底本とするもう一つの注釈書『全註釈』も、この脱文を補うことをせずに底本のままに本文を作っている。にもかかわらず、【鑑賞・研究】の項でこの脱文に触れて、「目移りとも思えず、意識的に解釈を施したとも考えられない」、「西本願寺旧蔵本（深川本）の本文の質にかかわる課題である」（四八頁）と述べている。まったくそのとおりであるが、本節にあげた諸例を見ればわかるように、深川本の脱文は何もこの箇所だけにかぎらない。この箇所も素直に脱文と判断して、他本で補えばそれで済むことである。両注釈書ともに、深川本に対する過大な信頼が本文の解釈を阻害しているといわざるをえない。

ただ、先の第二例とは異なり、これは深川本だけの独自異文ではない。『校本狭衣物語巻三』が深川本と同類（第一類本第一種A）とする武田本も、やはり傍線部分を欠いているようである。ただし、武田本は、中田剛直によれば、「（深川本と）ほぼ同一本といってよい」(4)ということであるから、これも第二例に準じて考えるべきものであろう。

【第四例】同じく巻三。狭衣ははじめて我が子忍草を見て、「忍草見るに心は慰まで忘れ形見に漏る涙かな」の歌を詠むが、その直前の地の文（『校本』一二六八頁）も、第三例と同様、深川本の脱文とすべきところである。

【深川本】ひめぎみをかきいだきてこなたにいれ給ぬ。（八六ウ）

【内閣本】ひめ君をかきいだきてこなたにいり給ぬれば、ちかうみたまへば、たゞその人とおぼえてなみだこぼれ給ぬ（六六オ）

今、内閣本（第一類本第一種B）の本文をあげてみたが、この部分は異本である大島本も含めて諸本間に大異はなく、傍線部を欠くのはやはり深川本と武田本（第一類本第一種A）だけである。『新全集』はここでも深川本のままに本文をつくるが、これも二箇所の「給ぬ」の目移りによる脱文と考えるべきであろう。ちなみに、傍線部は狭衣の和歌の結句「漏る涙かな」と呼応しているわけであるが、そのことをもって、傍線部を有する他本の本文こそが原態である、というような論法を採ってはならない。そのことについては第一例で述べたから、ここでは繰り返さない。

## 3　深川本本文が必ずしも深川本系本文であるとはいえないケース

【第五例】巻二。大宮と女二宮が一条宮に里下がりするくだり（『校本』一六一頁）。深川本・版本はそれぞれ次のようになっている。

【深川本】さるべき宮づかさなどめして、御いのりの事などこまかにおほせられて、いでさせ給べきさまになりぬ。返々もおぼつかなかるべきさまにおぼしの給はせて、大殿にもきこえさせつけさせ給ければ……（四〇オ〜ウ）

【版本】さるべき宮づかさなどめして、御いのりの事などこまかにをきてさせて、出させ給ふべきにも成ぬ。返〳〵もおぼつかなかるべき事をおぼしめしの給はせて、とのにも聞えさせ給ひければ……（巻二之上・三四ウ）

両者の間にはほとんど違いがない。ところが、深川本と同じ第一系統本として扱われてきた内閣本（ただし、『校本』はこれを「第一類本第一種D」とし、深川本とは区別している）ではこの部分が次のようになっている。

【内閣本】さるべきたいふ・宮づかさなどめして、いでさせ給べきさまになりぬ。御いのりのことなどもたゞひとつにこまかにをきておほせらるゝにつけても、かく心ぼそきありさまを、いつしかものたのもしき御うしろみまうけさせ給べき、くちおしき御心ちにこの月ものびぬることゝなげかせ給。かへすぐ〳〵もおぼつかなかるべきさまにおぼして、大殿にもきこえさせ給ければ……（三〇オ～ウ）

内閣本の傍線部分が深川本や流布本にはない。前節に見てきた諸例と同様、これも深川本の脱文と考えることができそうにも見える。しかし、異本系本文（高野本）のこの箇所を見てみると次のようになっており、このケースは、さきの第三例・第四例・第五例とは事情を異にするものであることが判明する。

【高野本】大夫めして、さやうの事などのたまはせて、いでさせ給べきになりぬ。御いのりのことなどもたゞ御心ひとつにこまかにをきておほせらるゝにつけても、かう心ぼそき御ありさまを、いつしかものたのもしき御うしろみもまうけさせたまふべきに、くちをしき御心ちにこの月ものびぬることゝなげかせ給。をとゞこそれいの御心ざしにさま〴〵の御いのりはじめさせたまひなどして、心ぐるしき御さとずみのほどもつかふまつり給ける。うちにもかゝる御心ばへをかぎりなうよろこばせたまひけり。（三二六オ～三二七オ）

この異本系本文は深川本本文や流布本系本文とは大きく異なるものであるが、波線部分が内閣本の波線および傍線を付した部分とぴったり一致している。深川本脱文説でこれを説明しようとすると、深川本は内閣本と異本系本文がたまたま一致していた部分をことさらに写し落とした、ということになるわけだが、そのような想定をするのはグロテスクであるといわざるをえない。内閣本の本文は、深川本や流布本の「御いのりの事などこまかにおほせられて、いでさせ給べきさまになりぬ」の部分を異本系本文の波線部分に差し替えてできたものであると考えるべきである。『校本狭衣物語巻二』によれば、四季本・宝玲本・文禄本・平出本・内閣本（以上、第一類本第一種D）、吉田本・鎌倉本（以上、第一類本第二種A）、松浦本（第一類本第二種B）などが、内閣本と同様の混態本文になっている。

この箇所について、『大系』は底本たる内閣本のままに本文をつくり、『新全集』『全註釈』は底本たる深川本のままに本文を作っている。やや皮肉めいた問いをたてるなら、これまで第一系統（深川本や内閣本の本文）こそが狭衣物語の原態であると主張してきた論者たちは、どちらをもって第一系統の本文と考えているのか。『新全集』にはこの問題についての言及はないが、『全註釈』は【鑑賞・研究】の項において、深川本と内閣本のこの部分の異同を論じて、「内閣文庫本は同じ第一系統でありながら、大幅な加筆がある」（二六八頁）と述べている。内閣本の異文は深川本本文に大幅な加筆の手が入ったものであるとし、深川本の本文こそが第一系統の原型であると考えているようである。

たしかに、この箇所の内閣本の本文は流布本系本文に異本系本文を混入した混態本文なのであるが、そのことをもって、内閣本よりも深川本のほうが第一系統の本文（＝深川本系本文）をよく伝えている、といえるかどうか、この際少し考えてみておいてもよいのではないか。というのも、内閣本をはじめとする上掲諸本のこの箇所の本文のありようは、さきに第一例で見た深川本系本文のありようとまったく同じだからである。私は、いわゆる深川本系本文なるものの本質は流布本系本文と異本系本文の混合・混態にあると考えているのであるが、その私の目には、この箇所の内閣本の本文は深川本以上に「深川本系本文」らしいものに映るのである。これまでの盲信的な深川本信仰のもとでは、立ち入るべきでない聖域の問題だったのかもしれないが、傍線部を有する内閣本のような本文こそがむしろ深川本系本文なのであって、深川本のこの部分は、なんらかの理由で流布本系本文が混入している、というふうに考えてみなければならないのではないだろうか。『全註釈』は随所で深川本本文を内閣本によって校訂しているが、それならなおのこと、内閣本のみならず深川本系の諸本がそろって傍線部「かく心ぼそきありさま……」を有するこの箇所は、深川本本文を校訂しておかなければ、第一系統本文を提供したことにならないのではないか、と思うのである。

## 4　深川本系本文の独自共通異文

これまで深川本や内閣本によって考えられてきた「第一系統本文」なるものの大半は、流布本系本文あるいは異本系本文のいずれかと一致している。さらに、一見そのどちらとも異なるように見えるような箇所においても、これを仔細に観察してみると、流布本系本文と異本系本文の混態であったり、脱文や錯誤に由来するものであったりすることを上に見てきたわけであるが、だからといって、すべての第一系統異文がそうであるというわけではなくて、やはり当面は、流布本系本文や異本系本文とは異なる、もうひとつの別系統の本文が存在すると考えておく必要はあるだろうと思っている。そして、流布本系本文とも異本系本文とも異なる異文を有する本の代表は、やはり深川本であるといってよいのであろう。ここでは深川本系本文が流布本系本文とも異本系本文とも異なる本文を有する例を見ておきたい。

【第六例】巻一で、狭衣が「在五中将の日記」に触発されて源氏宮に恋心を告白してしまう有名なくだり（『校本』一三二頁）。流布本系本文（版本）、異本系本文（為家本）はそれぞれ次のようになっている。

【版本】かくれなき御ひとへに、御ぐしのひま〳〵よりみえたる御こしつき、かひなゝどのうつくしさは、人にもに給はねば、あまり思ひしみにけんわがめからにやとまもられて、れいのむねはつぶ〳〵となりさはげど、よく忍び返して、つれなくもてなし給へり。「いとあつき程に、いかなる御ふみ御覧ずるぞ」と聞え給へば、「斎ゐんよりゐども給はせたる」とて……（巻一之上・二九オ）

【為家本】かくれなき御ひとへにすかせ給へるかひなつき、なをいかで心あらん人のうちみはなちたてまつるやうはあらん。まいてかばかり御心にしみ給へるには、見たてまつり給たびに、むねつぶ〳〵となりて、うつし心もなきやうにのみおぼえさせ給。ようぞしのび給める。「いといまめかしげにさぶらふは、いづこのにか」ときこゑ給へば、「斎ゐんよりゐどもたまはせたる」とて……（三三ウ〜三四オ）

両者、かなり異なる本文になっているといってよいが、深川本はまたそのどちらとも異なる本文になっている。

【深川本】かくれなき御ひとへにすき給へるうつくしさ、いとかゝらぬひとしもこそおほかれと、猶いかで心あらん人のたゞうちみはなちたてまつるやうはあらん。ましてかばかり御心にしみ給へる人は、みたてまつり給へるたびごとに、むねつぶ〳〵となりつゝ、うつし心もなきやうにおぼえ給を、よくぞしのび給ける。源じの女一宮も、いとかくばかりはえこそおはせざりければや、かほる大将のさしもこゝろとゞめざりけんとぞおぼさるゝ。「いとあつきに、いかなるおほんふみごらんずるぞ」ときこえ給へば、「斎院よりゑどもたまはせたる」とて……（三五オ〜ウ）

これをよくよく観察してみると、傍線部分は流布本系本文、波線部分は異本系本文と一致しており、ここでも深川本の本文は両本文の混態の様相を呈するのであるが、それでもなお、傍点を付した部分は流布本系本文・異本系本文のいずれとも異なっていると見るべきであり、この傍点部分こそが深川本系本文の独自異文と称すべきものである。傍点部分の後者は、いわゆる「源氏取り本文」としてこれまでも注目されてきた箇所であるが、『校本狭衣物語巻一』によれば、この異文を有するのは深川本・平出本・内閣本の三本（第一類本第一種A）だけである。この異文は、後藤康文が説いたように「後世になって補われた可能性が高い」(5)と私も考えており、第九章で再度取り上げて検討することになるが、ともあれ、流布本系本文・異本系本文のいずれとも異なる独特の異文であることは明らかである。この、私がいうところの「深川本系本文の独自共通異文」はいくつかの類型に整理・分類することが可能であろうと考えているが、そのひとつに、先行作品の過剰な引用ということがあげられると思う。流布本系本文や異本系本文に比べて深川本や内閣本の本文に先行作品からの引用が多いということは、だれしも漠然と感じてきているところかと思うが、そのことは今後とも留意されねばならないことがらであり、従来の引用論がもっぱら『大系』の深川本系本文だけに依拠して行われてきたことの問題点については、あらためて第八章で詳しく論じることになる。

ちなみに、この箇所が異本系本文になっているものとしては、為家本、前田本（いずれも第二類本）のほかに慈鎮本（校本不採用）があるが、管見に入ったその他の諸本はすべて流布本系本文になっている。

【第七例】第六例に続いて、怯える源氏宮を狭衣が宥めるくだり（『校本』一四〇頁）でも、三種類の異文が大規模な対立を見せる。深川本・版本（流布本系本文）・為家本（異本系本文）の順に、その本文をあげる。

【深川本】かくばかりおもひこがれてとしふやとむろのやしまのけぶりにもとへまことにせきかねたまへるけしきのわりなきを、宮は、あさましうおそろしきゆめにをそはるゝ心ちせさせ給へば、「むげにしらざらん人のやうに、うとましうおぼしめしたるにこそ、心うけれ。よし御らんぜよ。身はいたづらになり侍とも、あるまじき心ばへとはよも御らんぜられじ。とのやみやなどの、ひとかたならずおぼしなげかんも、御心のうち、みなこのとし月おもひ給へしりたれば、つゐには世にかやうにてもみえまいらせじ。かゝる心ありけりと、よに侍らんかぎりは、これよりうと〳〵しくおぼしめしかはるな。かゝる心をおぼししりて、とし月よりもあはれをそへておぼしめさんぞ、身のいたづらにならんかはりには、このよのおもひいでにし侍べき」と、「いまはかぎりとおぼすとも、おぼしめしつるとしごろにかはるこゝろは、よもみえまいらせじぞ。心のうち、げにいかにくるしかりつらんとおぼしゝるや。いかに」との給へど、おそろしうわびしとおぼしたるよりほかことなきに、人ちかくまいれば、ゐにまぎらはしてすこしゐのき給。かほのけしきもいかゞ、とおぼせば、たちのきたまひぬ。宮は、いとあさましきにうごかれ給はで、おなじさまにてふし給へるを、大納言のめのと、「などかくは」と、みたてまつりおどろきて、み丁のうしろにねたりける人〴〵おどろきなどしつゝ、「中将どのゝおはしましつれば、あつさのわりなさに、しばしとおもひ侍つるほどにねいり侍りにけり」など、をの〴〵いひつゝぞ、まいりあつまる。猶、この御心ちれいならぬさまにて、いまぞをくざまにいらせ給ぬる。人〴〵、ゐどもちらしてみける、宮はやう〴〵ものおぼえさせ給まゝに、「かくものおそろしきこゝろおはしけるひとを……（三七オ〜三八ウ）

【版本】かくばかりおもひこがれて年ふやとむろの八嶋のけぶりにもとへ

かたはしだにもらしそめつれば、年をへて思ひこがれてすごし給へる心のうちを聞えしらせ奉り給ふに、おそろしき夢をみるこゝちし給ひて、わなゝかれ給ふを、「むげに御らんじしらざらむ人のやうに、かばかりをだにおそろしとおぼしたる事」と、なく〴〵恨聞え給ふほどに、人ちかくまいるけしきなれば、すこしのきて、「今よりはいかににくませ給はんずらんな、俄ならん御心がはりは、中〴〵人めあやしく侍らむ。おぼしうとむなよ。岩きりとをし侍るとも、をとぎゝもあるまじき事と思ひしりたれば、よも見ぐるしき心のほどは御らんぜられじ。あまりに思ひわび侍りなば、かよはぬ里にぞ行かくれ侍らんかし。さやうならんおりは、さぞかしとおぼしめしいでさせ給へかしとてなん」など、聞えしらせ給ふ事も思ひやるべし。されど、いとちかくしもさぶらはぬ人は、いつもけぢかき御なからひに、めもたゝぬならんかし。「ゐみ侍らん」とて、人々ちかくまいれば、宮は、「御心ちれいならぬ」とまぎらはして、ちいさき御木丁ひきなをして、ふさせ給ひぬれば、君も、かほのけしきやしるからん、とおぼせば、たち給ひぬるに、みやはいまぞよろづにおぼしつゞくる。「かゝる心おはしける人を……（巻一之上・三一オ〜三二オ）

【為家本】かくばかり思ひこがれてとしふやとむろのやしまのけぶりにもとへ

とも、はか〴〵しうつゞけられ給はず、むせ返給へり。「御前に人はなど候給はぬ」などいふ人のきこゆれば、見ぐるしげならんけしきもしるかるべければ、たちのき給。中〳〵いみじき御心まどひなるや。「いまよりはいとゞいかににくませ給はんずらむ。あまり一じるからん御心がはりも、中〳〵ひとめいかゞ侍らん。おぼしうとませ給な。よし御らんぜよ。かばかりきこへさせ侍れば、よにし侍らじ」といふ〳〵たちいで給。さしぬきのすそさゝゐやぬるらん。あまりてみゐ給御けしきなり。宮は、いとあさましきにうごかれ給はで、おなじさまにてふし給へるお、大納言のめのと、「などかうは」と、みたてまつりをどろきてぞ、御ちやうのうしろにねたりける人〴〵おどろきなどしつゝ、「中将殿ゝおはしましつれば、ゆづりきこゐさせて、あつさのわりなさに、しばしと（思ひ）給へるに、みなねいりてなん」と、をの〳〵いひてぞ、まいりあつまる。なを、この御けしきもれいならぬさまにて、いまぞおくざまにまろびいり給ぬる。「あやしう、中将殿ゝ、『人まいれ』ともの給はせで、おとなくは、などいでさせ給へらん」など、かゝりける御心ちおしる人の露なかりけるにつけても、「女におはすれど、中宮などの、かた〴〵にておいゝで給へれば……（三六ウ～三八オ）

この箇所については夙に三谷栄一の指摘がある。(6)この箇所も三種類の異文が存在すると見ておくべきところであろうと思うが、ここが深川本のような本文になっているのは、やはり深川本・平出本・内閣本の三本（第一類本第一種A）だけである。なお、三谷がこの箇所について「第三系統は勿論この系統特有の詞章を持ってはいるが、表に印を付けたように、第一系統の詞章と第二系統の本文とが、そのわずかあるいは多少変化されながらも含有されているのに気が付くのである」（二九二頁）とコメントしているのは、三谷の第一系統（＝深川本）原態説に基づく所論であるが、氏がいうところの「表に付けられた印」ははなはだ不明瞭で、意をはかりかねる点がきわめて多い。のみならず、上に引用した深川本本文の末尾数行は、むしろ、流布本系本文（傍線部分）に異本系本文（波線部分）を混入したものであることが明らかである。第六例の場合もそうであったが、深川本系本文の独自共通異文は、異文混入の痕跡を糊塗するためでもあろうか、異系統本文を混入した箇所の前後に付随的にあらわれることが多い。これも、深川本系本文の特徴のひとつとして留意しておいてよいだろうと思う。

## 5　深川本の独自異文

以上述べてきたところから明らかなように、深川本の本文はとうてい純良とはいいがたいものであり、その意味では本質的に諸々の混合・混態本と同様に扱うべき性質のものである。のみならず、深川本は、冒頭の第一文「……やよひもなかばすぎぬ」（諸本はいずれも「弥生も二十日あまりにもなりぬ」）に象徴的にあらわれているように、同類の内閣本や平出本にさえ見られないような特異な独自異文を随所に有している。そうした独自異文を、採るのか、捨てるのか？　その取捨の基準が恣意的、場当たり的であってよいはずはないのであって、これに対して正しい判断を下すためには、深川本本文というものを諸本の本文の中にどう位置づけるのかということがまず明らかにされねばならないであろう。しかし、狭衣物語の本文研究の現状はまだまだそれに対処できるようなレベルには達していないといわねばならない。そのことは、深川本を底本にして作られた『新全集』と『全註釈』の本文を比較してみれば、すぐに気付くであろう。同じように深川本を底本にしていながら両書の本文が異なっている箇所というのは枚挙にいとまがないが、いくつか例をあげてみる。

【第八例】巻一のはじめ。坊門上を紹介するくだり（『校本』一二三頁）に、

【深川本】女ぎみのよにしらずめでたきひと、ころおはしましてたゞいまの中宮ときこえさす（四ウ）

という本文がある。この「おはしまして」という本文は深川本の独自異文であって、同類とされる内閣本も、流布本系本文と同様、次のような本文になっている。

・【内閣本】女君のよにしらずめでたき一人うみたてまつり給へりけるを内にまいらせて、たゞいまの中宮ときこえさせ給（四オ）

深川本の「おはしまして」に相当する部分が「うみたてまつり給へりけるを内にまいらせて」となっているわけであるが、『新全集』は深川本の本文どおりに本文を作っている。深川本を最善本であると考えるのなら、ここは深川本本文になんら不都合はないのだから、この箇所を他本で校訂しなければならない理由はどこにもないのであって、『新全集』の処置はそれなりに納得できるものである。ところが、『全註釈』がこの箇所に対して施した処置は、まことに当惑せざるをえないものである。『全註釈』はこの箇所の深川本本文を、

女君の、世に知らずめでたき、一所おはしまして、内裏に参らせて、ただ今の中宮と聞こえさす。（五一頁）

と改めているのである。『全註釈』の凡例には「同一系統の内閣文庫本を参照しつつ本文を作成した」と明記されてあるから、波線部分「内裏に参らせて」は内閣本によって補われたのであろうが、「ひとところおはしまして」と「一人うみたてまつり給へりけるを」の違いについては黙殺して、「内にまいらせて」の部分だけを内閣

本から取り込むという『全註釈』の処置は、深川本本文と内閣本本文の関係をどのように判断した上での改訂なのか、まったく理解に苦しむものである。のみならず、後に第十例として検討するように、深川本冒頭の独自異文「やよひもなかばすぎぬ」には何ら手が加えられず、ここだけはこのような校訂がなされるというのでは、『全註釈』の校訂方針はあまりに場当たり的であるといわざるをえないであろう。そして、その校訂結果が、異本系本文（慈鎮本）の、

【慈鎮本】女ぎみのいとめでたきひと、ころおはしましけり。うちにまいらせたてまつり給て、中宮ときこゑさす。（五ウ）

に近いものになってしまっているとあっては、偶然とはいえ、グロテスクな感じさえ禁じ得ない。深川本の独自異文をどのように処理するかという問題は、深川本を諸本の中にどのように位置づけるかという判断と不可分なのであるから、『全註釈』のこのような校訂のありようは、深川本本文に対する不信表明にほかならないといっても過言ではないはずである。

この第八例とは逆に、深川本の独自異文への無意味なこだわりが新たな異文を作り出す結果になっている例として、次のような例をあげることもできる。

【第九例】巻二冒頭。筑紫へ下向した大弐から堀川邸に届けられた手紙の文面（『校本』一六九頁）。深川本（第一類本第一種A）は、

【深川本】「しきぶのたいふみちなりがぐしてくだりし人のにはかになり（く）なりて、また候物、はじめにいま〳〵しき事をなげき思て侍」など申たるを、（二一オ～ウ）

傍線を付した部分について、『新全集』は「沙汰候ふ」と本文を作り、頭注に「その沙汰（事後処理）があった」と注する。いっぽう、古典聚英の別冊として刊行された『深川本狭衣とその研究』は、深川本のこの部分を「また御」と翻刻している。そこで、影印本を見てみると、「ま」にあたる仮名は「万」とも「左」とも読めるような字体、「候」は「御」とも読めるような字体になっている。したがって、『新全集』が、あえて意味の通らない「ま」や「御」と読むことをせずに「さた候」と読んだのは、理解できない処置ではない。しかし、それほどまでに深川本本文に固執しなければならないと考える理由が私にはわからないのである。

この箇所は、深川本とともに「第一類本第一種A」とされる雅章本が、

【雅章本】式部大輔みちなりがめのにはかになくなりて、びぜんの国になんとまりて、まださぶらふ。ものゝ、はじめにかくまが〳〵しきことをなげき思ひてさぶらふ」など申たるを、（二一ウ）

となっているのをはじめとして、深川本以外の諸本はいずれも傍線部分に相当する句を有している。ただし、異本系本文は、

【高野本】みちなりがぐしてくだりはべりし人にはかになくなりはべれば、おもふ給へなげきて」などきこえさせたるを（二一オ）

となっており、傍線部に相当する叙述がない。異本系本文のこの異文は、この箇所の異同だけにとどまるものではなく、流布本と異本のストーリーの違いにまで関係する構造的な異文であることについては、旧著において詳しく論じた(7)ので、それを参照されたいが、深川本のこの独自異文はその問題ともまったく関係はないのであって、これは単純に、雅章本のような本文の傍線部分の前後にある二つの「りて」の目移りからその間の部分を写し落としてしまったにすぎない。巻二の雅章本本文が深川本の末流本文ではないことについては第二例のところで述べておいたが、この例も第二例と同じケースと考えられるのである。深川本の傍線部「また候」は「備前の国になむ留まりて、まださぶらふ」という本文の断片にすぎないのであって、「沙汰候ふ」という『新全集』の本文は、平成の世になって「深川本信仰」があらたに創り出した異文であるといわざるをえない。

いっぽう、『全註釈』はというと、これは、内閣本に「ひせんのくに、なんとまりて侍」という異文があることを【校異】欄に示していながら、本文は深川本のままに「まだ候ふ」と作り、いっさい注をつけていない。これでは意味が通らないであろうと思って【現代語訳】を見てみると、案の定、「急に亡くなって、まだその亡くなった所におります。」と、波線部を恣意的に補って訳している。第八例を内閣本で補訂するくらいなら、この箇所こそ内閣本で補訂しておくべきだったのではなかろうか。

【第十例】巻一。あまりにも有名な物語冒頭の一文（『校本』一三頁）。

【版本】少年の春はおしめどもとゞまらぬ物なりければ、やよひの廿日あまりにもなりぬ。（巻一之上・一オ）

は、異本系本文も含め、諸本間にほとんど違いがないが、そうした中で深川本だけが、

【深川本】少年の春をしめどもとまらぬものなりければ、やよひもなかばすぎぬ。（一オ）

となっている。傍線部が「なかばすぎぬ」となっているような本は深川本以外には見あたらない。『全註釈』も『新全集』も、ここに関しては深川本のままに本文を作るが、『新全集』はさらに、解説（三三〇頁）においてもこの箇所を取り上げて、「半ば過ぎぬ」から「弥生の廿日あまりに（も）なりぬ」へと本文が変化していくプロセスを縷々説明している。同解説では、本文の先後関係について何ら検討を加えないまま、「もっとも原態に近いとされる第一系統」と決めつけており、「深川本本文＝第一系統＝原態」という図式の上にこのような説明をくりひろげるわけであるが、これまで見てきたように、深川本本文は第一系統本文を共有する諸本の中においてさえ必ずしも純良であるとはいえない。ことにこの傍線部分は、同類本である内閣本も平出本も「やよひの廿日あまりにもなりぬ」という本文になっているのであって、深川本はそれら同類本の支持を得ることすらできないわけであるから、これをもって第一系統本文であるとすべき根拠はないのであって、むしろ、深川本本文作成者による改竄ということのほうをまずは疑ってみるべき筋合いのものである。いわんや、この独自異文が狭衣物語の「原態」であるとすべき証拠などどこにもないといわねばならない。本文の先後関係の問題に安易に文芸論的な価値判断を持ち込んで議論を混乱させてはならない、と先に述べておいたのは、まさにこのような不毛にして有害無益な論が出てくることを危惧してのことなのである。

以上、十箇所にわたり、深川本の本文の問題点を検討してきたが、現存最古の写本である深川本の本文といえ

ども、その本文をもろもろの異文の中に置いてみて客観的に批判することが必要である、ということだけは示し得たかと思う。深川本本文を無批判に信用したり、いたずらにこれに固執したりすることは、本文の読みを歪曲し、誤読を誘発し、挙げ句、狭衣物語についての誤った認識をもたらす結果にしかならないのである。

（1）『物語文学の本文と構造』（和泉書院・平成九年四月）。

（2）「狭衣物語巻二の伝来と混合写本生成の研究」（『実践女子大学紀要』昭和三二年九月）。後に『狭衣物語の研究［伝本系統論編］』（平成一二年二月・笠間書院）に収録。三一六頁。

（3）『校本狭衣物語巻三』は、大島本と京大本を巻三の第一類本としているが、本書第五章で論じるように、両本の本文をそのまま巻三の異本系本文と認めてよいかどうかについては疑問な点が多い。むしろ、『校本』が採択しなかった慈鎮本や細川本、あるいは混合本とされてきた諸々の本の中にこそ異本系本文が残存していると考えねばならない場合がある。ただし、ここで問題にしている箇所に関していえば、管見に入った諸本の本文はいずれも版本や大島本と同様のものばかりである。

（4）「狭衣物語巻三伝本考」（『上智大学国文学論集』昭和四三年一〇月）四〇頁。

（5）「もうひとりの薫――『狭衣物語』試論」（『語文研究』平成元年一二月）。後に『狭衣物語論考　本文・和歌・物語史』（平成二三年一一月・笠間書院）に収録。一三頁。

（6）「狭衣物語の伝来――巻一を中心として」（『国学論纂』昭和一七年六月）のちに『狭衣物語の研究［伝本系統論編］』（平成一二年二月・笠間書院）に収録。二八九頁。

（7）『物語文学の本文と構造』（平成九年四月・和泉書院）第II部第四章「飛鳥井女君入水のヴァリアント」。

## 四　深川本の位置づけ

深川本はこれまで狭衣物語の現存最古の写本として鳴り物入りで喧伝されてきた。しかしながら、上に述べてきたように、その本文は、思われてきたほど信用しうるものでないことはもはや明らかであろう。書写年代の古さが本文の素姓のよさを保証するものではないという点で、『前田家本枕草子』を彷彿とさせるものがある。したがって、他のもろもろの本を見ないまま、深川本本文だけに依拠して狭衣物語を論じるというような方法は、断じて研究者のとるべき方法ではないといわねばならないのである。

しかし、かといって、深川本は一読の価値もない粗悪な本かというと、そうではない。もっぱら原作者や原本文への志向ばかりが依然として強い現在の研究状況では、深川本にはほとんど価値はないとせざるをえないが、今後、本格的な本文研究が進展し、諸本の本文についての研究がより高度なレベルに至った時点では、深川本の書写年代の古さが大きな発言力をもつことになるにちがいないものと思われる。そのおおまかな見通しについては第九章であらためて述べるが、ここでは具体例をひとつだけあげておく。

【第十一例】巻一。天稚御子天下り事件の夜の、物言いさがなの権中納言の会話文（校本七二頁）が、深川本（第一類本第一種A）では次のような欠陥本文になっている。

【深川本】……やがてうらみんとす」「いとわりなし。はか〴〵しからねど、をの〳〵かきあはせて候よきもあしきもまぎれてをのづからをかしうきこしめせひとりけは中〳〵なるをことのとがにやなり侍らん。源中将それがしのあそん一人して……（一九オ）

この箇所が、同類とされる内閣本（第一類本第一種A）では、

【内閣本】……やがてうらみん」などの給はす。「はか〴〵しからねど、をの〳〵まぎれてをのづからおかしくもきこえ侍るを、人わけなば、なか〳〵なることのとがにやなりたまはん。源中将それがしの朝臣の一人して……（一五オ）

となっている。深川本系本文はこの前後に大規模な錯乱があり、その結果、他系統本文では狭衣中将あるいは他の参会者たちの言葉であったはずの会話文が物言いさがなの権中納言の言葉になってしまっているのであるが、そのことについては旧著に論じたので(1)ここでは触れないこととし、別の角度から深川本の本文を問題にしてみたい。『校本』は深川本と内閣本をともに「第一類本第一種A」に分類するが、中田は「狭衣物語巻一伝本考」(2)において、深川本と内閣本は「同種本とはいへ厳密にはかなり隔たりがある」と指摘している。ここもそのことを端的に示す一例といえる。内閣本と比べると、深川本では帝の言葉を締めくくる地の文「などのたまはす」が欠けていて意の通りのわるいものになっており、さらに「かきあはせて候よきもあしきも」の部分も読解不能な本文となっている。おそらくそのことと関係するのであろうが、センテンスの結びとおぼしき「きこしめせ」も、已然形なのか、命令形なのか、判然とせず、文法上不可解な形になっている。いっぽうの内閣本は、これらの点

については、深川本とは異なる本文になっていて意の通りがよいが、こちらは逆に「かきあはせて」に相当する語句が欠けているため、「はかばかしからねど」以下の意が通らない本文になっている。

例によって、『新全集』はここでも、「ひとりけは」の「り」を「わ」に改めるだけで、他は深川本のままに本文をつくり、現代語訳は、

……すぐに疎ましく思うことになろう」と仰せになるので、「全く無理なご所望です。わたしどもはたいした腕前でもありませんが、それぞれが楽器を受け持って合奏いたします。そうすれば上手も下手も入り交じって目立つことがなくなりますので、自然と風情ある演奏とお聞きになるでしょうが、もし一人ずつ分けて独奏おさせになれば…（三八頁）

としている。上述の問題箇所にあたる部分に波線を付してみたが、いずれも原文からかけ離れた訳になっている。

いっぽう、『全註釈』はこの箇所の本文を、

……やがて恨みんとす」

「いとわりなし。はかばかしからねど、おのおの掻き合はせて、心よきも悪しきもまぎれて、おのづからをかしう聞こし召せ。人分けは、なかなかなるを。ことの咎にやなり侍らん」

「源中将それがしの朝臣、一人して……（一二九頁）

と作る。一続きの会話文を「ことの咎にやなり侍らん」で切って、「源中将それがしの朝臣……」以下だけを権

中納言の言葉とする恣意的な処置が不当であることは、『大系』の解釈に対する批判として旧著[3]に詳しく述べておいたからここでは繰り返さないが、それだけでなく、『全註釈』はさらに二重傍線部を「心」としている。『新全集』が「掻きあはせて候ふ、よきも」と読んでいるように、影印で見るかぎり、底本の字は「心」ではなく「候」だと私も思うが、おそらく『全註釈』は吉田幸一『深川本狭衣とその研究』の翻刻によったのであろう。「人わけば」でなく、「人分けは」とあるのも、単なる誤植か、あるいは「人分け」という名詞の用例を認めてのことか。総じて『全註釈』の解釈には疑問点が多い。【現代語訳】は、

……その場で恨んでしまうよ」（源中将）「まったくどうしようもありません。（わたしの腕前などは）とても確かなものではないのですが、みんなで合奏すれば、快い音でも不快な音でも互いに紛れて、自然と趣き深くお聞きになられるでしょう。一人一人別々に演奏することは、かえって具合が悪い結果になりますよ。御催しが非難を招くようなことにおなりになるのではないでしょうか」（権中納言）「（いやいや、わたしどもよりは）源中将の誰それかという朝臣が……」（一三四頁〜一三五頁）

となっている。波線を施したように、上記の問題箇所にはやはり原文から離れた恣意的な訳が付いている。

以上、どの注をみても満足のいく解釈が示されないところからすると、やはり深川本本文はこのままでは解釈不能な欠陥本文といわざるをえないのであろう。

しかし、ここでいおうとするのはそのことではない。解釈不能なこの深川本の欠陥本文が、はるかに後世の写本である蓮空自筆本（第一類本第二種B）にまできちんと受け継がれているという、おどろくべき事実についてなのである。

【蓮空本】……やがてうらみんとす」「いとわりなし。はか〴〵しからねども、をの〳〵かきあはせて○（こそ）さふらふよきもあしきもまぎれ（らはし）て、をのづからおかしうつかうまつらめど、いとわりなきわざかな……（二二三〜二二四頁）

書き入れの形で、「こそ」が補なわれ、「さふらふよきも」が消され、「れ」が「らはし」と訂正されてはいるが、「をのづからおかしう」までの蓮空自筆本の本行本文は、「と—とも」の異同以外は、深川本とまったく同文であり、先述の深川本の欠陥本文がまことに忠実にここに伝えられているのである。ちなみに、巻一の大島本本文が蓮空本と同じ本文であることは夙に三谷栄一によって明らかにされているところであるが、大島本のこの箇所は書き入れ訂正後の蓮空本本文になっている。また、蓮空自筆本と密接な関係をもつ四高本も自筆本の訂正後本文になっていることが美谷一夫の調査[4]によって明らかにされている。

蓮空本は、狭衣物語伝本中最悪の、乱れた末流本として定評がある。そして、その本文の乱れは中世以後の人々の恣意的な書写態度に起因するものであると考えられてきたのであるが、この一箇所を取ってみただけでも、そうではないことが明らかである。ここには、愚直なまでにもとの本文をそのまま残し伝えようとする書写姿勢が見てとれる。深川本のこの欠陥本文は、これまで中世の人々に着せられてきた汚名が濡れ衣にほかならないことを示す貴重な証拠なのである。

深川本の価値は、なんといってもその書写年代の古さにある。さいわいなことに、狭衣物語には、深川本以外にも慈鎮本、為家本、高野本をはじめとする中世初期の古写本が少なからず残されており、それら古写本の本文はそれぞれみごとなまでに本文を異にしているのである。これら古写本間のおびただしい異文は、中世初期においてすでに原本文からかけ離れた種々の異文が乱立していたことを証す動かぬ証拠である。原本や原本文だけをよしとしてきたこれまでの研究者たちの文学観がいかに平安朝物語のありようにそぐわない文学観であるかを、この事実は我々に教えてくれる。独善的な文学観を離れ、真摯に平安朝物語の本性を考究しようとする姿勢さえあれば、これまで厄介者としてしか捉えられることのなかった狭衣物語のおびただしい異文は、かけがえのない豊かな情報源としての新しい評価を受けることになるであろう。深川本狭衣物語も、そのときにこそ真の評価を得ることになるにちがいない。以上、深川本という古写本の存在が今後の新たな本文研究に対して果たすであろう貢献の一例を示してみた。もって本章の結びとしたい。

（1）『物語文学の本文と構造』（平成九年四月・和泉書院）第Ⅱ部第五章「宮中管弦の遊び場面のヴァリアント」。
（2）中田剛直「狭衣物語巻一伝本考」（『国語と国文学』昭和三三年五月）三二頁。
（3）（1）に同じ。
（4）三谷一夫「金沢大学図書館蔵（四高本）「さころも」について（一）」（『学葉』平成六年一一月）。

# 第四章　狭衣物語巻一「東下り」の異文をめぐって

狭衣物語巻一に配された飛鳥井女君の物語に、女君の乳母が「東下り」の話を持ち出すくだりがある。太秦参籠からの帰途、飛鳥井女君を仁和寺の威儀師が拉致しようとしていたのを、たまたま通りがかった狭衣が二条大宮路上で救出するという事件（以下「威儀師事件」という）があったあと、威儀師との縁が切れて生計のめどの立たなくなった飛鳥井女君の乳母が、女君にむかって「あづまのかたへ人のさそひ侍るにやまかりなましと思ひ侍る」（版本・巻一之上・五〇オ）と告げ、続く地の文で、「まことにしる人もなくてたよりなきに思ひわびて、みちのくにのおくのさうぐんといふもののめになりてやいなましと思ふ也けり」（巻一之上・五〇オ）と説明されるのが、「東下り」の発端である。いま、引用は版本によったが、表現に多少の違いはあるものの、この叙述はどの本にも存在している。

乳母のこの申し出に対して女君は即座に「（アナタ以外ノ）たれをたのみてかは。いづくなりとも、おはせん所へこそは」（巻一之上・五〇オ）と応え、東国への同行を申し出るのであるが、東下りの話はその後、式部大夫道成の求婚とともに立ち消えになってしまう。したがって、東下りの話は飛鳥井女君の物語のメインプロットを形成することはなく、結果的には女君の困窮を語るエピソードのような位置をしめることになるのであるが、エピソードといえども、サブプロットとして後続のストーリーに関与してゆく複雑な構造をもつのが狭衣物語の叙述の特徴であって、この「東下り」のエピソードもその例外ではない。

ただし、注意しなければならないのは、叙述の構造がこのように複雑なものになっている場合、狭衣物語では往々にして諸本間に大規模な異文が発生しており、そのことがまた、しばしば本文の解釈を混乱させ紛糾させる原因にもなっているところである。したがって、狭衣物語においては、諸本の本文異同を無視した解釈は常に偏頗な曲解に陥る危険をはらんでいるといわねばならない。このような観点から、以下、東下りに関係する諸本の叙述を検討してみる。

## 1　東下りのプロット

女君が東下りへの同道を申し出たのは、いっこうに素姓を明かそうとしない狭衣との将来に期待がもてなかったからであるが、それでも逢瀬が重なるにつれ狭衣への思いは徐々に深まっていく。そんな時期の女君の心理が、流布本系本文では次のように描写されている。

【版本A】たゞいでたちにいでたつを見るに、「さらばいまいくかにこそ」など、人しれずかぞへらるゝに、いとこゝろぼそけれど、たれとだにしらせたまはぬけしきもさすがにたのみかくべくもあらぬに、かくこそなどほのめかしきこえんも、御こゝろのうちをしらねば、つゝましくて、たゞなにとなくおもひみだれたるけしき……（巻一之上・五一ウ～五二オ）

この箇所は三系統間に大規模な本文異同があり、深川本系本文では、

【深川本A】たゞいでたちにいでたつをみ給に、行方なく、よの常にておもひ給はんだに、いかでかはひたすらにものあはれならざらん、まいて、たしかにその人とはしらせ給はねども、みるほどの心、ものいひ

など、さすがにたのもしからぬにしもあらず、人がらなどは、さすがにまつほどのすぎぬよな〳〵のかずそふまゝに、人しれずいみじうおぼえ給て、「さらばいまいくかこそは」と、かぞへられ給て、心ぼそければ、「とかく《ママ》こそは」とほのめかさんも、つゝましうて、なにとはなくおもひみだれたるけしき……（六二オ～ウ）

と長大な異文になっており、異本系本文[1]では、

【為家本A】とまるべきならねば、「さはいまいくかにこそ（は）」と心ぼそく思ひながら、さやうにもほのめかしきこゑず、たゞなにとなく思ひほれたるけしき……（五五ウ）

と極端に短くなっている。

深川本のような長大な本文を有するのは『校本狭衣物語巻一』によれば第一類本第一種の諸本（深川本・内閣本・平出本・為秀本）だけである。傍線をほどこした四箇所の敬語表現「み給」「おもひ給はん」「おぼえ給て」「かぞへられ給て」は、いずれも流布本系本文には見られないものであるが、深川本を底本とする『新全集』（九〇頁）や『全註釈』（四〇四頁）も、内閣本を底本とする『大系』（七五頁）も、これらの敬意の対象を飛鳥井女君であると解している。この箇所については後に再度とりあげて検討することにしたいが、これらの敬語が飛鳥井女君に対するものであるとすれば、これまで女君に対しては用いられてこなかった敬語がこの箇所にかぎってだけ用いられていることになり、その一方で「心」「ものいひ」「人がら」のように狭衣に対する敬語が欠落していることになって、はなはだ不審である。深川本系本文だけに見られるこの長大な異文はおそらく、この箇所の原態本文の意味をとり違えた後人によって付加された非本来的な異文であろうと思われるが、それについては後述

することとし、とりあえず今は『新全集』『全註釈』『大系』の解釈にしたがっておくこととする。流布本系・深川本系・異本系のいずれの本文によった場合でも「女君は気後れして狭衣に東下りのことを告げられずにいる」という点だけを、ここでは確認しておきたい。

さて、女君は、夜な夜な通ってくる男が「別当の蔵人の少将」などではなく、狭衣その人であることに気付く。しかし、このことはかえって女君の東下りの決意を強固なものにすることになる。

【版本B】「なを、かくなんとやほのめかして御けしきを見まほし」と思ふも、思ひたつかたの事とても、すこし人々しきさまにだにあらず。中〳〵おぼしやらんにも、あさましうはづかしければ、「たゞ行衛なくてやみなん」とおもひとるかたはつよき物から、「浅ましかりける心のほどかなと、しばしはいかにおぼしいでんずらん」と思ふに、せきやるかたなき。（巻一之下・六オ）

この箇所でも、三系統本文間に大規模な異文が発生している。深川本系本文は、

【深川本B】「猶、かくなどやほのめかして、御けしきをもみまし」とおもへども、思たつかたとても、すこしはかゞ〳〵しきことにてもあらず。中〳〵おぼしやらんあづまじたびの、あさましうはづかしければ、「たゞ行するゑなくてやみなん。せきのたま水ながれあはんことは、いつともしらず、まちわたるばかりには、そのながれしられたてまつらでこそはあらめ」と、さすがおもふかたはつよきものから、「あさましかりける心かなとは、しばしがほどはおぼしいでゝんかし」などおもひつゞくる心のうちに、なみだせきやるまなきを……（七〇オ～ウ）

となっており、やはり流布本系本文に比べて長くなっている。異本系本文は、

【為家本B】「かくとはしり給はぬにこそ。ほのめかしきこえまほしけれど、いふかいなきありさまにてうちつゞかむほどの思ひやり、はづかしきを、われとゆく〳〵とうちいでんことはつゝましう、又、中〳〵みゐたてまつるまじからむには、いづくゐなどおぼつかなくてもありなん。せきのたまがはながれあふせも、いつともしらず、まちわたるばかりにては、そのながれしられたてまつらでうちあらめ」と、さすがに思ひとまるかたつよくて、たゞいかにしのばれんとにや、なよ〳〵とそひきこえたるさまの……（五九オ～ウ）

とあって、文章構造的にも特異な異文になっているが、流布本系本文になくて深川本系本文に見られた波線部「せきのたま水ながれあはんことは、いつともしらず、まちわたるばかりにては、そのながれしられたてまつらでこそはあらめ」の文言がここに見えており、この箇所の深川本系本文が流布本系本文と異本系本文の混合になるものであることは第二章の2（二一頁）に述べた。なお、この箇所が深川本系本文になっているものとしては、第一類本第一種の四本の他に、蓮空本・大島本がある。

こうして東下りの準備が着々と進み、狭衣との別れの日が近づくにつれて、女君はふさぎ込むようになり、狭衣もようやく女君の様子がおかしいことに気付くが、東下りの計画を知らされていない狭衣は、女君の悲嘆の原因を、乳母が仁和寺の威儀師との復縁を奨めているからだろうと誤解する。

【版本C】「女の氣色のあやしうのみあるは、この、みしほかげの女の、ありし法師にとらせんとてするなめ

り。さやうのことに思ひむすぼゝれたるなめり」と心え給ふ。（巻一之下・一五ウ〜一六オ）

この箇所は、深川本系本文でも大きな異同はない。しかし、異本系本文のこのあたりはまったく異なる本文になっており、流布本系本文とは対校不可能なほどであるが、あえてこれに相当する部分を抜き出してみると、

【為家本C】中納言殿、「あやしう。いかなるぞ。見るがにくきか」とのみとがめ給へど、なを、すが〳〵ともきこへいでず。たゞ、おぼろのし水のありさまをしのびあへぬ気色、「このたのもし人の、ほかざまにもてなすべきにや」と心え給て、(2)（六八オ）

というあたりがそれにあたるかと思う。「このたのもし人の、ほかざまにもてなすべきにや、と心え給て」の「ほかざま」は、とりあえず流布本と同様「仁和寺の威儀師との復縁」と解しておくが、以下の叙述を勘案すると、必ずしもそうではないのかもしれない。これについては後にあらためて検討したい。

今ここで確認しておきたいのは、狭衣はこの時点でも女君の東下りについてまったく知らされていなかった、ということである。だからこそ狭衣は、乳母が仁和寺の威儀師との復縁を画策していると思い込んでしまったのである。このことは、続く場面で狭衣が悲嘆に沈む女君に向かって、「おひ人のにくむなるべしな。ことはりなりや。たのもしげなりしのりの師を引たがへて、かく物はかなき身の程なれば」（巻一之下・一六ウ）といい慰めているところからも確認できる。

さて、その後、狭衣の乳母子である式部大夫道成が女君に求婚してきて、喜んだ乳母はただちにこれを承諾し、女君には、「懐妊したあなたを東国へ連れていくわけにはいかないから、東下りは中止することにした」と告げ

る。東下りの中止に安堵した女君は、道成の求婚の件についてはいっさい知らされないまま、急速に狭衣との愛にひたすらのめり込んでいくことになる。かくして、東下りの件は、結局、狭衣の耳には入らずじまいになった（はずな）のである。

## 2　流布本系本文における叙述の矛盾

ところが、女君が道成と乳母の奸計で筑紫へ拉致された後、狭衣が女君の行方をあれこれ思いめぐらすくだりに不審な叙述があらわれる。

【版本D】よろづよりも、此おぼつかなきかたの事はむねふたがりて、「あづまのかたへ、などきゝし」、もしさもあらば、ふせやにやおひいでん」など、なをこゝろにかゝりて、わが御すくせのほど、くちおしうおぼさる。

そのはらと人もこそきけは、木々のなどかふせ屋におひはじめけん（巻一之下・三八ウ）

「此おぼつかなきかたの事」とあるのは、狭衣が夢で知った女君懐妊のことをいっているのであるが、不可解なのは傍線部「あづまのかたへ、などきゝし」である。これについて、『集成』はその頭注（一一七頁）で、「さきに乳母が提案した「東下り」の女側の事情は、狭衣には知らされていなかったはず。」と指摘している。

この箇所は、深川本系本文もほとんど異同がないが、異本系本文では、

【為家本D】まして、かゝみのかげもかはらぬかほつきにて、あづまぢをゆきかへらんありさまなどおぼしやられて、なぐさめがたきことなりけり。かやうのことなどは、ましてかけてもいひいづる人なきに、ながらへてふせやにおい、でん、きゝ給はんこそ心うくおぼしこがれて、
そのはらと人もこそみれはゝきゞのなどかふせやにおひはじめけん（八七ウ～八八オ）

と、甚だしく異なる本文になっていて、流布本系本文の引用箇所Dに先立つ長い文章を要約・簡略化したような文章になっているのであるが、ここにも「あづまぢをゆきかへらんありさまなどおぼしやられて」と出ており、異本系本文でも狭衣は東下り計画を知っていたという設定になっているのである。

前掲（C）の、東下り計画が立ち消えになった時点では狭衣は東下りについての情報はまったく与えられていなかったのであるから、（D）で「あづまのかたへ、などきゝし」と狭衣がいうのであれば、狭衣は（C）から（D）の間に女君の東下り計画に関する情報を得たのだということになるが、（C）の直後、女君の懐妊が判明し、乳母が女君にむかって狭衣に事情を打ち明けるよう奨めたときにも、女君は「見えぬ山路のみこそよからめ」と考えて「かけても、まいていひ出べきにあらねば、日をかぞへつゝ、なきなげくより外の事なし」（巻一之下・一七ウ）という行動を取り、事情を狭衣に打ち明けることはなかった。そこへ道成の求婚があって東下り計画は中止になったのであるから、（C）から（D）の間に狭衣が、すでに立ち消えになった女君の東下りについての情報を得たと考えるのははなはだ不自然なのであって、事実、そのような叙述は流布本系本文に関するかぎりは（D）以前のどこにも見当たらないのである。それればかりか、この（D）の直前、女君の失踪を知った直後の狭衣の思いを述べた部分には、

【版本d】いと浅ましくあへなしともよのつねなり。「いかにも、めのとがしつる事にこそあらめ。みづからのこゝろには、何事のつらさにかは、たちまちに行かくれんともおもはん。いみじくとも、我心とさやうにはあらじと見えしこゝろざまを。いまゝでかくてをきたりつるけぞかし。たゞ、ありし法師の取返しつるならん。いかばかりねたしと思ふらんと、しらぬにはあらざりつれど、もてさはがんも、さすがにいかにぞやおぼえて、かくなしつるも、あまりなる我心のたいぐしさぞかし。『あすはふちせに』とありしも、かゝるけしき見てやいひたりけん」など思ひつゞけらるゝに……（巻一之下・三七オ〜ウ）

とあって、東下りについてはなんら触れられてはおらず、狭衣は、女君失踪を「ありし法師の取返しつるならん」というふうにしか考えていない。やはり狭衣は東下りのことをまったく知らなかったとすべきであろう。また、巻二に入ってすぐに、狭衣は道成の弟道季から、女君を拉致したのは兄の道成らしい、という報告を受けるが、そのくだりにも、

【版本E】かのいのりのしにとりかへされたるとおもひしは中〳〵よかりしものを、ねたくめざましくも返〴〵あるべきかな（巻二之上・三オ）

とあって、狭衣はこの時点でも、女君は威儀師に取り返されたもの、と思っていたわけであるから、やはり東下りについては知らなかったとせねばならない。

（C）以前には知らず、（C）の時点でも（E）の時点でも知らない東下りのことを、その中間に位置する（D）の時点では知っていたというのは、矛盾であるといわねばならず、流布本系本文の（D）の叙述は構想上破綻を

きたしているといわざるをえないことになる。

## 3　異本系本文のありよう

前節でみた構想の破綻は狭衣物語本来のものなのであろうか、それとも、流布本系本文が末流本文であるために、伝来のプロセスで生じた矛盾なのであろうか。この点に焦点を絞って、他本の叙述を検討してみる。

これまで見たきたところからもわかるように、深川本系本文は流布系本文と異本系本文による合成本文であるのでしばらく措くとして、流布本系本文ともっともはげしく対立している異本系本文をたどってみると、異本系本文では（C）から（D）の間に狭衣が東下りについて知っていた旨の叙述が頻出することに気付く。（C）の直後、女君の懐妊が判明し、女君は我が身の不幸を思い嘆くが、その様子を見た狭衣は次のように思ったという。

【為家本g】中納言殿も、めのとのいでたちおなげくとほのきゝ給しかば、さのみおもほすに、（六九ウ）

ここには、狭衣が東下りの計画を「ほのきゝ給しかば」と明記されている。また、このあと、道成の求婚があって東下りが中止になったことを語るくだりにも、

【為家本h】みちのくにいでたちをとまりぬる気色なれば、うれしう思ひなりて、このごろはすこし物思ひなぐさめたるを、中納言も、さなめり、と見給て、心のどかにてつごもりになりぬるに、（七一ウ）

とあり、狭衣は東下りの中止についても察知していたと語られている。さらに、先述の（d）の部分も、異本系本文は、

【為家本d】いとあへなくくちをしうおぼさるゝ事かぎりなし。「いかにも、めのとのしつるにこそあらめ。みづからの心にては、なに事のつらさにてかは、たちまちにひきかくれん。あづまゐゆくべしときゝしにも、いみじうこそ思ひなげきたりしか。うちたゆめてゐていにけるにやあらん。いまはと、心やすく思ひけるも、おこがましや。いづくゐも、我とよもゆきはなれじとみえし心ざまを、いかやうに思ひかまへて、いていにけん。『けふなをわたれ』とありし、かゝるけしきや、なを見たりけん」など、さまぐ〵におぼしつゞくるに……（八六オ〜ウ）

となっており、流布本系本文では「たゞ、ありし法師の取返しつるならん」となっていた部分が、「あづまゐゆくべしときゝしにも、いみじうこそ思ひなげきたりしか。うちたゆめてゐていにけるにやあらん」という叙述と入れ替わっていて、狭衣は、女君は乳母に騙されて東国へ下ったのだろう、と推測することになっている。

巻二の（E）はどうであろうか。これまで異本系本文として用いてきた為家本の巻二は流布本系本文になっているので、高野本によって異本系本文を見てみると、（E）に当たる部分が、

【高野本E】ひた道にあづまぢにおぼしやりつるよりも、いますこしゆかしくおぼつかなきかたさへそえて、さまぐ〵にぞなげかれ給ける（二ウ〜三オ）

となっている。やはりここでも、流布本系本文で「かのいのりのしにとりかへされたるとおもひし」とあったところが、「ひた道にあづまぢにおぼしやりつる」という叙述と入れ替わっているのである。(3)

このように、異本系本文では一貫して、(C)以後、狭衣は東下りに関する情報を入手していたという設定になっており、これだと、(D)に「あづまぢをゆきかへらんありさまなどおぼしやられて」と出てきてもなんら不思議はない。すなわち、異本系本文では流布本系本文に見られたような叙述の矛盾は生じないのである。

ちなみに、このように見てくると、先にあげた異本系本文の(C)については別な解釈も可能になる。「このたのもし人の、ほかざまにもてなすべきにや」とあった「ほかざま」を、さきほどは流布本系本文の場合と同様、「威儀師との復縁」というふうに解しておいたのであるが、この「ほかざま」は、「女君を東下りに同行させること」と解することもできなくはないのであって、そのように解するならば、狭衣はこの(C)の時点ですでに東下りについての情報を得ていたことになる。ただし、異本系本文によった場合でも(B)以前に狭衣が東下りについて知っていたということはありえないし、また、この情報を狭衣がどのような経路で入手したかについては異本系本文にもまったく語られてはいない。

## 4　深川本系本文のありよう

深川本系本文の場合はどうなるであろうか。深川本の(C)は流布系本文と同様であり、巻二の(E)も流布本系本文と一致している。そして、異本系本文に見られた(g)(h)の叙述は深川本にも見られないから、流布本系本文において生じていた矛盾は同じように深川本においても生じているのであるが、深川本の場合はさら

に、（d）の部分が、

【深川本d】いとあさましうあえなしともよの常なり。「いかにも、めのとのしつる事ならん。身づからは、何事のつらからんにか、たちまちにゆきかくれんと思はん。あづまへ行べしとききしにも、いみじうこそおもひなげきたりしか。うちたゆめていて行にけるにやあらん。いみじき事なりとも、わが心とはさやうにあらじとみし心をたのみて、今日までかくてをきたりつるぞかし。たゞありしのりのしのとりかくしつるならん。あまりわが心のたいぐ〳〵しさぞかし。『あすはふちせに』とありしも、かゝるけしきをみてやいひたりけん」など思つゞけ給に……（一〇八オ～一〇九オ）

となっていて、ここにも狭衣が東下りについて知っていた旨の叙述があらわれる。（d）は時間的には（D）と同じであるからあらためて矛盾をいい立てるには及ばないが、ここでもまた深川本の本文が流布本系本文と異本系本文の混合本文になっている点は注目しておきたい。傍線を付した部分が異本系本文（d）からの混入であることはもはや説明を要しないであろう。

東下りについて狭衣はなんら知らされていなかったとする流布本系本文と、（C）以後は東下りの情報を入手していたとする異本系本文とを合成してできた深川本系本文が叙述に矛盾をきたすのは当然ともいえるが、深川本の本文はこのような混態本文であるにもかかわらず、一般論としていえば、こうした矛盾のあまり目立たない合理的な本文になっているのが常である。それは深川本系本文の特徴のひとつであるといってもよい。深川本あるいは内閣本の本文をオリジナルの本文に擬してこれに過大な信頼を寄せる研究者が跡を絶たないのは、ひとつには深川本の書写年代が古いせいもあろうが、深川本系本文のこうした合理性によるところも大きいのであろうと思われる。しかし、それは、深川本系本文には意図的な改竄の手が多く加わっているということにほかならないのである。ところが、その深川本系本文の作者にしてからが、狭衣が東下りの情報を得ていたか否かという点に関しては、珍しく無頓着であったといってよいのであろう。

そして、そのことを念頭において深川本系本文をもう一度読み直してみると、深川本系本文の独自異文（A）は、先に紹介した『大系』『新全集』『全註釈』などの解釈とは別な解釈をすべきかもしれないという気がしてくるのである。これらの注釈書の解釈によれば、深川本系本文の（A）は、それまで敬語が用いられていなかった女君に対してこの部分においてだけ敬語が用いられるという異例の文体になっていることになるのであるが、この敬語は、実は、女君に対するものではなくて、狭衣に対する敬語だったのではないか。だとすれば、深川本系本文の（A）は次のように解釈すべきことになる。

狭衣は、乳母が出発の準備を着々と進めるのを御覧になるにつけ、かれらがどこへ行こうとしているのかもわからない。別れはこの世の常のこと、とお思いになるだけでさえ、ひたすら哀れなものである。まして、狭衣ははっきりと自分の素姓を明かしてはおられないけれども、逢っているときの女の心や物言いなどは、さすがにこれからもこの関係を続けていくつもりがないわけでもなさそうである。女の人柄などは、身分が低いとはいうものの、毎晩通い続ける回数が重なるにつれ、狭衣はこの女のことがすばらしいと人知れず思われなさって、「だとすれば、この逢瀬も残り何日」と、つい数えておしまいになる。女は心細いものだから、事情をほのめかしたいと思うが、それも気がひけて、なにとなく思い乱れている様子は……

深川本の「さすがにたのもしからぬ」の部分が、内閣本では「むげにたのみかゝらぬ」、為秀本では「むけにたのみなき」などとなっているのは、深川本系本文の内部でも伝来のプロセスで解釈に揺れのあったことを思わせるのである。私のこの新解釈が妥当であるとすれば、深川本系本文の狭衣は（A）の時点で早くも東下りについての情報を得ていたということになるわけである。この点について無頓着であった深川本系本文の作者のありようからすれば、その可能性もないとはいえないであろう。

## 5　矛盾についての試解

では、流布本系本文における先述の矛盾も、後人による無頓着な改作・改竄によって生じたものと考えるべきなのであろうか。

（D）に「あづまのかたへ、などき、し」という本文を有しないような流布本系本文がもし伝わっているとすれば、それこそが合理的な本文であるとすべきであろうが、『校本』の校異を閲するかぎりではそのような本はないようである。

しかし、思うに、（D）の「あづまのかたへ、などき、し」は、狭衣物語の原本にもともと存在した本文だったのではないだろうか。というのも、「あづまのかたへ、などき、し、もしさもあらば、ふせやにやおひいでん」という、問題のこの一文は、次の狭衣の心中詠「そのはらと人もこそきけは、木々のなどかふせやにおひはじめけん」とあまりにも密接に関係している本文だからである。

女君がとつぜん姿を消した悲しみもさることながら、それ以上に狭衣が心をいためたのは、夢で見た女君懐妊のことであった。あの夢が正夢なら、やがて生まれてくる我が子は母親と同様「伏屋」で育つことになる。女君が行方知れずになった今、なによりもそのことが狭衣の心をいたましめたのである。そして、その心情を和歌で表現するとなると、「伏屋」の縁で「園原」「帚木」が出てくるのは、狭衣物語作者の教養からすればむしろきわめて自然な発想であったというべきであろう。源氏物語帚木巻の巻名の由来にもなった「園原や伏屋におふる帚木のありとて行けどあはぬ君かな」（『古今六帖』）は民謡調の平明な歌であるが、平安中期以後、これを本歌として、

・信濃なるそのはらにこそあらねども我がははきぎと今は頼まむ（『後拾遺集』雑五・一一二七）

父の、信濃なる女をすみ侍りけるもとにつかはしける　平正家

母上のほかにわたり給ひて、人に物いはぬおこなひにて久しうたいめし給はで、帰りわたり給ひて、「今日なむいとまあきたる」ときこえ給ひけるに、いそぎまゐり給ひけるに、人の、「又、御いとまふたがりて」ときこえければ、帰り給ひにけるを、上はいと待ちどほにおぼして、かくきこえ給ひける

このもとに来ても見がたきははきぎはおもてぶせやと思ふなるべし

御返し

・見えがたきははきぎをこそ恨みつれそのはらならぬみかはと思へば（『定頼集』一三二・一三三）

のように、「園原」に「其の腹」、「帚木」に「母」を掛けた技巧的な歌があらわれてくるようになる。そうした和歌史的状況下で、東国信濃の「園原」こそは、女君失踪直後の狭衣のかかる心情を表現するのに恰好の歌枕なのであった。この歌枕が女君の東下りの話と結びついて、狭衣物語作者は、東下りのことを知らなかったはずの狭衣に、ついうっかり、「あづまのかたへ、などきゝし」といわせてしまった、というのが、叙述の矛盾を生じ

させてしまった事情ではなかったかと、私は憶測する。

（1）　ここでは、巻一の異系統本として為家本を用いることにする。『校本狭衣物語巻一』が第二類本とするのは為家本と前田本の二本だけであるが、前田本本文が純良な異本系本文でないことは明らかである。しかるに、その後「伝慈鎮筆本」の翻刻が公刊され、慈鎮本の巻一もまた異本系本文を有することが判明した。のみならず、慈鎮本の本文を為家本と比べてみると、為家本巻一の冒頭数葉は流布本系本文に差しかわっていることが判明する（詳細については第七章の一を参照されたい）。したがって、巻一の異本系本文を問題にする際には慈鎮本を用いたほうがよいとの考えもありうるわけであるが、「『狭衣物語諸本集成　第三巻　伝慈鎮筆本』翻刻本文補正」（『文林』四五号・平成二三年三月）に述べたように、慈鎮本は、その特殊な書写態度のせいか、意の通りの悪いところがあまりにも多く、このままではいかにも扱いにくい。よって、ここでは、影印・翻刻が揃って公刊されている為家本を用いることとした。なお、為家本本文の引用箇所に関してはすべて慈鎮本と比校して、問題がないことを確認済みである。

（2）　（C）の本文中にあらわれる「おぼろのし水」は異本系本文だけにあらわれる特異な本文である。巻一巻末近くに狭衣が夢で女君の懐妊を察知するくだりがあるが、そこで女君の詠んだ歌が、流布本系本文では「ゆくゑなく身こそなりなめこの世をば跡なき水をたづねても見よ」となっているが、第二類本の為家本では「この世をばいつか見るべきわかれゆくおぼろのし水すまずなりなば」となっており、この（C）の本文異同となにか関係がありそうである。ただし、この女君詠は、「この世をばいつか見るべきうきしづみあとなき水をたづねわぶとも」となっているもの（宝玲本、慈鎮本等）や、「たのむれどこよひばかりの契にてわかるゝ道はとまりやはする」という歌になっているもの（前田本）、さらに、これらのうちの二首ないし三首を併記する本などもあって、問題は単純ではなさそうである。第二類本とされる為家本、前田本、慈鎮本が、それぞれに異なる歌になっているということをここでは指摘しておきたい。作中和歌の異同だけで本文の系統をあげつらうことの不当性を示す好個の例として注目すべきであるが、ここではこれ以上立ち入らない。

（3）巻一で第二類本とされていた前田本は、『校本狭衣物語巻二』では「第一類本第二種」に分類されており、私見でも基本的には流布本系本文と認められるが、前田本のこの箇所は流布本系本文の（E）に先立つ文章中に、異本系本文の（E）を混入して、特異な混態本文を形成している。

【前田本】さることにや侍けん。かくおはしましけるとはかけてもしらず侍けるにや』などきこゑさするを、『げに〳〵さもやありけん』とおぼすにも、『ひた道にあづまへおぼしよりつるよりもいますこしこゝろうくもあるべきかな。一夜二よにもあらず、さはいへど程へにしを、さりともきかぬやうはあらじを、うづまさにて見そめなどして、めのとにうちかたらひをきてと《ママ》もたらんかし。かのみづからはあざれてさやうのわざしつべくもなかりしを、いのりのしにとりかへされたらば、中〳〵さるかたにもあるべきを、と返〳〵めざましくもあるべきかな。いかでこの事きゝさだめん』とおぼつかなさもあさましさもいますこしまさりて、……（二ウ～三オ）

# 第五章　狭衣物語巻三系統論存疑

## 1　従来の系統・分類への疑義

【第一例】（『校本』二五一頁）狭衣は一品宮と不本意な結婚をする。かろうじて所顕しまではこぎつけたものの、その後、狭衣は実家堀川邸に引きこもりがちで宮を訪ねようとしない。そんな息子を父堀川大殿がたしなめる。その箇所の流布本系本文を版本によって次に掲げる。

【版本】殿の御しつらひも、なを、さながらをかせ給ひて、さぶらふ人々もおなじさまにて、よるもつねにとまりなどし給ふを、殿は、「いとあるまじき事なり。たとひ心にあはずとも、むげにいはけなく、心のまゝなるべき心つかふべき程にもおはせず」など、むつからせ給へば、「いでや、さは思ひし事ぞかし……

（巻三之中・三〇ウ〜三一オ）

『校本狭衣物語巻三』は、流布本系本文を「第一類本第二種」、深川本に代表される本文を「第一類本第一種」、大島本・京大本の本文を「第二類本」とする。また、三谷栄一も一連の本文研究において、巻三についても他の巻々と同様、深川本・大島本・流布本に代表される三つの系統の本文が存在する、としているので、その本文を次に掲げてみる。

【深川本】との丶しつらひも、さながらをかせ給て、候人〳〵もおなじさまにて、よるも常にとまりなどし給を、との丶、「いとあさましき事也。たとひ心にあはずとも、いはけなく、心のま丶なるべきくらゐの程

にもおはせず」など、むつかりつゝの給へば、「いでや、さは思しことぞかし……（八一ウ）

【大島本】殿ゝしつらへども、さながらをかせ給て、さぶらふ人〳〵もをなじさまにて、夜はつねにとまりなどし給ふを、殿は、「いと有まじき事哉。たとひ心にあはず共、いはけなく、心のまゝなるべきにもおはせず」など、むづかり給へば、「出や、さは思ひし事ぞかし……（八〇ウ）

『校本』は、この箇所に生じている諸本の異文を詳細に表示するが、そのほとんどは二、三の本だけに生じた偶発的な異文であって、三系統分類の指標とし得るような本文異同は、波線を付した「なを」と「むげに」の二箇所だけのようである。すなわち、版本をはじめとする第一類本第二種の諸本に「なほ」「むげに」とあるところが、第一類本第一種のすべての本と第二類本、および前田本（第一類本第二種A）では「ナシ」となっているのである。

ちなみに、二重傍線を付した箇所は、上掲の三本だけをみると、三系統間に截然とした対立があるように見えるのであるが、『校本』によって当該箇所の諸本の本文がどうなっているかを整理してみると、

・心つかふべき程……第一類本第二種C・Gの諸本、およびFのうちの黒川本
・心つかふべき位の程……第一類本第二種A・B・D・Eの諸本、およびFのうちの黒川本以外の本
・位の程……第一類本第一種のすべての本、および第二類本のうちの京大本
・ナシ……第二類本のうちの大島本

となり、異文の共有状況は『校本』の諸本分類と合致しない。版本の「心つかふへき程」という本文は、第一類本第二種内部においても少数派の異文なのである。

この箇所では、「なほ」「むげに」を有するか否かの対立だけが、『校本』の諸本分類とほぼ対応しているので、これをもって諸本分類の指標の一つとすることも可能なのかもしれないが、副詞一語を有するか否かといった些細な本文異同は、狭衣物語の他の箇所に見られる異系統本文間の大規模な異同のありようからすれば、無視してもさしつかえない異同といわざるを得ない。したがって、『校本』を見るかぎりでは、この箇所は三系統本文間にほとんど異同がないといってよいであろう。[1]

ところが、『校本』に採りあげられていない慈鎮本を見てみると、この箇所が次のようになっている。

【慈鎮本】との丶御しつらひも、さながらおき給て、さぶらふ人〳〵もおなじこ丶ろにて、よろづうちしきりとゞまり給はぬおりもあるを、とのは、「あるまじき事なり。たといこ丶ろにあらず、いはけなく、思ひのま丶なるこ丶ろつかうべきほどにもあらず。かくおはするなるこ丶ろありけり」と、うちむつかり給へば、「いでや、さは思ひし事ぞかし……（六三オ〜ウ）

傍線を付した二箇所の異文は、先に見た三本のみならず、『校本』所収のいずれの本にも見られなかった本文である。「よろづうちしきりとゞまり給はぬおりもあるを」は、狭衣が一品宮のところに宿泊しない夜がたて続く、というような意かと思われるが、釈然としない。また、「かくおはするなるこ丶ろ」とあるのも意を酌みがたく、「かく思はずなる心」の誤写ではないかと思われるが、ともあれ、慈鎮本のこの本文は、先にあげた三本とは素姓を異にする本文とせねばならない。

さらに、これも『校本』には採用されていない本であるが、細川本も、慈鎮本と深い関係がありそうな本文を有している。

【細川本】殿、御しつらひも、さながら、よるなどうちしきりとゞまり給よなよながちなり。殿は、「あさましう。たとひ心にあはずとも、むげにいはけなく、思ひのまゝなる心つかふべきほどにもあらず」など、この御もてなしをあるまじきことに、「おもはずなる心ありけり」と、むつかりきこへさせ給へば、「いでや、さは思ひしことぞかし……（第六帖六四オ〜ウ）

慈鎮本に比べると、この細川本のほうが意の通りもよく、すぐれているように思われるが、両者の先後関係はなお定かでない。しかし、こうして慈鎮本や細川本を視野の中に入れてみると、『校本』がいうところの第一類本第一種も第二種も、さらには第二類本も、この箇所に関してはすべて同系本文以外のなにものでもなく、慈鎮本や細川本の本文こそがそれらと対立する異系統の本文である、ということだけは明らかであろうと思われる。

さらに今ひとつ注目すべき点は、版本に見られた先述の「心のまゝなるべき心つかふべき程にもおはせず」という少数派異文と関係のありそうな本文が、「思ひのまゝなるこゝろつかうべきほどにもあらず」（慈鎮本）、「思ひのまゝなる心つかふべきほどにもあらず」（細川本）というふうに、両本の破線部分に見出だされることである。このことは、慈鎮本や細川本の本文を抜きにしては諸本の本文の関係を正しく理解することはできないことを示唆する。

## 2　大島本・京大本の本文は異系統本文か？

【第二例】（『校本』二一五頁）巻三冒頭で高野詣から戻った狭衣は、出家した女二宮への未練を募らせては中納言典侍に仲介を頼むが、再会を果たせない。そのことを語るくだりの流布本系本文は次のようになっている。

【版本】……いかさまにしてか、いま一たび、けぢかき程の御けはひをきくわざもがな」と思ひわびては、中納言のすけをのみぞうらみ給へど、かひなきよしのみきこゆれば、いとこゝろうし。「夢のやうなりしよな〳〵、なきたまふより外の御けはひはきかでやみき。一くだりの御返など、はた、みすべきものとも思ひたらざりしも……（巻三之上・六オ～ウ）

この箇所を『校本』で見てみると、六行の底本本文（二一五頁）に対して一頁半ほどの校異が表示されている。大規模な異同箇所として有名な、今姫君の扇の歌のくだり（校本八八～九一頁）や飛鳥井女君救出の経緯を語る段（校本一一一～一一五頁）では、六行の底本本文に対して校異が三～四頁にも及んでいるのに比べると、一頁半という校異量は三系統の本文間にほとんど違いがない場合の標準的な数値と見られる（ちなみに、前節でとりあげた第一例の校異量も一頁強である）。しかし、量的には校異が少ないにもかかわらず、この箇所の校異の内容を見てみると、傍線部分「かひなきよしのみ」には、版本と同系統本文とはとうてい考えられないような特異な異文が掲げられているのである。『校本』が掲げるこの部分の異文を整理して表示してみると、

（1）かひなきよしをのみ……第一類本第一種のすべての本、第一類本第二種のうちのA・B・Cの諸本、Fのうちの黒川本、Gの古活字本、第二類本のうちの京大本
（2）ひとつ御心ならねばありがたきわざなればかひなきよしをのみ……第一類本第二種のうちのD・Eの諸本、Fのうちの押小路本
（3）ひとつ御心ならねばありがたきよしをのみ……第一類本第二種Fのうちの鷹司本と東大本
（4）一御心ならねばかひなきよしをのみ……第二類本のうちの大島本

となって、四種類の異文の存在が見てとれるが、第一例と同様、ここでも、異文の共有状況は『校本』の諸本分類とは合致しない。これら四種の異文の対立構造を示すと、

（1）ナシ　　　　　　　　　　　　　　ナシ　かひなき　　よしをのみ
（2）ひとつ御心ならねばありがたきわざなれ　ば　かひなき　　よしをのみ
（3）ひとつ御心ならね　　　　　　　　ば　ありがたき　よしをのみ
（4）ひとつ御心ならね　　　　　　　　ば　かひなき　　よしをのみ

となって、（2）が、（1）または（4）と、（3）とを混合したものであることはほぼ疑いがない。（1）と（4）については、（4）の前半部を写し落としたものが（1）である、とも考えられるし、（1）と（3）を合成したものが（4）である、とも考えられる。いずれにせよ、基本的には、（1）または（4）のような本文と（3）のような本文の二種類の本文が対立していると考えてよさそうである。

さらに、波線をほどこした部分の異文も傍線部の異文と無関係ではなさそうである。ここには、

心うし――心うしや（第一類本第一種A）――かひなし（第一類本第二種A・F）――かひなう（第一類本第二種D）――かなし（第一類本第二種E）

というふうに、「心うし」「かひなし」「かなし」という三種類の異文が見られるわけであるが、さきの傍線部に「かひなき」とありながらここがまた「かひなし」となっている第一類本第二種A・Dの諸本やFのうちの押小路本などはいかにも冗長の観を否めず、上に示した（2）の本文が本来的な本文とは考えられないことを示唆している。

さて、そこでいま問題にしたいのは、『校本』が第二類本とする大島本と京大本の傍線部が、大島本は（4）、京大本は（1）の本文になっていることである。上に述べたようにこの傍線部における基本的な対立本文は「（1）または（4）」vs.（3）」なのであって、従来の考え方からすれば、（3）こそが異系統本文であるとすべきである。すなわち、前節で見た第一例と同様、大島本も京大本も、この箇所はもろもろの第一類本系統諸本と同様の流布本系本文、あるいは異系統の異文を混入した流布本系本文にすぎないのである。

では、『校本』に採択されておらず、第一例で異系統の本文を有すると目された慈鎮本・細川本では、この箇所はどうなっているであろうか。細川本のこの箇所は流布本系本文になっている。しかし、慈鎮本はここでもやはりそれらとは大きく異なっているのである。

【慈鎮本】……いかさまにして、いまひとたび、けぢかきほどの御けはひをもきくほどのわざもがな」と思

ひわび給て、中納言のすけをうらみ給へど、「ひとつ御こゝろならぬはいとありがたき事」とのみきこゆるも、いとかなしく、「ゆめのやうなりしよなく〳〵も、なくよりほかの御けはひもきかせ給はず。ひとくだりの御かへりも、みすべきともおぼいたらざりしも……（六オ〜ウ）

中納言典侍の言葉が直接話法で記されている点が上述の諸本とは際だって異なっており、「ぬは――ねば」の小異があるものの、さきに異系統本文ではないかと疑った（3）の異文「ひとつ御心ならねばありがたき」が、まさしくここに見出されるのである。ちなみに、破線を施した「きかせ給はず」も、諸本がすべて狭衣を主語にした「聞かでやみき」という表現になっているのに対し、これは女二宮を主語にした表現になっている点が特異であり、この異文も『校本』にはあがっていないものである。

以上のことから、この箇所の異本系本文は慈鎮本のようなものと考えねばならないのであって、『校本』が第二類本とした大島本や京大本の本文は、少なくともこの箇所に関しては異本系本文とは考えられないのである。

## 3　大島本・京大本の本文は異系統本文にあらず

三谷栄一の一連の本文研究では、大島本本文を巻三の第二系統本文（＝異本系本文）とし、中田剛直は大島本と京大本を第二類本とした。中田は「狭衣物語巻三伝本考」(2)において、「(京大）五冊本は、今日の大島本ではない二類本系の一本を（第一類本第一種の本文に）混態せしめたもの」と述べており、京大本本文の混態性を早くから見抜いていたのであるが、上に見てきたところからすると、大島本についても同様のことを疑ってみる必要があるではないか。はたして、次に示す例はその疑念を決定的なものにする。

**【第三例】**（『校本』三一頁）第二例に続く段で、狭衣が宮中からの帰途、一条宮に若宮を訪ねるくだりである。その本文を版本によって示し、深川本（九オ～一一オ）、大島本（一一～一二頁）の異文のうちの目立ったもの（四～五文字以上を一応の目安とする）だけを〔　〕内に摘記する。

**【版本】**雪ふりて物心ぼそげなる夕つかた、大将殿、内より出給ふまゝに、「いかに、もの心ぼそげなるふるさとに、おさなきひと、なに心なくまぎれ給ふらん」と思ひやらせ給へば、そなたざまに物したまへるに、おぼしやりつるもしるく、山里の心ちして、人めもまれなるに、わか宮の御めのとたちばかり、はしつかたにうちながめける程なり〔と見えて**大**〕。今ぞひきかへされたるおまし〔しなどして、はまし《ママ》**深**〕どもなをしなどして〔たれども猶ちりがまし**大**〕、うちとけたるすがたどもを、かたはらいたげに思ひたるもおかし〔まぎらはしたるさまもをかし**深**・まぎらはしたるに**大**〕。わか宮はねおきてむつかり給ひけるに、かくわたり給ひければ、よろこびてむつれ聞え給ふ、いみじうあはれにて、「まいらざらましかば、いかにくちおしからまし」とて、うちなみだぐみ給へるけしきなど、なをざりの心ざしとは見えず、いみじうあはれと思ひ給へるを、見奉るめのとたちなどは、「かゝる人物し給はざらましかば、かぎりなきみやづかへといふとも、此ごろはいかに心ぼそくよるかたなき心ちせまし」と、殿の御心ざしをうれしと思ひけり。「見えさせ給はぬ程は、つれ〳〵げにおぼしていみじう〔つれ〳〵に**深**・よく心ぐるしく**大**〕こひ聞え給へるこそ〔ナシ**深**〕心ぐるしう〔ナシ**大**〕、院のさばかりおろかならず思ひきこえさせ給ふをば、をぢ奉らせ給ひて」などきこゆれば、「院の御心ざしにをとるべくも侍らぬものを。猶おさなき人は中〳〵〔御身にも**深**〕おとなびさせ給ふまゝにおぼしめししるにこそ」などの給ひて、はしつかたなるおましにうちふしたまへれば、わか宮も御ふところにいり給ひて、何とはかく〳〵しうも聞えぬ事をきこえたはぶれたまふ御あはひ、いとかゝらぬ〔うとからぬ大〕ちごならば、かたはらいたくやあらまし〔ナシ深〕と見えさせ給へり。しろきからの御ぞどものなべてならぬに、おなじさまなるくれなゐのかさなりたる、つねのことぞかし。されど〔ナシ深大〕、夕ばへにや、なべてならずめでたく見ゆ。あられのいとおどろ〳〵しうふりたるに、をぢ給ひて、きぬをひきかづきて、身にかひつき給へる、いみじうらうたくおぼえたまへば、「まいらざらましかば、たがふところにかいらせたまはまし〔ナシ大〕。かくおそろしき雨もふらぬ、おとゞなどぐしてつねに侍る所に、いで給ひね〔いさゝせ給へよ大〕」との給へば、打うなづきて〔ナシ深〕、「おとゞはよしな。さがの院こそ、かしらはきら〳〵として、おそろしげなれ」と、先おとしめ聞えさせ給ふぞ、おかしきや。
（巻三之上・七ウ〜九オ）

長文の引用になったが、〔　〕内に表示した異文の質や量からもわかるように、従来三つの系統の代表的本文とされてきた三本の間には大きな異同はほとんど見られない。さらに、『校本』のこの箇所の校異欄を見ても、この箇所は各丁とも一頁半程度の校異が表示されるだけである。すなわち、従来の考え方からすれば、この箇所の三系統本文間にはほとんど異同がないということになるのである。

しかし、それは重大な誤りである。この箇所の慈鎮本の本文は、次に示すように、『校本』所収のいずれの本ともまったく異なる大規模な異文になっているのである。(3)

【慈鎮本】ゆきかきくらし、物こゝろぼそげなるひるつかたに、大将どの、うちにさぶらひつるも、「いかに人ずくなにて」と思ひやりて、ふみわけてわたり給つるに、おぼしやり給つるもしるく、人めまれなるこゝちして、わかみや御めのとたちばかりして、うちながめけるとみえたり。いまは、こゝろひきかへしたる御ましどもひきなをしなどしたれども、なをちりがましき心ちしたり。「たゞいま御とのごもりをきて、こひきこゑさせ給て、なきむつからせ給へば、いとわりなき事」などきこゆ。げに、みつけ給ては、よろこびむつれ給に、さまのあはれなるを、「かくまたせ給ふを、まいらざらましかば」とて、なみだぐみ給ふけしき、おろかならぬを、みたてまつるにぞ、めのとたちも、「かゝる人ものし給はざらましかば」と、こよなきなぐさめなりける。「みえさせ給はぬ（を）‖ほどは、かくのみこひきこゑさせ給こそ、あやしけれ。ゐんのさばかりおろかならず思ひきこゑさせ給へるには、おぢ、はぢまいらせ給て」などきこゆれば、「ゐんの御おもひにおとるべき心ちもし侍らぬものを、こゝろうくもの給ふかな」とて、おくのおましにもろともにうちふさせ給へるに、あはれさへおどろ〳〵しきおとなひ、とこゝろからいとこゝろぼそし。しろきふくさはりどものなべてならぬに、くれなゐのからの御ぞどもを、れいの事なれど、つねのとにはみゑぬに、わかみやさへもてはやし給へる御ふところのあはひぞ、いとかはらぬちごどもはかたはなりぬべかりける。「こひしくやおはしましつる。おとゞなどもつねにぐして侍つるとこゝろに《ママ》いさらせ給へよ」との給へば、「おとゞはよしな。さがのゐんこそ、かしらはきら〳〵としておそろしけれ」と、おとしめきこゑさせ給ふは、おかしきや。（七ウ～九オ）

波線を施した部分は先に示した版本をはじめとする本文とはまったく素姓を異にする異文であって、この慈鎮本のような本文こそがこの箇所の異本系本文と称すべきものであろう。『校本』が第二類本とする大島本も京大本もこの箇所は流布本系本文にほかならず、さきに〔　〕内に示した大島本の異文のうちの「なほしなどしたれども猶ちりがまし」とあったのだけがこの異本系本文との共通異文と考えられるにすぎないのである。また、

『校本』に表示された校異のうち、「猶――心うくもの給なすかな」（三四頁）とある異文（第一類本第二種のうち、黒川本とGを除く諸本の共通異文）がこの異本系本文からの混入であることも、これによって判明する。(4)

さて、もうひとつの異本である細川本はというと、次に見るように、この異本系本文と流布本本文が複雑に混じり合った形になっている。

【細川本】雪かきくらしふりて、いと物こゝろぼそげなるゆふつかた、大将、うちよりまかで給さまに、「いかばかり人ずくなにて、物心ぼそげなるふる里に、をさなき、なに心なくまぎれ給らん」と思ひやられ給へば、わたり給へるに、おぼしやりつるもしるく、山ざとの心ちして、人めもまれなるに、わかみやの御乳母たちばかり、はしつかたにうちながめたるほどなり。いまぞひきかへしたるをまし、ひきつくろいなどしたれど、ちりがましき心ちしたり。「うちとけたるすがたどもを」と、かたはらいたげに思たるもをかし。「若宮は、いま御とのごもりをきて、恋きこへさせ給て、なきむつからせ給つれば、いとわりなくて」と聞〔ミセケチこそ〕」などきこゆるに、みつけさせ給て、いみじうよろこびむつれさせ給ありさま、いとあはれにて、「まいらざり《ママ》ましかば」と、「くちをしからまし」とて、うち涙ぐみ給へるけしき、なをざりの御心ざしとは見えず。めのとたちは、「かゝる、物し給はざりせば、いかばかり心ぼそうよるかたなき心地せまし」と、こよなきなぐさめになりにける。「みえさせ給はぬ程は、かくのみ慈〔ミセケチ恋〕きこく〔ミセケチへ〕させ給こそ、あやしけれ。さがの院の、さばかり思ひきこく〔ミセケチへ〕させ給をば、をぢたてまつらせ給て」などきこゆれば、「院の御心ざしにをとるべきにそ〔ミセケチも〕侍らぬものを。心うくもの給はする物かな。なをさなな〔ミセケチ〕き人は、中〳〵をとなびさせ給まゝにおぼしめしゝ《ママ》し（る）にこそ」とて、はしつかたなるをましにもろともにうちふし給へり。はか〴〵しくきこえぬ事をきこゆ《ママ》へたはぶれ給。しろきからの御ぞどもなべてならぬに、をなじさまなるくれなゐのかさなりたる、つねの事ぞかし。若宮さへもてはやされ給える御ふところのあはひに、「かゝらぬちごは、かたはらいたくや」とみえさせ給えり。ゆふばへにや、なん〔ミセケチベ〕てならずみえさせ給えり。雨のをどろ〱しうふりたるに、をぢ給て、きぬをひきかづきて、身にかひそひ給える、いみじうらうたくおぼへ給へば、「まいらざらましかば、たれがふところにかいらせ給はまし。かくをそろしき雨もふらず、をとゞなどももろともに侍所に、いざさせ給へよ」との給えば、うちうなづきて、「をとゞはよしな。さがの院こそ、かしらはきら〱として、をそろしけれ」と、をとし（きこえ）給ぞ、をかしき。（第五帖一〇オ〜一一ウ）

この細川本本文は、流布本系本文をベースにしつつ、異本系本文（波線部）を大量に取り込んだ混態本文とみてよいであろう。この箇所においてこれほど大量に異本系本文を混入した混態本は細川本以外管見に入らないが、細川本のこの箇所の混態のありようは、巻一や巻二の深川本や蓮空本の本文のありようを彷彿とさせるものである。

この箇所では、『校本』が第一類本とする本も第二類本とする本もすべて同系の本文になっており、それに対峙する異本系本文として慈鎮本のような本文があり、さらに、両者を大胆に混交した細川本のような本文があるのであって、こうした性格をもつ三種類の本文が存在するということ自体は、巻一・巻二における本文の様相と変わりないのである。粗雑に過ぎるとの批判を覚悟の上で、三谷栄一の方法を借用してあえてわかりやすい整理をするならば、この第三例では、『校本』所収のすべての本は第三系統、慈鎮本が第二系統、細川本が第一系統、とでもなるであろう。

『校本』の校異欄が三〜四頁以上にも及ぶような箇所は、流布本系本文と素姓を異にする大規模な異本系本文の校異が取り上げられているとみてよいであろうが、『校本狭衣物語巻三』は、巻一・巻二に比べると、そういう箇所がきわめて少ない（巻三の物語本文量は巻一、巻二よりもかなり多いにもかかわらず、『校本狭衣物語巻三』のページ数が少ないのはそのためである）。のみならず、大規模異文があげられている箇所において異本系本文を有している本は第二類本とされる大島本・京大本だけでなく、必ずといっても過言でないほど、第一類本のうちのいくつかの本がその大規模異文を共有しているのである。これは、巻一や巻二における第二類本のありようと大きく異なる点である。このことは、すなわち、巻三の大島本や京大本が第一類本中の混態本と大差のない性格の本であるということを意味している。

## 4 結論

『校本狭衣物語巻三』には、巻一の為家本や慈鎮本、巻二の高野本や大島本に相当するような、第二類本と呼ぶにふさわしい異本系本文を有する本が採用されていない。大島本も京大本も、巻三は異本系本文を比較的多く含む混態本にすぎない、というのが、本章の結論である。

ただし、本章で注目した慈鎮本あるいは細川本が、大島本や京大本にとって代われるほどに純良な第二類本と認めうるかというと、それはそうではない。これらの本を周到に調査した長谷川佳男、西臺薫(5)によれば、これらもまた混態本にほかならないことを明らかにしている。純粋な異本系本文を有する本の出現が期待されることはいうまでもないが、それはそれとして、むしろ本章の考察を通して痛感するのは、これまで第二類本としてとり扱われてきた巻一の為家本や巻二の高野本・大島本・平瀬本も、程度の差こそあれ、本稿で述べたのと同様の問題を有しているの考えなければならないのだろうということである。巻三に限らず、『校本』の校異欄に大規模な校異が示されていないからといって、ただちに三系統間に大差はないと判断するのは早計なのであって、たとえ規模は小さくても、混合・混態本の中に混入して伝えられている異本系本文を見逃すことのないよう、細心の注意をもって『校本』に臨まなければ、得々として不毛な論を展開する愚を免れることはできないだろうと思うのである。

なお、今後、巻三の本文系統を考えていくための手がかりになるかと思われる箇所を、第七章の七で取り上げ、検討しているので、併せて参照されたい。

（1）「なほ」「むげに」の有無といった、おそらくは転写の際の誤謬に起因するのであろうと思われる些細な異同が『校本』の諸本分類とよく合致し、「心つかふべき程―位の程―ナシ」のような、本文の系統と深い関連をもつと思われる顕著な異同が諸本分類と合致しないという奇妙な現象は、既に指摘もされているように『校本』の依拠した研究方法に問題があったことを示しているといってよいのであろう。

（2）中田剛直「狭衣物語巻三伝本考」（『上智大学　国文学論集　2』昭和四三年一〇月）。

（3）この例の後半部分は、西臺薫「伝慈鎮本狭衣物語について」（『論叢狭衣物語4　本文の諸相』平成一五年四月・新典社）にも取り上げられている。五五～五六頁。

（4）『校本』のこの部分に示された校異のうち、「なへてならすめてたくみゆ―めつらしき色あひにみえてそきなしたまへる」とある異文（第一類本第二種のうち、黒川本とGを除く諸本）は、慈鎮本にも細川本にも見られないものである。慈鎮本とはさらに別の異系統本の存在を想定して、この異文を、それからの混入と考えなければならないのかもしれないが、それよりはむしろ、慈鎮本や細川本も視野に入れ、大島本・京大本を第一類本と捉え直した上で、あらためて第一類本の下位分類を考え直してみることのほうが先決問題であろうと思われる。これについては、なお今後の課題としたい。

（5）『論叢狭衣物語4　本文の諸相』（平成一五年四月・新典社）所収の、長谷川佳男「或る異本の様態―九州大学付属図書館蔵細川文庫本『狭衣物語』」、西臺薫「伝慈鎮本狭衣物語について」。

# 第六章　狭衣物語巻四系統論存疑

狭衣物語巻四の諸本の本文について、中田剛直は流布本を巻三までと同様「第一類本第二種」とするのに対し、三谷栄一は流布本の巻四の本文は「第一系統」であるとする。第一章で述べたように、巻四の流布本の本文を「第一類本第二種」という名称で呼ぼうが、「第一系統」という名称で呼ぼうが、それが「名称」にとどまるかぎりにおいてはどちらでもかまわないし、たいした問題でもない。狭衣物語本文に関する三谷の考え方の最大の問題点は、流布本や内閣本の本文に「第一系統」の名を付すことによって、これを深川本巻四の代替にしようとし、巻四にも巻三までと同様の三つの異なる系統の本文が存在する、とした、まさにその点にあるのである。狭衣物語の本文について言及してきたこれまでの研究者たちはこの問題を正しく認識しておらず、多くはその問題に気付くことさえせずにきたが、これは狭衣物語の本文研究を進めてゆくにあたってきわめて重要な問題点であって、従来の考え方はすみやかに修正されねばならない。そのことについてはすでに第一章で縷々述べたところである。本章では、三谷の分類において「第三系統」の名で呼ばれている蓮空本本文の検討を通して、三谷が説くように、巻四においても巻三までと同様に三つの異なる系統の本文が存在するか否か、という問題について考えてみたい。

なお、蓮空本の巻一と巻二は蓮空自筆本が天理図書館に収蔵されているが、巻三・巻四は散逸している。ただし、自筆本が全巻揃っていた時期に自筆本（あるいはその兄弟本）から写されたとおぼしき四高本が金沢大学に残っており、さらに四高本の写しが学習院大学や京都大学に残っている。本章では蓮空本として古典文庫の翻刻を用いるが、古典文庫の巻三・巻四には、四高本ではなく、学習院大学本が用いられたようである。古典文庫の本文と四高本本文の比較調査は美谷一夫によって行われており、両者間の異同が詳細に報告されているので(1)、ここでは適宜それも参照していく。四高本は、自筆本の行間に書き入れがあった場合、本行本文を捨てて書き入れのほうを本文化しているという事実がある。したがって、当然のことながら、四高本を写した学習院大学本も、それを底本とした古典文庫本も、蓮空本の本行本文を伝えてはいない。その意味では、現存する蓮空本の巻三・巻四の本文はどの程度まで「蓮空本本文」として扱ってよいものなのか疑問が残る。蓮空本自体を問題にするときにはそのことにじゅうぶん留意せねばならないであろう。しかし、本章は、三谷栄一が「巻四の第三系統本文と認定した蓮空本の本文」について再検討しようとするものである。三谷が巻四の第三系統本文とした蓮空本とは、自筆本の書き入れが本文化されたあとの蓮空本にほかならないから、本章に用いる蓮空本が古典文庫本であってもなんら問題はなく、むしろ、それを用いるほうが合目的的であろうと考える。

## 1　蓮空本の脱文

巻四冒頭で出家を果たせなかった狭衣は、若宮をともなって嵯峨院に女二宮を訪ねるが、会ってもらえず、宮の扇に歌を書きつけて帰る。そのことを語るくだり。三谷が第一系統とする内閣本と版本、第二系統とする為秀本と大島本、第三系統とする蓮空本、および蓮空本に近似した本文を有する中山本・慈鎮本、以上七本の本文を対校形式で次に示す。なお、本章はもっぱら三谷説の当否の検証を目的とするので、以下、三谷が用いている「第一系統」「第二系統」「第三系統」の名称を用いて論を進めることにする。

（a）　（内閣）うすにぶなる御あふぎのあるを、

(版本)うすかうなる御あふぎのあるを、
(為秀)うすにほひなる御あふぎうちをかれたるを、　めとまり給て、
(大島)うすにほひなる御あふぎうちおかれたるを、　めとまり給て、
(蓮空)うすにびなるあふぎのうちをかれたるも、　めとまり給て、
(中山)うすかひなる御あふぎのうちをかれたるも、　めとよ《ママ》り給て、
(慈鎮)うすにほひなる御あふぎのうちおかれたるも、　めとまり給て、

(b)

(内閣)　せちにおよびてとらせ給へれば、
(版本)　せちにをよびてとりよせ給へれば、
(為秀)　せちをよびてとり給つれば、
(大島)　せちによびてとり給へれば、
(蓮空)　み給へば、
(中山)わかみやのたづねおはしたるして、とらせたてまつりてみたまへば、
(慈鎮)わかみやのたづねおはしたるして、とらせたてまつらせ給てみ給へば、

(c)

(内閣)なつかしきうつりがばかり　むかしにかはらぬ心ちするに、
(版本)なつかしきうつりがばかりは昔にかはらぬ心ちするに、
(為秀)なつかしき御うつりがは　むかしにかわらぬ
(大島)なつかしき御うつりがは　むかしにかはらぬ心ちするに、

(蓮空) なつかしきうつり香ばかり　昔にかはらぬ心ちするに、
(中山) なつかしきうつりがばかり　むかしにかはらぬ心ちするに、
(慈鎮) なつかしきうつりがばかり　むかしにかはらぬ心ちするに、

(d)

(内閣) はなやかならぬしたえなどの、　さまかはりたるは、
(版本) 花やかならぬしたゑなどの、　さまかはりたるは、
(為秀) 　　　　　　　したへなど、　さまかはりたるは、
(大島) 花やかならぬ下ゑなど、　さまかはりたるは、
(蓮空) み所あるゑなども、　なぐさむばかりあはれなるは、
(中山) 見所あるゑなどもうちゝらで、　さまかはりたるあはれなれば、
(慈鎮) みどころあるこゑなどもなく、　さまあはれなれば、

(e)

(内閣) いとあはれにあかずかなしうおぼされけり。
(版本) 猶いとあはれにあかずかなしくおぼされけり。
(為秀) なをいとあかずかなしとおぼされて、
(大島) 猶いとあかずかなしと覚されて、
(蓮空) 猶いとゞしく涙のもよほしなり。
(中山) なをいとゞしき涙のもよをしなり。
(慈鎮) なをいとゞしきなみだのもよをしなり。

（f）
（内閣）ナシ
（版本）ナシ
（為秀）わか宮のたづねをわしたるして、御すゞりなるふでをとらせたてまつりて、
（大島）若宮のたづねおはしたるして、御すゞりなるふでをとらせたてまつりて、
（蓮空）御すゞりなるふでをとらせたてまつり給て、
（中山）御すゞりなるふでとらせたてまつりて、
（慈鎮）御すゞりなるふでをとらせ給ひて、

（g）
（内閣）ナシ
（版本）ナシ
（為秀）御あふぎのつまに、
（大島）御あふぎのつまに、
（蓮空）御扇のつまに、かたかんなにかきつけ給ふ。
（中山）御あふぎのつまに、かたかんなにかきつけたまふ。
（慈鎮）御あふぎのつまに、かたかむなにかきつけ給。

（h）
（内閣）てになれしあふぎはそれと見えながらなみだにくもる色ぞことなる
（版本）手に（ふイ）なれしあふぎはそれと見えながら涙にくもる色ぞことなる

（為秀）てになれしあふぎはそれと見えながら涙にくもる色ぞことなる
（大島）てになれしあふぎはそれと見えながら涙にくもる色ぞことなる
（蓮空）手なれにしあふぎはそれとみえながら涙にくもる色ぞことなる
（中山）てなれにしあふぎはそれとみえながらなみだにくもる色ぞことなる
（慈鎮）てなれにしあふぎはそれとみえながらなみだにくもるいろぞことなる

（ⅰ）


（内閣）と、　かたかんなにかきつけて、　もとのやうにをき給ふつ。（一〇ウ～一一オ）

（版本）と、　かたかなに書つけて、　もとのやうにをき給ひつ。（巻四之上・一三ウ～一四オ）

（為秀）と、　かたかんなにかきつけて、　もとのやうにおき給ぬ。（一六オ～ウ）

（大島）と、　かたかんなにかきつけて、　もとのやうにをき給ぬ。（一七ウ～一八オ）

（蓮空）とて、　もとのやうにをかせたてまつり給て、いで給ぬ。（二三一頁）

（中山）とて、　もとのやうにをかせたてまつりて、　いでさせ給ぬ。（一七オ～ウ）

（慈鎮）とて、　もとやうにおかせたてまつり給ひて、いで給ひぬ。（一三ウ～一四オ）


まず、第二系統内部で為秀本と大島本の間に生じている（c）（d）の異同についてであるが、これは（c）の「かはらぬ」と（d）の「花やかならぬ」の二箇所の「らぬ」の目移りによって、為秀本が「心地するに、花やかならぬ」を写し落としたものであり、この部分については大島本のような形が第二系統本文の原型であると考えるべきである。

さて、このように対校してみると、たしかに蓮空本は第一系統本や第二系統本とはかなり異なる本文を有していることがわかる。この箇所の本文対立について、三谷は、

（1）第二系統は情景を複雑化して、第一系統や第三系統には登場していない若宮を登場させていること。

（2）第一・第二系統では宮の扇は地味なもので悲しさを誘うとしているのに対し、第三系統では、「扇の絵は見る価値のある立派な絵で、しかもその絵は心慰むに十分なものとして、持物のよさをむしろ形容しようとした形跡がある」こと。

（3）第一・第二系統では「片仮名に書きつけて」の句が歌の後にあるのに対し、第三系統の蓮空本では歌の前にあること。

（4）狭衣の書き付けた和歌の初句が第一・第二系統では「手になれし」となっているの対し、第三系統は「手なれにし」となっていること。

以上の四点をあげて、「三つの系統の存在を明白に物語っている」と説いたのであった。(2)

まず（4）についての私見を述べる。（4）は作中歌の歌句に生じた本文異同である。学習院大学本を底本とする古典文庫の蓮空本は三谷の指摘どおり「手なれにし」となっているが、美谷一夫の調査報告によれば、金沢大学蔵の蓮空本（四高本）では「手なれしに」になっているとのことである。四高本の転写本であるはずの学習院大学本が「手なれにし」となっているのは不審であるが、「手なれしに」では歌意が通らないから、学習院大学本の書写者が意改し、その結果、本来の蓮空本本文「手なれにし」に戻ったのではないかと思われる。「手な

れにし」という本文は蓮空本・中山本・慈鎮本の三本の独自共通異文になっており、おそらく、このグループ（以下「蓮空本グループ」という）の本文の特徴としてよいものと思われる。しかし、人名・地名や歌句に生じたこうした本文異同は、他の部分に比べて格段に目につきやすく、そのため部分的な校訂や意改の対象にもなりやすい性質をもっていて、全体の本文異同のありようを反映していない場合が多い。いま述べた学習院大学本の意改もその一例である。ほかにも、たとえば京大（五冊）本のこのあたりは第一系統の本文になっているが、この和歌の初句だけは「てなれける」という独自異文になっている。このような些細な異同を根拠に、京大本を第一系統とは別に「第四系統」として認定すべきだというような主張がもし行われるとするなら、狭衣物語の本文系統はおそらく伝本の数だけ認めなければならないことになってしまうであろう。人名・地名および歌句の異同といった、目に付きやすいが、しかし些末としかいいようのない違いを指標にして本文系統を論じる方法は、「手抜き」の方法としかいいようがなく、議論を無意味に混乱させる結果にしかならない。（4）は、せいぜい、蓮空本が中山本や慈鎮本と近縁関係にあることを示す証左のひとつとする程度にとどめるべきものであろうと思う。

次に、（1）について反論を試みる。三谷は、第一・第三系統には若宮が登場しないのに対し、ここに若宮を登場させている点が第二系統本文の特徴であるとする。そして、その認識を前提として、ここにあげた中山本と同じ本文を有する図書寮三冊本の本文について、（b）に「わかみやのたづねおはしたるして」というフレーズが存在することを理由にこれを「第三系統に第二系統で校合し混態を呈している伝本[3]」と説くのである。しかし、そうではないであろう。蓮空本の（i）に注目したい。ここでは蓮空本グループの三本がそろって「おかせたてまつり」という独自異文を共有している。（b）で若宮が登場している中山本・慈鎮本の場合、「せ」は使役、「たてまつり」は若宮に対する謙譲表現、と解釈されるが、若宮の登場していない蓮空本の場合には「せたてまつり」が解釈できないことになる。同様のことが、（f）の「御すゞりなるふでをとらせたてまつり給て」の

「せたてまつり」についてもいえる。すなわち、（f）や（i）に若宮に対する使役＋謙譲の表現「せたてまつり」を有していながら若宮が登場していない蓮空本本文は、解釈不能な欠陥本文とせざるをえないのである。同グループの中山本・慈鎮本の本文のありようから推測するに、蓮空本の親本はおそらく「御あふぎのうちおかれたるも、めとまり給て、わかみやのたづねおはしたるして、とらせたてまつらせ給てみ給へば」とでもなっていたのであって、蓮空本は二箇所の「給て」の目移りによって波線部分を脱してしまったものと考えるべきであろう。

（2）について。蓮空本の書写者は、「見所ある絵なども慰むばかりあはれなる」というつもりで書写しているのであろうから、蓮空本本文の解釈ということなら、三谷の説は首肯できる。しかし、このような本文を有する本は蓮空本以外は管見に入らない。同グループの中山本や慈鎮本と対比してみると、蓮空本の「ゐなともなくさむはかり」が、親本に「ゐなどもなく、さまかはり」とあったのを単に写し誤ったにすぎないことはほぼ疑いないものと思われる。ちなみに、神宮本の（d）は「みところあるゐなともなく、さまかはりたるは」となっている。おそらく、蓮空本グループ祖本の本文作成の際に用いられた本は、（d）の部分が神宮本のような本文になっていたかと推測されるのである。

以上述べたところから、蓮空本本文は、中山本や慈鎮本と同グループの、しかもその中ではやや誤写の多い末流の本文と考えなければならないことが判明する。三谷が三系統存在の根拠とした（1）（2）は、いずれも蓮空本あるいは蓮空本祖本の筆者による単なる写し誤りの結果にすぎないのである。

以上の考察に基づき、とりあえずこの箇所の蓮空本グループの本文の特徴を整理してみると、

・他の本文では（f）に位置していた「若宮のたづねおはしたるして」がこのグループでは先行して（b）

に来ていること。

・三谷が（3）で指摘しているように、第一系統本文でも第二系統本文でも（ｉ）に位置している「片仮名に書き付けて」が、やはり先行して（g）に来ていること。

この二点が、蓮空本グループの特徴としてあげられる。そして、そのようにフレーズの位置が入れ替わった箇所の前後にこのグループ独自の小規模な特殊異文が発生しているように観察される。同じフレーズが他本と異なる位置に現れるという現象は狭衣物語では多くの本にしばしば見られるものであり、さほど珍しくもないが、こうした現象は異本の本文が校合されて本文中に取り込まれる際に生じるものと考えられる。この箇所の蓮空本グループの本文は、若宮の登場しない第一系統本文をベースにしつつ、若宮の登場する第二系統の異文を文章中に取り込み、異文を挿入した箇所の前後のつながりが不自然でなくなるよう場当たり的に若干の改変をほどこした、という底のものと見てよい。当然のことながら、蓮空本グループの本文は他の混合・混態本の形成にもまったく関与していない。蓮空本本文のこうしたありようは、第二章の3でとりあげた箇所にも認められたものであり、また、混態本文の顕著な特徴として三谷がはやくから指摘していたところでもあった。[4] 蓮空本グループのこの箇所にあらわれる小規模の特殊異文は、あえて第三の異系統本文としなくても、混態本文の作成者による場当たり的な改変と見てさしつかえないものと考えられる。

## 2　蓮空本グループの脱文

狭衣の人望の厚さを目の当たりにした弁乳母があらためて姫君の幸運を実感する様子を述べたくだり。この箇所では、第一系統本文と第二系統本文は対校不能なほどにはげしい異文になっているが、蓮空本は第一系統にきわめて近い本文になっている。いま、版本（第一系統）と蓮空本の本文を対校形式で示してみる。

【版本】　やんごとなきかんだちめなども、うちわたりのみやづかへよりも先〳〵と参り給ひつゝ、
【蓮空本】やむごとなきかんだちめなども、うちわたりのみやづかへよりも　　　まいり給つゝ、

日をくらし夜をあかしたまふにつけては、又いますこし此御かたに参りようし給ふぞことはりなるや。
日をくらし夜をあかし給ふにつけて、

あそび給ふにつけても、又　誠しきかた、　物をならひ、をの〳〵身のうれへ思ひを
　　　　　　　　　　　又、まことしき方の　　　　　　　　　思を　をの〳〵

かなへ給ふかたざまも、あけくれむかひ見奉らまほしきものに思はれ給ひて、
かまへ給方ざまも、　　あけくれみたてまつらまほしき物におもはれ給て、

もてかしづかれいつかれ給へるありさま、いつくしうめでたきをばさるものにて、「こゝら見る人の中にも、
もてかしづかれ給へるありさまの、　　　めでたき事はさる物にて、　　　　　「こゝらみる人のなかにも、

此御かほかたちけはひありさまに、夢ばかりにてもうちなずらふべきが、この世になかりけるよ」と、
この御かたちけはひありさまに、たゞ夢ばかりもうちまがふ人の、この世にはなかりけるよ」と、

あけくれ過る日かずにそへつゝ、見奉るたびごとに、「わが君の御すくせは、
あけくれすぐる日数にそへて、みたてまつるたびには、「我君の御すくせも

人にはまさり給へりけり」とのみ思ひしらるゝに、（巻四之中・三七ウ〜三八オ）
人にまさり給へりけるよ」と思しられ、（三二七頁〜三二八頁）

この箇所の蓮空本本文を、三谷は「第一系統の簡略化された姿において把握される」[5]としているのであるが、いかがなものであろう。まず、前半に見られるもっとも大きな異同箇所が、二箇所の「つけては（も）又」の目移りによる単純な写し誤りであることは明らかである。この脱文は同グループの中山本・慈鎮本にも共通している。また、この脱文に続く「まことしき方の思をの〳〵かまへ給方ざまも」の部分も、中山本・慈鎮本ではは「かまへ」が「かなへ」となっているものの、蓮空本とほぼ同文であって、「まことしき方の思ひ」ではなはだ意の通りが悪い。これも、三本の共通祖本の段階で第一系統本文の一部分が写し落とされたことによって偶発的に生じた異文であろうと思われ、やはり意図的に「簡略化」したものとは考えにくい。

ちなみに、三谷はこの箇所の混態本として、東大本と神宮本に代表される、それぞれに異なる二つのタイプの混態本文を紹介しているが、そのいずれもが第一系統と第二系統による混態であって、蓮空本本文はこれら混態本文の形成にもまったく関与しておらず、蓮空本の本文をあえて第三の異系統本文としなければならない理由は

認められない。

三谷説において第三の異系統本文としてあげる蓮空本本文が単なる脱文にすぎないケースを、もう一例あげておく。

【版本】　かくのみなのめならぬありさまを、　昔よりきゝそめて、　つゐに見ずなりなんは

【蓮空本】かくのみなのめならぬありさまを、　むかしよりきゝそめて、　つゐにみずなりなんは

猶いとほいなかりぬべければ、　かくねんごろにおぼしたる事とみてのちも、　えおぼしたへざりけり。

ほいなかりぬべければ、

ふみはわざとのつかひ奉り給はんもきしろひがほなるべければ、　宰相中将のもとに

たゞ宰相中将のもとへ

ひまなくせめをこせ給ひつゝ、　その中にぞ入給ひける。　「春宮より御つかひ参りぬ」と

ひまなくせめをこせ給つゝ、　その中にぞいれ給ける。たゞいまも「春宮より御つかひまいりぬ」と

見をき給ひて、　出給ふまゝに……（巻四之上・四三オ～ウ）

みをき給て、　いで給ふまゝに……（二七〇頁）

この箇所も二箇所の「べければ」の目移りによる脱文にすぎない。この脱文も中山本・慈鎮本に共通しているので、これも、やはり蓮空本グループの共通祖本において偶発的に生じた異文であると考えられる。第三の異系統本文とするには当たらない。

## 3　第三の異系統本文

そもそも、巻四の本文は、巻三までと比べると、本文の対立がさほど複雑ではない。三谷の論文に取り上げられた諸例も、(6)その大半は第一・第三系統が同文で第二系統と対立するという二項対立のパターンであり、三系統がそれぞれに異なる箇所としてあげられた例も、その多くは「人名・地名あるいは歌句」だけの些細な異同なのである。さらに、前節までに見てきたように、外見上は三者の対立のように見える箇所であっても、実は、単に蓮空本自体の、あるいは蓮空本グループの祖本の、単純な誤写・脱文にすぎないものもあり、実質的に三種類の本文が対立しているとみなければならない箇所というのはほとんどないといっても過言ではないのである。私は、深川本の存在しない巻四にはもともと二つの系統しか存在しなかったのではないかという疑念をぬぐいきれずにいるのであるが、しかし、なお、そのようにいいきってしまえない例が、ごくわずかではあるが認められることもまた事実である。本節では、そういう希有な例をとりあげて見ておきたい。

狭衣の出家を阻止しえた堀川大殿が賀茂社へ願解きに出かけるくだり。版本（第一系統）、為秀本（第二系統）、蓮空本の三本に、論述の都合上、神宮本を加えて、四本の本文を対校形式で次に示す。

（a）

(阪本) 殿の御かもまうで　近く成ぬれば、

(為秀) との、御かもまうでも　ちかくなりぬれば、その御心まうけいとこちたし。

(蓮空) 大将殿、かもにまいり給べき日などちかくなりぬれば、その御心まうけいとこちたし。かれと、

(神宮) 大将殿、かもにまいり給ふべき日　ちかくなりぬれば、その御心まうけいとこちたし。か丶れば、

(b)
(阪本) 舞人にさ丶れたる殿上のわか君だちなど、こ丶ろことに思ひいそぎたり。
(為秀) まひ人にゐられたるわかきん（だち）　心ことに思ひいそぎたつ。
(蓮空) ナシ
(神宮) まい人にえらばれたるわかきんだち、　心ことに思ひいそぎたり。

(c)
(阪本) 大将殿には、

(為秀) 大将は、　いかなりしこと丶もみしり給はぬに、

(蓮空) 大将殿は、　いかなりし事ともくはしくしり給はぬに、

(神宮) 大しやう殿は、　いかなりしこと丶もしり給はぬに、

(d)
(阪本) ありし御夢の事などうへぞくはしくかたり聞え給ひける。

(為秀) うへぞくはしうありし夢かたりきこへさせ給けるに、

(蓮空) うへはありし御夢がたりしひで給て、　つきせずうらめしく思きこえさせ給ける。

(神宮) うへありし御ゆめがたりくはしくかたりきこえ給て、　つきせずうらめしと思ひきこえさせ給けり。

（e）

（版本）「げに、さしもたしかに御覧じけんよ。

（為秀）「さしもたしかに御らんじけんよ」とき、給ふに、

（蓮空）「げに、さしもたしかに御らんじけるよ。

（神宮）「げに、さしもたしかに御らんじけるよ」とき、給に、

（f）

（版本）　しづめがたき心の中を　おぼしとがめず、

（為秀）「さるは　しづめがたき心の中のなめげさをおぼしとがめで、

（蓮空）　あやしくしづめがたき心のうちのなめげさをおぼしとがめず、

（神宮）「あやしくしづめがたき心のうちのなめげさをおぼしとがめず、

（g）

（版本）しゐてうき世にあらせまほしくおぼすらん神も御心のありがたき」ものから、

（為秀）しいてうき世にながらへよとおぼしをきて給ふらん神の御心もありがたく」思ひしられたまふにぞ、

（蓮空）しひて世にながらへよとをきて給ける神の御心ありがたく」思しられ給に、

（神宮）しゐて世にながらへよとをきて給ひける神の御心のありがたく」思ひしられ給て、

（h）

（版本）かた〳〵につらきかたにぞすゝみ給ひける。

（為秀）「　すてがたき身のありさまなめり」とおぼしゝられける。

（蓮空）「猶ひたみちにすてがたかりける我身の程かな」と、おぼししらるべし。

（神宮）「猶ひたみちにすてがたかりける身のほどかな」とは、覚ししらるべし。

（i）
（版本）まいらせ給ふ日の事どもなど、　をしはかるべし。（巻四之上・九オ〜ウ）

（為秀）御かもまうでのこまかなることは、　をしはかるべし。（一一オ〜ウ）

（蓮空）御まうでの程の事もくはしからねども、　をしはかるべし。（二二五頁〜二二六頁）

（神宮）かもにまいり給日のことくわしからずとも、　をしはかるべし。（九オ〜ウ）


この箇所の蓮空本本文は全体的には第一系統よりも第二系統に近いが、波線をほどこした部分は第二系統本文にも第一系統本文にもない特殊な異文になっている。ちなみに、中山本・慈鎮本はこれまで見てきた箇所と同様、蓮空本とほぼ同文であり、そのほかに、この箇所に関しては神宮本も蓮空本グループと類似の本文を有している。（a）の「かれと」は蓮空本の明らかな欠陥本文であって、同グループの中山本・慈鎮本では「か丶れと」となっており、このグループの祖本の本文は「かかれど」であったと思われるが、神宮本もこれに相当する「か丶れは」を有している。のみならず、神宮本は蓮空本グループの（d）の特殊異文も共有しており、神宮本と蓮空本グループの間には何らかの親密な関係があると考えなければならない。

そこで問題になるのは（b）であろう。蓮空本グループの三本は一致して（b）が欠文となっているにもかかわらず、神宮本はここに他本と同じ本文を有している。このことを根拠に、三谷はこの箇所の神宮本本文を、第三系統に第二系統が混入してできた混合本文であると説くのであるが[(7)]、必ずしもそうとはいいきれまい。むしろ、（b）を有する神宮本の本文のほうがもとの形であって、蓮空本グループのほうが祖本の時点で（b）を写し落としたと考えることもじゅうぶんできるのであって、前節までに見てきたように蓮空本グループの本文には不用意な脱文がしばしば見られることや、第1節で示した例の（d）において神宮本が蓮空本の原型とおぼしき本文を伝えていたことなどを考え合わせると、ここも、そのように考えるほうが妥当ではないかと思われるのである。

（b）を蓮空本グループ祖本における脱文であると考えてこれを除外すると、問題になるのは、蓮空本グループおよび神宮本の本文に見られる（a）（d）の波線部ということになる。これらは第一系統と第二系統の単純な混合だけからはけっして生じえない特殊な異文である。ただし、（a）のほうは、第1節で示した例の（e）の異文や（i）の「いで給ぬ」と同様、異系統本文の混合が行われた際に、文章の続き具合を整えるために場当たり的に付け加えられた特殊異文と見ても差し支えないものであって、これをもって直ちに第三の異系統本文とせねばならないようなものでもないだろうと思う。もとの本文がやや舌足らずな表現になっているところを注釈的に補ったという底のものであって、そうした特殊異文は、混態本文でなくても同系統本文間においてもまま発生しているものだからである。しかしながら、波線部（d）のほうはそれらとはやや性格を異にしていると見るべきであろう。（d）の波線部は、母を見捨てて出家を断行しようとした狭衣を母堀川上が恨んでいる、と述べているわけだが、そういう叙述は第一系統本文にも第二系統本文にも見られないのであって、ここには実質的な「改作意図」をうかがうことができる。

さらに、この（a）（d）の異文が、蓮空本グループだけでなく別種の混態本である神宮本にも共有されているという点は軽視しえない。神宮本巻四の本文は私見では第一系統と第二系統の混態ということでおおむね説明が可能かと思われ、混態本の一種であることは確実であるが、蓮空本グループとは別種の混態本とすべきものである。その別種の混態本である神宮本にも（a）（d）の異文が共有されているということは、これらの異文の発生は蓮空本グループの祖本よりもさらに前にさかのぼると考えなければならないことを意味する。すなわち、（a）（d）の異文は、前節までに見てきたような蓮空本（あるいは蓮空本グループの祖本）に生じた偶発的な異文ではない、ということである。

そのことをさらにはっきりと示す例を最後に見ておく。巻四冒頭で賀茂神の夢告により狭衣の出家を阻止した堀川大殿が狭衣をたしなめる言葉が、蓮空本本文では次のようになっている。

【蓮空本】「いでや。いと心うかりける御心かな。あまたあらんだに、すこしもとりわきたる心ざしの程をみしり給ては、(a)いとかくまどはし給はでありなん物を、まいて、いさゝか思まぎらはすたぐひもなくて、一日かた時もみきこえぬをば恋しくかなしき物に思きこゆる(b)ふたりのおやの、年たかくなりぬるをみをき給ては、かぎりあらん命をだにかけとゞめてみんとおぼすべくやあらん。なに事のあかずうれはしくおぼさるべき御身にもあらず。さばかりうつくしうやつしがたき御身を、せめてあらぬさまになして、この世ながらめもきこえずわかれうせんとおぼしたらん、いかなる御心にかあらん。なに事もおぼろけには思より給はじと思はかりきこゆれば、いまはうしろみきこえんにしたがひ給はざらん物ゆへ、なに事あながちにせいしきこえん。たゞ我身にのこりなきより、いかにして思すてられきき《ママ》こえたらん心ひとつのかなしさはさる物にて、人のみきかんもはづかしく、仏のおぼさん事もつみさり所もなくかなし。たゞもろともにいかにもなし給へ。さるべきにて仏のすゝめ給ふにてもあらん。いかなるかたざまにても、(c)をくれきこえてはいかでこの世にも侍らん。いみじくありがたくをしすぐるやうなりとも、心をみだし給て、ねがひ給はん御身のさまたげともなり給なん。けふやうのくどくをこそは、よろづよりもすぐれたる事に、仏はの給めれ。身づからはとてもかくてもをくれたてまつるまじければ、(d)みたてまつらん事はたえじと思なぐさむるを、このいまひとりの御ありさまこそ、のちの世にもいとかゝる心のみだれながらは、おなじ所にあひ給はん事はかたかるべければ」など、なく〱いひつゞけ給を……（二一五頁〜二一七頁）

この本文は第一系統本文や第二系統本文に比べると格段に長大であり、第一系統本と比較してみると、二重傍線を付した（a）〜（d）の部分が際だって異なっている。（a）は、版本（第一系統）では「すこしもとりわけたらんこゝろざしのほどを見んには、いとかゝるこゝろのほどはつかはじを、まいて、いかばかり思ひまぎらはすべき……」、為秀本（第二系統）では「すこしもとりわきたる心ざしを見たまはゞ、いかでかくはあらん。思ひまぎるべき……」となっており、蓮空本の措辞は、叙述内容に大差はないというものの、第一系統とも第二系統ともずいぶん異なるものになっている。（d）も、版本は「いとよし」、為秀本は「いとうれしく」とあるだけであるが、蓮空本本文はそのどちらとも異なる説明的な本文になっていることがわかる。もっとも、この（a）（d）程度の異文だけなら、これまで述べてきたのと同様の場当たり的な改変と見て無視してしまうこともできなくはないかもしれない。しかし、（b）から（c）にかけての長大な異文はそのようにはまったく考えられないものであるといわねばならない。

そもそも、（b）から（c）にかけての部分は、第一系統と第二系統の間でも甚だしい異同を示すところであるが、蓮空本はさらにそのいずれとも大きく異なるものになっているのである。その部分の第一系統本文（版本）と第二系統本文（為秀本）は次のごとくである。

【版本】……恋しくかなしき物におもひ聞えたるを（B）見つゝ、いかなるかたにおぼし立て、世をそむきすてんとはいでたち給ひけるぞ。いとよし。をのれをこそおぼしすてめ、めにて、又なくおぼしまぎるゝ方なくならひ給へる御心に、見給はずなり給ひなば、かた時ながらへ給ふべしとや見給ふ。かぎりあらんいのちのほどをだに、かの見給はん程はかけとゞめんとはおぼすまじうやはあるべき。仏もけうやうをこそおもき事にはのたまふめれ。かくふけうの御こゝろにては、おぼしすてつらん道のさまたげにもこそ成たまへ。何事もみなさるべきむかしのちぎりにこそあらめ、かくなん思ふと、心うつくしうの給はゞ、あながちにせいしきこゆべきにもあらず、たゞ、我身はのこりなきよはひに成たるに、ふりすてられ聞えたらむも、心ひとつのかなしさはさるものにて、人の見きかん事もはづかしく、仏のおぼさん事もつみさりどころなくかなしかるべきを、たゞもろともにいかにもし給へ。ほとけのすゝめたまへるにもあらん。いかなるかたざまにもみづからはをくれきこゆまじければ、いとよし。いまひと所の御ありさまこそ……（巻四之上・二ウ〜三ウ）

【為秀本】……恋しく思ひきこゆるを、うちすてゝ、身をかゑんとおぼしけるぞ。みたてまつらで、一日、かたとき世にあるべしとや見たまふ。仏もけうやうのくどくをこそはよろづよりもすぐれてのたまふなれ。父は、恋しになんは、いみじき出家のごとくとおぼすとも、ふけふのつみをいかがし給わんずる。はゝをころせる人なしとこそ、仏ものたまひたれ。いとかばかり思ひたち給けるを（さまたげん・大島本）、いみじきのちの世のほだしなり、又、われも『ほいなし、うらめし』とおぼしなん。仏のすゝめ給にこそあらめ。せいしきこゑじ。ほとけのおぼしめさむことも、つみさりがたし。たゞもろともになし給てよ。身づからはおくれきこゆまじければ、いとうれしく。いまひとりの御さまこそ……（三ウ〜四ウ）

こうして見ると、この部分の蓮空本本文が第二系統本文よりも第一系統本文に近似するものであることはあきらかであろう。蓮空本は、異文（b）の前後が第一系統とほぼ同文であるにもかかわらず、第一系統本文の傍線部（B）が異文（b）と入れ替わり、さらに、第一系統本文の波線部「いかなるかたざまにも◆みづからはをくれきこゆまじければ」が◆のところで分断されて、その間に異文（c）が割り込んで入った形になっていることがわかる。蓮空本本文には「をくれきこえてはいかでこの世にも侍らん」「身づからはとてもかくてもをくれたてまつるまじければ」と、同じことを意味する本文が重複していること、また、異文（c）は第一系統本文や第二系統本文の二重傍線部と類似するものであることから見ても、蓮空本本文が第一系統や第二系統に先行するものでありえないことは明らかであって、ここでもまた、蓮空本本文が、第一系統本をベースにしつつ異系統本文を取り込んで長大化した混態本文であることが確認されるのである。

ただし、（b）の異文は、第二系統本文を機械的に取り込んだものでもなければ、場当たり的に改変されたというようなものでもなく、また、前節までに見てきたような誤写に起因する偶発的な異文でもむろんない。（b）の異文には、第一系統や第二系統とは異なる別種の本文を作ろうとする積極的な「改作意図」を明確に見てとることができる。

（b）の異文が、第一系統本文や第二系統本文とは別種の、第三の異系統本文と認められねばならないことは、さらに、別な観点からも確認される。すなわち、第2、第3節で見てきた蓮空本の異文はいずれも蓮空本グループの諸本だけにしか見られないものであった。しかし、この箇所の（a）～（d）の異文は、蓮空本グループのみならず、他の多くの諸本にも共有されているのである。いま、この部分に限って、管見に入った諸本の本文を見てみると、蓮空本グループの中山本・慈鎮本以外にも、京大本（第一類本第一種A）・前田本（第一類本第一種D）・神宮本（第一類本第一種F）・鎌倉本・細川本などが蓮空本と同様の本文になっている。すなわち、蓮空本の（a）～（d）の異文はこれら種々の異本の共通祖本にまでさかのぼるものと考えなければならないのである。もし、巻四に、第一系統とも第二系統とも異なる「第三の系統」の本文が存在したとすれば、まさにこの共通祖本の本文こそがそれであったと考えるべきなのであろう。

## 4　結論

前節で見た例は、第一系統本文や第二系統本文とは異なる第三の異系統本文が巻四にも存在するとする三谷説を支持するものといってよい。ただし、巻四の場合、そうした第三の異系統本文はきわめてまれに（かつ、巻四冒頭部に偏在して）しかあらわれない。また、それがあらわれる場合は、蓮空本（および蓮空本グループの本）にだけあらわれるというようなことはないのである。

三谷は、ひとり蓮空本のみを第三系統本とし、蓮空本にあらわれる異文をことごとく第三系統本文と認定したのであるが、その中には「人名・地名、和歌の歌句」といったささいな異文がずいぶん多いだけでなく、また、第2・第3節で見たような、蓮空本自身の、あるいは蓮空本グループ祖本の単純な誤写や脱文によって生じた偶発的な異文や、場当たり的に改竄された特殊な独自異文が多く含まれている。そういう異文までも異系統本文として扱うということになると、狭衣物語の本文は何十種類にも分類されねばならないことになるであろう。そもそも三谷の一連の本文研究がそれ以前の本文研究に比べて（誤解を恐れずにいえば、中田剛直の実証的な本文研究と比べてさえ）格段に卓越していた点は、そうした偶発的な異文を排除し、大局的な観点から、混合・混態本文の形成に関与する三種類の基本本文が確実に存在することを鋭く看破したところにあったはずである。

また、氏は、蓮空本本文のみをもって第三系統の基準本文としたため、蓮空本と異文を共有する本はことごとく、第三系統と他系統本文との合成によって生じた混態本とされてしまうことになったのであるが、そうではないであろう。上に見てきたように、蓮空本巻四が、巻三までとなんら変わりない「混合錯雑した一伝本」「現存諸本中の悪本[8]」であることは明らかであり、したがって、蓮空本にごくまれにあらわれる「第三の異系統本文」

は、むしろ逆に、第三の異文を有する何らかの本から蓮空本グループの祖本に混入したものと考えるべきなのである。

巻四に「第三の異系統本」なるものがもし存在するとすれば、それは蓮空本グループ以外の本で、かつこれら「第三の異系統本文」をことごとく有しているような本、ということになるが、現在知られている諸本の巻四の本文はいずれも第一系統か第二系統であり、そうでなければ両者の混合・混態になるものであることが明らかなものばかりである。すなわち、それら混合・混態本の中から「第三の異系統本文かもしれない異文」を断片的に拾い出すことはできても、現時点では、「第三の異系統本文」の全容を伝えるような本は見つかっていないといわざるをえないのである。かくして、もし深川本に巻四が存在したとすれば、深川本の本文こそが「第三の異系統本」であった可能性は高いようにも思われるのであるが、第一章に述べたように、内閣本の巻四のありようから考えると、その可能性は案外低く、むしろ、入江相政のいうように深川本巻四なるものははじめから存在しなかったのかもしれないという気も、またしないではない。

為家本と前田本によってしか知りえなかった巻一の第二系統本文のありようが慈鎮本の出現によってずいぶん明確になったように、未知の新しい本が今後出現でもしない限り、巻四の「第三の異系統本文」は、全容はいうまでもなく、その存否すらも不明というほかなく、当面は、もろもろの混合・混態本中に断片的に取り込まれた「第三の異文」を地道に拾っていく以外に巻四本文の研究方法はないであろう。

(1) 美谷一夫「金沢大学図書館蔵(四高本)「さころも」について(二)」(金沢女子短期大学紀要『学葉』平成七年一二月)。

(2) 「狭衣物語巻四における諸伝本の基礎的研究――三系統存在の確認について」(『実践女子大学紀要』昭和三七年

三月）。後に、『狭衣物語の研究［伝本系統論編］』（平成一二年二月・笠間書院）に収録。四三三頁。
（3）（2）に同じ。四三五頁。
（4）「狭衣物語における伝本混乱の一過程――蓮空本を中心として」（『国文研究』昭和一一年九月）。後に（2）掲出書に収録。
（5）（2）に同じ。四四〇頁。
（6）巻四の本文についての三谷の論考としては、（2）のほかに、「狭衣物語巻四の後半における諸伝本と巻末における跋文の意義について――三系統存在から二系統へ」（『実践女子大学紀要』昭和五九年三月、後に（2）掲出書に収録）があり、両論文において都合二十六の本文対立箇所が取り上げられている。
（7）（2）に同じ。四三八頁。
（8）（4）に同じ。二〇八頁。

# 第七章　狭衣物語諸本の本文分析

# はじめに

旧来の本文批評では、諸伝本に生じている本文の異同を誤脱衍といった写し誤りの累積によるものと捉えてきた。たしかに誤写の累積によって本文は徐々に変容してゆく。しかし、諸本間に生じている本文異同の主たる原因を誤写の累積によるものと考えるのは無邪気にすぎよう。人の手による書写という行為は、たいていの場合、所与の本文をそっくりそのままに写し伝えるということはしないものであるし、また、それを目的にしているわけでもない。書写者は、誤写によって親本に発生している誤謬をそのまま写して誤謬だらけの本を作ろうとするよりは、むしろ、誤謬のない、よりよいテキストを作ることに力を注ぐのがふつうであろうと思われる。親本に明らかな誤謬があれば、当然のことながらそれを正す。他本を参照して訂正する場合もあろうし、書写者の独断で、あるいはときに恣意的に、本文を書き変える場合もあろう。

行間に「本ノママ」という書き添えがなされている写本は少なくない。そういう本の書写者は親本の本文を忠実に写そうとしており、いかにも誠実な書写態度で親本を写している、と勘違いされがちである。なるほど、「本ノママ」との書き添えがある箇所は「本のまま」に写されてあるにちがいない。しかし、そのことは、書き添えのない部分が本のままに写されているということを保証するものでは、まったくない。「本ノママ」なる書き添えは、あきらかに誤謬があると判断されるにもかかわらず本のままに誤謬を残した箇所に対してだけ付けられるのであって、書写者の裁量で誤謬を正すことができた箇所に、わざわざ訂正した旨の断り書きをしたりすることはない。と、そのように考えるのがマチュアーな考え方というものであろう。
だとすれば、親本に生じた誤謬がそのまま末流の本に写し伝えられ、書写が繰り返されるたびに誤謬が累積していくなどという考えは、あまりにもナイーヴな、まさに机上の空論なのであって、旧来の本文批評は根底から考え方を誤っていたことになる。

手書きで写された写本はコピー機で機械的に複写されたものとは違って、書写者による「本文解釈というフィルター」を通して歪められたテキストであると考えなければならない。諸本に本文異同が生じる最大の原因は、この「本文解釈というフィルター」にあるのだ。

したがって、これからの本文研究は、それぞれの伝本の本文にあらわれている「書写者による本文解釈」を読み解くことが必須の作業となるであろう(1)。この作業を経ないような本文研究は、一見実証的には見えても、論者の独善に偏する愚を免れえない。このことについては、第二章で四つの例をあげて論じておいた。

如上の考えのもと、本章では狭衣物語諸本の本文にあらわれる本文異同の若干例について考察を試み、私の考える本文研究の方法を提示してみたい。

(1) 物語のテキストのたった一字の有無が物語の解釈と深くかかわっていることを、源氏物語の例で論じたことがある。「蓬生の巻の「めづらし人」――物語異文の形態学的研究」(『講座源氏物語研究 源氏物語のことばと表現』平成一九年四月・おうふう。のちに『テーマで読む源氏物語論 4 紫上系と玉鬘系 成立論のゆくえ』平成二二年六月・勉誠出版、に再録)を参照されたい。

## 一　いかにすべき忘れ形見ぞ

巻二之上。女二宮の懐妊に気づいた母大宮が、乳母たちに事態を打ち明けるくだり。『校本』が「第一類本」とする本は、第一種本も第二種本も、ほとんどが次のような本文になっている。

【版本】……たゞ、さばかりのゆめにてだにあらで、こはいかにすべきわすれがたみぞ」と、(a)をしあてさせたまへるそでのしづく、ことはりにいみじともよのつねなり。(b)「いまは、いかでうへの見つけさせ給はぬさきに出し奉りてん。神わざなどもしげう侍るめるに、いとゞおそろしく侍る」と聞ゆれば、(c)「さてもつゐにはいかゞすべからん」と、(d)「世のためしに成給ひぬべき御ありさまを見奉りはてぬさきに、我身いかで世になくなりなん」と、(e)かた時の程に思ひくだけさせ給へるさま、(f)げに、たれも〳〵はかな〳〵しき事あらじかしと見え給へり。(g)かくいひさゝめくほどに、「えんだうまいれ……(三二オ~ウ)

(b)の「いまは、いかで……」は乳母の会話文。(c)「さてもつゐには……」と(d)「世のためしに成給ひぬべき……」は大宮の会話文である。版本に代表される流布本系本文はきわめて明快な文章であるといってよい。これに対し、異本系本文(高野本)は次のようにずいぶん異なった本文になっている。

【高野本】……たゞさばかりの夢にてだにあらで、こはいかにすべきわすれがた身ぞ」とも、（A）えつゞけさせ給はず。（D）「うきなのよにもりきこえ給はぬさきに、たゞいかでわれ、いかにもなりなばや」と（E）おぼしいりたるさまを、（F）みたてまつる心地ども、いまさらにを《ママ》とりてもおぼえず、（B）「いまは、いかでうゐの御まへにだにみつけさせたてまま《ママ》つらで、いでさせ給わざをし侍らん。この月はかみわざもしげかりつるに、いとをそろしう」（G）などいふほどに、「えんだうまいれ……（三四オ〜ウ）

流布本系本文の（a）〜（h）に対応すると思われる部分に、同じ記号を大文字で付けてみた。高野本本文には若干の誤写があるようだが、文脈をたどるのに支障はない。流布本系本文と対比してみると、異本系本文ではフレーズの順序が入れ替わっていることが判明する。（D）の「うきなのよにもりきこえ給はぬさきに……」は大宮の会話文、（B）「いまは、いかで……」は乳母の会話文である。『校本』が第二類本とする本のうちの大島本が、高野本とほぼ同文の異本系本文になっている。

流布本系本文のフレーズの順序を変えて異本系本文ができたのか、あるいは、その逆であるのかは、どちらとも断定できない。

そして、これら二種類の異なる本文を合成して次のような本文が派生している。

【鎌倉本】……たゞさばかりのゆめにてだにあらで、こはいかなるべきわすれがたみぞ」とて、（a）おしあてさせたまへる御そでのしづく、事はりにいみじともよのつねなりや。（D）「うきなのよにもりきこえ給はぬさきに、いかでわれ世になくなりなばや」と（E）おぼしいりたるを、（F）みたてまつりたる心ちども、さらにいふかたなし。（b）「いま、いかでうへの見つけさせたまはぬさきにいでさせたまはさし《ママ》はんべらん。この月は神わざもしげくはむべるべきに、いとをそろしうはんべりなん」ときこゆれば、（c）「さてもつゐにはいかがすべからん。（d）世のためしになりぬべき御さまをみたてまつらぬさきに、わが身いかでよになくなりなん」とのみ、（e）かたときのほどにおもひくだけさせたまへるに、（f）げに、たれもはか〴〵しき事あらじかしと見えさせたまへり。（g）かくいひさゝめくほどに「ゐんだうまいれ……（二六四頁～二六六頁）

本文に付した符号によって明らかなように、鎌倉本本文は、流布本系本文の（a）と（b）の間に、異本系本文の（D）（E）（F）を混入したものである。そのため、醜聞が世間に漏れ広がる前に死んでしまいたい、と願う大宮の心が、（D）と（d）に重複してあらわれる結果になっている。鎌倉本は、『校本』では吉田本とともに「第一類本第二種A」に分類されているが、「第一類本第二種E」の前田本も、次に見るように、これと同じ構造をもつ文章になっている。

【前田本】……たゞさばかりの夢にてだにやまで、いかになすべきわすれがたみにか」と、（a）いひだにつゞけさせ給はぬ御袖のしづく、ことはりにいみじとも世のつねなり。（D）「この御名もちい《ママ》でぬさきに、我世になくなりなばや」と（E）おぼし入たるを、（F）みたてまつる心ども、さらにおごりても覚ず。（b）「神わざしげく侍めるを。いとおそろしき事なり。うへも御覧じあやめぬさきに、いかさまにもかまへていだしたてまつらばや」と申せば、（c）「ついにはいかゞすべからん。（d）世のためしにもなりぬべき御ありさまを見たてまつらぬさきに、我いかでなくならん」と、（e）ふしまろび給。（f）たれもはか〴〵

しき御事あらじとみえ給えり。（g）「ゐんだうまいられ……（二七ウ～二八オ）

流布本系本文の（a）と（b）の間に、異本系本文の（D）（E）（F）を混入しており、その結果（D）と（d）が重複している点は鎌倉本とまったく同様であるが、波線部は他本に類を見ない独自異文になっている。この箇所に限らず、こうした独自異文が多いのは前田本本文の顕著な特徴である。文章構造は鎌倉本と同じでありながら、傍線を付した部分は異本系本文の措辞に近くなっているので、おそらく、鎌倉本のような本文を基にしていながら、再度、異本系本文との接触があり、それによって語句を補ったり、恣意的に表現を変えたりしてこのような本文になったものかと思われる。

鎌倉本のような本文を基にしていながら、「解釈のフィルター」を通して本文に改竄の手が加わり、その意味するところが大きく変わってしまったと思われる本文が次に示す松浦本（第一類本第二種B）本文である。

【松浦本】……たゞ、さばかりのゆめにてだにあらで、こはいかなるべきわすれがたみぞ」とて、（a）おしあてさせ給へる御袖のしづくを、「いみじともよのつねなり。（D）うきなのよにもりきこへ給はぬさきに、いかでわれよになくなりなばや」と、（F）みたてまつる心地も、さらにいふかたなし。（b）「いま、いかでうゐのみつけさせ給はぬさきにいでさせ給はんわざし侍べらん。‖この月にはかみわざもしげく侍べるべきに、いとをそろしう侍べり」（b）などきこゆれば、（c）「さてもついにはいかゞすべからん。（d）よのためしになりぬべき御ありさまをみたてまつらぬさきに、わが身いかで世になくなりなん」とのみ、（e）かた時のほどにおもひくだけさせ給。（f）げに、たれもはか〴〵しきことあらじかしとみえさせ給へり。

（g）かくいゝさゝやくほどに、「えんだうまいれ……（四一オ〜ウ）

この松浦本本文も、流布本系本文の（a）と（b）の間に異本系本文を混入したものであるが、鎌倉本や前田本とは違って、（E）の「おぼしいりたるを」を欠いている点が異なるところである。しかし、それは、けっして不注意で（E）を写し落としたのではない。鎌倉本や前田本に見られた（D）と（d）の重複を避けるために意図的に（E）が削り取られ、本文が改変された、と考えられるのである。

（a）は流布本系本文、（D）（F）は異本系本文から取り込まれたものであるが、流布本系本文では、（a）「押し当てさせたまへる袖の滴」は「いみじともよのつねなり」の主語であった。しかし、松浦本本文では「おしあてさせ給へる御袖のしづくを」となっているから、これは「いみじともよのつねなり」の主語ではありえない。「御袖の滴を」は、次の「　」を飛びこえて、（F）の「見たてまつる」にかかる、と解するしかないであろう。「御袖の滴」は、いうまでもなく大宮の袖の滴であるから、それを「見たてまつる」のは乳母たちである。だからこそ、「心地」が無敬語になっているのである。かくして、松浦本の「いみじとも世の常なり。憂き名の世に漏りきこえたまはぬ前に、いかで我、世になくなりなばや」は、乳母たちの心中思惟、と解さざるをえないことになる。流布本系本文の（d）も、異本系本文の（D）も、醜聞が世に広まる前に死んでしまいたいと願ったのは大宮であった。ところが、この松浦本本文では、それが乳母たちの願いに変えられてしまっているのである。

以上の考察に基づき、松浦本の前半部分の口語訳を次に記しておく。

……ただ、一時の夢で終わることさえなく、これはまた、なんという、とんでもない忘れ形見なのか」とおっしゃって、御目におし当てなさった大宮の袖から滴がしたたり落ちるのを、「『ひどい』などというのも月並みなこと。姫宮さまの情けない評判が世間に漏れひろがっておしまいにならない前に、なんとか私たちもこの世から姿を消してしまいたい」と思って拝見する乳母たちの心地も、何ともいいようがない。「今すぐにも、なんとか陛下がお気付きにならないうちに……

おそらく、松浦本本文の改作者は、鎌倉本のような本文では大宮の思いが（D）と（d）に重複して語られていることになるのを不審に思い、（E）「おぼしいりたるを」を削ることによって、（D）が乳母たちの心中思惟になるよう、本文を改竄したものと推測される。「解釈というフィルター」を通して新しい異文が生成される好個の例といえよう。

松浦本は、夙に国の重要美術品に指定され、現在は天理図書館蔵となっている。各巻別筆の寄合書で、書写年代もまちまちであるが、巻二は「為定筆」とされる鎌倉期の古写本である。ここでもやはり、こうした古写本の本文にしてからがすでにこのような最末流の改竄本文になっていることが確認されるのである。狭衣物語のさまざまな混態本の生成を室町時代にまで引き下げて考えてきたこれまでの通説は、すみやかに修正されねばならないであろう。

以上の考察結果をまとめておく。（　）内に『校本』による分類を付記する。

○基本本文

・流布本系本文（第一類本第一種の諸本、第二種のうちＡＢＥを除く諸本）

・異本系本文〔第二類本のうちの高野本と大島本〕

〇派生本文

・鎌倉本の本文〔第一類本第二種A〕〔流布本系本文の（a）と（b）の間に異本系本文の異文を混入したもの〕

・前田本の本文〔第一類本第二種E〕〔鎌倉本本文の措辞に改変を加えたもの〕

・松浦本本文〔第一類本第二種B〕〔鎌倉本本文から（E）を削ることにより、（D）（d）の重複を回避しようとしたもの〕

# 二　狭衣の楽才

## 1　流布本系本文と異本系本文

巻一の初め。狭衣のたぐいまれな才能が長々と紹介されるくだりの最後に、音楽の才能のことが語られる。ここではその箇所を取り上げて、そこに生じている異文について検討してみる。まず、流布本系本文を掲げる。

【版本】（A）又、ことふえの音につけても、雲井をひゞかし、此世のほかまですみのぼり、天地をもうごかし給ひつべきを、（B）ゆゝしうおやたちもおぼしさはぎて、なに事をもあながちにこのみをさせ奉り給はねば、（C）我もことに心をとゞめて人にみゝならさせ給はずなどあれば、（D）「よろづにむしんに物すさまじき人ざまにや」とぞをしはかられ給へど、（E）はかなき御ことの葉、けしきなど、（F）うち見奉るよりわが身のうれへもわすれ、物思ひはるゝ心ちしてうちゑまれ、あいぎやうづき給へる御さまぞ、たぐひなかりける。すべて何事もいひつゞくれば中〳〵なり。（G）「よろづめづらしくためしなき御有さま」と、世の人のことぐさに聞えさすめれば、（H）大殿などはあまりゆゝしく、（I）「あめわかみこのあまくだり給へるにや。けふやあまの羽衣むかへ聞え給はん」と、（J）あやうくしづ心なき御心のうちどもなり。源氏

の宮と聞ゆるは……（八オ～ウ）

これに対する異本系本文であるが、『校本狭衣物語巻二』は、流布本をはじめとする諸本を「第一類本」とし、これと対立する「第二類本」として為家本と前田本の二本を採択している。前田本は前節にも述べたように独自異文があまりにも多いのでさておき、為家本を巻一の代表的な異本とする考え方は広く学界に浸透している。そのこと自体は必ずしも間違いとはいえないけれども、この箇所に関していえば、為家本の本文は異本系本文ではまったくなくて、まぎれもない流布本系本文になっている。おそらく、書写の際に用いられた親本が巻一の初めの数葉（宮中管弦の遊び場面の始まりまで）を失っており、為家本の筆者（あるいは為家本の親本の筆者）がその失われた数葉分を流布本系本文によって補写したためと思われる。その結果、為家本は、一筆でありながら初めの数葉が後の部分とは異質な流布本系本文になっているのである。『全註釈』はこのことに気づかないまま、この箇所の為家本本文を「第二系統本文」として【異本系統】欄に掲出しているが、それは誤りであり、そうした誤った認識のもとに【鑑賞・研究】の項が記述されているため、『全註釈』の【鑑賞・研究】はとんでもない誤った判断に導かれてしまっている。この箇所にかぎらず、『全註釈』が章段ごとに【異本系統】として掲げている本文は、異本系統の本文であるかどうか、内実をまったく検証しないまま、単に異本とされている本の本文を機械的に掲出しているだけであって、そこにあげられた本文がほんとうに異本系本文であるかどうか疑わしい場合がままある。したがって、『全註釈』を鵜呑みにして、その【異本系統】欄に掲げられた本文を異本系本文だと考えるのは危険である。注意を喚起しておく。

実は、この箇所の異本系本文とすべきものは為家本ではなく、慈鎮本の本文なのである。これを次に掲げる。

【慈鎮本】（A）ひきならし給ことふゑのねにつけても、雲井をひゞかし、このよのほかまですみのぼるを、（B）ゆゝしくおぼされて、おとゞいみじくせいしきこゑ給へば、（C）ことにみゝならし給はず。まれ〳〵の御事も、みゝたつる人おほかれば、われもいや（と）むつかしくて、ゝもふれ給はねば、（D）むもむなる人におはしける。（E）物うちずんじ、さいばらうたひ給ふ《ママ》などよみ給へるは、きかまほしうめでたき物に、よの人きこゑたり。されば、なにごともたゞ、ならひ給事なし。この御師となのるべき人もなけれど、いかにし給へるにか、いとめづらかに、（I）「あめわかみこなどの、しばしあまくだり給へるなめり」と、とのはおぼして、「けふやあまのはごろもむかへにえ給はん」と、（J）あやぶみて、いみじうしづこゝろなき思ひこゝろどものうち也。源氏のみやときこゆるは……（九オ〜ウ）

（A）〜（D）と（I）（J）は流布本系本文との照合が可能であるが、（E）〜（H）については、両本文の対応がたどれないほどはげしく異なっている。慈鎮本のこの本文は、『校本』が第二類本とする前田本との間にも、とくに後半部分においてかなり大きな異同があるが、諸本の中にこれを位置づけるなら、慈鎮本も前田本も異本系本文と認めてよいであろう。参考までに、慈鎮本と前田本の校異を次に表示しておく。

＊ことふゑのねにつけても―物の音ふきならし給笛のねまても　＊せいしきこゑ―せいし　＊みゝならし―ならし　＊みゝたつる人―みる人　＊いや（と）むつかしくて―むつかしくおほされて　＊ゝもふれ給はねば―御手もふれさせ給はす　＊むもむなる人におはしける―ナシ　＊物―物なと　＊さいばらうたひ給ふなど―ナシ　＊よみ給へるは―経よみなとし給御こゑ　＊めでたき物に―ナシ　＊よの人―世の人思　＊されば―ナシ　＊たゞならひ―うちならひ　＊人もなけれど、いかにし給へるにか、いとめづらかに、「あめわ

かみこなどの、しばしあまくだり給へるなめり」と、とのはおぼして、「けふやあまのはごろもむかへにえ給はん」と、あやぶみて、いみじうしづこゝろなき思ひこゝろどものうち也。―人あめの下にはなかりけりおとゝは仏のへんし給へるにや天人のむかへやうけ給はむとあやうかりやすきそらなくそおほしける　＊源氏のみや―せんしの君

## 2　種々の混合・混態本文

諸本の多くはこの箇所では流布本系本文を有しているが、流布本系本文中に異本系本文を混入しているような本がいくつかある。

そのひとつは中山本である。（A）～（D）および（F）～（J）は版本とほぼ同じ流布本系本文であるが、（E）に異本系本文の異文が混入している。その部分を次に掲げる。

【中山本】……（D）「よろづにものすさまじうむしんなる人ざまにや」とぞをしはかられ給えども、（E）はかなき御こと葉などよりはじめ、物うちじゆんじ、さいばらうたい、御経などよみ給けしきなど、（F）うち見たてまつるより我身のうれへもわすられ、ものおもひもわするゝ心地してうちゑまれ、あいぎやうづき給えるさまぞたぐいなかりける。すべてなに事もいゝつゞくればなか〳〵なり。（一三ウ～一四オ）

波線をほどこした部分は、異本系本文（E）に見られる異文である。中山本は『校本』が「第一類本第二種E」とする宮内庁三冊本・松井三冊本の祖本と考えられている。

次に、深川本系本文を見てみる。深川本系本文は、上記二本とは比較にならないほどに錯雑した混態の様相を呈している。

【深川本】（A）又、ことふえのねにつけても雲井をひゞかし、このよのほかまですみのぼりて、天人もおどろかしたまひつべければ、（B）いとあまりゆゝしうをやたちおぼしたちてをさ〳〵せさせたてまつり給はず、（C）我もことに心とゞめてなに事もし給はずなどあれば、（D）よろづにむしんにものち《ママ》さましき人ざまにやとぞをしはかられ給へど、（E）はかなき御事のは、けしきなどよりはじめ、ものうちずんじ、さいばらうたひ、経などよみ給へる、きかまほしくあひ行づきはづかしうなつかしき御ありさまなどは、（F）うちみたてまつるより身のうれへもわすれ、おもふ事（なく）なる心ちしてうちえまれ、いのちのぶる心ちし給ける。すべて何事よりも中〳〵なり。（G）よろづめでたくめづらしき御ありさまなり。かくのみよの中にいひめでられ給を、（H）大殿は、宮いとあまりゆゝしう（J）あやうきものにおもひきこえさせ給へり。源氏の宮と申は……（八ウ～九ウ）

傍線を付した部分は流布本系本文、波線部は異本系本文に一致する。二重傍線を付した部分が深川本系本文の独自異文であるが、深川本のこの箇所全体の叙述の展開のありようは流布本系本文と同じであって、流布本系本文の（E）と（F）の間に、異本系本文との共通異文「ものうち誦じ……」が割り込んで入ったものである。さきにも述べたように、『全註釈』はこの深川本系本文（＝第一系統）について、「『もの（朗詠）うち誦じ、催馬楽謡ひ、経など読』む、美声を賞賛しているのは、第一系統本のみで、他系統本には見えない」として論を展開しているが、それは事実誤認であって、「ものうち誦じ……」は異本系本文（＝第二系統）なのである。

しかし、そのことよりも、この深川本系本文に特徴的なのは、流布本系本文や異本系本文にあった（Ｉ）「あめわかみこのあまくだり給へるにや。けふやあまの羽衣むかへ聞え給はん」という、大殿の心中を直接話法で表現した部分が完全になくなっており、その代わりに（Ａ）の末尾に「天人もおどろかしたまひつべければ」という独自異文が挿入されているところである。なにゆえ、深川本系本文がそのようになっているかというと、その理由ははっきりしている。この箇所の少し前、狭衣が二位中将という異例の官位にあることを紹介したくだりで、他本が釈迦牟尼仏（あるいは阿弥陀仏）になぞらえて狭衣の美質を語っている部分を、深川本系本文だけは「母宮などは、『天人などの、しばし天下りたまひたるにや』とおそろしう、かりそめにのみ思ひきこえさせたまひて」（深川本・五ウ）としてしまっていたからであって、それとの重複を避けるために、この（Ｉ）を削ったのである。

この箇所が深川本系本文になっているのは、『校本』が「第一類本第一種Ａ」とする三本だけであるが、この深川本系本文から派生したと考えられるものに蓮空本（第一類本第二種Ｂ）の本文がある。

【蓮空本】（Ａ）又、ことふえのねにつけても雲ゐをひゞかし、この世のほかまですみのぼり、天人もおどろかし給べければ、（Ｂ）いとあまりゆゝしくおやたちおぼしたちて、おさ〳〵せさせたてまつり給はねば、（Ｃ）我もことに心をとゞめて、なに事をもしたまはずなどあれば、（Ｄ）よろづにすさまじき人ざまにやとをしはかられて。（Ｆ）なに事もいひつゞくれば中〳〵なり。源氏の宮ときこえ給は……（一一頁～一二頁）

二重傍線部はさきに述べたように深川本系本文の独自異文であるが、蓮空本はこれらの異文を共有しているのみならず、（Ａ）～（Ｃ）は深川本の本文とほとんど違いがない。そして、（Ｄ）以後は、深川本系本文と袂をわかち、流布本系本文を省略（あるいは脱落）したような形になっている。したがって、蓮空本本文は深川本系本文と流布本系本文の混合本文と考えてよいであろう。ちなみに、大島本の巻一は、すでに知られているように蓮空本と同じ本文になっている。

さらにいまひとつ、深川本系本文と深い関係がありそうなものとして京大本（第一類本第二種G）の本文があげられる。

【京大本】（A）ことふゑのねにつけても、くもいをひゞかし、此世のほかまですみのぼり、雨つちをうごかし給を、（B）をやたちはゆゝしうおぼしさわぎて、なに事もあながちこのみせさせ給わねば、（C）我も心とゞめてなにごともし給わずなどあれば、（D）「よろづむしんに物すさまじき人ざまにや」とをしはかられ給へど、（E）はかなき御ことの葉、けしきよりはじめ、物うちずんじ、さいばらうたひ、歌よみ給へるは、きかまほしうあいぎやうづきて、（F）我身のうれえも忘、物思はるゝ心ちして、いのちのぶるやうに、すべてなに事もいひつゞくれば、中〳〵也。（G）「よろづめづらかにためしなき人の御ありさま」と、世人きこへさすめれば、（H）大殿などはあまりゆゝしう、（I）「あめはか御このあまくだり給へるにや。いつかあまのは衣むかへにゐ給わん」と、（J）あやうくしづ心なき御心の内ども也。げんじの宮ときこゆるは……（七オ～ウ）

（E）に異本系本文「ものうち誦じ、催馬楽謡ひ……」を混入している点、および深川本にみられた独自異文（C）「なにごともし給わず」、（E）「よりはじめ」、（F）「命延ぶる」を共有している点など、深川本系本文との並々でない親近性を思わせる。しかし、深川本系本文の特徴であった独自異文「天人もおどろかしたまひつべければ」をもたず、そのことと関連して（G）では流布本系本文と同様、大殿の心中を直接話法で表現している点、（B）に「をさをさ」がなく、（E）に異文を混入した続きの本文が「愛敬づきて」で終わっていて「はづかしうなつかしき御ありさまなどは」がない点などは、深川本系本文とは違っているところである。深川本系本文に比べると、京大本本文は流布本系本文をより多く残しているものといえよう。

以上見てきたように、京大本本文と深川本系本文が相互に親密な関係を有していることは疑うべくもないが、すでに成立していた深川本系本文が再度流布本系本文と接触して京大本のような本文になったのか、あるいは、京大本のような本文が先に成立しており、後にさらに改竄の手が加えられて深川本系本文が成立したのかは定かでない。

## 3　龍谷本の本文

上記諸本以外の本のこの箇所はおおむね流布本系本文になっているが、『校本』が「第一類本第二種Ⅰ」とするグループの諸本（武田本・東大本・龍谷本・中田本）だけは、桁外れに長大な独特の本文になっている。その本文を龍谷本によって次に掲げる。

【龍谷本】（A）又、ことふえの音につけても、雲井をひゞかし、此世のほかまですみのぼりて、あめつちをうごかし給ひつべきを、（B）いとあまりゆゝしくおぼして、おやたちせいしきこえ給て、何事をもあながちにこのみせさせ給はねば、（C）われも心とゞめて人にみゝならし給はずなどあれば、（D）「よろづにむしんにものすさまじき人ざまにや」とをしはかられ給へど、（E）すこしさいばらうたひ、きやうなどよみ給へるは、きかまほしくめでたし。何事もたてゝならひ給ふ事もなし。此御しとなるべき人もなけれど、たゞいかにし給へるにか、(G) めづらしくためしなき御さま、(E) けしきなどは、(F) うち見たてまつるより、【御かたち身のざえなども、御としの程にも過て、まひてさかりにねびとゝのひ給はん行するゑゆかしく、あまりなるわざかなとおどろきあさみ、此世の光のためにあみだ仏の、かりそめにいで給へるにやと、いひしらぬしづのおなども、見たてまつりては我身のうれへもわすれて、あさましげなるかほの行衛もしらずゑみひろごり、あるはおがみたてまつりて、なみだをながして、】(G) よの人のことぐさにきこえさすめれど、(H) 大とのなどはあまりゆゝしく、(I)「あめわかみこのあまくだり給へるにや」と、「けふやあまのはごろもむかえにえ給はん」と、(J) あやうくしづ心なき御心のうちどもなり。げんじの宮ときこゆるは……(七ウ～八ウ)

一読すれば明らかなように、龍谷本のこの箇所は文意の通らない本文になっている。その原因はひとえに【】で括った部分にある。この「御かたち身のざえなども……なみだをながして」という長大な異文は、本来、ここではなく、この箇所の少し前、狭衣が二位中将の官位についていることを語るくだりの次の位置に、ある種の本にだけ見られる異文であり、その異文が龍谷本では誤ってこの箇所に混入してしまっているのである。【】で括った本文が本来あるべき位置を、宝玲本によって次に示しておく。

【宝玲本】……をしなべて殿上人にてまじらひ給はんが、なをいと心ぐるしさに、うちのせちになさせ給へるなるべし。みかどをはじめ奉りて、世の中の人、たかきもくだれるも、此御かほかたちの《ママ》みさへ、御年のほどにもすぎて、ましてさかりにねびとゝのをり給はん行するゑもゆかしなど、あまりなるわざかなとおどろきあさみ、此世のひかりのためにあみだぼとけの、かりにけふのことをなして、かりそめに出給へるも、いひしらぬしづのおなども、見奉りて、我身のうれへもみなわすれて、思ふ事なき心ちしつゝ、あさましげなるかほの行ゑもしらず、ゑみひろごり、あるはおがみ奉り、なみだをながせば、まして殿、宮などは、雨風のあらきにも、月日のひかりの（に）あたり給ふも、いま〳〵しう……（一一二頁〜一一四頁）

龍谷本の【　】で括った部分が、この傍線部分の混入であることは明らかであろう。流布本系本文の（F）に「うち見奉るよりわが身のうれへもわすれ、物思ひはるゝ心ちして」という文言があったが、宝玲本のこの傍線部分にも「見奉りて、我身のうれへもみなわすれて、思ふ事なき心ちしつゝ」という、よく似たフレーズが存在している。龍谷本本文が（F）の「うち見たてまつるより」の次にこの傍線部の異文を混入してしまったのは、そのことと何か関係があるのであろう。また、【　】の前後が、GEF【……】G　というふうに錯乱しているのも、この長大な異文の混入が原因かと思われる。

【　】内の混入本文を取り去った残りの龍谷本本文は基本的には流布本系本文と見られるが、（B）（E）の波線部分は異本系本文との接触を示すものであろう。（E）に混入している異本系本文「催馬楽謡ひ……」は、先にみた中山本にも混入していたが、中山本本文には（B）の「せいしきこえ給て」という異本系本文の混入は見られないから、龍谷本本文を中山本本文の末流に位置するものと考えることはできない。中山本本文とは別個に、異本系本文との接触があったものと考えられる。

## 4　まとめ

以上の考察結果をまとめておく。（　）内に『校本』による分類を付記する。

○基本本文
・流布本系本文（第一類本第一種B、第一類本第二種A・C・D・F・H・J・K・L、第二類本のうちの為家本）〔ただし、為家本は目移りにより「あいぎやうづき給へる」を脱している〕
・異本系本文（第二類本のうちの前田本、慈鎮本）〔ただし、両者は措辞を異にするところが多い〕
○派生本文
・中山本グループの本文（第一類本第二種E）〔流布本系本文に異本系本文の（E）の異文を混入したもの〕
・深川本系本文（第一類本第一種A）〔流布本系本文に異本系本文の異文を混入した上に、さらに独自の改変を加えたもの〕
・蓮空本グループの本文（第一類本第二種B）〔深川本系本文と流布本系本文を混合したもの〕
・京大本の本文（第一類本第二種G）〔深川本系本文と共通点があるが、深川本系本文よりも異本系本文の混入は少ない〕
・龍谷本グループの本文（第一類本第二種I）〔流布本系本文に異本系本文の（B）（E）の異文を混入するのみならず、関係のない箇所の大量の本文を誤って混入したもの〕

## 三　ないがしろなる御うちとけ姿

### 1　深川本系本文における混態の様相

巻一之上。源氏の宮に恋情を告白した直後の狭衣の様子を語るくだり。その部分の流布本系本文（版本）と深川本系本文（深川本）を対校形式で示してみる。

（A）　（B）

【版　本】中将のきみもこと出そめて後は、いとゞ忍びがたき心のみだれまさりて、

【深川本】中将のきみ　うちいで給ては、　いとゞしのびがたうのみなりまさりつゝ、すべて、うつし心にても

（C）　（D）

つく〴〵と詠ふし給へるに、

よにながらふべしともあらぬに、たゞつく〴〵とながめのみせられて、いかさまにせんとしづみふし給へるに、

（E）

とのの御かたより「参り給へ」とあれば、何となくこゝちのなやましきに物うけれど、さきゝ給はゞ、又

とのゝ御前より「まいり給へ」とあれば、なにとなく心ちのなやましうてものうけれど、さきゝ給はゞ、又

(F)
おどろきさはぎ給はんも聞にくけれど《ばイ》、　さうぞくしどけなげにて、　参り給へり。
　さはがれんも　むつかしければ、　さうぞくしどけなげにて、
(G)　(H)　(I)
びんのわたりもいたう打とけて、　ないがしろなる御うちとけすがたの、
びものわたりもいたううちとけて、　まいり給へり。
(J)　(K)
うるはしきよりも、
うるはしき御すがたよりも御《ママ》すがたよりも、　かくないがしろなる御ありさまの、
(L)　(M)
中〳〵又かくてこそ見奉るべかりけれとみえて、　見まほしうなつかしきさまのし給へるを、
またかくてこそみるべかりけれと、　めでたくみえ給も、
(N)
れいのうちゑまれてみ奉り給ふ。　「よさり、中宮のいで給はんに……（三二ウ～三三オ）
たゞえみひろごりてみたてまつり給えり。「よさり、中宮のいで給はんに……（三九オ～ウ）

この深川本本文の（A）から（D）について、『全註釈』は次のように評している。

源氏の宮に恋情を訴えたものの、源氏の宮の心をわがものにできなかったと感じた狭衣は、より煩悶を内向

させていく。その様は、「忍びがたうのみなりまさりつつ」「現し心にても、世に長らふべきともあらぬ」「つくづくと眺めのみせられて」と、沈痛の心中が言葉をかえて畳み込まれていく表現からはかりとることができよう。（二六三頁）

深川本の本文だけを見ているかぎりではそのように評することができるのかもしれない。しかし、この本文がどのようにしてできたかを知った後でも、なおそのように評することができるかどうか。というのも、この部分の異本系本文は次のようになっているからである。

【為家本】中将の君も、すぎぬるかたよりもおぼしこがるゝさま、いとくるしげにて、「すべて、かくはかく〳〵しくうつし心にてよにながらふべくもあらぬに、いかさまにせん」としづみふし給へるに、殿ゝ御かたより「まいり給へ」とあれば、「なやましきに、なにしにめすらん」とむつかり給へど、又さきかせ給はゞ、おどろきさはがせ給はむもおどろ〳〵しかるべければ、さうぞくしどけなげに、おびゆる〳〵として、びんのわたりいとしどけなく、まみもなきはれ給て、いとゞのび〳〵とみえ給へる、中〳〵うるはしきよりも、かくてはみまほしうなまめかしうおはす。なをれいの（ゐ）みえかり給へば、御くちもあはずゐみ給て、「ゆふさり、中宮のいで給はんに……（三八ウ～三九オ）

深川本の（B）・（D）がこの異本系本文の波線部分を混入したものであることは明らかである。波線部は狭衣の心中を直接話法で描写したものであり、「総じて、このようにしっかり正気を保って生き長らえることができそうにもない状態では、今後どうしたものか」の意である。深川本の本文は素姓の異なる二つの本文の両方を取り込んでできた文章であるから叙述量が多くなるのは当然であって、それを「沈痛の心中が言葉をかえて畳み込まれていく表現」と評するのは、「痘痕もえくぼ」の観を否めない。のみならず、『全註釈』が「異本文学的にみれば、心中思惟などで、狭衣の苦悩をことさら語っているのは第一系統本の特徴となっている」（二六四頁）と述べるのも、あきらかに事実誤認であって、「心中思惟などで、狭衣の苦悩をことさら語っている」のは、異本系本文（第二系統）の特徴なのである。深川本の本文がこのようにしてできた混態本文であることが判明してみると、むしろ深川本本文の表現のくどさや冗長さが鼻についてきはしまいか。その証拠に、中山本は細部に至るまで深川本にきわめて近い本文を有しているにもかかわらず、（B）～（D）の部分だけは流布本系本文と同文になっているのである。（B）・（C）・（D）のすべてを有する深川本のような本文を是としない判断が働いたものと思われる。第二章の2でも述べたように、『全註釈』が説くような、客観性をもたない文芸論的価値判断は、状況に左右されやすい信用ならないものだということを、ここで再度確認しておきたい。

もっとも、深川本系本文も、それなりの価値判断のもとに異本系本文を本文中に取り込んだのではあろう。深川本系本文はけっして無作為に機械的に異文を混入させているわけではなく、深川本本文作者なりの「解釈のフィルター」を通して異文を取り込んでいる。そのことは、（F）から（L）の叙述を流布本系本文と比べてみることによって、よく了解されよう。流布本系本文の（F）から（L）の叙述は、「装束も整えないまま大殿のもとへ参上なさった。鬢のあたりもずいぶん乱れていて、その取り繕わないうちとけたお姿が、『正装した姿以上に、かえってまたこういうのこそ見るに値するものだったのだ』と思われて、大殿は例によって微笑みながら息子を眺めていらっしゃる」というふうに展開している。（I）末尾の「の」は、（L）の「みえて」にかかっていく。いっぽうの異本系本文は、（F）「参り給へり」に相当する部分がなくて、「装束も整えず、帯も緩く締めて、鬢のあたりもまったく整えず、目元も泣き腫らして、ますますくつろいだふうに見える」と、狭衣のうちとけ姿を先に全部まとめて述べ立てた上で、それは正装した姿以上に優美である、と結んでいる。狭衣が大殿の御前に参上したことは、その次の「例の笑みかかり給へば」（「狭衣が、いつものように、大殿に向かって微笑みかけると」の意）で表現されているのである。この箇所の異本系本文の文章構造は、流布本系本文よりも単純、直線的でわかりやすいといえよう。ただし、「笑みかかり」という表現は書写者たちにとって難解であったとおぼしく、為家本は「かゝり」の「ゝ」を脱して「ゑみかゝり」とし、慈鎮本は「み」と「ゑ」を転倒して「みゑかゝり」としている。異本系本文の原形は「ゑみかゝり」であったと推測される。

深川本系本文の作者は、異本系本文のような直線的な文章構造を是としたか、あるいは、流布本系本文の（I）（J）を「ないがしろなる御うちとけ姿のうるはしき」と読んでしまって、「うちとけ姿が整然としている」というのは変だと思ったか、ともあれ、異本系本文と同様、狭衣のうちとけ姿をあらわす表現をまとめて前に持ってきて、「参り給へり」を（H）の位置に後置したのであろうと思われる。流布本系本文の「御うちとけ姿の」がかかっていく先であった（L）の「みえて」が、深川本系本文ではきれいに削り取られていることからも、深川本系本文の作者が「御うちとけ姿の」のかかっていく先を正しく解釈できなかったのであろうことがうかがい知られるのである。ちなみに、深川本（G）の「びも」は「鬢」の撥音を「も」の仮名で表記したものである。『新全集』も『全註釈』もこれを「紐」と解しているが、「紐のわたりもいたううち解けて」という表現は変であろう。ただし、後述するように、深川本系本文の末流写本では「のわたり」を削ることによって、これを「紐」の意にすり変えてしまっている。

## 2　流布本系本文と異本系本文の相違点

この箇所では、流布本系本文と異本系本文がまず先にあり、流布本系本文をベースにしつつ、それに異本系本文の異文を取り込んで深川本系本文が作られたと考えられる。そして、この三種類の本文をもとにして、さらにこれらの混合・混態本文が派生してくるのであるが、この箇所の異本系本文と流布本系本文は互いに甚だしく異なっているので、とりあえずその相違点を整理しておく。

（1）流布本系本文の（A）で「言出でそめて後は」という客観的表現になっている箇所が、異本系本文では「過ぎぬる方よりも、おぼしこがるるさま、いと苦しげにて」と、告白後の狭衣の様子を描写する叙述になっている。

（2）流布本系本文の（A）で「忍びがたき心の乱れまさりて」と説明的に述べられている箇所が、異本系本文では「『すべて、かく、はかばかしくうつし心にて世に長らふべくもあらぬに、いかさまにせん』と沈み臥したまへるに」というふうに、狭衣の心中を直接話法で描写する表現になっている。ちなみに、この箇所の前段にある源氏の宮への告白の言葉も、流布本系本文に比べると異本系本文は長大になっており、その会話文中にも「げに、あまりになればうつし心も失するものにはべりけり」という文言が出ている。異本系本文の破線部分はそれと呼応しているのかもしれない。

（3）流布本系本文（E）で「何となくここちのなやましきに物憂ければど」と説明的に述べられている箇所も、異本系本文では、「『なやましきに、何しに召すらん』と、むつかりたまへど」というふうに、直接話法で狭衣の心中を描写する表現になっている。

(4) 流布本系本文(E)で「(大殿ガ騒グノモ)聞きにくければ/むつかしければ」となっている箇所が、異本系本文では「おどろおどろしかるべければ」となっている。

(5) 流布本系本文(F)の「参りたまへり」に相当する語句が異本系本文にはなく、その代わりに(N)の前に、流布本系本文にはない「(狭衣ガ)例の、笑みかかりたまへば」という語句が加わっている。

(6) 狭衣のしどけない様子に関して、異本系本文では「帯ゆるゆるとして」、「まみも泣き腫れたまひて、いとどのびのびと見えたまへる」という、流布本系本文にはない描写が加わっている。

(7) 流布本系本文の(N)に「うち笑まれて見たてまつりたまふ」とあるところが、異本系本文では「御口も合はず笑みたまひて」となっている。

ちなみに、『校本狭衣物語巻二』は為家本と前田本の二本を「第二類本」としている。前田本も異系統本文と認めてよいと思うが、後述するように、細部では前田本本文と為家本本文は異なるところが多い。むしろ、『校本』に採用されていない慈鎮本が為家本にきわめて近い異本系本文を有している。

## 3　種々の混合・混態本文

『校本』では、深川本を平出本・内閣本とともに「第一類本第一種A」とする。そのほかに巻一で「第一類本第一種」に分類されているのは為秀本(第一類本第一種B)だけであるが、その為秀本の本文はかなり複雑な混態本文になっている。

【為秀本】中将の君も、中〳〵すぎにしかたよりもおぼしこがるゝさま、心ぐるしげなり。すべて、かくのみおぼえては、はか〴〵しくながらふべき心ちもし給はねば、「いかさまにせん」とながめふし給へるに、との、御まへより「まいり給へ」とあれば、なにとなう心地のなやましきにものうけれど、又さきゝ給ては、おどろき給はんもむつかしければ、涙かきはらひて、びんのあたりもしどけなく、ないがしろなるうちとけすがたの、「うるわしきよりも中〳〵かくてこそ見たてまつるべかりけれ」と見まほしうなつかしき御さまを、見たてまつり給ひ《ママ》ことにはまづうち見給て、「中宮の、夜さりいでたまふべきに……（四七オ～四八オ）

傍線を付した部分は流布本系本文に、波線部分は異本系本文に一致する。二重線を付した箇所は流布本系とも異本系とも異なる、為秀本の独自異文である。一応は流布本系本文がベースになっていると思われるが、流布本系本文と異本系本文の間を行き来しつつ文章が展開している、といったありようである。為秀本本文は、深川本系本文とは無関係に成立した、別種の混態本文と認められる。深川本系本文のように両系統の本文を両方とも取り込んだような箇所は為秀本本文には見られない。末尾の独自異文「見たてまつり給ひことにはまづうち見給て」はこのままでは意が通らない。後述するように、前田本のこの部分は為家本や慈鎮本とは違って、「れいの見給ごとにうちゑみて」となっている。為秀本本文の成立に関与した異本系本文が、為家本や慈鎮本のような本文ではなく前田本のようなものであったとすれば、為秀本の親本のこの部分は、為秀本の親本に「見たてまつり給ふごとには、まづうちゑみ給ひて」あるいは「見たてまつり給ふたびごとには、まづうちゑみ給ひて」とでもあったものを、為秀本筆者が誤写したのかもしれない。

中山本は『校本』には採用されていないが、先にも述べたように深川本系本文にきわめて近い本文を有している。深川本系本文と異なる点は、深川本の（B）～（D）の部分が中山本では流布本系本文の（C）と同様「いとゞしのびがたきこゝろのみみだれまさりて、つく〴〵とながめふし給えるに、殿、御前より」（四五ウ）となっていて、ここに異本系本文の混入が見られないところである。それ以外の部分は深川本系本文とほぼ一致している。この部分において、為秀本は異本系本文（B）（D）を採り、中山本は流布本系本文（C）を採っているのであって、その両方を取り込んで（B）（C）（D）となっている深川本のような冗長な本文は、これら近縁の諸本においてさえ支持されていないことを再度指摘しておきたい。中山本本文はこの点が異なるだけで、その他の部分はほぼ深川本系本文と同じであるといってよい。ただし、細かい部分についていえば、（D）の末尾は、流布本系本文では「聞きにくければ」、深川本系本文では「むつかしければ」となっていて対立するが、中山本は「きゝにくゝ、むつかしければ」とあって、両方を具有する形になっている。また、さきにも述べたように、深川本の（E）に「びものわたりもいたううちとけて」とあるのは「鬢のわたりもいたううちとけて」であるが、中山本はここを「ひもなどもうちとけて」としている。異本系本文が「装束しどけなげに、帯はゆるゆるとして」となっているのと同様、「びも」をしどけない装束の描写の一部だと勘違いして、「紐などもうち解けて」と改めたのであろう。以上見てきたところから判断するに、中山本の本文は深川本系本文がベースになっているものの、後にあらためて流布本系本文と接触の機会があり、深川本系本文に若干の修正が加えられたものと考えられる。中山本は、『校本』が「第一類本第二種E」とする宮内庁三冊本・松井三冊本などの祖本と考えられており、当然のことながら、宮内庁三冊本・松井三冊本の本文は中山本に一致している。

次に、『校本』が「第一類本第二種A」とする為相本は、基本的には流布本系本文とみてよいが、（E）の後半が「さきゝ給はゞ、おどろ〳〵しくさはがせ給はんもきゝにくければ」となっており、（N）も「れいのくちもあはずゑみひろごりてみたてまつり給へり」とあって、異本系本文に特徴的な語句が断片的に混入している。異本系本文と接触のあった流布本系本文と考えてよいであろう。この為相本と同様の本文を有する本は多くあり、蓮空本・大島本（以上 第一類本第二種B）、雅章本（第一類本第二種C）、宝玲本（第一類本第二種D）、松浦本（第一類本第二種J）、細川本（校本不採用）が同様の本文になっている。また、これと近似する本文で、（E）は流布本系本文と同じでありながら、（N）のほうだけが「れいのくちもあはずゑみひろごりてみたてまつり給へり」となっているような本もある。鎌倉本（第一類本第二種F）・竹田本（第一類本第二種H）がそれである。次にみる京大本（第一類本第二種G）もやはり「例の口も合はず、」という異文を有しており、流布本系本文の多くはこれを有していて、版本や古活字本のように「れいのうちゑまれてみ奉り給ふ」となっている本はむしろ少数派に属する。したがって、これを有する本文のほうが流布本系本文の原形であって、流布本はそれを脱したのだ、との考えも、検討してみる余地があるかもしれない。しかし、もし、流布本系本文の原本文に「口も合はず……」があり、異本系本文にも「御口も合はず……」があるのなら、両者を合成してできた深川本系本文にもそれが伝わっていなければならないはずであるが、深川本系本文にもそれがない。そのことを勘案するなら、やはり、「口も合はず」は本来、異本系本文が有していた異文であり、かなり早い時期に流布本系本文中に取り込まれ、種々の流布本系の混態本文に伝播したと考えるべきかと思うのである。

京大本（第一類本第二種G）も基本的には流布本系本文と認められるが、上に述べたように、（N）は「れいの口もあはず、ゑみひろごりてぞ見たてまつり給」となっていて、異本系本文の混入が見られる。さらに、（E）は「殿の御かたよりよびきこへ給へば、なにとなく心のなやましきに物うけれど」とあって傍線部が独自異文になっていたり、（M）が「なつかしう見まほしきさまし給へるを」というように語句が転倒していたりもする。（L）では、深川本系本文と同様、「みえて」を欠くが、（I）〜（L）の文章構造は流布本系本文と同じであるから、京大本の「みえて」の欠落は深川本とは違って、単なる誤脱と考えてよいのであろう。ここにかぎらず、京大本は、諸本の本文と比較すると、場当たり的な改竄や誤写が目立つが、にもかかわらず総じて意の通りはよい本文になっているのが特徴である。

前田本は、『校本』では為家本とともに「第二類本」とされており、次に見るように、2で述べた異本系本文の特徴の（1）から（6）までを備えている。

【前田本】中将の君も、すぎぬる方よりもおぼしこがるゝさま、いと心ぐるしげにて、「[a]かくてははか〴〵しきうつし心にて世にながらふべくもあらぬを、いかさまにせん」としづみふし給へるを、とのゝ[b]御まへより「まいり給へ」とあれば、「なやましきに、なにゝめすらん」と[c]おぼせど、きゝたまはゞ、おどろきさはぎ給はんもおどろ〳〵しかるべければ、御しやうぞくしどけなげに[d]ゆる〳〵として、御びんの[e]ことさらしどけなきにて、まみなど[f]なきぬらし給つゝ、いとのびく（〳〵？）とみえ給へる、中〳〵[g]なかるわしきよりも、[h]かうてはいまめかしく見まほしきを、れいの見給ごとにうちゑみて、「よさり、中宮のいでさせ給はんに……（二四オ〜ウ）

もうひとつの第二類本である為家本と比較して、二字以上にわたって異なる箇所に傍線を付してみた。為家本との校異を次にまとめて表示しておく。

aかくては―すへてかく　b御まへ―御かた　cおぼせど―むつかり給へと　dゆる〳〵と―おひゆる〳〵と　eことさら―わたりいと　fなきぬらし給つゝ―なきはれ給て　gなかるわしき―うるはしき　hかうてはいまめかしく見まほしきを、れいの見給ごとにうちゑみて―かくてはみまほしうなまめかしうおはすなをれいの（ゑ）みえ‖かり給へは御くちもあはするみ給て

gは、前田本本文では意が通らない。誤写であろう。a・c・d・e・fは、前田本の本文でも意は通じるが、このような異文は他に類を見ない。おそらく、前田本本文の筆者が場当たり的に書き変えた結果の独自異文であろうと思われる。前田本は全巻にわたってこうした独自異文が多く見られる。bは、流布本系諸本の中に「御かた」とするものがあるが、「御まへ―御かた」の対立は流布本系諸本の内部にも見られるものなので、前田本本文の素姓を考える手がかりとはならない。

問題は、hである。異本系本文のhの後半部分は、先にも述べたように、書写者たちにとっても難解であったとおぼしく、為家本は「ゑ」を補入し「え」を見せ消ちにして「ゑみかゝり給」とするが、それでもなお意の通らない本文になっており、慈鎮本も「れいのみゑかゝり給へは御くちもあはするみ給て」となっていて、意が通らない。この部分の異本系本文の原形は「例の笑みかかりたまへば、御口も合はず笑みたまひて」であって、「いつものように狭衣が微笑みかけなさると、大殿の口元も緩んで笑っておられて」の意であったと思われるが、前田本はここについても、親本の難解な本文を場当たり的に改竄して上のような独自異文に書き変えてしまったのであろうと思われる。その結果、意の通りはよい本文になっている。「狭衣のしどけない姿はモダンで見応えがあるのを、大殿は例によって、ごらんになるたびにほほえんでおられる」というような意味である。「狭衣の姿を見たとたん、大殿はついほほえんでしまう」という叙述は、ここ以外にも例を拾うことのできる狭衣物語の常套的表現であって、前田本本文は安直にここもそれと同じ叙述に変更してしまったのであろう。その結果、前田本のこの部分は、むしろ流布本系本文に似た表現となっている。先にも述べたように、為秀本のこの部分は「見たてまつり給ひことにはまつうち見給て」となっていて意が通じなかったが、前田本のこの異文と何か関係があるのかもしれない。

## 4　まとめ

以上の考察に基づき、この箇所の諸本の本文をまとめておく。（　）に『校本』による分類を付記する。

○基本本文
・流布本系本文（第一類本第二種ＩＫＬの諸本）
・異本系本文（第二類本、慈鎮本）〔ただし、前田本は細部に独自異文が見られる〕
○派生本文
・深川本系本文（第一類本第一種Ａの諸本）〔流布本系本文に異本系本文の（Ｂ）（Ｄ）を混入し、（Ｆ）～（Ｋ）の順序を入れ替えて文章構造を単純化したもの〕
・為秀本本文（第一類本第一種Ｂ）〔流布本系本文と異本系本文を取り混ぜ、若干の独自異文を付加して文章を整えたもの〕
・為相本本文（第一類本第二種Ａ～Ｄ・Ｊの諸本、細川本）〔流布本系本文をベースに、若干の異本系本文の異文が取り込まれている〕
・中山本本文（第一類本第二種Ｅ）〔深川本系本文に混入している（Ｂ）（Ｄ）の異文を取り除き、若干の手を加えたもの〕
・京大本本文（第一類本第二種Ｇ）〔末流の流布本系本文であり、（Ｎ）に異本系本文の異文が混入している〕
・竹田本本文（第一類本第二種Ｆ・Ｈ）〔流布本系本文をベースに、若干の異本系本文の異文が取り込まれている〕

# 四　春宮からの手紙

## 1　流布本系本文と異本系本文のありよう

狭衣物語巻二之下。有名な雪山の場面。物語第二年十二月、春宮から婚約者である源氏宮のもとに氷の凍み付いた竹の葉に付けて「頼めつつ幾世経ぬらむ竹の葉に降る白雪の消えかへりつつ」の歌が届けられる。この歌に対する狭衣代作の返歌は、

すゑの世もなにたのむらんたけの葉にかゝれる雪のきえもはてなで（版本）
ゆくすゑもたのみやはするたけのはにかゝれるゆきのいくよともなし（深川本）
行末も契やはするくれ竹のうは葉の雪のなに《ママ》のむらん（大島本）

というふうに、本によって歌句がはげしく異なっており、はやくから注目されていた箇所である。(1)しかし、この箇所の本文異同はけっして返歌の本文異同だけではないのであって、返歌の異同はこの箇所全体の本文異同のありようからすれば、むしろ些細な違いでしかないとさえいえる。のみならず、この返歌の本文対立のありようは、

この箇所全体の本文対立のありようを必ずしも反映してはいない。第六章の1にも述べたところであるが、この返歌の異同だけをとりあげて諸本の本文を問題にするというような手抜きの方法は、狭衣物語の本文についての誤った判断をもたらす結果にしかならないのである。

ここでは、春宮からの手紙が届いた直後の狭衣、母大宮（＝堀川上）および源氏宮の様子を語るくだりの諸本の対立本文を検討してみる。

まず、この箇所においてもっともはげしい対立を見せる流布本系本文（版本）と異本系本文（高野本）を対校形式で掲げる。

（a）

【版本】大宮、「いとおかしき御ふみ哉。かやうのおりは、御みづからも聞えさせたまへかし」と

【高野本】大宮、「いとをかしきほどにも侍御文かな。かやうのをりは、なをみづからきこえさせ給へかし」と

【版本】の給はするを、

【高野本】のたまはするを、

（b）

【版本】大将は「など、かくせちに聞えさせ給ふらん」とふさはしからずき丶給ひて、打見やり奉り給へば、

【高野本】大将さえむかひてみ給に、

（c）

【版本】いとつ丶ましくて、おぼしもかけねば、

【高野本】いとつ丶ましうて、丶もふれさせ給はぬを、うちみやりたまひつ丶、

（d）
【版本】　は、宮「めづらしげなきふるめかしさは、いかに見どころなうおぼさるらん」など、もてなやませ給
【高野本】ナシ
【版本】　へば
【高野本】ナシ
（e）
【版本】　ナシ
【高野本】「などかはあながちにきこえさせ給らん。たゞ我申させ給へかし」とおぼさるゝぞ、わりなきや。
（f）
【版本】　大将君、「せう〳〵の人、はづかしげなる御手ぞかし。けふはまいて見どころ侍らんかし」
【高野本】「なべての人は、いときこえさせにくげなる御てぞかし。今日はいかゞ」
【版本】　と、ゆかしげにおぼしたれば、
【高野本】と、ゆかしげに申給へば、
（g）
【版本】　「いとあるまじき事におぼしたるに、いとゞかう申し給ふ」と、わらはせ給ひて、
【高野本】「いとわりなき事にのみおぼいたるに、いとゞかくの給」とて、わらはせ給へば、
（h）
【版本】　ナシ
【高野本】「されば、さだすぎさせ給へらんはいかゞとおぼえ侍なり」とぞ申ない給。

（i）

【版本】「　　　　　　　　　やがてこの御かへりはをしへ聞えさせ給へ」とて

【高野本】「おぼしつゞくべうもなかめり。やがて　をしへきこえさせ給へ」とて、

【版本】御ふみもたまはせたれば、見たまふ。

【高野本】御文もたまはせたれば、み給。

（j）

【版本】たのめつゝいく世へぬらんたけの葉にふるしら雪のきえかへりつゝ（一七オ～ウ）

【高野本】たのめつゝいくよへぬらんたけの葉にふるしらゆきのきえ返つゝ（七〇ウ～七一オ）

まず目に付く両者の顕著な違いは（d）（e）（h）である。すなわち、流布本系本文には（e）（h）がなく、いっぽうの異本系本文には（d）がない。

それに対し、次節で見る深川本系本文は（d）（e）（h）のすべてを有している。この一点をもってしても、深川本系本文が流布本系本文と異本系本文を合成してできたものであることは明らかであろうと思うが、異本系本文の（d）、流布本系本文の（e）（h）の欠如が誤脱の結果ではないことの確認のためにも、まず最初に両本文の叙述の展開をたどっておきたい。

流布本系本文では、（a）母大宮が春宮の時宜を得た手紙の趣向を褒め、源氏宮に自ら返事を書くよう勧めるが、（b）狭衣はそのことを不満に思う。（c）また、源氏宮自身もいっこうに返事を書こうとする様子がないので、（d）母宮は「老母の代筆の返事では見所がないだろう」と困惑する。（f）母宮の言葉によってますます春宮の手紙に関心を抱いた狭衣が「たしかに、なまなかの者では臆してしまってとうてい返事などできないほど、

春宮の筆跡は見事なものにちがいない」と口を挟むと、（g）母宮は「そんなことをいうと、ますます源氏宮が返事を書けなくなるだろう」といって笑い、（i）源氏宮に返事を書かせるのはあきらめて、狭衣に、返事の書き方を教えるよう命じて手紙を見せる。

いっぽう、異本系本文は、（a）母大宮が春宮の手紙の趣向を褒め、源氏宮に自ら返事を書くよう勧める。（b）源氏宮は、そばに狭衣がいるので、（c）臆してしまって手紙を見ようともしない。そんな宮を見て、（e）狭衣は「母上はどうして返事を無理強いするのか。母上が返事をなさればいいのに」と理不尽な不満の念を抱く。（f）そこで狭衣は、源氏宮に味方すべく、「春宮の筆跡はあまりにもみごとだから、そうそう簡単に返事は書けないだろう」と口を挟む。（g）母宮は「そんなことをいうと、ますます源氏宮が返事を書けなくなるだろう」といって笑うが、（h）狭衣は「だからこそ母上の時代遅れな代筆の返事では具合が悪いと、自分はいっているのだ」と言い訳する。（i）源氏宮に返事を書かせるのをあきらめた母宮は、狭衣に、返事の書き方を教えるよう命じて手紙を見せる。

このように、流布本系本文も異本系本文もこのままの形できわめてスムーズに叙述が展開しているのであって、流布本系本文に（e）（h）の入り込む余地はなく、異本系本文に（d）の入り込む余地もない。流布本系本文はa↓b↓c↓d↓↓f↓g↓iという一連の本文で必要十分な叙述を構成しており、異本系本文はa↓b↓c↓e↓f↓g↓h↓iという一連の本文で必要十分な叙述を構成しているのであって、そのいずれについても脱文を想定しなければならない理由は見いだせないのである。

では、流布本系本文と異本系本文は互いに無関係に成立したのかというと、そうではまったくない。（a）（c）（f）（g）（i）（j）は配列を同じくして両者に存在し、その措辞も近似しており、両者がもとは一つであったことを思わせるにじゅうぶんである。そこで注目したいのが（b）である。（b）の前後（a）（c）が両本文においてほぼ一致しているため、上の対校表では仮にどちらにも（b）の符号を付しておいたのであるが、先に見たように、流布本系本文の（b）「大将は、『など、かくせちに聞えさせ給ふらん』と、ふさはしからずき、給ひて、打見やり奉り給へば」は、《源氏宮に返事を無理強いする母宮に対する狭衣の不満な心情》を描写しているのに対し、異本系本文の（b）「大将さえむかひてみ給に」は、「大将までがすぐそばで見ているので」の意であって、《源氏宮が返事を書こうとしない理由》を述べているのである。流布本系本文の（b）と異本系本文の（b）は、実は、措辞のみならず、その叙述内容も、文章中における機能も、まったく異なるものなのである。流布本系本文と異本系本文が互いに袂を分かつことになった分岐点はまさにここにあるのだと思われる。そのことは、波線を付しておいた「打見やり奉り給へば」「うちみやりたまひつ、」の位置が両者の間でずれてしまっていることからもそのように推察されるのであって、両者は、どちらかがもういっぽうをもとにして叙述を再構成した結果、異なるものになったのだと考えられるのである。

そのことに気づいてみれば、流布本系本文の（b）と異本系本文の（e）、流布本系本文の（d）と異本系本文の（h）が根を一にするものであるらしきことが浮かび上がってくる。さきほど、両者のもっとも顕著な違いは（d）（e）（h）の有無にあると述べたが、実はそうではなくて、（d）（e）（h）は文章中の位置と機能を変えた形でどちらの本文にも存在しているのであって、両者の決定的な違いは、高野本のほうにだけ（b）「大将さえむかひてみ給に」という独自な叙述が存在している点にあったのである。

流布本系本文が先か、異本系本文が先かという問題については、この箇所に関するかぎりにわかに結論を出すことはできそうにないし、当面はその必要もないだろうと思う。ここでは、どちらかがもういっぽうをもとにして、上に述べたような叙述の再構成をおこなった、ということだけを押さえておきたいと思う。

## 2　深川本系本文のありよう

次に、深川本系本文を見てみる。

【深川本】（a）はゝ宮ばかり、「いとをかしき程の御文かな。かやうのをりは身づからきこへさせ給へかし」との給を、（b）大将は、「など、かくせちにきこへさせ給らん」と、ふさはしからずおぼされて、うちみやりまいらせ給つれば、（c）いとつゝましうて、おぼしもかけず。（d）宮、「めづらしげなきふるめかしさは、いかにみどころなくおぼさるらん」とて、もてなやませ給へば、（e）大将君、「などかくあながちにきこえさせ給らん」とおぼさるゝぞわりなき。（f）「せう〳〵の人は、きこえさせにくかりぬべき御てぞかし。けふはましてみどころ侍らんかし」と、ゆかしげに申給へば、（g）「あるまじき事におぼしたるに、いとゞかく申給」とわらはせ給へば、（h）「されば、さだすぎ給ふらんはいかゞとおぼえ侍也」とぞ申ない給ふ。（i）「やがてこの御返しをしてきこえさせ給へ」とて、たまはせたれば、みたまふ。

（j）たのめつゝ、いくよへぬらんたけの葉の（に）ふるしら雪のきえかへりつゝ（七一ウ～七二ウ）

前節で述べておいたように、この本文は（a）～（j）のすべてのフレーズを有している。これは、（e）（h）をもたない流布本系本文と、（d）をもたない異本系本文を合成したできたものだからである。その証拠に、この本文は（b）と（e）において、「など、かくせちにきこへさせ給らん」「などかくあながちにきこえさせ給らん」という同趣の本文を重出する結果になっている。前者は流布本系本文由来のもの、後者は異本系本文由来のものである。

ちなみに、深川本を底本とする『新全集』は、(g)の「あるまじき事におぼしたるに」の部分を地の文とし、「いとゞかく申給ふ」だけを母宮の言葉として本文を作った上で、頭注九において「狭衣が東宮からの文を見たがるのを、源氏の宮はとんでもないことと思う。」との注をつけ、(g)の部分に対して、

源氏の宮はとんでもないことにお思いだったが、「こんなに見たがっていらっしゃるのだから」と母宮がお笑いになるので、(二四二頁〜二四三頁)

という口語訳をつけている。しかし、狭衣が東宮からの手紙を見たがっていることは(f)においてはじめて示されたのであって、(g)に「いとど」(ますます、いっそう、の意)という副詞が用いられるいわれはない。その証拠に、この口語訳では「いとど」が訳出されていない。また、「いとゞかく申給ふ」を「こんなに見たがっていらっしゃるのだから」と訳すのは、明らかに本文から逸脱した解釈である。さらに、(g)をそのように解した場合、次の(h)との続き具合がきわめて悪く、狭衣の言葉「されば、さだすぎ給ふらんはいかゞとおぼえ侍也」が、何をどう取り繕って「申しない給」うたのか、はなはだ説明に困ることになる。頭注一一で「暗に自分が代作を引き受けることをいう。」との説明がなされているが、本文を無視したこのような恣意的な解釈はとうてい受け入れられるものではない。

深川本系本文においても、(g)は、ただでさえ返事を書きたがらない源氏宮を前にして、「せう〳〵の人は、きこえさせにくかりぬべき御手ぞかし。けふはましてみどころ侍らんかし」などと、「いとゞ」源氏宮に気後れさせるようなことをいう狭衣を、「あるまじき事におぼしたるに、いとゞかく申給ふ」と母宮がたしなめている

のであって、続く（h）も、母宮からたしなめられた狭衣が、「いや、だからこそ私は、年老いた母上の代作では具合がわるいといっているのです。（やはり源氏宮が自分で御返事すべきです）」と、心にもないことをいって取り繕った、と解すべきなのである。

それはさておき、深川本本文は、流布本系本文をベースにして、異本系本文から（e）（h）を取り込んだだけの、きわめて単純な合成本文にほかならない。その結果、深川本系本文は（b）と（e）の両方に同趣の叙述を重出させてしまうことになったわけである。そのことは、『校本』で深川本とともに「第一類本第一種A」に分類されている雅章本を見れば、いっそう明白である。深川本と雅章本のこの部分はほとんど同文といってよいが、（e）だけが違っており、雅章本では（e）は次のようになっている。

【雅章本】（e）大将の君、「などかくあながちに聞えさせ給らん。たゞわが申させ給へかし」とおぼさる、ぞわりなき。（九五オ）

雅章本では波線を付した狭衣の心中文が異本系本文と同文になっている。おそらく、深川本系本文（e）の原形はこの雅章本のようなものであって、深川本は「たゞわが申させ給へかし」の部分を写し落としてしまったのであろう。ちなみに、『校本』が「第一類本第一種B」とする為相本でも、（e）は「なとかくあなかちにきこへさせ給らん。たゝなを申させ給へかし」（五二オ）となっており、雅章本に近いものとなっている。

また、ささいな異同ではあるが、（i）の母宮の言葉が深川本で「やがてこの御返しをしてきこえさせ給へ」となっているのは、「て」と「へ」の字形類似による誤写であって、「をしへ」とあるべきところであろう。この誤謬は、次節にみる為家本以下の諸本も含め、第一類本第一種のすべての本に引き継がれており、第一種本の独自共通異文のごとき観を呈しているが、そうした中にあって雅章本グループの三本だけが[2]「をしへ」という正しい本文を伝えている。深川本系本文の伝来のプロセスでは「をして」が副詞の「押して」（無理をして、の意）として解釈され、誤謬が温存されたのではないかと推測されるが、本来的な本文とは考えられない。深川本を底本とする『新全集』『全註釈』、内閣本を底本とする『大系』は、いずれも底本本文を残したまま、それぞれ、「御返事をして聞こえさせ……」「御返しをして聞こえさせ……」「御返事をして、きこえさせ……」と本文を作っているが、それでは意味をなさないであろう。すでに第三章の三の「第二例」や「第十例」において指摘しておいたところであるが、深川本よりも雅章本のほうが深川本系本文の原形をよく伝えているケースがあることを、ここでも確認することになる。

## 3　内閣本グループの本文における改竄のありよう

次に、『校本』で「第一類本第一種C」とされる為家本、「第一類本第一種D」とされる宝玲本・内閣本、「第一類本第一種E」と見られる中山本の本文を検討してみる。これらの本文も（a）〜（j）のフレーズをすべて有しているので深川本系本文と認定されるものの、深川本や雅章本に比べると、深川本系本文の原型から離れた形になっている。雅章本本文に内閣本本文を併記する形で次に示す。

（a）

【雅章本】は、宮は、「いとおかしきほどの御ふみかな。かやうのおりはみづからきこえさせ給へかし」とのた

【内閣本】は、宮、「いとおかしきほどの御ふみかな。かやうのおりはみづからきこえさせ給へかし」との給

まふを、（b）大将は、「などかくせちに聞えさせ給ふらん」とふさはしからずおぼされて、うち見やりまいらせ給へ
を、　大将は、「などせちにきこえさせ給らん」ふさはしからずおぼされて、うちみやり給へば、
れば、（c）いとゞつゝましうて、おぼしもかけ給はねば、（d）母宮、「めづらしげなきふるめかしさは、いかにみどこ
いとゞつゝましうて、おぼしもかけ給はねば、はゝ宮、「めづらしげなきふるめかしさは、いかに見所な
ろなくおぼさるらん」とて、もてなやませ給へば、（e）大将の君、「などかくあながちに聞えさせ給らん。たゞわ
くおぼさるらん」　とて、もや《ママ》なやませ給へれば、大将の君、「　たゞみ
が申させ給へかし」　とおぼさるゝ、ぞわりなき。（f）「せう〳〵の人は聞えさせにくかるべき御てぞかし。
づからきこえさせ給へかし」とおほせらるゝ、ぞわりなき。「せう〳〵人は　きこえにくかりぬべき御てぞかし。
けふはまいてみどころさぶらふらんかし」と、ゆかしげに申給へば、（g）「有まじきことゝおぼしたるに、
けふはましてみ所侍らんかし」　と、ゆかしげに申させ給へば、「あるまじきことにおぼしたるに、
いとゞかく申給」と、（h）わらはせ給へば、「されば、さだすぎさせ給らんはいかゞとおぼえ侍なり」とぞ申な
いとゞかく申給」と、　わらはせ給へば、「　いかゞと思ひ侍なり」　とぞ申な
（i）

い給。「やがて此御返をしへ聞え給へ」　とて給はせたれば、　み給ふ。
し給。「やがてこの御返事をしてきこえさせ給」とてたまはせたれば、

（j）
たのめつゝいくよ経ぬらん竹のはにふるしら雪のきえかへりつゝ（九四ウ～九五ウ）
たのめつゝいくよへぬらん竹の葉にふるしら雪のきえかへりつゝ（五四オ～ウ）

さきに述べたように、（e）（h）は異本系本文から取り込まれた本文であるが、（e）は流布本系本文の（b）と、（h）は流布本系本文の（d）と、根を一にするものであった。雅章本や深川本の本文はこれらのすべてを機械的に取り込んでしまったために同趣本文の重出があらわになっていたのであったが、内閣本本文では、まさにその（e）と（h）において、重出をあらわに示す波線部分がきれいに削ぎ落とされており、同趣本文の重出が目立たないものになっているのである。

しかし、実は、内閣本の本文の特異な点はそうした小手先の取り繕いにあるのではない。この本文は、叙述の展開のありようそのものが、流布本系本文や異本系本文はもとより、同系統の深川本や雅章本ともまったく異なるものになっているのである。違いを決定的にしているのは、二重傍線を施した（e）の「おほせらる、」であるものになっているのである。深川本や雅章本のみならず、そのもとになった異本系本文でも、ここは揃って「おぼさる、」であった。すなわち、直前の「などかくあながちに聞えさせ給らん。たゞわが申させ給へかし」は、《源氏宮に返事を無理強いする母宮に対する狭衣の不満な心情》を描写したものであり、それを「とおぼさるる」で受けていたのである。しかし、「おほせらる、」となった場合、括弧内は狭衣の会話文になってしまう。

「おほさる、」と「おほせらる、」の違いなど、他にいくらも例のある単純な誤写にすぎない、との反論がな

されるであろうか。しかし、これはそうではないのである。先に指摘した（e）と（h）の二箇所の波線部分が削り取られたことと、ここが「おほせらるる」という異文に変えられたこと、この三点の異同は不可分のワンセットの本文異同であって、内閣本のみならず第一類本第一種C~Eの諸本を特徴づける独自共通異文なのである。ことばを変えていえば、この三点セットの本文異同は、「構造的な本文異同」であるといってよい。

この本文がきわめて特異なものであることは、内閣本を底本とした『大系』に示された解釈の特異性がそれをよく示している。（a）から（d）までは雅章本や深川本と変わりはないが、この本文では（e）が「おほせらるゝ」となっているため、「たゞみづからきこえさせ給へかし」は狭衣が源氏宮に向かって発した会話文となり、狭衣はここで、こともあろうに源氏宮に向かって、自ら春宮に返事を書くよう勧めていることになるのである。[3]深川本系本文の原形から「などかくあながちに聞えさせ給らん」が削り落とされ、「おほさるゝ」が「おほせらるゝ」に書き変えられた結果、こういう特異な解釈が可能になるのである。ただし、この本文でも、（b）では《源氏宮に返事を無理強いする母宮に対する狭衣の不満な心情》は語られていたわけであるから、その狭衣がこの（e）で自らそれを奨めるようなことを口にするというのは支離滅裂な行動であるといわざるをえない。これについて『大系』は頭注一五で、狭衣のその支離滅裂な行動を評して「わりなき」と表現しているのだ、という趣旨の注をつけている。そのとおりであろうと思う。

これを受けた（f）は深川本や雅章本とほぼ同文であるが、深川本や雅章本によれば、これは、流布本系本文や異本系本文と同様、狭衣が春宮からの手紙を見たがっている、と解されるものであった。しかし、内閣本本文では（e）を、自ら返事をするよう狭衣が源氏宮に奨めた、としているため、（f）も、『大系』の頭注一六が解くように、「源氏宮は、ちょっとやそっとの人ではとてもお手紙を差上げにくい筈の御立派な御筆跡ですよ。今日のは春宮へのお返事だからまして見所がございましょうね。」といった、と解かざるをえなくなる。すなわち、狭衣は、内心では、源氏宮が自ら返事をする必要などないと強く思っていながら、口では、終始一貫して、源氏宮に返事を書くよう奨め、その返事の出来映えを見たがるという、いわば、《意地悪な態度を取り続ける》人物となるわけである。この本文は、春宮と源氏宮の仲を妬ましく思うあまり、卑屈になり、あえて源氏宮に向かって意地悪な態度を取り続ける、屈折した狭衣像を描き出そうとしたもののようであり、これはこれでユニークで面白いと評することもできようが、面白いということと、本来的な本文であるかどうかとは別問題であること、いうまでもない。

（h）において「されば、さだすぎさせ給らんは」が削られていることも、この本文における解釈の特異性をよく示すものである。他の本にある「されば、いかゞとおぼえ侍なり」の「されば」は、（f）で述べられた「東宮の筆跡の見事さ」を受けており、（h）の狭衣の発言内容は「東宮の筆跡は見事なものだから、時代遅れの母宮の代作の返事では具合がわるい」というものであった。しかし、上述のごとく、（f）を「源氏宮の筆跡の見事さ」を述べたものと解さざるをえないこの本文では、「されば」の受ける内容がなくなってしまう。そのため、「されば、さだすぎさせ給らんは」が削られたのであろう。あとに残ってしまった「いかゞと思ひ侍なり」は宙に浮いた観があるが、『大系』は（h）について頭注一八で、

「源氏宮の春宮へのお返事はどんなかしらと思いますからです」と、心にもないことを本当らしく申し上げなさる。

との解を示している。こじつけめいていていて面白みに欠ける解釈であるが、源氏宮自らが返事を書くべきだ、と終始一貫して主張してきた狭衣の言葉としては、このようにでも解するしかないであろうと思われる。改竄本文が

ここに至って馬脚をあらわしてしまったといえよう。

以上見てきたように、第一類本第一種C～Eの諸本は、深川本系の原型本文においてあらわであった同趣本文の重複を糊塗すべく、まったく異なる新しい「解釈のフィルター」を通して意図的に改竄された、と考えられるのである。

## 4　改竄された流布本系本文

次に、『校本』が第一類本第二種に分類する諸本の本文を検討してみる。

まず、鎌倉本（第一類本第二種A）を見てみる。

【鎌倉本】（a）大みや「をかしきほどの文や。かやうのおりは、なを身づからきこえ給へかし」とのたまはするに、（b）「などかくせちにきこえさせ給らん」とふさわしからずき〻給て、うちみやりまいらせたまへば、（c）いと〻つ〻ましくて、おぼしもかけたらねば、（d）は〻みや、「めづらしげなきふるめかしさなども、いかにみどころなくおぼさるらん」と、もてなやませたまへば、（f）「せう〳〵の人ははづかしげなる御てぞかし。けふはまして見どころさぶらうらんかし」と、ゆかしげにおぼしたれば、（g）いとあるまじげにおぼしたるに、いとある（かく）申給たれば、（h）「されば、さだすぎたらん御てはいか〻とおもひ給ふなり」と申給。（i）「おぼしつ〻くる事どもなかめるに、やがてこの御返しきこへさせたまへ」とて、文たまはせたれば、みたまふに、

（j）たのめつ〻いくよへぬらんたけのはにふるしらゆきのきえかへりつ〻（二二四頁～二二六頁）

この本文は（d）を有していて、（e）がなく、流布本系本文と異本系本文が異なる箇所においてはおおむね流布本系本文のほうに一致するところから、基本的には流布本系本文であると認定される。ただし、（h）を有している点、（g）の母宮の会話文がなくなっている点、（i）が「おぼしつゞくる事どもなかめるに、やがてこの御返しきこへさせたまへ」となっている点、の三点が版本の本文とは異なるところである。『校本』で「第一類本第二種D」に分類される武田本・龍谷本・東大本・中田本、および「第一類本第二種C」とされる蓮空本も、これと同じパターンの本文である。

（h）が異本系本文から取り入れられたものであることはすでに述べたとおりであるが、このグループの本は（g）の母宮の会話文がなくなってしまっているため、他の本とはまったく違った解釈が必要になるかと思う。この本文の叙述の流れをたどってみる。

「老いた母の代筆の返事では見所がないだろう」と母宮が困惑する（d）までは、流布本系本文と同じである。続く（f）も流布本系と同文であるが、流布本系本文では、（f）は次の（g）の母宮の言葉を導き出す機能をもっていた。ところが、この本文では、その母宮の言葉（g）がなくなってしまっているため、（f）は、地の文（g）「いとあるまじげにおぼしたるに」に直接に掛かっていくことになる。すなわち、（f）で狭衣が東宮の筆跡のすばらしさを褒めたために、源氏宮は返事を書くなどとんでもないことと思った、となるわけである。[4]

次の「いとかく申し給」の「かく」は、これが母宮の会話文中にある流布本系本文では（f）の狭衣の言葉を指しており、「申し」の主語は狭衣と解せられたが、「かく」が地の文になってしまっているこの本文の場合はそうではなくて、「かく」は（d）の母宮の言葉を受けることになる。「申す」の主語は母宮、と解くしかないであろう。源氏宮が返事を書く気をなくしている上に、母宮が「珍しげもない老人の代筆では、東宮もがっかりなさるでしょう」といったので、狭衣が、得たりとばかりに、「東宮の筆跡はあまりにも見事なものですから、私も母上の時代遅れの筆跡ではどうかと思うのです」と、母宮に賛意を示した、と解すべきだと思われるのである。諸本いずれも「申しなし給ふ」としていたところが、鎌倉本や蓮空本では「申し給ふ」となって「なす」がなくなっているのも、単純な誤脱ではなくて、いま述べたような解釈に基づく意図的な改変だったのではないかという気がする。すなわち、源氏宮に返事を書かせたくないと思う狭衣の心情と、老人の代筆では具合が悪いと思う母宮の心情とが一つになって、続く（i）の狭衣による返事の代行、というふうに叙述が展開してゆく仕組みになっているわけである。先に2において、『新全集』が深川本本文の（h）に対して「暗に自分が代作を引き受けることをいう」との解釈を提示していることを紹介しておいたが、その解釈は深川本本文に対する解釈としては不当なのであって、むしろこの鎌倉本のような本文に対して適用されるべき解釈であろうと思う。

（i）の波線部「おぼしつゞくる事どもなかめるに」は異本系本文の「おぼしつゞくべうもなかめり」を少し変えて取り入れたものにちがいないが、「やがてこの御返りはをしへきこえさせたまへ」の「教へ」がなくなっていることと連動して、これもまた、いま述べたような文脈のもとで有機的に機能するようである。この本文の（i）は、「源氏宮は返事を考えつきそうにもないようだから、（あなたがそういうのなら、）あなたが代わりにこの御返事をさしあげてちょうだい」と母宮が命じた、と解されるであろう。

以上見てきたように、鎌倉本をはじめとするこのグループの本文は、流布本系本文をベースにしながら、異本系本文も参照し、異本系本文の異文を適宜取り込みながら、流布本系本文とも異本系本文ともまったく解釈を異にする新たな本文を作り出しているのである。

最後に、『校本』が第一類本第二種Eとしている前田本本文について見ておきたい。この本文は、（d）を有しており、（e）（h）がないことから、流布本系本文と認定されるが、さらに（g）も欠いているところが前田本本文の特異な点である。（g）の前後の部分を次に示す。

【前田本】……（f）「せう〳〵の人ははづかしげなる御てぞかし」と、ゆかしげに申給へば、（i）「この御返事は、をしくきこゑ給へ」とて、御ふみも給はせたれば、見たまふ。……（五五ウ）

「をしく」の「く」は「へ」または「え」の誤写と考えるとして、前田本本文はこのままでも意が通らないわけではない。ただし、（g）を欠くような本は『校本』所収のすべての本を通じて前田本以外にはなく、これは、「……ゆかしげに申給へば、【いとあるまじき事におぼしたるに、いとゞかう申給ふと、わらはせ給へば、】この御返事は……」とでもあったものを、二箇所の「給へば」の目移りで中間の（g）を写し落としてしまったというようなことではないかと思われる。なお、前田本は、（f）の会話文中の「けふはまいて見所侍らんかし」にあたる部分も欠いているが、この欠文は、前田本だけなく、京大本（第一類本第二種F）、竹田本（第一類本第二種G）、慈鎮本（『校本』には不採用）などにも認められ、これら諸本相互の親近性を示すものといえる。

## 5　まとめ

以上の考察に基づき、この箇所の諸本の本文を整理しておく。（　）内に『校本』による分類を付記する。

○基本本文

・流布本系本文（第一類本第二種E・F・G・H・I、慈鎮本、保坂本）〔ただし、Eの前田本は（g）を写し落

としている〕

・異本系本文（第二類本、細川本）〔ただし、大島本は（c）（e）二箇所の「させ給」の目移りによる脱文がある。また、細川本も、（a）（e）二箇所の「させ給へかし」の目移りによる大脱文がある〕

○派生本文

・深川本系本文（第一類本第一種A・B）〔流布本系本文に異本系本文の（e）（h）を混入したもの〕

・内閣本グループの本文（第一類本第一種C・D・E）〔深川本系本文を別の解釈に基づき再構成したもの〕

・鎌倉本グループの本文（第一類本第二種A・C・D）〔流布本系本文に異本系本文の（h）を混入し、別の解釈に基づき再構成したもの。ただし、蓮空本には（f）（g）の二箇所の「おぼした」の目移りによる脱文がある〕

（1） 三谷栄一「狭衣物語伝本系統論序説」（『国文学論究』第一輯・昭和一〇年八月）。後に『狭衣物語の研究〔伝本系統論編〕』（平成一二年二月・笠間書院）に収録。一六五頁。

（2） 『校本』では、第一類本第一種Aの四本のうち、鈴鹿本・雅章本・書陵部四冊本の三本を、深川本と区別して鈴鹿本グループとする。

（3） 狭衣に対して「おほせらるる」という最高敬語を用いるのは不当であるが、この本文による限り、ここは狭衣を主語とせざるをえないであろう。

（4） 蓮空本の（g）は「いとあるまじげにおぼしたるに」の部分を欠いており、単に「いとゞかく申したれば」とあるだけである。のみならず（f）の末尾が「ゆかしげにおぼしたるに」となっている。これは、「ゆかしげにおぼした【れば、あるまじき事とおぼした】るに、いとゞかく申したれば」とあったものを、二つの「おぼした」の目移りによって【　】内を写し落としてしまったものと考えられる。「申し給ひたれば」の「給ひ」を欠いているのも、蓮空本の欠陥本文とみるべきであろう。

## 五　嵯峨帝譲位

### 1　流布本系本文と異本系本文

狭衣物語巻二之下。物語第三年八月、嵯峨帝譲位を語るくだり。まず流布本系本文を版本によって掲げる。

【版本】八月十余日になれば、さがのゐんの御だういそぎつくりいでさせ給ひて、おりさせ給ふまゝに、御ぐしおろさせ給ふ。かなしなど、今はじめたらぬ事なれど、あやしき人のうへにてだに、なを見るもきくもこゝろさはがぬやうはなきを、まいて、中宮などのおぼしたるさまの心ぐるしきを、大殿は聞えなぐさめさせ給ふ。春宮のゐさせ給ふなどはかぎりなくめでたき御ありさまなれど、みづからの御心中には、かはりたる御すみかのみあはれに思ひやり聞えさせ給ひけり。かやうの事どもさしあひつゝ、三の宮の御わたりも……（三二オ〜ウ）

嵯峨の御堂の完成とともに嵯峨帝が後一条帝に譲位。嵯峨帝は剃髪し、中宮（堀川大殿女、狭衣の姉）所生の一宮が立坊した。院の出家を悲しむ中宮を父堀川大殿は慰撫している、といっているのであるが、それに続く「みづからの御心中には、かはりたる御すみかのみあはれに思ひやり聞えさせ給けり」の部分について、『狭衣下紐』は「如此めでたきにも、さがの院をおぼしめしやりて、春宮の御心中はあはれなると也」と注し、この部分の主語を新春宮と解くのに対し、清水浜臣は「みづからの」の本文脇に「中宮也」と書き入れて、ここの主語を中宮であると解いている。現行注釈書でも、『全書』が新春宮説、『集成』が中宮説を採り、解釈が分かれている。どちらが正しいとも決しかねるが、これより前、嵯峨帝譲位に至る経緯を語るくだりに、「七月よりは誠しうなやましげにて物こゝろぼそげなる御けしきを、中宮はいと忍びがたげにおぼしなげきたるもいと心ぐるしくて……」(二九オ)、「御すけのほいとげさせ給ひぬべき御心まうけなどせさせ給ふを、宮は年ごろの御ならひの名残なう、かなしういみじくおぼしめされて、さがの宮にももろ共にわたらせ給ふべきさまにぞおぼしめしいそぎける」(二九ウ)などとあって、中宮の不安が繰り返し語られてきたこと、新春宮がいまだ幼少であることなどを考え合わせると、ここは中宮説のほうが無理がないのではないかと思う。ちなみに、『校本』で「第一類本第二種F」に分類されている京大本のこの箇所は流布本系本文であるが、「みづからの御心中」の部分が「中宮の御心のうちは」という独自異文になっている。これも、主語を中宮と解した上での改竄本文と見てよいだろう。

このあと叙述は、かかる紛れに女三宮の降嫁が延期になって狭衣は喜んでいる、というふうに展開していくわけであるが、上に引用した箇所には諸本間に大規模な本文異同が発生している。まず、流布本系本文ともっともはげしく対立する異本系本文(大島本)を見てみる。

【大島本】(a)にはかにうちの御心ちおもくならせ給て、さがの院のみだうばかりは出きぬれば、つゐに八月十五日ばかりにおりさせ給ぬ。すなはち御ぐしおろさせ給ぬるかなしさも、ついの事なれども、あやしき人の上にてだに、みなことにさはがすわざなるを、(b)まして、時のまにかわる世の中のはかなさも思しられてかなしきに、まいて、中宮のおぼし入たるさまぞいと心ぐるしき。大将ぞ、よろづなぐさめきこえさせ給ひける。(c)されど、かぎり有事にて、春宮のたゝせ給ふなどは、(d)見おきゝこえさせ給て、かへらせ給心ち、さらにかゝるめでたさともおぼされずぞ有ける。（e）されば、そのおりの有さま、殿ゝ中の御光にも、げにかゝる人出をはせざらましかば、かひなくやあらましと、めでたくいみじかりけり。かゝる御ことどもに、三の宮の御わたり……（七四オ～ウ）

流布本系本文と比べると、傍線を付した（a）～（e）が目立って異なるところである。そこでこの五箇所に注目して『校本』の校異を概観してみると、大島本と同じ第二類本の平瀬本が（a）～（e）の異文を共有することはいうまでもない（なお、同じく第二類本である高野本はこの部分落丁）が、その他にも、「第一類本第二種D」に分類されている武田本・東大本・龍谷本・中田本（以下、「武田本グループ」と称する）が（a）～（e）の異文のすべてを有しており、小異はあるものの、大島本と同系の本文になっていることが知られる。武田本グループの本のこの部分は、部分的に異本系本文に差し替えられた箇所であると判断される。

また、細川本（『校本』不採用）は総じて特殊な本文を有する本であり、この箇所においても細部の本文異同は多いものの、（a）～（e）のすべての異文を有している。(1) 細川本のこの部分も異本系本文と認定してよいものと思われる。

ちなみに、二重傍線部（中宮を慰撫する人物）が版本では「大殿」となっていたのに対し、大島本では「大将」となっている。この種の本文異同は、些細ではあるが目につきやすい。しかし、我々の目につきやすいということは、転写の際に書写者の注意も引きやすかったにちがいなく、したがって局部的な改変の対象にもなりやすかったであろうことを我々はよくよく心得ておかねばならない。その証拠に、平瀬本は他のどの本よりも大島本に近い異本系本文を有していながら、この部分だけは版本と同様「大殿」となっている。これまで繰り返し述べたように、人名に限らず、地名や歌句といった、全体からみれば些末といわざるをえないような異同だけをとりあげて狭衣の本文の分類を試みたり論じたりするのは手抜き以外のなにものでもない。今後の研究のまっとうな進展のためにも、こうした杜撰な手抜きの論は厳に慎まれねばならない。

さて、上にあげた流布本系本文と異本系本文以外の諸々の本文は、いずれもこの二種類の本文のさまざまな混合に成る合成本文であると見てよい。次節ではそれらの混合のありようを分析していくことになるが、異本系本文内部に発生している本文の揺れを、『校本』によって次に摘記しておく（大島本を底本とし、平瀬本と武田本グループの本の異文を表示する）。

○にはかに―ナシ（武）○うち―うゐ（瀬武）○ばかりは―はかり（瀬）○出き―出きはて（瀬武）○十五日―十よ日（瀬武）○ばかり―ナシ（武）○おりさせ給ぬすなはち―おりさせ給ふまゝに（武）○給ぬる―たまふつる（瀬）―給つ（武）○かなしさも―かなしなと（武）○ついの事なれども―ついの事なれと（瀬）―いまはしめたる事ならねと（武）○みなことにさはがすわざなる―なほみきく人の心さはかぬはなき（武）○ましてーナシ（瀬）○時のまにかわる―みる時のまにかはる（瀬）―時の御かとのかくならせ給ぬる（武）○世の中の―世の（瀬武）○はかなさも―はかなさ（武）○まいて―まして（瀬武）○中宮の―中宮なとの（武）○さまぞいと―さまの（武）○心ぐるしき―心くるしきに（瀬武）○大将ぞ―大との（瀬）―大将は―たゝせ給へきかなとは（瀬）―たゝせ給ひぬれは（武）○見おきゝこえさせ―見おきて御らんせ（瀬）へなくさめ給（武）○されど―ナシ（瀬武）○事―事とも（瀬武）○春宮の―春宮（瀬武）○たゝせ給ふなど（武）○よろづ―よろつに（瀬武）○なぐさめきこえさせ給ひける―なくさめきこえさせ給へと（瀬）―きこ○心ち―御心ち（瀬武）○かゝる―かゝる御身の（瀬）―かゝるみちの（武）○めでたさとも―めてさも（瀬）―めてたさも（武）○されば―されと（瀬武）○殿ゝ中―殿たち（瀬）○御光―ひかり（武）○かゝる

人―か丶る人の（武）○出をはせざら―出おはしまさ丶ら（瀬武）○いみじかりけり―いみしかりける（武）
○か丶る御ことどもに―か丶ることともに（瀬）―こと丶もに（武）

## 2　もろもろの混合・混態本文

混態本として夙に有名な蓮空本（第一類本第二種C）の本文をまず最初に見てみる。

【蓮空本】八月十よ日にもなりぬれば、さがの院は御堂いそぎつくらせさせ給て、（a）にはかにうへの御心ちをもくならせ給て、おりさせたまふま丶に、御ぐしおろさせ給つ。かなしとは、いまはじめたる事なれば、あやしき人のうへにてだに、なをみきく人の心ちさはがぬはなし。（b）まして、時の御門のかくならせ給ぬれば、世のはかなさしられてかなしきに、まして、中宮などのおぼしめされたるさまなどの心ぐるしきを、大将よのつねにきこえなぐさめ給ふ。（c）かぎりある事どもにて、春宮た丶せ給ふ。かぎりなくめでたき（e）との丶うちのありさまを、げにか丶る人おはしまさゞらましかば、かひなくやあらましと、めでたくいみじけれど、身づからの御心の中には、かはりたる御すまゐ、あはれにおもひきこえさせ給ふ。か丶るまぎれに、三の宮の御事……（二五四頁～二五五頁）

この本文は、一見したところ流布本系とも異本系とも異なるきわめて特異な本文のように見え、その叙述内容も次節に見るように独特のものであるが、これを仔細に観察してみると、流布本系本文に異本系本文の異文（a）（b）（c）（e）を按排しつつ挿入していったものであることが判明する。蓮空本の巻二後半部分が第二系統（異本系本文）と第三系統（流布本系本文）の混合に成るものであることは、三谷栄一がすでに解き明かしているところであるが、[2]これはその好個の例といってよい。

蓮空本は『校本』では「第一類本第二種C」とされているが、「第一類本第二種A」とされる鎌倉本の本文や「第一類本第二種B」とされる松浦本の本文は、蓮空本本文との密接な関係が認められる。

【鎌倉本】八月十日よ日にもなりぬれば、さがのいんのみだういそぎつくらせさせたまひて、おりさせたまふまゝに、御ぐしおろさせたまひつゝ、かなしなどは、いまはじめ★、さはがぬはなし。（b）まして、ときの御かどのかくならせ給ぬる、よのはかなさしられてかなしきに、まして、中宮などのおぼしめしたるさまなどの心ぐるしきを、大しやうよろづにきこえなぐさめ給。（c）かぎりある事どもにて、とうぐうたゝせ給に、かぎりなくめでたき（e）殿内のありさまを、げにかゝる人おはしまさゞらましかば、かひなくやあらましと、めでたくいみじけれど、身づからの御心中は、かわりたる御すまゐのみ、あはれに思ひきこえさせたまふ。かゝるまぎれ、三宮の御事……（三七二～三七三頁）

【松浦本】八月十一日にもなりぬれば、さがのゐんのみだういそぎつくらせ給て、おりさせ給まゝに、御ぐしおろさせ給。かなしなどはいまはじめぬことなれど、あやしき人のうゐにてだに、なを、みきく人のさはがぬなし。（b）まして、ときのみかどのかくならせ給ぬる、よのはかなさしられてかなしきに、ちうぐうなどのおぼしめしたるさまのこゝろぐるしきを、きこえなぐさめ給。（c）かぎりあることを御な（ばさる物）にて、とうぐうにたゝせ給。かぎりなくめでたき（e）とのゝうちのありさまを、げにかゝる人おはしまさゞらましかば、かひなくやあらましと、め（み）たてまつり、いみじけれはど、身づからの御こゝろの

うちには、かはかりのたびずまゐのみ、あはれにきこえさせ給。か丶るまぎれに、宮の御こと……（九三オ〜ウ）

鎌倉本本文は、★の部分に脱文のあることが明らかである（鎌倉本とともに「第一類本第二種A」とされる吉田本にもやはり同様の脱文はあるようである）が、それはさておき、この二本の本文をさきの蓮空本本文と比較すると、（b）以下は蓮空本とほとんど同じでありながら、前半部分に（a）を混入していない点が蓮空本とは異なる。（a）を有する蓮空本本文と（a）を有しない鎌倉本・松浦本の本文との先後関係は即断できないけれども、（a）を有するような本は第一類本中には蓮空本以外に見あたらないこと、蓮空本の（a）の位置が異本系本文での位置とずれていることなどを勘案すると、流布本系本文に異本系本文の（b）（c）（e）が混入されて鎌倉本や松浦本のような本文が作られた後に、重ねて異本系本文との接触があり、その際にさらに（a）が混入して蓮空本のような本文ができた、と考えるのが妥当かと思う。

『校本』で「第一類本第二種E」とされている前田本の本文は、上記の諸本に比べると、異文混入の度合が少ないものである。

【前田本】八月十日（中半とも）になれば、さがの院の御だういそぎつくりいでさせ給て、おりさせ給まゝに、御ぐしおろさせ給へるかなしさは、あやしき人だにさはがすわざなるを、まして、（b）時のまもかはる世のはかなさもいひしらずあはれなるに、中宮のおぼしいりたるさまの心ぐるしさを、よろづに大将は申なぐさめ給。一の宮の春宮にたゝせ給、めでたき御ありさまなれども、みづからの御心のうちに、かはりたる御すみか、あはれに覚させ給けり。かやうの御事どもに、三の宮の御わたり……（七一オ〜ウ）

この前田本本文は、基本的には流布本系本文と見てよいと思われるが、「御ぐしおろさせ給へるかなしさは」の次に「いまはじめたらぬ事なれど」を欠き、「あやしき人だに」の次に「猶見るもきくも」を欠いている点と、異文（b）を有している点とが、版本本文と異なるところである。二箇所の欠文は前田本の独自異文であって、このような本文を有する本は他にないため、おそらくは前田本の側の脱文であろうと思われるが、このままでも意が通じないというわけではない。また、（b）はすでに見たように蓮空本や鎌倉本・松浦本にも見られた異文であるから、異本系本文だけでなく流布本系本文の祖本にも（b）は存在していたと考えることができるかもしれない。すなわち、第二類本諸本や蓮空本・鎌倉本に存する二箇所の「まして」の目移りによって（b）が写し落とされた結果、現在の版本本文のような形になったとする考え方も、まったく否定するわけにはいかないのである。しかし、細部において前田本本文とよく一致する傾向をもつ京大本（第一類本第二種F）にも（b）は見られない点、二箇所の「まして」の重複はやや冗長な感じを受ける点などから、当面は、（b）は異本系本文の異文であり、それが流布本系本文に混入した、と考えておいたほうがよいように思われる。

さて、以上のように諸本の本文を見てくると、深川本系本文もまた、流布本系本文と異本系本文を合成したものにほかならないことは明らかであろう。

【深川本】八月十日よにち（ひ）なれば、さがの院の御だういできて、をりさせ給まゝに、御ぐしおろさせ給てけり。つねのことなれど、よろしき人のうへにても、猶みるもきくもあはれなることなれば、まいて、中宮などのおぼしたるさまの心ぐるしきを、大将よろづになぐさめきこえさせ給へど、（c）かぎりなる事にて、春宮ゐさせ給など■（判読不能・ん？）（d）みをきさせ給て、かへらせ給御心ち、さらにかゝる御身のめでたさともおぼされずぞありける。(e)されど、そのをりのありさま、との、うちの御ひかりにも、げにか、る人いでをはしまさざらましかば、かひなくやあらましと、めでたういみじかりけり。かやうの事どもさしあひて、三宮の御わたりは……（九〇ウ〜九一オ）

この深川本本文の混合のありようは先述の蓮空本や鎌倉本に比べると単純で、前半部分（「……よろづになぐさめきこえさせ給」まで）は流布本系本文、(c)以下の部分（「かぎりなる事にて、春宮……」以下）は異本系本文である。三谷栄一は、巻二の本文全般にわたって「第三系統は大体第一・第二系統の混合からなり、それが漸次整理されて行ったもの」と説き[3]、第一系統の深川本本文をもって狭衣物語のもっとも古い形を伝えるものとした。その後、三谷説は多くの研究者に支持されてきたが、この箇所の三者の本文対立をどのように分析すれば、第三系統（流布本系本文）は第一系統（深川本系本文）と第二系統（異本系本文）の混合本文を漸次整理したもの、などと考えることができるのか、不可解というよりほかない。

『校本』で第一類本第一種に分類されている諸本のうち、為相本を除くすべての本（第一類本第一種A・C・D・Eの諸本）が、この箇所に関しては深川本と同じパターンの混合本文になっている。

なお、これら諸本の本文では、第一類本第二種の諸本に「いまはじめたらぬ事」（あるいはその転訛本文）とある部分が、そろって「つねのこと」となっている。「つねのこと」は、ここでは、出家が人の悲しみを誘うのは常の事、との意であって、意味的には流布本系本文のいう「いまはじめたらぬ事」と変わりがないにもかかわらず、「ね―ゐ」の字形類似を介して、異本系本文の「つひの事」（嵯峨院出家は時間の問題、の意）との親近性をうかがわせるものである点なども、深川本系本文と異本系本文の関係を考える上では注目されてよいであろう。

最後に為相本（第一類本第一種B）を見ておく。為相本は他の第一種諸本とはずいぶん違っており、次のような本文になっている。

【為相本】八月十よひにもなりにぬ《ママ》れば、さがの院の御だういそぎつくらせさせ給て、おりさせ給まゝに、御ぐしおろさせ給てけり。つねの事なれど、よろしき人のうへにても、なを、みるもきくもあはれなることなれば、（b）まいて時の御かどのかくならせ給ぬる、よのはかなさしられてかなしきに、まいて中宮などのおぼしたるさまの心ぐるしきを、大とのよろづにきこへなぐさめ給。（c）かぎりある事どもにて、春宮たゝせ給。かぎりなくめでたき（e）との、うちのありさまを、げにかゝる人おはしまさゞらましかば、かひなくやあらましと、めでたくいみじけれど、みづからの御心のうちは、ものがなしう、かはりたる御すまいのみ、あはれに思きこえさせ給。かゝるまぎれに、三の宮の御事……（六六オ〜ウ）

為相本本文は、異本系本文の（b）（c）（e）の異文（傍線部）は有しているが、（d）はなく、さらに、（e）のあとに「みづからの御心のうちは、ものがなしう、かはりたる御すまいのみ、あはれに思きこえさせ給」という流布本系本文（波線部）を有している点が、深川本系本文とは大きく異なるところである。為相本のこの箇所の本文は、第一種の諸本よりもむしろ、さきに見た第二種本の鎌倉本（第二種A）が脱文を起こす前の本文、あるいは（a）を混入する以前の蓮空本（第二種C）などと同じ特徴をもっているわけであるが、その反面、第一種本と第二種本が截然と分かれるような細部、「つねの事（第一種本）―いまはじめたらぬ事（第二種本）」「よろしき人のうへ（第一種諸本）―あやしき人のうへ（第二種諸本）」といった部分では第一種本としての特性をはっきりと示す本文になっている。

以上述べてきたように、この箇所の本文としては、基本本文たる流布本系本文および異本系本文と、その両者を合成してできた数種の混合・混態本文が存在しているということになる。次にこれらを整理しておく。（　）内に『校本』による分類を付記する。

○基本本文
・流布本系本文（第一類本第二種F・G・H・Iの諸本・慈鎮本・保坂本）
・異本系本文（第二類本諸本、第一類本第二種Dの諸本・細川本）
○派生本文
・前田本本文（第一類本第二種E）〔流布本に異本系本本文の（b）を混入したもの〕
・深川本系本文（第一類本第一種A・C・D・Eの諸本）〔流布本系本文の（c）以下を異本系本文と差し替えたもの〕
・鎌倉本本文（第一類本第二種Aの諸本）〔流布本系本文に異本系本文の（b）（c）（e）を混入したもの〕
・為相本本文（第一類本第一種B）〔流布本系本文に異本系本文の（b）（c）（e）を混入したものであるが、細部では深川本系本文の特徴を有する〕
・蓮空本本文（第一類本第二種Cの諸本）〔流布本系本文に異本系本文の（a）（b）（c）（e）を混入したもの〕

## 3　異本系諸本文の解釈

最後に、異本系本文の異文内容を検討しておく。

まず、嵯峨帝の病状悪化を語る（a）であるが、嵯峨帝の不例は、流布本系本文でも「その夏比より、御かど御心地れいならずおぼされて……」（二八ウ）、「七月よりは、誠しうなやましげにて……」（二九オ）と語られていた。これらの叙述は異本系本文にも存在していたが、（a）はこうした叙述の流れを受けて、嵯峨帝の譲位・出家の理由をいま一度くり返し述べただけのものである。

（b）は、異本系本文内部で二種類の異文に分化している。ひとつは「まして、時のまにかわる世の中のはかなさも思しられてかなしきに」（大島本・平瀬本・前田本）であり、もうひとつは「まして、ときの御かどのかくならせ給ぬる、よのはかなさしられてかなしきに」（武田本グループ・鎌倉本・蓮空本）というものである。前者は、嵯峨帝出家の悲しさを述べた「すなはち御ぐしおろさせ給ぬる……さはがすわざなるを」を承け、その嵯峨帝出家の悲しみにも「まして」、譲位とともに世の中全体があっという間に変わってしまう無常の世が悲しい、と述べるものである。こうした認識は、たとえば源氏物語澪標巻で、朱雀帝譲位後の世相の急変を、「世の中あらたまりて、引きかへ今めかしきことども多かり」と述べるのなどと同趣と見てよいであろう。それに対し、後者は、人の出家は常人の場合でも感慨を催すものだと述べた部分「あやしき人のうへにてだに……さはがぬはなし」だけを承けて、常人の出家にも「まして」、時の帝の御出家は悲しい、と述べるものである。嵯峨帝出家の悲しさは、直前にも「御ぐしおろさせ給つ。かなしとは……」と述べられていたわけであるから、前文に引き続いてくり返し嵯峨帝出家の悲しさを述べるこの本文は冗長の観を免れない。おそらくは、「時の間に変はる世の中」の意味を取り違えたか何かで、前者から後者へと本文が変わったものと推察される。

（c）以下の異文は、流布本系本文とまったく異なる展開になっており、多くの混合・混態本にも積極的に取り込まれた異文であるが、現行諸注を見てみると、その解釈が大きく揺れている。

内閣本（第一類本系統第一種D）を底本とする『大系』は、（d）の「かゝる御身」、（e）の「かゝる人」の本文の脇にそれぞれ「中宮の」「中宮」と注し、頭注において、「中宮腹の一宮が春宮にお立ちになる事など」、「姉君の中宮が御子を新しい御代の春宮として持たれた御身分の結構さも、一向にめでたい事とも」、「中宮となられた時の状態は、堀川殿一家の御威光のためにも、なるほどもしも中宮に立つ人がお出にならなかったなら、張合いもなかったろうに。（しかし出現されて威勢を加えたのである。）」との解説を加えている（二八九頁）。（d）の「見置き聞えさせ給て、帰らせ給」の主語が誰であるのか、『大系』の注では判然としないが、その次の「さらに、かゝる御身のめでたさも思されずぞありける」の主語は狭衣大将と解しているようである。ただし、（e）の「そのをりのありさま」を「中宮となられた時の状態」と解くのはいかがなものであろうか。嵯峨中宮の立后は物語始発以前のことである。そんなはるか過去のことを持ち出してきてここで「そのをりのありさま」といっていると解くのは、あまりにも唐突で迂遠に過ぎるのみならず、「ありさま」に敬語が用いられていない点からしても容認しがたい解釈であるといわねばならない。

いっぽう、深川本を底本とする『新全集』は、（c）以下の部分に対して、「決ったことなので一の宮の立坊などを見届けてお帰りになるお気持ちは、こんな特別な立場のすばらしさとも少しもお思いになれない。とはいえ、その時の様子は、御殿の中の光としてもこういう方が出ておいでにならなかったら、甲斐ないことだったろう、というほどすばらしく殊の外なのだった。」（二六五頁～二六六頁）との現代語訳を付している。解釈に不分明な点が多いが、頭注で、「かかる御身のめでたさ」について「堀川の関白は次の時代も新帝の叔父として政権の中枢にいることになるはず。」と記し、また「殿のうちの御光」について「政権を担うことになる堀川の大臣家に大将のような輝く中心がなかったらさぞ寂しかったに違いない。」と記している点、さらに、この段落の総括として色刷りで「盛りの権門が花のような貴公子に恵まれていることのめでたさ。」とのコメントを付けている点などから判断すると、（c）以下の部分をすべて狭衣大将について述べたものと解しているように見受けられる。

「その折のありさま」を、狭衣大将の様子と解いたのは、これを「嵯峨中宮」とする上述の『大系』の解の難点は回避し得ている。しかし、そうなると必然的に、その前の「見おきさせたまひて帰らせたまふ御心地」の主語も狭衣とせざるをえなくなってくるわけだが、なにゆえ狭衣に対して「させたまふ」「せたまふ」と二重敬語を繰り返さねばならないのか、「そのをりのありさま」に敬語がついていないこととの極端なアンバランスが新たな難点として浮上してくることになる。

『全註釈』も深川本を底本とするが、「春宮ゐさせ給など……」以下に対して、「中宮腹の第一皇子が東宮にお立ちなさることなどを、見届けなさってお帰りなさる狭衣のお気持ちは、（帝が出家してしまったという中宮の悲しみを思うと）まったくこのような中宮の御身のすばらしさともお思いになれないのであった。けれども、その時の様子は、堀川一家のご威光のためにも、ほんとうにこのような人（中宮）が出ていらっしゃらなかったら、何の甲斐もなかったであろうと、すばらしくこのうえもなかった」（二二八頁）との現代語訳をつけている。この解釈も、さきに述べたように、狭衣に対して「させたまひて」「帰らせたまふ」と二重敬語が用いられていることになって、具合がわるい。

このように、現状では深川本系本文を底本とする諸注においては（c）以下の部分の解釈が紛糾しているのであるが、そもそも、（c）以下の異文は異本系本文なのであった。したがって、まずは異本系本文を解釈してみることからはじめたい。大島本本文をなるだけ尊重したいと思うが、（d）の「心ち」および（e）の「されば」はこのままではどうしても解釈しきれないので、同じく異本系本文を有する平瀬本や武田本グループの本によって、それぞれ「御心ち」「されど」と校訂した上で、大島本本文の試解を現代語訳の形で次に示しておく。

にわかに帝の御容態が重篤におなりあそばして、嵯峨の院の御堂だけは完成したので、とうとう八月十五日ごろに御退位あそばした。御退位と同時に出家しておしまいになられた悲しさも、いずれはそうなさるにちがいなかったこととはいうものの、急な出家は、身分の低い人の場合でさえ周囲の誰もが格別に動揺するものである。まして、帝の御譲位・御出家となると、あっという間に世の中のありさまが変わってしまう現世の無常も痛感されていっそう悲しいが、他の誰にもまして、中宮の思いつめておいでの様子はなんともおいたわしい。そんな中宮を大将はあれこれお慰め申し上げなさるのであった。とはいうものの、世の決まり事で、一の宮が春宮にお立ちになる。中宮は、立坊の儀式などは見届け申し上げてお帰りになるが、御自身のお気持ちとしては、我が子の立坊のすばらしさもさらさらお感じにはなれないのであった。しかしながら、その盛儀の様子は、堀川家の期待の星としても、なるほど中宮にこうして春宮となるべき一の宮がお生まれになっていなかったならば、入内なさったかいもないことだろうと思われ、ことのほかにすばらしいものであった。

解釈を補足しておくと、（c）の「かぎり有事にて」は、直後の「春宮たゝせ給ふ」にかかる。そうそういつまでも悲しんでばかりいるわけにもいかないので、規定どおり立坊の儀が執り行われた、というのである。続く（d）では、悲しみの中で息子の立坊を見届けて退出する中宮の複雑な心情を述べる。いっぽう、（e）では、そんな中宮の悲しみとは裏腹に、中宮所生の宮の立坊は堀川家にとっては光栄な喜ばしいことであった、と述べる。「そのおりの有さま」は立坊の儀の有様、「かゝる人」は新春宮をさす。

流布本系本文の叙述がひたすら中宮の悲しみに焦点を絞って語られていたのに対し、この異本系本文は、嵯峨帝譲位を悲しむ中宮と、一宮立坊を喜ぶ堀川家の人々を対比させて語っているところに特徴があるといえよう。

さて、異本系本文をこのように解釈した上で、混合・混態本の本文を検討してみると、（c）以下をそっくりそのまま異本系本文に差し替えた形になっている深川本系本文の場合は、上述の異本系本文の解釈をそのまま当て嵌めることができる。ただし、(d)の「か丶るめでたさ」の部分が深川本系本文では「か丶る御身のめでたさ」となっているので、ここは、新春宮の母后という御身分のすばらしさ、の意と解しておくべきであろう。

次に前田本であるが、前半部分に(b)を混入させた前田本本文の場合、前半部分が「……御譲位に引き続いて御出家あそばされた悲しさは、身分のいやしい者の場合でさえ動揺する事態であるが、まして、時の帝がこのようにおなりあそばしたのは現世の無常が痛感されて悲しいので、中宮の思いつめておいでの様子がおいたわしいのを……」となる。後半部分は流布本系本文と同様の解釈でよいだろう。全体としては、流布本と同様、中宮の悲しみに焦点を絞った叙述と見てよい。

これらに対し、蓮空本や鎌倉本・松浦本は、流布本系本文をベースにして随所にこま切れに異本系本文の異文を挿入しているにもかかわらず、中宮の心情を述べた(d)を欠くものになっている。そのため、叙述内容は流布本系本文とも異本系本文ともまったく異なるものになるようである。蓮空本本文の後半部「大将よのつねに……」以下の解釈を、やはり現代語訳の形で次に示しておく。

……大将は、中宮のお悲しみを、こういうことは世間によくあることなのだと申し上げてお慰めになる。世の決まり事で、新春宮がお立ちになる。外孫の立坊という慶事に限りなくわきたつ堀川家の内々の様子を、「なるほど、この宮がお生まれになっていなかったら、中宮の入内もかいのないことだっただろう」と、すばらしく喜ばしくは思うものの、狭衣自身の御心中では、これまでとうって変わってお寂しい中宮の御生活を、哀れにお思い申しあげなさる。

（d）を欠いている蓮空本本文の場合、悲しむ中宮を慰める狭衣大将がそのまま（e）の主語にもなっていると見るのが自然な解釈であろう。その結果、流布本では嵯峨院のわび住まいを思いやる中宮のことを述べていたはずの「身づからの御心の中……」という本文が、蓮空本の文脈にあっては中宮を思いやる狭衣の心情を述べたものに変質してしまっているわけである。しかし、蓮空本の叙述は、嵯峨帝の譲位・出家→それにともなう中宮の悲しみ→中宮を思いやる狭衣大将の心情、というふうに展開しているのであって、叙述の流れの明快さという観点からいえば、この箇所の蓮空本本文は諸本文の中でもっともスムーズな展開であるというふうにも評価できよう。(4)

（1）　細川本は次のようになっている。

にはかにうゐの御こゝちいとおもうならせ給て、かの御かはりはいできぬれば、つゐに八月十よ日にをりさせ給。すなはち御ぐしおろさせ給ぬるかなしさ、よのつねならんやは。あやしき人のうゐにてだに、こゝろさはがすわざなるを、ときのまにかなしさもおもひしられて、あはれなる事かぎりなし。まして中宮はおぼしいりたるさまぞことはりなるや。大将、よろづになぐさめきこえ給へど、をさへがたし。かぎりある事どもにて、春宮たゝせ給は、みをきてさせ《ママ》給て、かへらせ給御心、さらにかゝるみちのめでたさともおぼしめされずぞありける。されどそのをりのありさま、殿のうちのひかりの、げにかゝる人いできおはせざりせば、かひなくやあらんと、めでたういみじかりけり。かゝる事どもに、三の宮の御わたりも……（第四冊一七ウ～一八ウ）

（2）　未刊国文資料『九条家旧蔵本狭衣物語と研究（下）』一六五頁。

（3）「狭衣物語巻二の伝来と混合写本生成の研究」（『実践女子大学紀要・第五集』昭和三一年九月）。後に『狭衣物語の研究［伝本系統論編］』（平成一二年二月・笠間書院）に収録。三二一七頁。

（4）　末流の混態本文である蓮空本の本文が諸本中もっとも整った本文になっているという皮肉な現象を前にして、

我々は、価値判断を本文分析に先行させる、文飾による批評方法は狭衣物語の本文研究を混乱させることにしかならない、と喝破した長谷川佳男の卓見（『上智大学　国文学論集』二一号・昭和六三年一月）をあらためて想起すべきであろう。

# 六　斎院移居

## 1　流布本系本文と異本系本文

狭衣物語巻二之下。物語第四年三月、斎院に卜定された源氏宮が大弐邸に移居することを語るくだりの流布本系本文を、版本（第一類本第二種Ⅰ）によって次に掲げる。

【版本】（a）三月に成ぬれば、くだりにし大弐の家に斎ゐんのわたらせ給ふべき事など、いま引かへていそがせ給ふ。（b）母宮は、いにしへの御ありさまなどおぼし出るに、今さへ神のいがきにたちそはせ給はん事はいとくちおしくおぼされて、（c）「かつ見るだにあかぬ御有さまを、いかにおぼつかなき月日、をのづからへだゝらん」とおぼしなげき給へるを、（d）院は、「いかでかさは」とのみ、うらめしげにうらみきこえさせ給へるを、ことはりに心ぐるしくて、（e）「あまにならざらんかぎりは、いかでかおぼつかなき程にはなし侍らん。行するの事を思ふこそ口おしうは」など聞えなぐさめさせ給ひながらも、（f）「いまはとならん命のほども見奉るまじきぞかし」とおぼすは、いと忍びがたういまよりおぼされけり。（四〇オ～四一オ）

これに対し、『校本狭衣物語巻二』が「第二類本」とする大島本の本文（異本系本文）は甚だしく異なっている。上掲の流布本系本文との対比の便宜上、大文字で（A）～（G）の符号を付した。

【大島本】（A）三月に成ぬれば、さい院わたらせ給べき所には、下にし大にの家ちかきおぞさだめ給にける。（B）いつしか思ふさまにもてかしづき、こゑさせて、殿、うちの明暮の御いそぎにも、年比おぼしをきてさせ給へるを、思ひの外なる御事は、いとくちをしうおぼさるゝよりも、（C）「かつ見るにだにあかぬ御さまをば、いみじうとてもかぎりあれば、明暮そひ奉らせ給ひて見奉るまじきぞかし」とおぼすは、いとくるしう、なげかせ給へる御けしきを、（D）「いづくなりとも、一日のへだてもいかゞ」と心ぐるしうおぼしみだれたるを、（E）「あまなどにならざらんかぎりは、いかでかおぼつかなきまでは」となぐさめきこえながらも、（F）「いまはとならん命のほど、え見奉らざらん」など、いまよりをぼし出らるゝに、（G）はやう伊勢へ下せ給へしおりの事、こ院のなく〳〵別のくしもえさしやらせ給はざりしほどの事、ほの〳〵おぼしいづるに、いとものあはれにをぼしいでらる。（八三オ～ウ）

『校本』は、巻二の第二類本として高野本、大島本、平瀬本の三本を採択しているが、高野本は巻末に大量の落丁があり、この箇所が存在しない。大島本と平瀬本の間の異同は三～四文字以内の小異ばかりで、両者はほとんど同文とみてよいようである。さらに、『校本』には採られていないが、細川本のこの箇所も次に示すように大島本に近似する本文を有している。

【細川本】（A）（ナシ）斎院のわたらせ給べき所は、くだりし大弐の家いとちかき所をぞさだめさせ給ける。（B）今はそのこといそがせ給にも、いつしかおもふさまにもてなしかしづききこゑさせて、殿、うちのあけくれのいそぎに、おぼしをきてさせ給つるに、おもいのほかなること、いとくちをしうおぼしめさるゝよりも、（C）「かつ〳〵みるだにあかぬ御ありさまを、いみじうともかぎりあれば、あけくれそひたてまつりてはあるまじきぞかし」とおぼすは、いとくるしう、なげかせ給へる御けしきを、（D）宮は、いつなりとも、一よばかりもへだてば、くるしげにおぼしみだれたるを、（E）「尼なんどにならざらんかぎりは、いかでかおぼつかなくまでは」と、なぐさめきこえ給ながらも、（F）今はと、なくならんいのちのほど、えみたてまつらざらんに、いと今よりおぼしつゞくるに、（G）はやういせへくだらせ給しことも、故院のなく〳〵わかれのくしもえさしやらせ給はざりしほどなど、ほの〴〵おぼしいづるに、いと物あはれに覚させ給。（第四冊・二七オ〜二八オ）

波線を施した二箇所、（A）の冒頭「三月に成りぬれば」が欠けている点と、（B）に「今はそのこといそがせ給にも」とある点とが、目立って大島本と異なるところである。「三月に成りぬれば」が欠けているのは、細川本の脱文であろうか。また、「今はそのこといそがせ給にも」は、流布本系本文（a）の最後にある「いまひきかへていそがせ給」との関係を考えてみる必要があるかもしれない。大島本に比べると、細川本本文は意味の通りのわるい箇所がやや多いようにも思われるが、これも異本系本文とすべきものであることは明らかであろう。

## 2　流布本系の混合本文

『校本』が「第一類本系統第二種」に分類する諸本は十五本あり、それらはA～Iに下位分類されている。そのうち、京大本（第一類本第二種F）だけは、

【京大本】（a）三月になりぬれば、くだりにし大二のいゐにさいゝんわたらせ給べき事など、いまはひきかへていそがせ給。大将は……（五九オ）

となっていて、流布本系本文の（b）～（f）に相当する大量の本文を欠いている。京大本のような短い本文はほかには見あたらない。当面は、京大本の脱文と判断しておく。ただし、京大本の（a）の本文は、大島本の（A）とは明らかに異なっており、流布本本文とほぼ一致しているということだけは確認されよう。

京大本以外の十四本は、いずれも基本的には流布本系本文を有するが、鎌倉本（第一類本第二種A）、松浦本（第一類本第二種B）、蓮空本（第一類本第二種C）、龍谷本（第一類本第二種D）では、（b）の部分が、版本に比べると、本文量の多いものとなっている。

【鎌倉本】……（b）はゝみやはいつしかと思ふさまにとおぼしめしつるに、くちおしく、いにしへの御ありさまなどおぼしいづるに、いまさへ神のいがきにたちそはせ給はん事はいとくちおしくおぼされて（三九〇頁）

【松浦本】……（b）は、みやはいつしかとおもふさまにとおぼしめしつるに、くちをしう、いにしえの御ありさまなどおぼしいづるに、いまさへかみのいがきにたちそはせ給はんことはいとくちをしうおぼされて（一〇二ウ～一〇三オ）

【蓮空本】……（b）は、宮はいつしかおもふさまにとおぼしつるに、くちおしく、いかにいにしへの御ありさまぞとおぼしいづるに、いまさへ神のいがきにたちそはせ給はん事はいとくちおしくおぼされて（二六七頁～二六八頁）

【龍谷本】……（b）は、宮はいつしか思ふさまにもてかしづききこえさせて、との、うちの明暮のいそぎにも、とし比おぼしをきてさせ給へるに、思ひのほかなる御事は、いと口おしく、いにしへの御ありさまなどはおぼし出るに、いまさへ神のゐがきにたちそはせ給はん事は、いと口おしくおぼされて（七七ウ～七八オ）

龍谷本の波線部分は異本系本文の（B）に一致し、鎌倉本、松浦本、蓮空本の波線部分もその断片のごとくである。この波線部分を除けば、三本はいずれも版本の本文とほぼ同文になるので、これら三本の本文は、流布本系本文に異本系本文の一部を混入したものであるということができよう。

さらに、龍谷本は、（b）のみならず（d）においても、次に見るように本文量が多くなっている。

【龍谷本】……（d）ゐんは「いづくなりとも、ひとひばかりはへだてばいかでかは」と、うらめしげにきこえさせ給へるを、ことはりに心ぐるしくて、……（七八オ）

流布本系本文（d）の「いかでかさは」の部分が龍谷本では波線部のようになっているのであるが、波線部の本文が異本系本文の（D）から取り込まれたものであることは明らかである。

さらに今ひとつ。前田本（第一類本第二種E）は、（a）が「三月になりぬれば、くだりにし大弐の家いとちかきにわたら給《ママ》べしとて、いまはひかえ《ママ》いそがせ給」（七八ウ）となっている。傍線を付した「いとちかき」は、ささいな異同ではあるが、第一類本第二種の諸本には見られない異文であり、異本系本文の（A）「下にし大にの家ちかき」からの混入を疑ってみるべきかもしれない。

以上述べた箇所が第一類本第二種諸本内部での顕著な異文のすべてであり、そのいずれもが異本系本文に由来する異文とみられる。したがって、流布本系本文の原態は版本のようなものであり、第一類本第二種A～Eの諸本の本文はこれに異本系本文の異文を混入した本文であると考えられる。

ちなみに、『校本』には採択されていないが、慈鎮本および保坂本のこの箇所も、版本と同様の流布本系本文になっている。

## 3　深川本系本文

『校本』は「第一類本第一種」として深川本をはじめとする十三本を採択し、これらをA～Eに下位分類するが、この箇所に関するかぎり、十三本はいずれも同系の本文（深川本系本文）を有しているようである。いま、深川本（第一類本第一種A）によって、その本文を掲げる。

【深川本】（a）三月になりぬれば、くだりにし大弐の家に斎院わたらせ給べきことゞもなど、いまはひきかへていそがせ給。(B)とのゝうちのあけくれのいそぎにも、としごろおぼしおきてさせ給へるに、思のほかなる御事をいとくちをしくおぼしめさるゝよりも、(b)はゝ宮は、いにしへの事おぼしいづるに、いまさえ神のいがきにたづさはらん事くちをしうおぼされて、(c)「かつみるだにあかぬ御さまを、いかにおぼつかなき程も、をのづからやへだ(た)て(ら)ん」とおぼしなげきたるを、(d)院は、「いづくなりとも、一日もへだゝらば、いかでかさは」とのみ、うらめしげに思きこえさせ給へるを、ことはりに心ぐるしうて、(e)「あまにならざらんかぎりは、いかでかおぼつかなき程にはなし侍らん。行する〻の事思ぞくちをしうは」などなぐさめ申給ながら、(f)「いまはとならんいのちの程、みたてまつるまじきぞかし」とおぼすは、しのびがたくて、いまよりおぼしつゞくるに、(G)はやういせへくだりしをりの事、こ院のなく〳〵わかれのくしもえさしやらせ給はざりし程など、ほの〴〵おぼしいづるに、いとものあはれにおぼされけり。

(一〇〇オ〜一〇一オ)

本文中に付した符号(小文字は流布本系本文、大文字は異本系本文)によってあきらかなように、深川本の本文は、流布本系本文と異本系本文とを恣意的に合成したものといわざるをえない。基本的には流布本系本文をベースにしたと見られるが、流布本系本文と異本系本文が大きく異なる(b)においては、(B)(b)の両本文をふたつながら取り込み、(d)においても、異本系本文(波線部)と流布本系本文(傍線部)の両方を併存させている。(G)は、流布本系本文には存在しない。異系統本文から取り込んで付加したものである。

深川本系本文は、前節でみた一類本第二種の混態本文とは桁違いに多くの異本系本文を混入した混合本文であること、疑うべくもない。かかる狼藉きわまりない本文が、大多数の研究者によって、かつ長期にわたり、狭衣物語の原形をもっともよく伝えるものである、などと主張されてきたことに、あらためて奇異の念を抱かざるをえない。

## 4　まとめ

以上の考察に基づき、この箇所の諸本の本文を整理しておく。（　）内に『校本』による分類を付記する。

○基本本文

・流布本系本文（第一類本第二種E・G～Iの諸本・慈鎮本・保坂本）〔ただし、Eの前田本は、わずかではあるが、異本系本文との接触が疑われる〕

・異本系本文（第二類本・細川本）

○派生本文

・鎌倉本グループの本文（第一類本第二種A～C）〔流布本系本文に異本系本文の（B）の断片を混入したもの〕

・龍谷本グループの本文（第一類本系統第二種D）〔流布本系本文に異本系本文の（B）全部と（D）の断片を混入したもの〕

・深川本系本文（第一類本第一種）〔流布本系本文に異本系本文の（B）（D）（G）を混入したもの〕

○所属が定かでない本文

・京大本の本文（第一類本系統第二種F）〔大脱文があるため、所属不明であるが、第二類本本文でないことは確認しうる〕

# 七　にごりえに漕ぎ返る舟

## 1　大島本は異本系本文にあらず

第五章で述べたように、従来、巻三の異本とされてきた大島本も京大本も、慈鎮本や細川本を視野に入れて見てみると、たかだか他本よりやや多く異本系本文を混入しただけの混態本文にすぎず、その意味では他のもろもろの混態本と大差のない性格の本文とすべきである。ここでは、そのことをよく示す例をとりあげ、諸本の本文分析を試みる。

巻三。出家した女二宮による法華曼陀羅供養が嵯峨院で行われ、法華八講が営まれた。八講の果ての夜、狭衣は幼い若宮を籠絡して宮に近づく。事態を察知した宮は塗籠に逃げ込み、立てこもるが、その宮にむかって狭衣は障子越しに切々と胸中を訴える。その部分の深川本と大島本の本文を対校形式で次に示す。

(a)

【深川本】「……たづのひとこゑの、ちは、　いかさまにして雲のよそにはなさじと思しゝるしにや、

【大島本】「……たづの一こゑの後は、　いかさまにして雲のよそになし奉らじと思ひ給へししるしにや、

（b）　（c）
いまは又はぐゝみたてて　かけとゞめられ侍程に、　心よりほかなる事にて、みしにもにたるとありしほ
いまは又はぐゝみたてまつるに、かけとゞめられて侍程に、心より外のことありて、みしにもにたると有しほん
（d）
ぐのやれをみ侍しを、人やりならず、　いける心ちもし侍らねど、
ごのやれを見侍しは、人やりならず、有があるにも侍らずながらかはらぬ身のうさをいくたび思ひたてど、
（e）
そのゝちも、もしかやうにてもやと、まつに心をかけ侍つる。今ぞ心のうち　はれて、　とし月のほい
其後も、　たゞかやうにもやと、まつに命をかけ侍つるに、いまぞ心の中すこしはれ侍て、年比のほいも
（f）　（g）
とげ侍ぬべう」とて、すべてまねぶべうもあらぬ事を、　いひもやらずむせかへり給には、　すぎにし
とげ侍べきを」　すべてまねぶべくもあらぬことを、いひもやられずおぼえられ給ふけはひ、過にし方
（h）　（i）
かたのつらさもわすられて、ちよふるすゑもかたぶきぬべけれど、宮は、ゆめにてだに、かばかりのけぢか
のうさもつらさもわするゝ　かたもありぬべかめれど、宮は、夢にても、かばかりのけぢか
（j）　（k）
さはまたはきかじとおぼされしに、　いとものおそろしうて、いかに
さは又みきかじとおぼされしに、こなたはにげ所なきさうじばかりへだて、物をそろしうて、いかに

（l）

も〳〵えうごかれ給はぬを、これよりへだてなき程はおぼしもよらざりつれば、　たゞかばかりをこのよのお
も〳〵　うごかれ給はぬを、これよりへだてなきほどにはをぼしもよらざりつれば、たゞかばかりをこの世の思
もひいでに　と返〳〵おぼさるれど、うちみじろき給けはひだになきがおぼつかなくうらめしきに思わび給て、
ひ出に　と返〳〵おぼしつれど、うちみじろき給ふけはひだになきがおぼつかなううらめしきに思ひわび給

（m）

さうじをさぐり給へば、かけられざりけり。　　　　　　　　　　すこしあけ給て、
て、さうじをさぐり給へば、かけられにけり。たゝうがみをさし入て、はなち給て、すこしあけ給て、

（n）

「こゝらきこえさすることゞもはきかせ給はぬか。いかにも　御けはひをきゝ侍らば、すこしもなぐさみ
「こゝらきこゑさせつることゞもにきかせ給はぬか。いかにも〳〵御けはひをきゝ侍らば、すこしもなぐさみ

（o）

ぬべきを、あさましうも侍かな。いとかくては中〳〵心あやまりもし侍ぬべし。たゞ一つにつみをもきものにお
ぬべきを、あさましくも侍哉。いとかくては中〳〵心あやまちも侍ぬべし。たゞ一みちにつみをもき物にを
ぼしいでられにたれど、つらさのかずはこよなうのみみえさせ給こそ。猶いかゞし侍らん」
ぼし侍られにたれど、つらさのかずはこよなくみえさせ給こそ。猶いかにし侍らん」

（p）
とて、御袖をひきよせ給て、
とて、御てを引よせ給て、
（q）
たかせぶね猶にごりえにこぎ返りうらみまほしきさとのあまかな
もかり舟猶にごりえにこぎかへりうらみまほしきさとのあま哉
（r）
いかにも〳〵の給はせよ」とあれど、袖ぬらすといふものがたりのしよきやうでんの女ごは……
（一三三ウ～一三五オ）
（s）
いかにも〳〵の給はせよ」とあれど、そでぬらすという物がたりのそきやう殿の女御は……
（一三九オ～一四一オ）

まず、二重傍線を付した深川本（m）の異文の問題を片付けておきたい。大島本の（m）では「掛け金が掛けられていたので、畳紙をさし入れて掛け金を放った」となっているところが、深川本の（m）は「かけられざりけり」となっており、「掛け金は掛けられていなかった」ことになっている。そして、それとの整合性から次の「畳紙をさし入れて、放ち給ひて」がなくなっている。深川本でも意は通じるものの、深川本の（m）はきわめて特殊な異文というべきであって、『校本』を閲してもこのような異文を有するのは「第一類本第一種A」とされる深川本と武田本だけである。（m）に関していえば、むしろ大島本のような本文のほうが普遍的な本文なのである。第三章の三の5で見たように、深川本にはこうした特殊な独自異文が少なくない。ここもそのひとつであって、深川本の（m）は偶発的に生じた特殊異文として、ここでの考察からは除外することにする。

さて、波線を施した（d）（g）（h）（j）四箇所の異文は、転写のプロセスで生じた誤写によるものとは考えられず、両本文が系統を異にするものであることを思わせる。巻一や巻二では、こうした場合、深川本のような本文が第一類本（三谷説では、第一・第三系統）、大島本のような本文が第二類本（第二系統）とされてきた。そして、第一類諸本の本文は、それぞれに少しずつ違ったパターンで第二類本の異文を部分的に混入し、その結果、複雑な本文異同の様相を呈していたのであった。この箇所でも、大島本本文に見られる（d）（g）（h）（j）四箇所の異文は異本系本文の異文と見てよいと思う。しかし、大島本本文を異本系本文と位置づけた場合、次に示す雅章本のような本文はどのように説明すればよいのであろうか。

【雅章本】（a）たづの一こゑの後は、いかさまにして雲井にはなさじとおもひしるしにや、（b）いまはうきよのほだしにてかくは、（c）心より外なることも侍りて、みしにもにたるとありしほんぐをみ侍しは、（d）ひとやりならず、いける心ちもし侍らねば、（e）そのゝちにもやと、まつに命をかけはべりければ、今は心のうちすこしすゞしくなりて、年ごろのほいもとげ侍ぬべから《ママ》めるかな」と、（f）すべてまねびやるべくもあらぬことゞもを、（g）いひやらずむせかへり給に、過にしかたのうさもつらさもわすられて、（h）ちよふるするゑもかたぶきぬべし〔をふる松もするゑなびきぬべしイ〕。されど、（i）みやは、夢にだに、かゝるけぢかきほどにてはまたきかじとおぼされしに、（k）いとものおそろしうて、いかでも〳〵うごかれさせ給はぬを、（l）おとこ君、これよりへだてなきほどにてなどまではおぼしもよらざりつれば、これをこのよの思ひ出にてやみぬべけれど、うちみじろき給けはひだになきはあさましうおぼつかなきに思ひわび給ひて、（m）さうじをさぐり給へど、かけられにけり。いとゞうらめしく心うきにおもひわびて、たたうがみをさしいれて、さうじのかき〔けイ〕がねをさぐり給に、はなれぬるやうなれば、たゞすこしをあけ《ママ》給て、（n）「聞えさすることゞもはきかせ給はぬにや。いかにも〳〵御けはひを聞侍らば、すこしもなぐさみぬべきを、あさましうも侍かな。いとかうまでは〔くてはイ〕中〳〵こゝろあやまりもしつべくこそ。

（q）もかり舟なをにごり江に漕かへりうらみまほしきさとのあま哉

（r）いかにも〳〵のたまはせよ」とて、（p）御手をひきよせ給へるに、しにせぬなげきし給へる、こよひぞ、いかゞとおぼえぬる。（s）かの袖ぬらすそきやう殿の女御も……（一六五ウ〜一六七オ）

雅章本には、〔　〕内に示しておいたような異文が注記の形で本文脇に記されているが、雅章本本文を前掲両本と比校してみると、その間に見られるおびただしい本文異同（前掲両本と大きく異なる箇所に二重傍線を施しておいた）は、本文脇に注記された異文の比ではない。この雅章本本文の特徴を次に箇条書きにして整理しておく。

i　（b）の深川本・大島本間の異同は敬語の有無だけであるが、雅章本では「うきよのほだしにてかくは」というまったく異なる異文になっている。

ii　（d）は、深川本と大島本の間で大きく異なるが、雅章本は深川本のほうに近い。

iii　雅章本の（e）「すずしくなりて」は、深川本や大島本の本文を誤写したとは考えられない特異な異文である。

iv　（g）の、深川本と大島本が大きく異なる箇所は、雅章本では「むせかへり給に」とあって、深川本に近い。

v　（h）は深川本と大島本とで本文が異なるが、雅章本は「ちよふるするゑもかたぶきぬべし」とあって、深川本に近い。ただし、注記された異文「をふる松もすゑなびきぬべし」は深川本とも大島本とも異なる。

vi（j）は大島本にあって、深川本にはないが、雅章本は深川本と同様（j）を欠いている。

vii また、（l）では、雅章本には「おとこ君」という主語が明示されているが、深川本・大島本にはそれがない。

深川本・大島本はともに「返々おぼさる」といった表現になっているが、雅章本では「やみぬべけれど」となっている。さらに、女二宮が微動だにしないことを、深川本・大島本はともに「おぼつかなくうらめしき」とするが、雅章本では「あさましうおぼつかなき」となっている。

viii（m）の深川本の「かけられざりけり」が特殊異文であることは先に述べたが、雅章本は、大島本と比べても、表現がいっそう詳細で長大な異文になっている。

ix（o）は深川本・大島本のいずれにもほぼ同文で存在するが、雅章本にはない。

x 深川本・大島本の（p）は和歌（q）の前にあるが、雅章本では（r）の後にあり、それに続いて「しにせぬなげきし給へる、こよひぞ、いかゞとおぼえぬる」という独特な異文が存在している。


いま、雅章本本文の特徴をi～xの十項目に整理してみた。深川本と大島本がおおきく異なる箇所（ii iv v vi）において雅章本は例外なく深川本に近いが、i iii vii viii ix xでは深川本とも大島本とも異なる本文になっている。これらが雅章本だけにみられる特異な異文であるということなら、こうした異文は雅章本（あるいはその祖本）の書写者の恣意的な改竄による特殊異文と考えることもできるが、そうではまったくないのである。

まずiについて見てみると、雅章本だけでなく、東大本、中山本、慈鎮本が雅章本と同様の本文になっている。のみならず、黒川本では「……おもひしるしにや、（b）今ははく、みたてて、うき世のほたしにて、かくかけとゝめられ侍ほとに、（c）心より……」（第九冊・一七ウ）となっていて、傍線部分は深川本や大島本と一致し、破線部分は雅章本に一致するのであって、黒川本本文は両方の異文をふたつながら有する混合本文になっているのである。前田本も小異はあるものの黒川本と同様の混合本文である。さらに、「今はうき世のほたしにて、かくかけと丶められ侍ほとに」となっている古活字本や版本のように、黒川本とは異なるパターンの混合本文も存在する。『校本』の分類では、深川本・雅章本は「第一類本第一種」、前田本・東大本・黒川本・古活字本・版本は「第一類本第二種」、大島本は「第二類本」となっているが、（b）の部分に関していえば、『校本』の分類はまったく本文異同のありようと合致していない。深川本・大島本のような本文に対し、雅章本・中山本・慈鎮本のような本文が対立しているのであって、それらから派生した本文として、黒川本のような混合パターンの本文と古活字本や版本のような混合パターンの本文とが存在するという図式になる。ともあれ、大島本本文の（b）は第一類の多くの本と同様の本文なのであって、異本系本文でないことは確実である。

ⅶについても同様のことがいえるだろう。（1）は、諸本の本文がはっきりと二つのグループに分かれる。

A　これよりへだてなき程はおぼしもよらざりつれば、たゞかばかりを
　　このよのおもひいでにと　　返〳〵おぼさるれど（深川本）

B　おとこ君、これよりへだてなきほどにてなどまではおぼしもよらざりつれば、これを
　　このよの思ひ出にて　　やみぬべけれど（雅章本）

AとBは、「おとこ君」の有無、「たゞかばかりを―これを」、「返すぐ〳〵おぼさるれど―やみぬべけれど」の三点において截然とした違いを示す。Aグループに属するのは、『校本』にいう第一類本第一種のうちの雅章本を

除くすべての本と第二類本、Bグループに属するのは第一類本第一種の雅章本と第一類本第二種のすべての本である。雅章本が第一類本第一種でありながらBグループに属している点を除けば、『校本』の分類はここでは比較的妥当なように見える。ただし、『校本』が第二類本とする京大本・大島本はこの箇所においても第一類本第一種の諸本と同じくAグループの本文を有していて、異本系本文にはなっていない。

viiiについても、ほぼ同様のことが指摘できよう。さきに指摘しておいたように、深川本の（m）は特殊異文であって、深川本・武田本以外の諸本はみなこの部分は「かけられにけり」となっている。本文の対立はその後に続く部分にあらわれる。すなわち、大島本のように「かけられにけり。いとゞうらめしく心うきにおもひわびて、たたうがみをさしいれて、さうじのかきがねをさぐり給に、はなれぬるやうなれば」と長くなっている本文とが対立して短くなっている本文と、雅章本のように「かけられにけり。たゝうがみをさし入て、はなち給て」といるのである。短い方の本文を有するのは、第一類本第一種のうちの雅章本を除く諸本、および第一類本第二種のうちの龍谷本、それに第二類本の京大本・大島本であり、長い方の本文になっているのは、雅章本、および第一類本第二種のうちの龍谷本と前田本を除く諸本である。[1] 前田本は『校本』では「第一類本第二種A」とされるが、この部分が「かけられにけり。いとゝうらめしう心うきに、たゝうかみをさし入て、はなち給て」となっており、AB両者を混合したような本文になっている。

ix、xも、ほぼ同様の対立となる。雅章本以外の第一類本第一種諸本と、第一類本第二種のうちの龍谷本、第二類本の京大本・大島本がAグループを形成し、第一類本第一種の雅章本と、龍谷本・前田本を除く第一類本第二種の諸本がBグループを形成する。ここでも前田本は「（o）た、ひとへにつみおもき物におほしはてられにたるよ。なをいかにし侍らんとて、御てをとらへて、もかり舟……　いかにも〳〵のたまは（せ）よ、との給に、しにせぬなげきしたまへる、こよひそいか、とおほえぬる」と、AB両グループの間を揺れ動き、鵺のごとき様相を呈する。

ⅲだけは、これまで見てきたところとやや様相を異にする。深川本が「心のうちはれて」、大島本が「心の中すこしはれ侍て」とあるのに対し、雅章本は「心のうちすこしすゞしくなりて」となっている。諸本の本文の多くはむしろ雅章本のような本文になっており、ここが「晴れる」という表現になっているのは、第一類本第一種A・Bの諸本（深川本・武田本、四季本・宝玲本・内閣本）と第二類本（大島本・京大本）だけである。

以上見てきたところをもう一度まとめておく。

○『校本』が第二類本とする大島本は、（d）（g）（h）（j）に特異な異文を有するが、基本的にはAグループの本文と認められ、ⅲのように、他のどの本よりも強く深川本との親近性を示す部分もある。
○『校本』が第二類本とする京大本は、ほとんどの箇所でAグループの本文特性を示す。
○『校本』が第一類本第一種とする諸本のうち、雅章本はBグループの本文特性を示す。
○『校本』が第一類本第二種とする諸本のうち、龍谷本はAグループの本文特性を示す。
○『校本』が第一類本第二種とする諸本のうち、前田本、黒川本、古活字本・版本は、AB両本文を合成したものである。
○『校本』に採用されていない慈鎮本は、Bグループの本文特性を示す。

以上の考察結果は、夙に三谷栄一が指摘していた事実[2]とも合致する。三谷が論中に示す「系統図」（三九一頁）の「有朋堂文庫本三五五頁の欄」が今ここで取り上げている箇所に相当するが、それをみると、深川本を第一系統（系統図ではaと表示される）、大島本を第二系統（b）とし、雅章本と同類の図書寮四冊本や鈴鹿乙本を第三系統（c）としているが、論中で、「巻二において、あれほど劇しく対立した第一系統と第二系統とが、この巻においては、以上の異同が多い個所（＝系統図ニ取リ上ゲラレタ他ノ諸々ノ箇所・片岡注）において一致していることの多い事実である。勿論第一系統と対立しようとしている目立った点はあるが、それは巻二に比すれば極めて少なくなっている。むしろかつて同じ系統から分離し、別系統を形成したことを物語るかのように一致する個所が多い。即ち巻一や巻二より、終りの巻に到るほど、後人の筆による改作手段を受けることの少なくなったことを暗示していると思われる。これに比すれば、第三系統と第一、第二系統との対立の方が劇しく感じられる。」（三九二頁）と指摘している。上に見てきた考察結果は波線を付した三谷の指摘を裏付けるものといえよう。しかし、こうした本文対立のありようを、「巻一や巻二より、終りの巻に至るほど、後人の筆による改作手段を受けることの少なくなったことを暗示している」と解いたのは失当といわざるをえない。そのことは、次節に見る細川本の本文によって明らかになる。

## 2　細川本が有する異本系本文

【細川本】（a）たづの一こゑはその〻ち、雲のよそにては思ひなさじと思ひししるしにや、（b）思ひ《ママ》はすにはぐゝみたてまつりて、いまにを《ママ》だしとかけとめ侍ほどに、（c）心よりほかなることもいできて、見しにもにたるとありしほぐみ給しは、（e）そのかたにかはらぬみのうさをいくたびかは思ひかへせど、かやうにや、まつに心をかけ侍つるに、いまは心のうか《ママ》りすこしほいかなひぬ」など、（g）いひもやらずおぼれ給へるけはひ、すぎにし方のうさもわすれぬべきけしきなれど、（h）この御心には露み〻にもとまらせ給はず、（ｉ）ゆめにだに、かばかりのけぢかさはきかじとおぼしめしつるに、（ｊ）こなたはにげ所なきみしやうじのへだてばかりに、（ｋ）いとをそろしきことよりほかにおぼされず。いかにも〳〵うごかれ給はぬ、（ｌ）念仏のこよなくけだいしぬるに、かなしうおぼしいらる。大将もかばかりのけぢかきありかをうれしうおぼされで、いさゝか御心みだるばかり、みじろき給し御そのをとだにたへて、あさましうおぼつかなきに、うらめしう思ひあまりて、（ｍ）たゝうかみをさし入て、しやうじのかけがねをさぐり給に、あきぬべければ、いさゝかばかりをしあけて、

（ｑ）もかりぶねなをにごりえも漕かへりうらみまほしき里のあまかな

（ｎ）ほのかなる御けはひをだにきゝ侍ば、すこしもなぐさみぬべきを、露ばかり、（ｒ）いかにも〳〵ひとことの給はせよ」とのたまふに、（ｓ）かの袖ぬらす女ご……（第六冊・九六ウ〜九八オ）

巻三の異本系本文は、大島本ではなく（ましてや、京大本でもなく）、ここに示した細川本の本文のようなものをいうべきなのであった。波線で示したように、さきに見た大島本の四箇所の異文（ｄ）（ｇ）（ｈ）（ｊ）のうちの三つ（ｄ）（ｇ）（ｊ）を、この細川本は有している。三谷が大島本本文について、「第一系統と対立しようとしている目立った点はあるが、それは巻二に比すれば極めて少なくなっている。むしろかつて同じ系統から分離し、別系統を形成したことを物語るかのように一致する個所が多い」と述べていたのは、まさにそのとおりなのであって、大島本本文は深川本と同系の本文（前節でＡグループとした諸本の本文）中にこの異本系本文の一部を混入したにすぎない混態本文なのである。三谷説の誤りは、混態本にすぎない大島本を異系統本と認定してしまったところにあった。細川本本文の二重傍線を付した部分は深川本とも大島本ともずいぶん異なっているが、この二重傍線部の本文のありようをみれば、「巻一や巻二より、終りの巻に至るほど、後人の筆による改作手段

を受けることの少なくなった……」などと説くことの非は明らかであろう。

細川本本文の特徴は、二重傍線を付した特異な措辞の異文だけではない。深川本の（d）（f）（o）（p）に相当する部分が細川本には欠けている。細川本本文は総じて読解不能な箇所が多く、書写の精度も低いようであるから、これらの欠文が異本系本文の特徴であるのか、細川本の不用意な書写による脱文なのかはにわかに判断できないが、前節でみた雅章本の本文もやはり（o）を欠いていた点や、細川本（m）の「しやうじのかけがねをさぐり給に」という異文が雅章本にも存在する点などとあわせて、今後、Bグループ本文の成立を考える上で注目しておいてよいことである。

また、他本では（q）の和歌の前にあった（n）が、細川本では和歌の後にあらわれる。これは異本系本文の特徴とすべきであろう。というのも、『校本』が「第一類本第一種C」とする為家本は和歌の前後の本文が次のようになっているからである。


【為家本】……「（n）こゝらきこえさすることゞもはきかせ給はぬか。いかにも御けはひを聞侍ば、すこしもなぐさみぬべきを、あさましくも侍かな。いとかくては中〳〵心あやまりもし侍ぬべし。（o）たゞ一ゑにつみおもき物におぼしめしはてられぬべかめれど、つらさのかずはこよなくのみみえさせ給こそ。なをいかゞ侍らん」とて、（p）御てをひきよせて、
（q）もかり舟なをにごりえにこぎかへり浦みまほしきさとのあまかな
（n）ほのかなる御返をだにすこし聞侍なば、すこしもなぐさみぬべきを。あさましくも侍かな。中〳〵かくては心あやまりもし侍ぬべきを。（r）たゞいかにも〳〵の給はせよ」とあれど……（一四〇オ～ウ）

この本文では、和歌の前と後の両方に（n）が重複してあらわれている。歌の前にある傍線を付した（n）は第一類本本来の本文、後にある波線を付した（n）は異本系本文が混入したものと考えられる。為家本のみならず、鎌倉本（第一類本第一種D）にも為家本と同様（n）の重複がみられ、蓮空本（第一類本第一種E）や龍谷本（第一類本第二種B）も、和歌の後が「ほのかなる御返をだに、いかに〳〵とひとこと」となっていて、異本系本文の断片が混入した形跡がみとめられる。

また、第一類本諸本では（e）が「その後もかやうにもやと」あるいは「その後もただかやうにもやと」となっている中で、第一類本第二種Bの龍谷本だけが「そののちたにかはらぬ身のうさをいくたひ思ひ給たてと、たかやうにやと」（二〇六ウ）となっているのも、波線部分はこの異本系本文からの混入であり、龍谷本および蓮空本の（r）が「いかに〳〵とひとことの給はせよ」となっているのも、ささいな異同ではあるが、異本系本文からの混入が疑われる。

## 3　まとめ

以上見てきたように、巻三においても、巻一や巻二の場合と同様、第一類本内部の本文異同はおおむね異本系本文の混入ということで説明が可能なように思われる。ただ、惜しむらくは、巻三の場合、異本系本文の混入がないと認められるような第一類本本文を確定しえない状況にあり、異本系本文として今回とりあげた細川本も、必ずしも素姓のいい本文を写し伝えているとは認めがたい。そのため、巻一や巻二のような明快な分析をなしえない恨みが残るが、少なくとも、大島本や京大本の本文を異本系本文としてきた従来の考えは破棄されるべきであって、京大本はもとより大島本も、第一類本第一種内部の混合・混態本文と位置づけるべきものである。今回取り上げた箇所にあっては、書写の精度にやや疑問がもたれるものの、細川本のような本文をこそ異本系本文とすべきであるということだけは以上の考察によって明らかにしえたと思う。

（1）第一類本第二種Fの東大本は、「……おもひわひて、たゝうかみをさし入て、さうしのかけかねをさくり給ふに、はなれぬやうなれは」（二〇八オ）となっており、「障子をさぐり給へば、かけられにけり。いとどうらめしう心うきに思ひわびて」に相当する部分を欠いている。波線を付した二箇所の「思ひわびて」の目移りによる脱文と考え、これもBグループの本文と認定した。

（2）「狭衣物語巻三の伝来と九條家旧蔵本の位置」（『國學院雑誌』昭和三一年一二月）。さらに若干の手が加えられた形で「狭衣物語巻三の伝本系統と流布本本文の研究」（『実践女子大学紀要』昭和三四年一二月）。後に『狭衣物語の研究［伝本系統論編］』（平成一二年二月・笠間書院）に再録。本稿はこれによる。

# 八　有明の月かげ

## 1　神宮本の長大な異文

狭衣物語巻四之中。狭衣は故式部卿宮の北の方から姫君（＝宰相中将妹）を託されるが、その直後に北の方は逝去してしまう。源氏宮に容貌の似た宰相中将妹君を恋しく思う狭衣は、喪中の宰相中将を訪れて妹君の様子を聞く。そのくだりの流布本系本文を内閣本によって次に示す。

【内閣本】日数のすぐるまゝにも、あり明の月影はおもかげ恋しうおぼし給て、しのびありきもことにし給はず、よるの衣をかへしわび給ふよな〳〵、さすがにあやしうおぼさるれば、

　かたしきにかさねしころ《ママ》もうちかへしおもへばなにをこふるこゝろぞ

などきこえ給へど、「さらに。日をまつさまにて」などのみきこえ給へば、おぼしわびて、いみのほどもえまちあへず、しのびてわたり給へり。さい将の君、たいめんしても、つきせずあはれなるけしきにて、かゝる中といひながらも、よのつねにはあらざりつる心ざしのほどをかたりつゝ、「つゆばかりはか〴〵しうかひあるさまをだに見えで、をくれ侍ぬること」ゝ、いひつゞけて、いとしのびがたげなり。（四九ウ～五〇オ）

もろもろの活字本でこのテキストを読み慣れてきた者にとって、神宮本の次のような本文は異様に長く、奇異に映る。

【神宮本】日かずつもるに、あり明の月かげは（ア）みたらし川にならびぬべく見えしが思ひいでられ給て、しのびありきもことにしたまはず。よるのころもを返しわび給よな〳〵、さすがにあやしうおぼさるれば、かたしきにかさねぬころもうちかへしおもへばなにをこふるこゝろぞなどきこえ給へど、「さらに。日をまつさまにて」などきこえ給へば、おぼしわびて、（a）ちか〴〵しうなりては、此ころならば、思事はたがひやせんと、われながらうくおぼししらる。山でらには、日ごろすぐるまゝに、おなじさまにて、とのみきこえ給へば、いみのほどもえまちつけず、わたり給へり。さいしやうの君、たいめんし給へるに、（イ）あはれなることゞもつきせずかたりて、かゝる中といひながらも、よのつねならざりける心ざしのほどなどをかたりて、「露ばかりはかぐ〳〵しうかひあるさまをだにみえで、をくれ侍りぬること」、いひつゞけて、「（b）なべてのさまならず侍りつるならはしのなごりはことはりにみ給へながら、ゆゝしきことゞもをうちつゞき見侍らんこと」、いひて、いとしのびがたげにおもひたり。（五七ウ〜五八ウ）

流布本系本文と比べておおきく異なっている部分に波線および傍線を施してみた。波線部分（a）（b）をとり除くと、傍線を付した（ア）（イ）の二箇所以外は両本文ほとんど同文となるから、神宮本が異様に長いのは、流布本系本文にこの波線部分が欠けているためということになる。一般に古典の諸本においてこうした本文異同が認められる場合、杜撰な書写の結果、流布本系本文のほうが波線部分を写し落としてしまった、というふうに判断されがちである。しかし、本文の複雑な混合・混態を常とする狭衣物語においては、こうした場合、神宮本のほうが異本の本文を混入した蓋然性もおおいに疑ってみなければならない。

## 2 神宮本本文の生成過程

この箇所に関しては、夙に三谷栄一が、「狭衣物語巻四の後半における諸伝本と巻末における跋文の意義について――三系統存在から二系統へ」において、「第七例」としてこの箇所を取り上げて論じている。(1) 氏はこの箇所について、「第一系統と第三系統はほぼ同文」であるとし、大島本や為秀本の本文を第二系統とした上で、第一・第二系統の混態本文として図書寮四冊本・鈴鹿本・雅章本の本文と、鈴鹿甲本の本文の二種類があることを指摘している。前節にあげた神宮本本文は、三谷が論中で混態本としてとりあげた鈴鹿甲本の本文とほぼ同文である。氏は、この本文を「第一・第二系統の混態本」とするのであるが、先に傍線および波線を施した部分は、氏が第二系統本とした為秀本や大島本の本文と必ずしも一致してはいない。為秀本の本文を次にあげる(大島本もほぼ同文)。

【為秀本】日かずのつもるまゝに、ありあけの月はおもかげに恋しく(ア)思ひいでられたまへば、しのびありきもしたまはで、夜るのさごろも返しわびたまふよな〳〵もありけり。

かたしきにかさねぬころもうち返し思へばなにをこふる心ぞ

(a)へだて(「なき」大島本)なかにて、このころのやうならば、思ふ心はたがひやせん、と、われながらおもひしられたまふ。山ざとには、日ごろすぐるまゝにをなじさまに、とのみききたまへば、おぼしわびて、いみのほどもえまち給はず、しのびてわたり給えり。宰相、たいめむし給ふに、（イ）あはれなることゞもつきせずかたり給て、「かゝるなかといひながらも、（b）なべての御さまならず侍つるならはしにことはりになむ。つゆばかりはか〳〵しくかひあるさまに御らんぜらるべくも侍らず。おくるまじく」などいひつゞけて、しのびがたげなり。（七一オ～七二オ）

なるほど、この為秀本本文も、（ア）（イ）および（a）（b）の部分が内閣本本文とは異なっている。しかし、その異文内容は必ずしも神宮本と一致してはおらず、為秀本の異文は概して神宮本の異文の断片のような様相を呈している。もし、三谷が説くように、神宮本の本文が第一系統（＝内閣本をはじめとする流布本系本文）と第二系統（為秀本のような本文）の混合によってできたとするなら、神宮本の（ア）「みたらし川にならびぬべく見えしが」の部分や、（b）「ゆゝしきことゞもをうちつゞき見侍らんこと」といった異文はどこからもたらされたと考えればよいのであろうか。あるいは、氏が「第一・第二系統の混合本」とはせずに、「第一・第二系統の混態本」としているのは、そのあたりを顧慮してのことであったのだろうか。

しかし、神宮本本文の生成を論じる際には、為秀本や大島本よりも、次に示す京大本のような本文の存在を見過ごすことはできないはずである。

【京大本】日数つもるに、ありあけの月かげは（ア）みたらし川にならびぬべう見え給しは思出られ給へば、忍ありきもし給はず。夜のさごろも返しわび給夜な〳〵もあり。

かたしきにかさねぬ衣うち返し思えば何を恋る心ぞ

(a)ひが〳〵しくなりて、此心ならば、思ふことはたがいもやせん、と、我ながら心うく思しらる。山寺には、日ごろすぐるまゝにをなじさまにて、とのみきゝ給へば、いみの程もゐまちつけずわたり給へる、さい将の君たいめんし給て、(イ)あわれなる事どもつきせずかたりて、「かゝる中といゝながら、(b)なべてのさまならずならはし給しなごりはことはりに見給ながら、ゆゝしきことゞもをうちつゞきてや」など、いと忍がたげに思たり。(第四冊・三九オ〜ウ)

この京大本も(ア)(イ)および(a)(b)の異文を有しており、その異文は神宮本とほとんど合致する。すなわち、神宮本本文は、内閣本のような本文と京大本のような本文とによってほぼ完全に合成することができるのである。蛇足の観なきにしもあらずだが、神宮本の生成プロセスを次に推定してみたい。底本にしたのは京大本の本文である。

日数つもるに、ありあけの月かげはみたらし川にならびぬべう見え給しは思出られ給へば、忍ありきもし給はず。夜のさごろも返しわび給夜な〳〵もあり。**【さすがにあやしうおぼさるれば、**

**かたしきにかさねしころもうちかへしおもへばなにをこふるこゝろぞ**

**などきこえ給へど、「さらに。日をまつさまにて」などのみきこえ給へば、おぼしわびて、】**ひが〳〵しくなりて、此心ならば、思ふことはたがいもやせん、と、我ながら心うく思しらる。山寺には、日ごろすぐるまゝにをなじさまにて、とのみきゝ給へば、いみの程もゐまちつけずわたり給へる、さい将の君たいめんし給て、あわれなる事どもつきせずかたりて、かゝる中といゝながら、**【よのつねにはあらざりつる心ざしのほどをかたりつゝ、「つゆばかりはかぐ〳〵しうかひあるさまをだに見えでをくれ侍りぬること」ゝいひつゞ**

**けて、】**「なべてのさまならずならはし給しなごりはことはりに見給ながら、ゆ〻しきことゞもをうちつゞきてや」など、いと忍がたげに思たり。

京大本本文をベースにして、京大本にない内閣本の本文（太字ゴチックで表示した異文）を二箇所の【 】内に挿入してみると、神宮本本文にきわめて近い本文を容易に作り出すことができるのである。神宮本の本文は、内閣本のような本文と京大本のような本文の混合になるものと考えるべきであろう。ちなみに、中田剛直[2]が神宮本とともに「第一類本第一種F」に分類した龍谷本のこの箇所の本文も神宮本と同文であるが、龍谷本は「か〻る中といひながらも《よのつねならざりける心ざしのほどなどを》かたりて」の《 》の部分を欠いている。

## 3　為秀本・大島本の位置づけ

前節で論証したように、これまで第二系統（＝異本系本文）と考えられてきた為秀本や大島本の本文は、混合本である神宮本の本文の生成に関与してはいない。では、為秀本や大島本の本文は諸本の中でどういう位置を占めるものなのであろうか。そのことをあらためて問い直してみなければならない。前節では為秀本を内閣本の本文に校合してその違いを示したが、今度は為秀本を京大本の本文に校合してみる。

【為秀本】日かずのつもるま〻に、ありあけの月はおもかげに恋しく思ひいでられたまへば、しのびありきもしたまはで、夜るのさごろも返しわびたまふよな〳〵もありけり。

かたしきにかさねぬころもうち返し思へばなにをこふる心ぞ

（A）へだて（「なき」大島本）なかにて、このころのやうならば、思ふ心はたがひやせん、と、われながらおもひしられたまふ。山ざとには、日ごろすぐるまゝにをなじさまに、とのみききたまへば、おぼしわびて、いみのほどもえまち給はず、しのびてわたり給えり。宰相、たいめむし給ふに、あはれなることゞもつきせずかたり給て、「かゝるなかといひながらも、（B）なべての御さまならず侍つるならはしにことはりになむ。つゆばかりはかゞしくかひあるさまに御らんぜらるべくも侍らず。おくるまじく」などいひつゞけて、しのびがたげなり。

傍線部の異文（A）（B）は京大本本文と明らかに同系統でありながら異文内容が異なるもの、波線部は京大本には存在しないにもかかわらず内閣本に存在する異文である。

傍線部の異文はいずれも為秀本のほうが京大本よりも短くなっており、かつ、これらの異文は大島本・為秀本以外に見あたらないばかりか、京大本に比べると概して意の通りがわるい。よって、これらの独自異文は京大本本文のような本文からの転訛と考えてよいであろう。いっぽう、波線部の本文が内閣本をはじめとする流布本系本文に由来するものであることはいうまでもない。以上のことから、これまで第二系統とされてきた為秀本や大島本の本文は、京大本のような本文（＝異本系本文）に流布本系本文の異文を混入した末流の異本系本文と考えざるをえないと思われるのである。

第五章および本章の七では、これまで巻三の異本系本文と考えられてきた大島本（あるいは京大本）の本文が第一類本中の混合・混態本と大差のないものであり、大島本も京大本も異本系本文を比較的多く含む混態本にすぎないと考えた。同様のことを、巻四についても考えなければならないのではないかと思うのである。この箇所に限っていえば、これまで異本とされてきた為秀本や大島本よりもむしろ京大本本文を異本系本文と考えたほう

郵便はがき

料金受取人払郵便

神田支店
承認

5567

差出有効期間
平成26年10月
18日まで

101-8791

504

東京都千代田区猿楽町2-2-3

笠間書院 営業部 行

■ 注 文 書 ■

◎お近くに書店がない場合はこのハガキをご利用下さい。送料380円にてお送りいたします。

書名　　　　　　　　　　冊数

書名　　　　　　　　　　冊数

書名　　　　　　　　　　冊数

お名前

ご住所　〒

お電話

# 読　者　は　が　き

●これからのより良い本作りのためにご感想・ご希望などお聞かせ下さい。
●また小社刊行物の資料請求にお使い下さい。

**この本の書名**＿＿＿＿＿＿＿＿＿＿＿＿＿＿＿＿＿＿＿＿

本はがきのご感想は、お名前をのぞき新聞広告や帯などでご紹介させていただくことがあります。ご了承ください。

## ■本書を何でお知りになりましたか（複数回答可）

1. 書店で見て　2. 広告を見て（媒体名　　　　　　　　　　）
3. 雑誌で見て（媒体名　　　　　　　　　　）
4. インターネットで見て（サイト名　　　　　　　　　　）
5. 小社目録等で見て　6. 知人から聞いて　7. その他（　　　　　　　　　　）

## ■小社 PR 誌『リポート笠間』（年 1 回刊・無料）をお送りしますか

はい　・　いいえ

◎上記にはいとお答えいただいた方のみご記入下さい。

お名前

ご住所　〒

お電話

ご提供いただいた情報は、個人情報を含まない統計的な資料を作成するためにのみ利用させていただきます。個人情報はその目的以外では利用いたしません。

が適切であり、為秀本や大島本の本文は異本系本文をベースにしつつ、流布本系本文の異文を混入した混態本文とすべきであろうと思う。

次節では、神宮本や為秀本とは別のタイプの混態本文と、京大本本文の関係を見ていくことにする。

## 4　その他の混合本文

【雅章本】日数の過るまゝにも、在明の月かげは（ア）みたらし河にならびぬべうみえ給しがおもひいでられ給へば、しのびありきもことにし給はで、よるの衣かへしわび給よな〳〵も、さすがにあやしくおぼさるれば、

かたしきにかさねぬ衣うちかへしおもへばなにをこふる心ぞ

などきこえ給へど、「さらに。日をまつさまにて」などのみきゝ給へば、おぼしわびて、いみのほどもえまちあえず、忍びてわたり給へるに、宰相、たいめんし給へるに、（イ）あはれなることつきせずかたりて、かゝるなかといひながら、よのつねにはあらざりける心ざしのほどなどかたりつゝ、「つゆばかりはか〴〵しくかひあるさまをだにみえでをくれぬること」ゝいひつゞけて、いと忍びがたげ也。（八三ウ～八四ウ）

これは、三谷の論において鈴鹿甲本（第1節で取り上げた神宮本とほぼ同文）とは別の、もうひとつの混態本文としてあげられているものである。この雅章本本文は、（ア）「おもかげに恋しくて（内閣本）―みたらし川にならびぬべう見え給しは思出られ給へば（京大本）」、（イ）「つきせずあはれなるけしきにて（内閣本）―あわれなる事どもつきせずかたりて（京大本）」の対立箇所が京大本のほうに一致する以外は、内閣本本文とほぼ同文に

なっている。したがって、雅章本本文は流布本系本文をベースにして、(ア)(イ)の部分だけを異本系本文に差し替えたものということになる。なお、雅章本は中田の論には取り上げられていないが、氏が「第一類本第一種B」とした宮内庁四冊本などと同類とすべきものである。

さらに、次にあげる黒川本もまた、別種の混態本とおぼしい。

【黒川本】日数のすぐるまゝには、有明の月影は俤に恋しうおぼえ給て、忍ありきもことにし給はず、よるの衣をかへし侘給よな〳〵はさすがにあやしうおぼさるれば、

かたしきにかさねぬ衣うちかへし思へばなにをこふる心か

など聞え給へど、「さらに。日をまつさまにて」などのみ聞え給へば、おぼしわびて、いみの程もえ待あへず、忍てわたり給へり。宰相の君、たいめんしても、つきせず哀なるけしきにて、かゝる中といひながらも、よのつねにはあらざりつる心ざしの程をかたりつゝ、「露ばかりはか〴〵しうかひあるさまをだにみえでをくれ侍ぬること」、言ひつゞけて、(b)なべてのさまならず侍つるならはしの名残はことはりに見給へながら、ゆゝしきことゞもうちつゞき見侍らんことといひて、いと忍びがたげ也。(第十一冊・一〇オ〜ウ)

この黒川本本文は、(b)の異本系本文を除けば、内閣本の本文とほぼ完全に一致する。黒川本は、中田の分類では「第一類本第二種D」とされており、流布本系本文に属するが、第一類本第二種諸本の中でこの部分に異本系本文(b)を混入しているのは黒川本だけである。

## 5　為定本の異本

前節までに見てきたように、内閣本のような本文（＝流布本系本文）と京大本のような本文（＝異本系本文）を両極に位置づければ、この箇所の諸本の本文は、次に述べる為定本を唯一の例外として、すべて両者の混合・混態本文としてその中間に位置づけることができる。その意味では、為秀本や大島本よりも京大本のような本文をこそ異本系本文とするのが、（当面は「この箇所に限って」と限定すべきであろうが、）適切であろうと思うのである。
さて、蓮空本本文を第三系統とした三谷は、この箇所については「第一・第三系統同文」とする。たしかに、この箇所の蓮空本本文は内閣本と同様の本文になっており、系統を異にするような異文をいっさい有していない。しかし、先にも述べたように、私は蓮空本本文を第三系統として特別扱いする三谷説そのものを疑問視しており、蓮空本本文の基本的性格は、流布本系本文をベースにしつつ異系統の本文を混入した末流の混態本文とすべきであろうと考えている。蓮空本はこの箇所においては異系統の本文を混入していないわけであるから、この箇所の蓮空本本文は流布本系本文と考えればよいのである。むしろ、この箇所で第三の異系統本文である可能性を疑ってみるべきものは、蓮空本ではなく、ほかにある。最後にその本文を見ておきたい。

【為定本】日数のすぐるまゝに、ありあけの月かげこひしうおぼえ給て、しのびありきもことにし給はず。よるのころもほしわび給らんよなく\も、さすがにあやしくおぼさるれば、
かたしきにかさねぬころもうちかえし思えばなにをこふる心ぞ
などきこゑたまえど、さらに日をまつさまにて、とのみきこへたまえば、おぼしわびて、いみの程もえすぐ

し給はず。しのびてわたり給えり。さい将も、たいめんして、つきせずあはれなるけしきにて、「かゝるなからひといひながら、世のつねならぬ心ざしにて侍しかば、よにみすてがたき事を思ひこがれて。はか〴〵しきさまをもみをかれ侍らで、おくれぬる事」といひつゞけて、いとしのびがたげなり。（五三ウ～五四オ）

為定本の巻四を深川本の代用にする向きが一部にあるようだが、その措置は今のところ何ら根拠がないといわざるをえない。ただ、この箇所の為定本本文は諸本の中にあってやや特異である。基本的には流布系本文でありながら、傍線を付した部分だけが特異な異文になっているのである。

この傍線部分を含む宰相中将の会話文は流布本系本文と異系統本文と目される京大本の本文が大きく異なっているだけでなく、前節で見たように、三種の混合本においても異文が錯綜していたところであるが、為定本の傍線部はそれらのいずれともまた異なっている。かつ、この異文は流布本系本文や異本系本文の転訛本文とも考えられない。第三の異文とすべきであろう。

そもそも、この宰相中将の会話文は解釈の難しい箇所であって、流布本系本文を底本とする諸注においても解釈はまちまちである。解釈の分岐点は、「かかるなか」を誰と誰の仲と解するか、「はかばかしうかひある様」を誰の有様と解するか、の二点である。この二点について、現行諸注の解釈を見てみると、

○日本古典文学大系……………式部卿宮北の方と宰相中将妹君との母娘の仲・宰相中将の官位昇進
○日本古典全書・新潮日本古典集成……式部卿宮北の方と宰相中将兄妹との親子の仲・宰相中将の官位昇進
○新編日本古典文学全集…………宰相中将妹君と狭衣大将との仲・妹君と狭衣との結婚

となる。『新全集』の解釈は他とまったく異なっていてユニークであるが、この宰相中将の会話文に応えた狭衣の会話文中の「そのおぼすらむにしも、ことに劣るまじき心地のみしはべりてなむ」を、『新全集』が「その北の方のご意向に沿いまして、期待に背くまいという気ばかりがいたすのです」（二九一頁）と訳しているのは、「らむ」の解釈に無理があり、にわかには従えない（もし北の方についていうのなら、「おぼしけむ」とあるべきであろう）。狭衣の会話文は「あなた（＝宰相中将）が亡き母君をお思いのお気持ちにも、私だって、そうそう劣りはしないという感じばかりがしておりまして」と解すべきものであろう。その意味では、「かかるなか」「はかばかしうかひある様」の解釈としては、『全書』や『集成』の解釈が穏当であろうと私は考えるが、それはさておき、かくもまちまちな解釈が諸注に示されるのは、流布本系本文の宰相中将の会話文が明快な文章ではないことのあらわれにほかならない。この部分に種々の異文が発生した理由がうかがわれもするのである。

その流布本系本文に対し、京大本の異文（b）「かかる仲といひながら、なべてのさまならず慣らはしたまひし名残はことわりに見たまへながら、ゆゆしきことどもをうち続きてや」は明快である。これだと、「母娘の仲というのは総じてそういうものでしょうが、亡き母は並々でなく妹を溺愛しておられました。その名残で、妹が嘆き悲しむのも当然とは思うのですが、妹までが母の後を追うという不吉なことが続くようでは……」となって、「かかる仲」は、式部卿宮北の方と宰相中将妹君との母娘の仲、としか解せないものとなる。また、為定本の異文「かかるなからひといひながら、世の常ならぬ心ざしにてはべりしかば、よに見捨てがたきことを思ひこがれて。はかばかしきさまをも見置かれはべらでおくれぬること」は、「母親が娘の将来を案ずるのは世間で普通のことでしょうが、亡き母は妹に対して格別な愛情を抱いておりましたから、いかにも妹を見捨てていくことを、身を焼くほどに思い悩んでおりました。しっかりとした妹の結婚を母に見届けてもらうことなく先立たれてしまったことが悔やまれます」となって、これまた解釈は明快である。

意味の不明瞭な本文を明快なものに書き改めるという方向性はあり得ても、その逆の、明快な本文をわざわざ不明瞭なものに書き改めるということは一般的に考えにくいから、本文改変の方向としては、流布本系本文から京大本異文・為定本異文へ、という蓋然性のほうが高いといわねばならない。本文の意味するところを明確化しようとする方向性は、為定本本文に二重傍線を付した些細な独自異文についても認められよう。ただし、為定本の「よるのころもほしわび給らん」という独自異文は、「よるの衣をかへしわび給ふ」が「いとせめて恋しきときはうばたまの夜の衣を返してぞ着る」（古今集）による引き歌表現であることに思い至らなかったための、さかしらな改変とすべきかもしれない。

為定本の傍線部ならびに二重傍線部の異文は為定本にしか見られない独自異文であり、管見の限りではこれらの異文を共有するような本を他に見いだすことができない。したがって、当面は、この為定本本文をあえて第三系統と位置づける必要はなく、為定本の特殊異文として処理しておけばよいものである。そうした特殊異文は、狭衣物語の諸本には、どの本にも多かれ少なかれ存在しているからである。しかし、第六章でも述べておいたように、かかる異文の存在は、いまだ知られていない第三系統本が巻四にも存在した可能性を留保するものであるといわねばならない。深川本の存在しない巻四には第三の異系統本は存在しなかったとする考え方は、深川本の素姓をおおいに疑問視している私にとって甚だ魅力的に思われるのではあるが、わずかとはいえ、こうした第三の異文が諸本に存在するかぎり、性急な結論はさし控えるべきであろう。為定本の異文は未発見の第三系統本からの混入であるとする考え方もありうるということを念頭においた上で、今後の巻四の本文研究は進められるべきであろうと思っている。

## 6　まとめ

以上の考察に基づき、この箇所の諸本の本文を整理しておく。（　）内に中田剛直による分類[3]を付記する。

○基本本文
・流布本系本文（第一類本第二種ＡＢＣＥおよび第一類本系統第一種ＣＤＥＧＨの諸本。他に、中田論文に不採用の慈鎮本・細川本もこれに属する）
・異本系本文（第一類本第一種Ａの京大本）
○派生本文
・神宮本グループの本文（第一類本第一種Ｆ）〔異本系本文に、流布本系本文の異文を混入したもの〕
・為秀本グループの本文（第二類本）〔異本系の末流本文に流布本の異文を混入したもの〕
・雅章本グループの本文（第一類本第一種Ｂ）〔流布本系本文をベースにして（ア）（イ）の部分だけを異本系本文に差し替えたもの〕
・黒川本の本文（第一類本第二種Ｄ）〔流布本系本文に異本系本文の（ｂ）を混入したもの〕
○所属が定かでない本文
・為定本本文（中田論文には不採用）〔流布本系本文と近似するが、未発見の第三系統からの混入の可能性をもつ特殊異文を有するもの〕

（1）『実践女子大学紀要』昭和五九年三月。後に『狭衣物語の研究［伝本系統論編］』（平成一二年二月・笠間書院）
に収録。四七六頁。

（2）「狭衣物語巻四伝本考」（『上智大学国文学論集　4』昭和四五年一一月）

（3）（2）に同じ。

# 九　大方は身をや投げまし

## 1　流布本本文と為秀本本文の解釈の違い

巻四之中。源氏宮の形代として式部卿宮の姫君（＝宰相中将妹）を手に入れた狭衣が、斎院御所に源氏宮を訪れてこのことを報告するくだり。流布本系本文を版本により次に掲げる。

【版本】「（B）誠や、人しれずこゝろひとつに思ふ給へあまる事こそ侍りつれ。（E）あらぶる神もことはりしり給ふわざに侍るなればにやとは思ふたまへながら、（F）中〳〵なるかたしろをこそ見給へしか。（G）いでや、されど、しばしわするゝこゝろは　神もつきたまはぬわざにや。今すこしあやかりやすにぞ成て侍る。（I）空めにやと、いかで御鏡のかげに御らんじくらべさせん」とて、うちほゝゑみたまへるけしき、（J）「大弐がいふとて、うへの、給ひし人の事にや」ときかせたまへど、御いらへもなければ、（K）うちなげきつゝ、

大かたは身をやなげまし見るからになぐさのはまも袖ぬらしけり

（L）とて、はては例の忍びがたげにもらしいで給ふ涙のけしきに、又書つくしこゝろづきなふおぼしなら

れて、（M）猶ねぶたげなるけしきにもてなして、ふさせ給ひぬるに、中〳〵何しにきこえさせ出つらんと、くやしうおぼす。（五二ウ〜五三ウ）

狭衣が源氏宮に向かって、宰相中将妹を手に入れたことを、まずは遠回しな言い方で「（B）人知れず心ひとつに思い余っていることがある」と告げ、「（E）神が同情してくださったおかげだとは思うものの、（F・G）この形代を得たためにかえってあなたのことを忘れることができにくくなった。（I）本当にあなたに似ているかどうか、あなたの目で確かめてほしい」と冗談めかして説明すると、（J）すでに堀川上から話を聞いていた源氏宮はあのことかと思い当たるが、返事もしてくれない。（K）そこで狭衣は嘆きながら「大方は……」の歌を詠む。（L）涙ぐんでいる狭衣を見ていると、源氏宮は例によって不快な気分がこみあげてきて、（M）臥してしまったので、狭衣は、余計なことをいわなければよかったと後悔した、というのである。

次に、これまで巻四の第二系統とされてきた為秀本の本文を掲げる。（上掲の流布本系本文と対比しながらフレーズを切って表示し、本文が流布本とほぼ一致する場合には先に流布本本文に付した符号と同じ大文字の、また、異なる場合には小文字の符号を付してみた。）

【為秀本】（a）すこしほゝゑみて、「（B）まこと、人しれず思ひたまへらるゝことこそ侍れ。（c）きかせたまふことや」とのたまへば、（d）御心のうちには、「なにごとぞや」とおぼすに、「かの大にがいひける人のことにや」とおぼせど、「なにごとぞや」とて、のたまわすることもなければ、うちなげかれて、（E）「あらぶる神だにことはりはしりたまふこと、き、侍を、（f）あるまじき心のうちなをるまじくは、しばしわするゝかたにとねんじ侍に、ある人の、いみじきかたしろなど申しかば、わざとたづねて見侍れば、つくりそこなひて侍ける。(G) 中〳〵いますこしあやかりやすにて、しばしわするゝ心だにゐかなひ侍らず。(h) 大になどは、いみじう見にせたてまつるも、(I) ひがめにやと、いかで御かゞみのかげにも御らんじくらべさせばや」とて、うちほゝゑみて、(j) 涙はひとめうけ給へる、あい行はこぼるゝ心ちして、(K) うちなげきつゝ、

　おほかたは身をやなげまし見るからになぐさのはまもそでぬらしけり

(l) いふともなくくちずさみ給ふ気色、めでたくなまめかしけれど、もらしいでたまふ涙、あな心づきなとのみきかせたまへば、かひなかりけり。(M) なをねぶたげなるさまにもてなして、ふさせたまひぬるも、中〳〵なにしにきこへさせつらんと、くやしうおぼす。(一一六ウ～一一八オ)

この為秀本本文には、流布本にはなかった(a)(c)(d)(h)がある。また、(f)(j)(l)は、それぞれの前後のフレーズが流布本と一致するのでとりあえず同じ符号を付しておいたけれども、叙述内容はまったく違ったものになっているので、違っていることを示すため小文字で表示した。この箇所の両本のフレーズの対応を示してみると、

| | | | | | | | | | | | | | |
|---|---|---|---|---|---|---|---|---|---|---|---|---|---|
| 【流布本】 | | B | | | E | F | G | | I | J | K | L | M |
| 【為秀本】 | a | B | c | d | E | f | G | h | I | j | K | l | M |

となる。(B)(E)(G)(I)(K)(M)は両者が共有する本文であるから、共通祖本に存在した本文であると考えられる。

さきに見たように、流布本では《B・E・F・G・I》は一続きの狭衣の会話文であり、狭衣のこの言に対する源氏宮の反応が（J）に語られていたのであった。ところが、為秀本では、狭衣の会話文が《B・c》と、《E・f・G・h・I》の二つに分かれており、その二つの会話文の間に、源氏宮の反応を述べる（d）が割り込んだ形になっている。為秀本の（d）は、「人しれず思い余っていることがあるのですが、お聞きおよびでしょうか」との狭衣の問いかけ《B・c》に、源氏宮は即座に「大弐がいっていたあの人のことだろうか」と思い当たったものの、返事をしなかった、と語るものである。流布本では、狭衣のかごとがましい長々とした説明《B・E・F・G・I》を聞いたあとの（J）で、源氏宮はおもむろに、「大弐がいっていると大宮が話しておられた人のことだろうか」と思い当たった、というふうになっている。為秀本の（d）は、叙述内容からすれば、実は流布本の（J）に相当するものなのである。そして、このように同じ内容の叙述の位置が大きくずれていることによって、源氏宮という人の性格が両本の間でかなり異なったものに見えてくる。すなわち、流布本の源氏宮はずいぶんおおようで、狭衣の話にはほとんど無関心であるように見えるのに対し、為秀本の源氏宮は、狭衣の問いかけに即座に反応する利発な女性という印象を受けるのである。なお、為秀本の（j）「涙はひとめうけ給へる、あい行はこぼるゝ心ちして」は、狭衣の優美な有様を述べるものであり、流布本にはみられない叙述である。

さて、ここで注目したいのは、引用本文中に二重傍線と波線をほどこした「ほほゑみ」と「なげき」である。流布本では、狭衣が冗談めかして「微笑み」ながら長々とかごとがましい説明をしたにもかかわらず、源氏宮が何も答えてくれないので、狭衣は「うち嘆」いて歌を詠む。いっぽうの為秀本では、狭衣が「微笑み」ながら尋ねたのに源氏宮が何も答えてくれないので狭衣は「うち嘆き」、さらに長々と経緯を説明し、冗談めかして「微笑」んだものの、涙を浮かべながら「うち嘆」いて歌を詠むという次第で、為秀本の本文は「ほほゑみ」と「なげき」が不自然に重複していて、流布本に比べると、乱れているとの観を免れない。
これは、流布本のような本文こそがもとの形であって、為秀本本文はもとの本文の（J）を（d）の位置に移動させたために、このような乱れた文章になったのであろうと思われる。このように（J）が前に飛び出してしまうと、残された（I）末尾の「うちほほゑみ給へる気色」と、（K）の「うち嘆き」が連続してしまうことになり、それでは文意が通らなくなる。そこで、その疵痕を糊塗するために、狭衣の「うちほほゑみ給へる気色」を具体的に描写した（j）「涙はひとめうき給へる、あい行はこぼるゝ心ちして」というフレーズが作文され、挿入されたのではないかと推測されるのである。為秀本のような本文が先で、それが流布本のような本文に書き換えられたとは考えにくい。

次に、流布本と為秀本が大きく異なっている（F）と（f）を検討してみる。流布本の（F）は「中〳〵なるかたしろをこそ見給へしか」というきわめて簡略なものであった。それに対し、為秀本の（f）では、「源氏宮へのあるまじき思いが止まないものなら、しばらくの間でも源氏宮のことを忘れさせてくれるような女性に会わせてほしいと神に念じていたところ、ある人が、源氏宮にとてもよく似ている女性がいると知らせてくれたので、わざわざその人に会ってみたけれども、出来損ないだった」と、形代を得た経緯を長々と説明している。狭衣が宰相中将妹にめぐりあった経緯は巻四之上～中にかけてすでに語られてきたことであり、その経緯が再度ここでくり返されているのである（ただし、「いみじきかたしろ」として仲介者が狭衣に紹介した、という叙述は、これまで物語が語ってきた内容に必ずしも合致しないが、これは、源氏宮の思惑を憚る狭衣に事実を歪曲した嘘をいわせているのであろう）。

このように、すでに語られたストーリーを要約、あるいは詳述する形で再度くり返す傾向は、この箇所に限らず、狭衣物語異本系本文の本文改変方法のひとつといってよいようである。その典型的な例として、筑紫から帰京した道成が飛鳥井女君との出会いの経緯を狭衣に語るくだり（巻二之下）をあげておく。

【流布本】見初めし有様よりはじめ、乳母の心合はせて盗ませしほど、（二一オ）

【大島本】一昨年の五月に太秦に籠りて侍りしに、かたはらの局のすまひをかしうなむ候ひしかば、よろづに構へて覗きはべりしに、高き御目にやいかが侍らむ、道成の妻にはいとをかしげに侍りしかば、誰と知りて、出でむに尋ね取らむと思ひ給へしに、法輪にあからさまに詣でて候ひし間に出で候ひにければ、口惜しう思ひ給へしに、この大宮そこそこなる家に、局なる童の候ひしを見つけて侍りしかば、帥の中納言の娘にてぞ候ひける。親たち筑紫にて失せにける後、乳母を頼もし人にて候ひけるに、蔵人の少将、ときどき通はれけるを、女はあひ思ひて侍りければ、下りさぶらひし暁、乳母、心合はせて取らせて侍りしを、（六二オ〜ウ）

流布本系本文が地の文できわめて簡略にかたづけているところを、異本系本文の大島本では、巻一で語られていた飛鳥井女君物語のあらすじを再度道成に長々と語らせている。この箇所については、大島本のような長大な異文のほうが原形であると誤認されていた時期もあるが、その認識が誤りであることはかつて詳しく論じたので、[1]それを参照されたい。

流布本にない異文（h）「大になどは、いみじう見にせたてまつるも」も、これと同工である。狭衣の乳母大弐が、宰相中将妹を一目見るなり、源氏宮に似ていると思ったことは、

大弐、近く参り寄りて、御几帳のかたびら引き上げて見れば、御ふすまの下にうづもれて、人おはすとも見

えぬに、御ぐしばかりぞ、こちたげにたたなはりゐて、いと所せげなり。「いで、よも、なにごともなのめにおはせん人を、かくまでもてなし給はじ」とは思ひつれど、うち見るは、なほおどろかるれば、寄りて、引きのべて裾うちやりたるに、「まことに、おくれたる筋なしとはこれをいふにや」と見えて、取る手も滑るつや、筋のうつくしさなどの、斎院の御ぐしにいとよく似たまへり。「長さぞ、まだ少し劣りてやと見ゆるは、御年のほどにしたがひたまへるにや」と見るに……（版本・巻四之中・三三オ〜ウ）

あるいは、

大弐の参りたるに、上、「まことか。さることや」と問ひたまへば、「…（中略）…御かたちなどこそ、いとよき御あはひに見えさせたまへ。斎院にぞあやしきまで似奉らせたまへる」など語りて……（版本・巻四之中・三九オ〜ウ）

としてすでに語られていたところであり、これらの箇所は為秀本でもほぼ同文になっている。為秀本の異文（h）は、これらを利用して作文、挿入された底のものであろう。

次に、流布本と為秀本が大きく異なるもう一つの箇所（L）と（l）について考えてみる。両者の叙述内容を較べてみると、為秀本の（l）の前半部分「いふともなくくちずさみ給ふ気色、めでたくなまめかしけれど」と、末尾の「かひなかりけり」に相当する部分が流布本の（L）にはない。「めでたくなまめかしけれど」は、（j）と同様、狭衣の優美さを述べ立てたにすぎない叙述であるが、「いふともなくくちずさみ給ふ」と「かひなかりけり」については少し検討してみる余地があるように思われる。

そもそも、「おほかたは……」の歌は現行諸注において解釈が定まっていない。まず、『新全集』が初・二句を「普通なら身を投げましょうか」（三三七頁）と訳しているのは誤りである。用例を拾ってみれば明らかなように、和歌における「おほかたは」という歌句は、例外なく「よくよく考えてみれば」の意をあらわすのであって、(2)『大系』の「よくよく思い返してみれば、私は身を投げて死んでしまったものだろうか」（四二二頁）とする解が正しい。

したがって、三句目以下「見るからになぐさの浜も袖濡らしけり」は、身を投げて死んでしまったほうがよいと狭衣が考える理由が述べられていると解すべきである。「見るからに」は、見た途端に、の意であるが、『大系』（四二二頁）はこれを直接「なぐさの浜」にかけて「ただ見ただけで心が慰められるなぐさの浜」と解き、『全書』（二四一頁）や『集成』（三〇六頁）はこれを第五句にかけて「貴女を見ただけで、たちまち袖を濡らしてしまいました」と解く。さらに、諸注いずれも「名草の浜」に「慰」を掛けると解くが、『大系』『新全集』はこれを源氏宮の比喩とし、『全書』『集成』は宰相中将妹の比喩としている。「名草の浜」は紀伊国の歌枕で、

・跡見れば心なぐさの浜千鳥今は声こそ聞かまほしけれ（後撰集・恋二・六三五）

・　紀伊の介に侍りける男のまかり通はずなりにければ、かの男の姉のもとにうれへおこせて侍りければ、「いと心うきことかな」と言ひつかはしたりける返事に

紀伊の国のなぐさの浜は君なれや言のいふかひありと聞きつる（後撰集・雑三・一二二三）

・声をだに聞けばなぐさの浜千鳥古巣忘れず常に訪ひ来よ（古今六帖・一九二九）

のように、「慰む」の掛詞とするのが通例であるので、『新全集』が「お顔を見るやいなや慰めかねて思わず涙が

こぼれるのです」と訳しているのは奇異な感じがするが、「お顔を見るやいなや（慰むはずなのですが、）慰めかねて……」と解したのであろう。

流布本系本文によれば、狭衣が、「形代として宰相中将妹を手に入れたが、あなたを忘れることはできないばかりか、かえってあなたを思い出させる結果にしかならなかった」と意中を訴えたにもかかわらず、源氏宮からは一言の返事もないので、狭衣は嘆きながらこの歌を詠み、果ては涙までこぼし始めたので、源氏宮は嫌悪感を覚えた、となっている。こうした文脈の中に位置づけて考えるなら、この歌は、思い余った狭衣が、宮に向かって重ねて苦衷を訴えたものと解すべきであろう。したがって、歌意は、「あなたの御姿を見るや否や、なぐさの浜（＝形代である宰相中将妹）も慰めにはならず、私は袖を濡らしてしまったことです。よくよく考えてみれば、私はいっそ身を投げて死んでしまったほうがよいのかもしれません」となる。歌の内容は、切羽詰まった感情を激しく吐露し、和歌の常套的表現とはいうものの自死までほのめかす、やや脅迫めいた口調すら感じさせるものである。だからこそ、狭衣は堪えきれずに涙をこぼすのであり、また、それに恐怖をおぼえた宮が「またかきつくし心づきなう思しな」るのである。ちなみに、ここに「またかきつくし」とあるのは、巻一之上で狭衣から初めて意中を訴えられたときの場面に、

よしさらば昔のあとをたづね見よ我のみまよふ恋の道かは

とも言ひやらず、涙のほろほろとこぼるるをだにあやしとおぼすに、御手をさへとらへて、袖のしがらみせきやらぬけしきなるに、宮、いとあさましうおそろしうなりたまひて……（版本・巻一之上・三〇ウ）

とあったのなどを重ねて読むべきなのであろう。ともあれ、「おほかたは」の歌は、流布本系本文によれば狭衣

の激しい感情を源氏宮にぶつけた歌なのであって、為秀本のいうように「いふともなくくちずさみ給ふ」というようなものではありえないのである。

いっぽう、為秀本の場合は、狭衣が微笑みながら訊ねても一言の返事もしてくれない宮に向かって、形代を得るに至った経緯を長々と説明し、なお微笑みながらも目一杯涙を浮かべて溜め息まじりにこの歌を「いふともなく口ずさ」んだ、となっていて、ここには流布本のような切迫した感情はうかがえない。狭衣は微笑みを浮かべながら、「形代を得ても、宮の姿を見た途端に涙ぐんでばかりいる私は、いっそ死んでしまったほうがいいのでしょうかねぇ」と、優美さを漂わせつつ呟く、といった体である。それでも源氏宮は、涙ぐみながらそんなことをいう狭衣に対して、冷淡にも「あな心づきな」と思い、嫌悪感しか覚えなかった、というのである。

それに続いて、「かひなかりけり」とあるのはやや難解である。かつて巻一之上で衝動的に意中を告白して宮に嫌われてしまった、あのときの失敗に鑑みて、今回は「いふともなく口ずさ」むようにそれとなく心情を訴えてみたものの、やはり「かひなかりけり（不首尾に終わった）」とでもいうのであろうか。あるいは、これはいわゆる引き歌表現で、上に掲げた後撰集一二二三番歌を踏まえて、「後撰集の女の場合は『言のいふかひ』があったけれども、狭衣の場合は『かひなかりけり』だった」といっているのであろうか。明確な解を得ないが、いずれにせよ、流布本の狭衣に比べると、為秀本の狭衣は緊迫感が希薄で、どこか余裕（あるいは諦め）を感じさせるところがあり、対する源氏宮の反応は過剰に潔癖でヒステリックな印象を受ける。

以上、流布本系本文と為秀本本文を比較しつつ見てきた結果、為秀本は、狭衣と源氏宮の人物造形や二人の関係について流布本とは異なった捉え方をしており、為秀本の異文はそうした異なる「解釈のフィルター」を通して改作された本文であると考えるべきことが判明したわけである。巻四では、流布本（中田のいう「第一類本第二種」）の本文（三谷のいう「第一系統本文」）が原型に近い本文であり、為秀本や大島本（中田のいう「第二類本」）のような本文（三谷のいう「第二系統本文」）が非本来的な本文であるということは、事新たに述べ立てるまでもなくすでに定説化しているところである。本節は、そのことを、当該箇所の解釈を交えて再確認してみたにすぎない。

しかしながら、上記二本以外の本を視野に入れてさらに見直してみると、為秀本や大島本の本文をもってそれをただちに改作による異本系本文と認定してよいかどうかは、また疑わしくなってくるのである。次節では、これ以外の本にまで視野を広げて、この問題について考えてみたい。

## 2　京大本本文の解釈

三谷は「狭衣物語巻四の後半における諸伝本と巻末における跋文の意義について——三系統存在から二系統へ」[3]において この箇所をとりあげ、「第一・三系統はほぼ同文」（四七九頁）とし、「この系統に属するものとして、内閣文庫本・平出本・流布本・近衛一本・池田四季本・鈴鹿甲本・桂宮本・東大平野本・蓮空本・図書寮三冊本などがある」（四八〇頁）とした。ただ、なんとも不可解なのは、続いて第二系統本文（大島本）を紹介したあとに、「これに対して伝為家本、伝為相本、保坂本などは第三系統を形成して」として後掲の為家本に似た本文を掲げた上で、「……とあって、やはり大きく相違するのである」（四八〇頁）と述べている点である。「第一・三系統はほぼ同文」という先の言説と、「伝為家本、伝為相本、保坂本などは第三系統を形成して、……大きく相違する」というこの言説は、矛盾以外のなにものでもないとしか私には思えないのだが、氏のいう「第三系統」とはいったいどの本文をさしていうのであろうか。ちなみに、同じ三谷の手になる、未刊国文資料『九条家旧蔵本　狭衣物語と研究（下）』（昭和三八年九月）に示された巻四の伝本系統表（二三〇頁）では、この箇所とおぼしき部分（有朋堂文庫四八三頁の欄）について、内閣本、近衛一本、流布本、東大本、鈴鹿甲本に第一系統であることを示すaの記号、為家本、保坂本、図書寮三冊本、蓮空本に第三系統であることを示すcの記号が記されていて、この伝本系統表の所説と前記論文の所説も、また齟齬している。

三谷が論中に第三系統として掲げる本文はどの本に拠ったものか定かでないが、私見によれば、掲出された本文にもっとも近いのは中田が「第一類本第一種C」とした為家本の本文である。次に為家本本文を示す。（各フレーズに前節で用いた符号を付けておく。）

【為家本】（B）「まことに、心ひとつにひとしれず思ひ給える《ママ》、ことこそ侍れ。（e）このごろ、『たゞすこしもおもひよそえつべからむ人をまれ、みせさせ給へ』と、神ほとけをかこち申しるしにや、（F）中〳〵なる人かたをこそ見給しか。（G）いでや、されども、しばしもわするゝこゝろは神もえかなへ給はぬわざにや。いますこしあやかりやすにぞなりて侍。（I）そらめにやと、いかで御かゞみのかげ御らんじつくら《ママ》せさむ』とて、うちほほえみ給へるけしき、（J）「だいにがいふとて、うえのたまひし人の事にや」ときかせ給へど、御いらへもなければ、（K）うちなげかれて、

　おほかたは身をやなげましみるまゝになぐさのはまも袖ぬらしけり

（L）とて、れいの袖はしのびがたげにもらしいで給なみだのけしきに、心づきなくおぼされて、（M）ねぶたげなる御けしきにもてなさせ給ぬる、中〳〵なにしにきこえいでつらんと、くやしくおぼさる。（一一六オ～一一七オ）

流布本と大きく異なるのは波線をほどこした（e）で、それ以外の部分は流布本系本文とほぼ同文と見なしうるものである。この唯一大きく異なる波線部の異文は、宰相中将妹に出会うことができた理由を狭衣自身が推測

して、「ほんの少しでもあなたに思いよそえることができるような人に出会わせてくださいと、神仏に愚痴を申し上げたかいがあったのだろうか」と述べるものである。この異文は（B）と（F）の間に位置しているので、流布本の（E）に相当すると考えられるが、流布本の（E）は、「あらぶる神も物事の道理はご存じだとのことゆえ、（形代に出会えたのは）神の導きかとは思うものの」と述べていたのであった。両者を比べると、措辞がまったく異なるだけでなく、形代である宰相中将妹についての評価にも微妙な差が生じている。流布本系本文では、宰相中将妹との出会いは必ずしも肯定的に受け止められておらず、形代はかえって物思いの種にしかならないとする（F・G）の叙述のほうにウェイトがかかった口振りになっているのに対し、為家本の異文（e）は、宰相中将妹との出会いをとりあえずは肯定的に受け止めているような口振りになっている。

為家本のように、（e）だけが流布本系本文と異なっている本としては、このほかに、中山本（中田論文不採用）、蓮空本（第一類本第一種H）、鎌倉本（中田論文不採用）、為定本（中田論文不採用）、為相本（第一類本第一種E）、がある。ただし、為相本は「(G) いでや、さりともしばしはわする丶心は神もえつけ給はぬにや。(H) そらめにや。いかで御かゞみのかげも御らんじくらべさせん……」（九〇オ）となっており、「いますこしあやかりやすにぞなりて侍」が脱落した形になっている。二ヶ所の「にや」の目移りによるものでもあろうか。

ちなみに、三谷の論では、この蓮空本・図書寮三冊本が流布本系本文と同文とされ、「第一・三系統はほぼ同文」と認定されていたのであるが、それは事実誤認であって、蓮空本はこの為家本と同文なのであり、図書寮三冊本（第一類本第一種G）は中山本の末流本であるとの報告[4]がすでになされているから、これも為家本と同類とすべきである。すなわち、三谷が論中「第一・三系統はほぼ同文」としたのは誤りであって、この箇所に関しては、流布本系本文（第一系統本文）や為秀本のような本文（第二系統本文）のほかに、これらとは異なる、第三の本文を有する為家本、中山本、蓮空本、為相本、為定本のような本文が存在するのである。これら三種類の本文の各フレーズのありようを見やすい表にしておく。

| | | | | | | | | | | | | | |
|---|---|---|---|---|---|---|---|---|---|---|---|---|---|
| 【為家本】 | | B | | | e | F | G | | I | J | K | L | M |
| 【流布本】 | | B | | | E | F | G | | I | J | K | L | M |
| 【為秀本】 | a | B | c | d | E | f | G | h | I | j | K | l | M |

この表から明らかなように、為家本本文は、流布本系本文（第一系統）と為秀本のような本文（第二系統）の混合によって生じた本文であるとは考えられない。なぜなら、流布本の（E）と為秀本の（E）は同文になっているにもかかわらず、為家本の（e）は、それとは異なる独自の異文になっているからである。三谷が、「伝為家本、伝為相本、保坂本などは第三系統を形成して、……やはり大きく相違するのである」としたのはそのとおりなのである（ただし、保坂本は為家本や為相本のような（e）を有してはおらず、流布本系本文と同様の本文になっているから、ここに保坂本をあげるのは事実誤認である）。

このように見てくると、巻四にも第一・第二・第三の三系統の本文が存在する、という三谷説が成り立つように思われるのであるが、この箇所にはさらに次のような本文も存在していることを見逃してはならない。

【京大本】（a）すこしほゝゑみて、（b）「まことゝ、心とまるありさまと（c）きかせ給事や侍らん」と申給へば、（d）「何事ぞや」とおぼしめす。「かの、大二がいひける人のことにや」とおぼせど、「何事にや」とて、ともかくもの給わする事もなければ、うちなげかれて、（E）「あらぶる神だにことはりはしり給物とき、侍しは。（f）あるまじき心の内なをるまじうは、しばし忘る、かたにとねんじ侍るを、ある人の、いみじきかた代になどきゝ侍りて、わざとたづねて見侍れど、つくりそこないてぞ侍りける。（h）大二などは、いみじう見にせ参らするこそ、（i）かたわらいたけれ」とて、（j）涙うきながら、さすがにうちゑみ給へる、あい行こぼるゝ心ちす。（K）うちなげきつゝ、

　大かたは身をやなげまし見るからになぐさのはまも袖ぬらしけり

（l）いふともなく口ずさみ給ふけしき、めでたうなまめかしけれど、心づきなうのみきこしめすはかひなかりけり。（M）猶ねぶたげなる御けしきにもてなして、ふさせ給ぬるも、中〳〵なにゝきこゑさせけんと、くやしくおぼす。（第五冊・一七オ〜ウ）

中田が「第一類本第一種A」とした京大本の本文である。この本文は、為秀本本文（三谷のいう第二系統本文）に近いが、為秀本の（G）を欠いており、波線をほどこした（b）（i）（j）も為秀本とは異なっている。京大本は、全巻通じて他本との間に多くの小異を有し、概して書写の精密さに欠ける本のように思われるが、いま指摘した四箇所の異同は京大本筆者の不注意な書写によるものとは考えられない。なぜなら、これらの異文はすべて、中田が「第一類本第一種B」とする鈴鹿乙本や、「(書陵部四冊本ノ)兄弟本というべし」[5]とされる雅章本にも共有されているからである。

順次、これらの異文を検討してゆく。まず、（b）の「まこと、心とまるありさまと」であるが、これは雅章本では「まこと、心ことなるありさまと」となっていて小異がある。流布本系本文の（B）「誠や、人しれずこゝろひとつに思ふ給へあまる事こそ侍りつれ」と為秀本本文の（B）「まこと、人しれず思ひたまへらるゝことこそ侍れ」の間にも小異があるが、この違いは誤写によって生じたと見ることもできよう。しかし、これら（B）と、京大本や雅章本の本文の（b）との間にはかなりの径庭があって、これは意図的な改変と考えざるを

えない。京大本も雅章本も、(b)の次に(c)「きかせ給事や侍らんと申給へば」が来ているので、その点では為秀本に近いわけであるが、為秀本の(B)は、流布本の(B)と同様、宰相中将妹を迎え入れたことをいい出す前に、「人知れず思い悩んでいることがある」と、まず現在の自分の心境をうち明けるところから狭衣は話を切り出していたのであった。ところが、京大本の異文(b)は、宮に向かって、「そうそう、私が気に入りの女性を見つけたと(お聞き及びでしょうか)」と、宰相中将妹との結婚を聞き知っているかどうかを、ダイレクトな言い方で宮に問い質している。雅章本の(b)「まこと、心ことなるありさまと」の場合は京大本に比べるとやや婉曲な言い方にはなるが、「これまで源氏宮一人を思い続けて独身を通してきた自分が、これまでとは異なるありさまになったこと」といっているわけであるから、やはり京大本と同様、宰相中将妹との結婚をさしていっていることにかわりはない。狭衣がそこまではっきりと問い質しているにもかかわらず、源氏宮は「何のことですか?」とすら訊ねてくれないので、(E)以降、狭衣は言い訳をし始める、というふうに展開していく。

(E)以降は京大本も為秀本本文とほぼ同様の展開であるが、為秀本にあった(G)「中〳〵いますこしあやかりやすにて、しばしわするゝ心だにゑかなひ侍らず」が京大本の本文には欠けている。(G)の前後(f)(h)は為秀本とほぼ一致するから、これは京大本筆者の不注意な書写による脱文と考えられなくもないが、必ずしもそうともかぎらず、(G)の欠落は(i)の異文と関連があるようにも思われるのである。この点について、さらに掘り下げて考えてみる。

為秀本では、「(f)あなたのことを忘れたいと思っている私に、ある人が、源氏宮によく似ている人がいると教えてくれたので、わざわざ会ってみたのだが、出来損ないだった。(G)それどころか、なまじいに少し似ている人を迎え入れてしまったものだから、かえって始終あなたを思い出すことになって、しばし忘れることさえできないような結果になってしまった。(h)大弐の乳母などはあなたにとてもよく似ているというのだが、

（Ｉ）見間違いかどうか、あなた自身の目で見比べていただきたい」となっている。迎え入れた形代は、紹介者や大弐乳母が似ているというだけあって全然似ていないわけでないが、「作り損ない」であって、とうてい満足できるようなものではない、と、為秀本の狭衣はいっていたのである。対する京大本は、「（ｆ）あなたのことを忘れたいと思っていたところ、ある人が、源氏宮の身代わりに、といってくれたので、わざわざ会ってみたのだが、出来損ないだった。（ｈ）大弐の乳母などは、あなたにとてもよく似ているというのだが、（ｉ）笑止千万だ」といいきっている。京大本の狭衣は、形代は出来損ないであって、源氏宮にはまったく似ていない、と断言しているのである。(6)形代はまったく源氏宮に似てはいないと思っている京大本の狭衣は、為秀本や流布本の狭衣のように「（Ｉ）ひがめにやと、いかで御かゞみのかげにも御らんじくらべさせばや」などとはいわずに、「（ｉ）かたわらいたけれ」と断言しているわけであるから、その狭衣が「（Ｇ）なかなかいますこしあやかりやすにて、しばし忘るる心だにえかなひ侍らず」などという道理はないわけである。このように見てくると、京大本における（Ｇ）の欠落は、あえてこれを削ったものと考えたほうがよいように思われるのである。

京大本の狭衣は、「宰相中将妹を迎え入れたことをすでにお聞き及びかもしれないが、その形代はまったく源氏宮には似ておらず、満足できるようなものではない。私はあなた以外の人では満足できないのだ」と、源氏宮に訴えているのである。その狭衣が（ｊ）「涙うきながら、さすがにうちゑみ給」うのは、訴えても無駄だということを重々承知しているがゆえの、諦めの「涙」と「ゑみ」なのであろう。さきに述べたように、為秀本本文は「ほほゑみ」と「なげき」が入り乱れて不自然な文章になっていたが、京大本の本文はそうした難を完全に免れる。

以上、第四の異文と目される京大本の本文を検討してきたわけであるが、これはこれで十分に解釈可能な本文であって、むしろ為秀本本文よりもよく整っていると評せよう。

## 3　京大本こそが異本系本文である

前節では、三谷が第一系統・第二系統とした本文とは異なる、第三の本文（為家本）と第四の本文（京大本）をみてきた。これらの本文の各フレーズのありようを今一度整理しておくと次のようになる。

| | | | | | | | | | | | | | |
|---|---|---|---|---|---|---|---|---|---|---|---|---|---|
| 【為家本】 | | B | | | e | F | G | | I | J | K | L | M |
| 【流布本】 | | B | | | E | F | G | | I | J | K | L | M |
| 【為秀本】 | a | B | c | d | E | f | G | h | I | j | K | l | M |
| 【京大本】 | a | b | c | d | E | f | | h | i | j | K | l | M |

この表をあらためて眺めてみると、この箇所においては、三谷のいう第一系統（流布本系本文）と第二系統（為秀本のような本文）の対立よりも、為家本と京大本の対立のほうがより激しく、為秀本本文も流布本系本文も両者の中間的な形態にすぎないように思われてくる。巻一、巻二の本文研究においてこれまでに確認されてきた知見によれば、狭衣物語の本文には、原形態を比較的よく伝えている本文と、それを改作してできた異本系本文とがあって、さらに、その後それらをさまざまに混合してできた数種の本文が存在する、というのが狭衣物語諸本の本文のありようであった。諸本のうちのどの本文をもって原形態を比較的よく伝えている本文と考えるかについては、三谷と私とで正反対の考え方をしているのであるが、錯綜する諸本の本文を、基本となる二種類の本文とそれらの混合・混態本文、として捉える考え方は、三谷も私も一致している。その点は、狭衣物語の諸本を

第一類本と第二類本とに大別する中田剛直の説とも通じるのであって、管見のかぎり、狭衣物語の多様な本文について、これ以外の格別な考え方は現時点では提出されていない。

この考え方に従うならば、この箇所の為秀本本文はいわゆる異本系本文ではなく、京大本のような異本系本文をベースにしていながら、(b)や(i)を流布本系本文に差し替えてできた混態本文と考えざるをえない。

また、為家本本文を流布本系本文と比べてみると、(e)の部分だけが異なっている。この(e)がどこからもたらされたものであるのかが明らかでない現状では、流布本系本文もまた、為家本本文の(e)だけを異本系本文の(E)と差し替えでできた混態本文とせざるをえない。ただし、本章の八の5で述べておいたように、いまだ発見されていない本で、京大本とも流布本とも大きく異なる第三系統の本文を有する本が巻四にも存在した可能性は、否定すべきでない。もし今後そのような本が発見され、その本文に異文(e)が存在していたならば、為家本のほうが流布本系本文と第三系統本文の混態本文であると考えねばならないことになる。当面は、その可能性も皆無ではないということだけは念頭に置いておく必要があるであろう。

## 4　まとめ

以上の考察に基づき、この箇所の諸本の本文を整理しておく。( )内に中田剛直による分類[7]を付記する。

○基本本文

・為家本のような本文(第一類本第一種C・E・G・H、中山本、鎌倉本、為定本)〔原態を保っているとおぼしき本文。ただし、為相本は(G)に若干の脱文がある〕

・京大本のような本文（第一類本第一種A・B）〔為家本のような本文を大幅に改作してできた本文〕

○派生本文

・流布本系本文（第一類本第一種D・F、第一類本第二種、慈鎮本）〔為家本のような本文の（e）の部分だけを京大本の（E）に差し替えたもの〕

・為秀本のような本文（第二類本）〔京大本のような本文をベースにしつつ、他本から（G）を取り込み、（b）（i）を（B）（I）に差し替えたもの〕

（1）『物語文学の本文と構造』（平成九年四月・和泉書院）第II部第四章

（2）

・人やりの道ならなくにおほかたは生き憂しと言ひていざ帰りなむ（古今集・三三八）

・おほかたは我が名も湊漕ぎ出でなむ世をうみべたにみるめすくなし（古今集・六六九）

・寝ても見ゆ寝でも見えけりおほかたはうつせみの世ぞ夢にはありける（古今集・八三三）

・おほかたは月をもめでじこれぞこの積もれば人の老いとなるもの（古今集・八七九）

・おほかたはなぞや我が名の惜しからん昔のつまと人に語らむ（後撰集・六三三）

・おほかたは瀬とだにかけじ天の川深き心を淵と頼まん（後撰集・九五七）

・おほかたは峰も平らになりななん山のあればぞ月も隠るる（古今六帖・三四四）

・見ても思ひ見ずても思ひおほかたは我が身ひとつや物思ふ山（古今六帖・九一一）

・おほかたは誰が名か惜しき袖しみてゆきもとけずと人に語らむ（実方集・一一〇）

（3）『実践女子大学紀要』（昭和五九年三月）。後に『狭衣物語の研究［伝本系統論編］』（平成一二年二月・笠間書院）に収録。

（4）『狭衣物語諸本集成　第一巻　伝為明本』（平成五年一〇月）の解説。五〇四頁。
（5）『狭衣物語諸本集成　第六巻　飛鳥井雅章筆本』（平成一〇年九月）の解説。四七二頁。
（6）狭衣が宰相中将妹を源氏宮に似ていると考えるか、似ていないと考えるか、という相違は、今回採り上げた箇所以外のところでも同様の異文を発生させている。これは、混合本文における取り合わせというきわめて厄介な問題を解明する重要な鍵となるにちがいない。
（7）「狭衣物語巻四伝本考」（『上智大学国文学論集　4』昭和四五年一一月）。

## 本章のまとめ

以上見てきたように、錯綜を極めるかにみえる狭衣物語諸本の本文も、もとをただせば、基本となる二種類の本文に還元されるものであることが、本章の考察によって判明した。この結論は、当面はこれら九箇所に限っての結論としておくべきであろうが、これまでとりあえず三つの系統に分類して考えられてきた狭衣物語の本文を二種類にまで絞り込むことのできる箇所はこれ以外にもずいぶん多くあるのであって、むしろ三種類（あるいはそれ以上）の本文が対立・拮抗する箇所というのはそれほど多くはないのである。狭衣物語の本文研究の先駆者であった三谷栄一、中田剛直の両氏がはやくからその必要性を指摘していたにもかかわらず、これまであまりにも手つかずのまま放置されてきた混合・混態本文の研究が、原本追究の本文批評にとって代わって進展してゆくにつれ、そのことはいっそう明らかになっていくであろうと、私は考えている。

# 第八章　引用論と本文異同

## 1　引き歌の定義について

狭衣物語の文章（さらには構想）と先行作品の関係については、初期の狭衣研究では先行作品の「模倣」として、また、近年の研究では先行作品からの意図的な「引用」として諸氏によって論じられ、具体的にどの部分がどの先行作品を典拠とするかということについても、注釈書だけでなく、典拠論や構想論といった形でさまざまに指摘されてきた。

狭衣物語の文章や構想に先行作品との共通点が多いという事実は一般論としては認められてよいと思うが、模倣箇所あるいは引用箇所の具体的な指摘となると、その前に考えておかなければならないいくつかの基礎的な問題があるだろうと思う。そして、そのうちのいくつかはかなり厄介な問題であるはずだと思うのであるが、その厄介さの自覚が従来の研究では欠落していたのではないかと思う。そこで、本章では狭衣物語における「引用」をめぐる基礎的な問題について考えてみたい。

まず第一の問題は、「引き歌」の定義に関する問題である。これは、夙に玉上琢彌が「源氏物語の引き歌」において深い思索をめぐらしている。玉上は、「引き歌」と「単なる用例」の区別について深い思索をめぐらし、「引き歌」の定義を、「古き歌によりていへる詞にて、かならず其歌によらではきこえぬ所」（『玉の小櫛』「湖月抄のこと」）とする本居宣長の考え方を排して、「作者が和歌を思い浮かべながら文を書いた場合のすべて」を考察の対象とする、との考えを示した(1)。その後の「引用論」「典拠論」は、源氏以後の物語を対象とする場合にも玉上のこの考え方を踏襲するものが多いようである。

先行する『竹取物語』『宇津保物語』『落窪物語』などの即物的で乾いた文章とはあまりにも異質な源氏物語の

行文について考えるには玉上のような考え方が必要だったのであろうし、事実、それは有効でもあった。しかし、すでに源氏物語の文章が存在し、その圧倒的な影響下に成った狭衣物語や擬古物語の文章を対象とする場合には、おのずから事情が異なるはずである。玉上は、源氏物語における「引き歌」を上のように定義した際にさえ、この定義が「『引き歌』という語から生ずるイメージの範囲を逸脱していると、諸学者から非難されないか」を顧慮し、「拡張解釈だと批難《ママ》されることは覚悟」の上で、あえてあのような定義をしたのであった。それを思えば、源氏以後の物語の引き歌を考える場合にまで無批判に玉上説を踏襲することは、無意味であるばかりか、かえって議論を紛糾させる原因にさえなりかねないのではないかと思われるのである。

たとえば、狭衣物語冒頭の一文。「少年の春は惜しめども」が白居易の詩の一節「踏花同惜少年春」の引用であるとすることについては、他の和文に例を見ない「少年」という漢語が使用されていることからも、とりあえず認められてよいであろう。しかし、続く「惜しめどもとどまらぬ」の部分について諸注が次の和歌をあげているについてはどう考えればよいか。

惜しむにもとまらぬものと知りながら心砕くは春の暮れかな（天喜四年閏三月・六条斎院禖子内親王家歌合・二四「くれの春」宣旨）

そもそもこの歌は、狭衣物語の作者を六条斎院家宣旨とする説との関連で指摘されたものである。その後、『全書』の解説（二一八頁）でも宣旨作者説の傍証のひとつとしてこの歌があげられ、『大系』の補注や『集成』の頭注も同様の観点からこの歌をとりあげている。これらは、狭衣物語の作者と目される六条斎院家宣旨の詠歌中に物語冒頭表現と類似のものがあるという事実を指摘しているにすぎないのであって、いわゆる「引き歌」としてこの歌をあげているわけではないようである。その点は『新全集』も同様なのであるが、『新全集』はさらに、この歌とは別に、

惜しめどもとどまらなくに春霞帰る道にし立ちぬと思へば（古今集・春下・一三〇・元方）

をあげて、こちらについては、物語冒頭の表現はこの歌が「踏まえられたもの」である、と指摘している。「踏まえられたもの」とは、作者がこの和歌を思い浮かべながら文を書いた、ということであろうから、まさに玉上説のいう「引き歌」にあたる。『新全集』は、さきの白詩とともに、この古今集元方詠をもって狭衣物語冒頭表現の「引き歌」と考えているものと思われるのである。『全註釈』も、この箇所の【語釈】欄（三二頁）において『新全集』と同様の説明をしている。しかし、この元方詠を引き歌と認定することに問題はないだろうか。たしかに、さきの宣旨詠と比べてみても、この元方詠のほうが用語の一致度も高い。しかし、「作者」がどの和歌を「思い浮かべながら文を書いた」かということは、必ずしも語句の一致度とは関係ないであろう。さらに、この元方詠を「引き歌」とするのであれば、たとえば、次のようなもろもろの歌についてはどう考えればよいのであろうか。

○待てといふにとまらぬものと知りながらしひてぞ惜しき春の別れは（新古今集・よみ人しらず・一七二・「寛平御時きさいの宮の歌合歌」）
○いつとなく桜咲けとか惜しめどもとまらで春の空に行くらん（貫之集・二二三）
○惜しめどもとまらぬ今日は世の中にほかに春待つ心やあるらん（貫之集・五二六）

○惜しめどもとまりもあへず行く春をなこその山の関もとめなん（夫木和歌抄・貫之・九五四四・「亭子院御時歌合」）
○惜しめどもとまらぬ春もあるものを言はぬにきたる夏衣かな（新古今集・素性法師・一七六）
○行く春を惜しむにとまるものならば何かは物を人の思はん（元輔集・六七）
○惜しめどもたちやはとまる春霞ねたし残れる花を思はん（赤染衛門集・四〇七）
○年を経て花に心を砕くかな惜しむにとまる春はなけれど（定頼集・三五）
○年を経て今日に心をくだくかな惜しむにとまる春はなけれど（二条太皇太后宮大弐集・三一）

さらに、

○留春々不住　春帰人寂漠［春を留むるに春住まらず　春帰つて人寂漠たり］（和漢朗詠集・「三月尽」白）
○惆悵春帰留不得　紫藤花下漸黄昏［惆悵す春帰つて留むれども得ざることを　紫藤の花の下漸くに黄昏たり］（和漢朗詠集・「三月尽」白）

といった漢詩句との関係はどうであろうか。さきの「少年の春を惜しむ」が朗詠経由での摂取であるとするなら、むしろ、狭衣作者にとってはこれら朗詠の詞章をあわせて思い浮かべることのほうが自然な連想であったとも考えられるのではないだろうか。

しかし、そもそも作者がどの和歌（あるいは漢詩句）を思い浮かべながら文を書いたかなどということは、しょせん「憶測」の域を出るものではない。『新全集』が「引き歌」と認定した元方詠に限らず、上にあげたどの和歌（あるいは漢詩句）を「引き歌」として指摘しても、客観性を欠き、多かれ少なかれ牽強付会であるとの非難は免れえないであろう。その懸念があったからこそ、玉上は、「引き歌」の「拡張解釈」に対してあれほどまで逡巡したのだと思われる。

さて、このように見てきて、なお、「惜しめどもとどまらぬ」という表現に対してただ一首の「引き歌」を指摘することにどんな意味があるというのだろうか。おそらく、「春は惜しんでも留めることはできない」という表現は、狭衣物語の作者および当時の読者たちにとってはほとんどありきたりな表現として存在していたというべきである。したがって、この場合、ただ一首の「引き歌」を特定することなどできないし、またそれをすることになんの意味もないと思われる。それよりも、ここで必要なのは、これが王朝和歌の世界で育ってきた「和歌的表現」であるということをきちんと認識しておくことにほかならない。前掲論文において玉上は、「作者の口は和歌をよむ口つきである。なにしろ読者は和歌とあれば聞き耳をたてる習性があるのだから、漢詩文からえた思想をあらわす新造語も歌語ふうに仕立て、歌人の見て見ぬ人生の姿も和歌的表現にととのえる。」と説いている。そうした源氏物語の文章のありようを、狭衣作者は自家薬籠中のものにしている。したがって、この際重要なのは、狭衣物語の文章を書くときに作者がどの「引き歌」を思い浮かべていたかを指摘することなどではなく、むしろ、狭衣物語のどの部分が「和歌的表現」になっているかを正しく指摘することでなければならない。それは、これまでのように「引き歌」一首を指摘しておけば事足れりという態度を改めなければならないということでもある。これはもはや「引用論」というよりは、狭衣物語の文体論として論じられるべき性質のものであるかもしれない。

## 2　和歌的表現

「引き歌表現」とは別に「和歌的表現」というものを措定するとなると、これまで「引き歌」の指摘がなされてこなかったような箇所であっても「和歌的表現」であることをわきまえなければならない場合が出てくる。物語冒頭の山吹をめぐる一連の表現はまさにそれであろう。

池の汀の八重山吹は井手のわたりにことならず見わたさるゝ、夕ばへのおかしさを、ひとり見給ふもあかねば、さぶらひわらはのおかしげなるして、一枝おらせ給ひて、源氏の宮の御かたにもてまいりたまへれば、(中略)「この花の夕ばへこそつねよりもおかしく侍れ。春宮の、『さかりにはかならずみせよ』とのたまはする物を」とてうちをき給ふを、(中略)「花こそ花の」と、とりわき給て山ぶきを手まさぐりし給へる御手つきの……(版本・巻一之上・一オ〜ウ)

源氏宮の口ずさんだ「花こそ花の」の出典については諸氏の議論があり、諸注の目も「引き歌」という観点からもっぱらこの箇所にばかり注がれてきたのであるが、これについては第4節で問題にすることにして、ここでは触れない。その箇所を別にすれば、従来の注釈書は、「井手」が山吹の名所であることについての「用例」として、いくつかの和歌を示してきただけで、ここに「引き歌」を指摘したものはない。しかし、この箇所こそは、先に述べた「和歌的表現」に満ちあふれた箇所とすべきものであろうと思う。いま、試みに『古今和歌六帖』第六から「山吹」題のもとに収録されている和歌二十一首(三五九六〜三六一六)を列挙してみる。

A　今もかも咲き匂ふらん橘の小島の崎の山吹の花（三五九六）
B　山吹はあやなく咲きそ花見んと植ゑてし君が通ひ来なくに（三五九七）
C　ちはやぶる神奈備川に影見えて今や咲くらん山吹の花（三五九八）
D　をりても見をらずても見ん吉野川水底照りて咲ける山吹（三五九九）
E　映る影ありと思はずは水底に春とぞ見まし山吹の花（三六〇〇）
F　かはづなく井手の山吹散りにけり花の盛りにあはましものを（三六〇一／「あはましものを花の盛りに」三一二三）
G　八重ながらあだなる見れば山吹のしたにこそ鳴け井手のかはづは（三六〇二）
H　流れ来るかはづ鳴くなりあしひきの山吹の花匂ふべらなり（三六〇三）
I　ゆかりともきこえぬものを山吹のかはづが声に匂ひけるかな（三六〇四）
J　山吹の花は千年も咲くべきを暮れぬる春の惜しくもあるかな（三六〇五）
K　吉野川岸の山吹吹く風に底の影さへうつろひにけり（三六〇六）
L　春深み枝さしひちて神奈備の川辺に咲ける山吹の花（三六〇七）
M　あしひきの山の山吹山ならば咲く盛りにはあふ人もあらじ（三六〇八）
N　春深き色はなけれど山吹の花に心をまづぞ染めつる（三六〇九）
O　ひとりのみ見つつぞしのぶ山吹の花の盛りにあふ人もなし（三六一〇）
P　いかで我があはんと思ひし山吹の花の盛りにあひにけるかな（三六一一／「をらむと思ひし」「花の盛りの過ぎにけるかな」躬恒集・三九七）

Q　もろともにゐでの里こそ恋しけれひとりをりうき山吹の花（三六一二）
R　我が宿の八重山吹の散るを見て春過ぎ行くと見るぞかなしき（三六一三）
S　春の雨に匂へる色もあかなくに香さへなつかし山吹の花（三六一四）
T　名にし負へば八重山吹ぞうかりける隔ててをれる君がつらさに（三六一五）
U　山吹のそれにあくことなくしあらば人の知るべく我が恋ひめやは（三六一六）

このように並べてみると、先に掲げた狭衣物語冒頭の文章中の、「井手のわたり（FGQ）」「ひとり見たまふ（OQ）」「折らせたまひて（DP〈異文〉QT）」「盛りにはかならず見せよ（FMOP）」などが、従来の山吹詠の中でくりかえし用いられてきた表現ないし発想であることが確認される。さらには、冒頭で語られた惜春の情にふさわしい風物として山吹が取り上げられたこと自体が和歌的である（JR）ということも認められてよいであろう。また、「池のみぎは」については、直接的には『下紐』以来くりかえし指摘されてきた源氏物語胡蝶巻との関係を考える必要があろうが、山吹が和歌の伝統の中で水辺の植物として詠まれてきたという事実（ACDEKL）も無視できない。

『古今和歌六帖』以後の和歌においても、次に見るように、事情は変わらない。

我が宿の八重山吹はひとへだに散り残らなん春のかたみに（拾遺集・七二）
あぢきなく思ひこそやれつれづれとひとりやゐでの山吹の花（後拾遺集・九六四・和泉式部）
くちなしの色に咲けばか山吹の過ぎ行く春をとまれとも言はぬ（国基集・八二）
河辺なる所はさらに多かるを井手にしも咲く山吹の花（和泉式部集・一八）

上にあげてきた和歌はいずれも「引き歌」という概念では捉えにくいものであり、したがって従来の注釈書も引き歌としての指摘をしてこなかった。しかし、狭衣作者はこれらの和歌の多くをそらんじていたにちがいなく、そうした豊かな和歌的素養があったからこそ、あの先例を見ない狭衣物語の華麗な文章の創造は可能となったにちがいないと思うのである。狭衣物語における「引用」を、「作者が思い浮かべながら……」というように作者レベルの問題として考えるというのであれば、玉上の引き歌の定義でさえも狭すぎるものといわねばならない。

## 3　引き歌表現と和歌的表現

前節では、「引き歌表現」と「和歌的表現」を区別すべきだとの考えを述べた。したがって、ここであらためて「引き歌表現」なるものの定義をしておくべきかと思う。かくして、狭衣物語の場合、「引き歌表現」というのは、本居宣長のいうように「古き歌によりていへる詞にて、かならず其歌によらではきこえぬ所」に限定しておくのが適切であろうと思う。

……中嶋の藤は松にとのみおもはずさきかゝりて山ほとゝぎすまちがほなるに……（版本・巻一之上・一オ）

前節でとりあげた山吹をめぐる一連の和歌的表現の直前に位置している一節であるが、この「藤は松にとのみ思はず咲きかかりて」の部分は「引き歌表現」として認定されねばならない。引き歌は、すでに諸注が指摘しているように、

夏にこそ咲きかかりけれ藤の花松にとのみも思ひけるかな（拾遺集・夏・八三・源重之）

である。この歌に拠らなければ、「松にとのみ思はず」の「のみ」の解釈ができず、「松以外の何に」咲きかかるのかがわからない。この部分は「中島の藤は、松にだけ咲きかかるものとは思わずに、夏にまで咲きかかろうとして」の意であって、狭衣物語のこの行文は、引き歌の「咲きかかりけれ藤の花松にとのみも思ひ」の部分を引用することで「夏にこそさきかかりけれ」の意を言外に表現しているわけである。「引き歌表現」というのはこのように、必ず「引き歌の、引用された歌句以外の部分の意味を、言外に表現している」ものである、というふうにもいい換えることができる。

とはすなわち、たとえばもし狭衣物語のこの部分が「中島の藤は夏にまで咲きかかりて」となっていたとすれば、これはもはや「引き歌表現」と認めるべきではなく、「和歌的表現」とすべきだ、ということである。なぜなら、狭衣作者が拾遺集の重之詠を思い浮かべてこのように書いた蓋然性がどんなに高かったにせよ、「藤が夏にまで咲きかかる」ことを詠んだ和歌は他にもいくつか拾うことができるのであって、重之詠以外の、たとえば次にあげる歌群中のaやdなどを作者が思い浮かべて「夏にまで咲きかかりて」と書いたのだ、と考えてもなんら不都合はないし、また、これら以外にも、今は伝わらない、共通の語句をもっと多く有するような歌が狭衣作者の時代に存在していなかったともかぎらないからである。

a　いづかたに匂ひ増すらむ藤の花春と夏との岸を隔てて（千載集・一一八・康資王母／「いづかたの梢咲くらむ」源大納言家長久二年歌合・二番左）

b藤の花かけてぞしのぶ紫の深くし夏になりぬと思へば（躬恒集・二六八）
cかけてのみ見つつぞしのぶ夏衣うす紫に咲ける藤波（躬恒集・四四一）
d春夏の中にかかれる藤波のいかなる岸か花は寄すらん（重之集・八三）
e夏の夜に咲くとは聞けど藤の花今までかかるをりは見ざりつ（大斎院前御集・一〇二・「（五月）つごもりがたに、みぶ、さとより、さかりのやうにふぢのいとをかしうさきたるに」）
f宿からか夏になれども藤の花うつろふ色の見えずもあるかな（国基集・八三・「ある人のむこどりしてのち、はじめて人人よびて歌よみ侍りしに、藤花尚盛といふことをよみ侍りしついでに」）
gなごりをば夏にかへつつ百年の春の湊に咲ける藤波（天徳内裏歌合四六／五四）

ちなみに、諸注は、「山ほととぎす待ち顔なるに」の部分についても、

我が宿の池の藤波咲きにけり山ほととぎすいつか来鳴かむ（古今集・一三五／「今や来鳴かむ」六帖・四二三六／「今や来鳴かむ」人麻呂集・一七一）
我が宿の池の藤波咲きしより山ほととぎす待たぬ日ぞなき（躬恒集・九二）

をあげているが、これも同様の観点から、「引き歌」ではなく「和歌的表現」としておくべきところであろうと思う。

このように「引き歌表現」と「和歌的表現」を厳密に区別すべきだと考える理由は、引き歌認定における恣意性を排除するためにほかならない。というのも、「引き歌」に限らず、総じて「引用」の指摘は、従来、「思いつ

き」としかいいようのないような恣意的な解釈の論拠として安易に利用され過ぎてきたきらいがあり、そこのところを曖昧なままに黙認しておくと、そうした恣意的な解釈に基づく客観性を欠いた論が際限なく増殖しかねないことを危惧するからである。

たとえば、巻二冒頭。

物思ひの花のみさきまさりて、汀がくれの冬草はいづれともなくあるにもあらぬ中にも、おばなのもとの思ひぐさは、なをよすがとおぼさるゝを、むげにしもにうづもれはてぬるはいとこゝろぼそく、おぼしわびて、たづぬべきくさのはらさへ霜がれてたれにとはまし道しばの露（版本・巻二之上・一オ）

とある「物思ひの花のみ咲きまさりて」の部分に対して、諸注いずれも、

草も木も吹けば枯れゆく秋風に咲きのみまさるもの思ひの花（古今和歌六帖・二一九二・躬恒）

を「引き歌」として指摘してきた。この歌は躬恒と貫之の贈答歌であって、『古今和歌六帖』だけでなく『躬恒集』にも『貫之集』にも出ており、後に『夫木和歌抄』にも収録されている。歌集によって第二句に本文異同があるものの、三句目以下はいずれも一致しており、対する貫之の返歌は「ことしげき心より咲くもの思ひの花の枝をやつらづゑにつく」というものである。「もの思ひの花のみ咲きまさりて」という比喩的な表現は、常識的に考えても普通の物言いではなく、また、『CD－ROM新編国歌大観』で検索するかぎりでは、平安朝和歌でこの表現が用いられた例としては躬恒のこの歌しかあがってこない。そのため諸注はこぞってこの和歌を「引き

歌」と指摘してきたのであろう。しかし、これを引き歌と認めた場合、季の齟齬という問題が生じるのを見逃すわけにはいかないのである。(3)

躬恒詠は明らかに秋の歌である。対する狭衣物語のこの段の季節は「冬草」「霜枯れ」などの語から冬と判断される。ところが、『全書』はこの躬恒詠を根拠に、巻二冒頭の季を秋としているのである。躬恒詠を「引き歌」と認定しさえしなければ紛れようもないはずの解釈が、これを引き歌と認定したことによって誤った方向に導かれてしまっているといわざるをえない。(4)ちなみに、巻二冒頭の季が秋であるか冬であるかということは、けっしてどちらでもよい些末な問題ではないのである。というのも、巻一末尾に語られた飛鳥井女君の入水の時期について、諸本間に、これを冬のこととする本文と、秋と解さざるをえない本文とが複雑に対立しており、(5)巻二冒頭の季をいつと考えるかはその問題とも深く関係してくることだからである。

たしかに、この箇所の場合、狭衣作者が躬恒詠を思い浮かべて文を書いた蓋然性はきわめて高いだろうと思う。しかし、それでもなお、この躬恒詠を知らなくてもここの解釈にはなんら支障をきたさないし、それればかりか、知らないほうがかえって上述のような混乱を生じさせないで済む。だから躬恒詠を引き歌とは認定せずに、この場合は躬恒詠のような和歌の表現に拠った「和歌的表現」としておくべきだ、というのが、私の考え方なのである。

そのあとの「尾花がもとの思ひ草」についても、諸注は、

野辺見れば尾花がもとの思ひ草枯れゆくほどになりぞしにける（和泉式部集・二七六／新古今集・六二四・「枯れゆく冬に」）

道の辺の尾花がしたの思ひ草今さら何のものか思はむ（古今和歌六帖・二五七八）

などを引き歌としてあげてきた。後者はともかくとして、前者は狭衣物語のこの箇所と重なる語句も多く、従来の考え方からすれば引き歌と認定されて当然である。しかし、やや突飛な例で恐縮だが、

問へかしな尾花がもとの思ひ草しをるる野辺の露はいかにと（千五百番歌合・一四九五・源通具）

は、どうだろうか。この通具詠は狭衣物語のこの段と重複する語句を和泉式部詠以上に多く有している。むしろ、通具が狭衣物語のこのくだりを思い浮かべて「問へかしな」の歌を詠んだ可能性を考えてもよいかと思われるほどだが、しかし、もし、この通具詠こそが狭衣物語のこの箇所の引き歌であり、したがって、狭衣物語の成立は十三世紀まで下る、などということをいい出す非常識な論者がいた場合、我々はその妄説に対してどういう反駁をなしえようか。さいわい、狭衣物語の場合は『無名草子』や『僻案抄』といった外部徴証があるから、そこまで非常識なことをいう論者は今のところはいないようだけれども、引き歌を根拠にして作品の成立年代の上限を決定するという方法は、まったく論理性に欠ける方法であるにもかかわらず、今日なお物語研究ではごく当たり前に行われている。そのことを思えば、やはりこの際、引き歌の定義についてはきちんと詰めておく必要があるだろう、というのが私の考え方なのである。

## 4　本文異同と引用

本節では、狭衣物語の「引用」に関わるもう一つの、さらに厄介な問題についてふれておきたい。それは、狭

衣物語の本文異同に関係した問題である。狭衣物語には多くの異本が存在し、その異文内容も質・量ともにおびただしい。本文異同はストーリーの違いにまで及ぶことはない、などと楽観的なことがいわれていた時期もあったが、第四章にみたように、必ずしもそうとばかりもいってはおられないことが徐々に判明しつつある。ましてや、措辞のレベルの異同のおびただしさは、いまさらいうまでもないであろう。さらに、「引用」にかかわる箇所には格別に特殊な異文が発生しやすいという事実も認められる。[6]

そうした状況のもとで、「作者が思い浮かべて書いた……」という場合の「作者」とはいったい誰をさしていうことになるのであろう。狭衣物語の原作者が六条斎院家宣旨であるとしても、おびただしい異本のうちのどれをもって原作者宣旨の書いた文章とするのか。原本文の再建ということが文献学者たちの幻想にすぎなかったことがほぼ明らかになった今、「引用」の問題に「作者」という概念を持ち込むのは、この点できわめて非論理的な、まずい方法であるといわざるをえないのである。具体例をあげて、問題点の所在だけを指摘しておきたい。

狭衣物語巻二之下。女二宮出家の報せを受けた狭衣の悲しみを述べるくだりが、『全書』や『集成』の底本である流布本系本文では、

【版本】「くるしうかなしとは是をいふにや」とおもひつゞけられて、そでのこほりとけずあかし給ふ夜な〳〵は、いまはじめてわかれ奉りたらんとこの心ちして、さびしさもこひしさもたぐひなかりけり。(八ウ)

となっている。『大系』『新全集』『全註釈』が底本とする深川本系本文ではやや異なった本文になっているが、波線を付した箇所に関するかぎりは異同がない。この波線部分について、『全書』の補注(四三一頁)は、

思ひつつねなくにあくる冬の夜の袖の氷はとけずもあるかな（後撰集・四八一）

をあげて「ここの引き歌としてよいと思ふ」とし、さらに、先行の和歌や物語にあらわれる「袖の氷」の全用例を列挙した上で、寝覚物語に見える次の三例、

○「はかなくて君にわかれし後よりは寝覚めぬ夜なくものぞかなしき　なになり袖の氷とけずは」と、格子にちかくよりゐて独ごち給ふ気色を聞きつけて……（『大系』巻一・八六頁）

○さすがにいと聞かまほしく、問ひ聞かれて、なになり袖のこほりもやらず、流れそふほど、夜中ばかりにも成ぬらんかしと思ふ、（『大系』巻二・一七八頁）

○「なになり袖の氷とけず」と、なげき明し給ひてしあしたより、あまりよろづのことはりを思ひゆるし、心をも、あながちにのどめ過す、ことはりもすぎて、まめやかに恨めしく、人目はづかしきまで思ししらるれば……（『大系』巻三・一八九頁）

が、狭衣物語のこの箇所と酷似することを指摘しており、「狭衣が寝覚を模したのか、寝覚が模したのか、または他にもxなる作品があって、そのxを介して両者が姉妹関係にあるのか、成立に関して一つの決め手となる箇所である」と説いている。また、後藤康文の「『夜の寝覚』と『狭衣物語』――その共有表現を探る」[7]がやはりこの箇所をとりあげ、『全書』の説も引いた上で、「そこまで強調してよいかどうかは疑問だが、『袖の氷解けず』はやはり、両作品の関わりを考えるうえで看過できない表現のひとつだろう」と述べている。

当面は後藤の慎重な態度に従うべきであると思うが、それだけにとどまらず、これにはさらに厄介な本文の問

題が関係しているのである。『全書』補注も後藤も、ともに、この箇所を「袖の氷解けず」の引用関係としてとらえているのだが、実は、狭衣物語のこの箇所には次のような本文異同が発生している。

【高野本】……たがためもいとめやすからましを、なになりそでのこほりもとけずあかしわびたまふよな〳〵も、いまはじめてたちわかれ給へらんとこの心地して、さびしさもこひしさもたぐひなくおもひあかし給。（六〇ウ～六一オ）

寝覚物語の上記三例すべてが「なになり袖の氷」であることを思えば、高野本のこの異文は無視できない。高野本は『校本狭衣物語巻二』が「第二類本」とする本であり、巻二の第二類本の本文（＝異本系本文）は改作本文とすべきものと考えられるが、表現の細部になってくると各異文の先後関係はさだかでない。この箇所についても、高野本とともに第二類本とされる大島本では波線部の前後が「たがためもやすからまし。袖はこほりもとけず、ありしよな〳〵……」と、異なったものになっているので、まずは周到な本文批判が必要となろうが、それはさておき、高野本の異文がたとえ後人の改竄になるものであったとしても、それならそれで、これは高野本本文の成立時期と寝覚物語現存本文の成立時期との関係について興味深い問題を提起するものとして注目されることにもなるわけである。少なくとも、狭衣物語と寝覚物語の成立の前後関係を論ずる前に、狭衣物語の側の本文批判を避けて通ることができないことだけは確かである。

また、この箇所に関連してもうひとつ指摘しておきたいのは、引用される文献の側の本文異同も無視しえないということである。『全書』補注が「袖の氷」の用例（9）として引用している宇津保物語蔵開中巻の和歌は、「唐衣たち馴らしてし百敷の袖凍りつる今宵何なり」という形であげられており、寝覚物語の「なになり袖の凍り」は「宇津保の（9）の歌を踏まへた使ひ方」であるとしている。『全書』はこの歌を宇津保物語の版本の本文によって引用したようである。ところが、宇津保物語の善本とされる前田本では、この歌の結句は「こよひなりけり」となっていて、そのため、『宇津保物語　本文と索引』や『新編国歌大観』では、『全書』の指摘した「今宵何なり」という歌句を拾うことはできなくなっている。宇津保物語の本文としてどちらを採るべきかは別問題として、狭衣物語や寝覚物語と宇津保物語との引用関係を考える場合、「今宵何なり」という版本宇津保物語の本文は無視されてはならない。というのも、「今宵何なり」という本文は近世の版本の誤謬などではけっしてないのであって、『風葉和歌集』に採られたこの和歌もやはり、結句は「こよひなになり」となっており、鎌倉中期以前の宇津保物語にすでに「今宵何なり」という異文が存在していたことは確実だからである。

従来の「引用論」のほとんどは、引用する側の文献も、される側の文献も、もっぱら校訂された活字本のテキストに依拠して行われてきた。「引用論」なるものが、「作者が和歌を思い浮かべながら……」というように「作者の意図」を問題にするものであるかぎり、「引用論者」のよるべきテキストは作者自身によって書かれた「原本文」でなければならないことはいうまでもない。いっぽう、現在流布している活字本のテキストは、理念的には原本文の復元を目指して校訂されているわけであるから、素姓もさだかでなく多くの誤謬を含むにちがいない末流写本や版本の本文によるよりも、より原本文に近いと考えられる校訂本によるのが「引用論」にとっては合目的的である、というのが「引用論者」の論理であるのかもしれない。しかし、それこそまさに机上の空論、詭弁以外のなにものでもない。先にも述べたように、物語の場合、本文批評の方法をどんなに駆使してみたところで原本文の復元が不可能であることは今や文献学の常識なのであって、校訂されたテキストといえども原作者の書いた原本文との関係についてはまったく不明といわざるをえないからである。

原作者が書いたものかどうかもわからない校訂本文を原本文と「見なし」、原作者の意図などというとらえどころのないものを「憶測」する従来の引用論は、結論の当否は別として、およそ学問的方法らしからぬ方法によって行われてきたといわざるをえないと、私は思うのである。

このように考えてくると、「引き歌」が問題にされる際にしばしばなされてきた「××の歌はここの文脈によく合致するが、作品の成立年代から考えて引き歌とするのは適切ではない」といったコメントについても考えを改めなければならないことに気付く。問題にしている本文が原本文から隔たった後代の改竄本文であるならば、「作品の成立年代」よりも後の時代に詠まれた歌が引用されていたとしても何ら不思議はない。上にあげた、狭衣物語の高野本本文と寝覚物語や宇津保物語との関係は、そういう視点を抜きにしてはまったく無意味な、空回りした議論になってしまいかねない性質のものである。

そのような視点が必要であろうと思われる例として、さきに保留しておいた「花こそ花の」の引き歌についてここで考えておきたい。

すでに指摘もされているように、この箇所には「花こそ春の」という異文が発生している。この二つの異文と「引き歌」については『全書』や『大系』の補注に詳しい。すなわち、「花こそ春の」の引き歌としては、

A　玉の井に咲けるを見れば山吹の花こそ春の盛りなりけれ（堀川百首・二九七・源師時）

があげられてきた。これだと、第四句「花こそ春の」を引用することによって、源氏宮は「盛りなりけれ（そういえば、真っ盛りだったんですね）」との意を言外に表現したことになって、この箇所の引き歌としてきわめて適切だということになるが、『大系』補注は、狭衣物語の成立は堀川百首よりも前であるから、この箇所の引き歌としては不適切である、としている。

いっぽう、「花こそ花の」の本文によるならば、引き歌としては、

B　匂ふより春は暮れ行く山吹の花こそ花のなかにつらけれ（拾遺愚草・一四一三）

が候補にあげられ、「花こそ花の」を引用することによって、「春は暮れ行く（もうすぐ、春も終わりなのですね）」の意を表現したことになるが、これについては、『全書』も『大系』も、定家詠は狭衣物語よりも後代のものであるから引き歌として適当でない、としている。

しかし、「花こそ春の」が狭衣物語の原本文であり、「花こそ花の」は定家以後の後人による改竄本文であるならば、この箇所の引き歌をBと考えてもなんら不都合はないはずである。狭衣物語の異文についての正しい認識なしにこの箇所の「引き歌」をあれこれ論じるのは無意味であるとしかいいようがない。

また、Aについては、引かれる側の文献の本文異同も問題になる。Aの堀川百首詠の下句は、日本大学総合図書館蔵脇坂八雲軒本を底本とする新編国歌大観では「花こそ宿のかざしなりけれ」となっていて、もしそれが師時詠の原本文だとすれば、この箇所の引き歌としては師時詠は論外ということになる[8]。しかしこれも、狭衣物語の異文の発生時期と、Aの和歌の「春の盛り」という異文の発生時期との関係いかんによっては、もちろん、この引き歌と考えられないこともないわけである。

ちなみに、さらに問題をひろげれば、狭衣物語の現存諸本にみられるこの箇所の異文は、『校本』による限りでは「花こそ花の」と「花こそ春の」の二種類だけであるが、これが「な」と「る」の字形相似によるものであろうことは『大系』の補注にも指摘されている。だとすれば、これら以外に「春こそ花の」という異文があったとしても不思議はない。というのも、擬古物語『しら露』に狭衣物語のこの冒頭場面を模したらしい一節があり、

次に示すように、そこにはこの歌とおぼしき歌が「春こそ花の」という形で出ているからである。(9)

「春こそ花の」とうちうそぶきて、猶いとあかぬ夕ばへなれば、と斗いざり出つゝ、そこら詠やり給ふに……

（中野幸一『物語文学論攷』（昭和四六年一〇月・教育出版センター）の影印による。五三ウ）

ともあれ、引用を考えるに先立って、引用する側と引用される側それぞれの本文の成立時期の問題が解決されなければ、この箇所の引き歌の問題は妥当な結論には至り得ないといわねばならず、ましてや、「引用論」を根拠にして本文の先後関係が決定されるなどということが行われるとすれば、それは本末転倒も甚だしいのであって、「引用論」の罪科はとどまるところを知らないといわねばならない。

## 5　源氏物語からの引用について

最後に、引用論の今後の展望という意味合いもこめて、前節で述べたような視点が必要になってくるにちがいない例をもう一つあげておきたい。巻一のはじめ、主人公狭衣の超人的な資質が紹介されるくだり。これまでの「引用論」の多くが依拠してきた『大系』のテキストで、

世中の人も、うち見たてまつるは、あやしうこの世の物とも思ひ聞えさせ給はず、「これや、この世の末のために現れさせ給へる、第十六の釈迦牟尼仏」とて、手をすり涙をこぼす多かり。わが身の憂へも、思事なき心地すれ（ば）……（『大系』三三頁）

となっている箇所は、流布本系本文にこれが見あたらないのをはじめとして、本によって叙述の順序が大きく前後したりなどもしており、非常に複雑な本文異同が発生しているところであるが、[10] 宝玲本をはじめとするいくつかの本ではこの部分が、

【宝玲本】みかどをはじめ奉りて、世の中の人、たかきもくだれるも、「此御かほかたちのみさ《ママ》へ、御年のほどにもすぎて、ましてさかりにねびと丶のをり給はん行するもゆかし」など、「あまりなるわざかな」と、おどろきあさみ、此世のひかりのためにあみだぼとけのかりにけふのことをなして、かりそめに出給へるも、いひしらぬしづのおなども見奉りては我身のうれへもみなわすれて、思ふ事なき心ちしつ丶、あさましげなるかほの行ゑもしらず、ゑみひろごり、あるはおがみ奉りなみだをながせば……（一三頁〜一四頁）

とずいぶん長くなっている。この波線を施した部分は、源氏物語葵巻の御禊の行列における光源氏の勇姿を叙した箇所、

くちうちすげみて、かみきこめたるあやしのものどもの、てをつくりてひたひにあてつ丶見たてまつりあげたるもおこがまし。あさましげなるしづのをまでも、おのが丶ほのなるらんさまをばしらで、ゑみさかへたり。

と関係がありそうなのであるが、実は、ここにあげた源氏物語の本文は尾州家河内本（『尾州家河内本源氏物語第

二巻』八木書店による）の本文（八オ）であって、飛鳥井雅康筆大島本を底本とする現行活字本では、

口うちすげみて髪着こめたるあやしの者どもの、手をつくりて額にあてつつ見たてまつり上げたるもをこがましげなる賤の男まで、おのが顔のならむさまをば知らで笑みさかえたり。（新編日本古典文学全集・二一五頁）

となっている。新編日本古典文学全集の頭注は、この「をこがましげなる」に対して「上を受ける述語で、しかも下に続く修飾語」と注する。しかし、ここに「あさまし」を欠くのは、『源氏物語大成　校異篇』によると、青表紙本諸本だけであって、河内本諸本のみならず、別本のすべてが尾州家本と同文になっている。ここは「をこがましあさましげなる」の二箇所の「まし」の目移りによって青表紙本が「あさまし」を脱したことを当然疑ってみなければならないところであるが、玉上琢彌の『源氏物語評釈』および角川文庫がここを河内本および別本で校訂したのを最後に、それ以後の現行活字本は例外なく大島本本文のままにしている。

青表紙本本文に対するスタンスの問題は次章に譲るが、従来の「引用論」のように、『大系』の狭衣物語と活字本の源氏物語だけを比べていたのでは、この箇所の「引用関係」はおろか、類似表現の指摘さえも不可能である。のみならず、大島本本文を紫式部の書いた本文と「見なす」ということなら、当然のことながら、河内本や別本の異文は後代に改竄されたものということになるわけであるから、狭衣物語の宝玲本のような本文の発生時期いかんによっては、作品成立年代の前後関係とは逆に、狭衣物語異本本文から源氏物語異本本文への引用ということの可能性も、当然のことながら考慮されなければならないことになってくる。

平安時代物語の諸本に見られるさまざまな異文は、これまでは、校訂本が作られた時点で「後人による誤謬・さかしらによる改竄」として安易に切り捨てられてしまうことが多く、それら諸異文の素姓についてはほとんど

問題にされることがなかった。これは、原本文の再建ばかりを目標にしてきたこれまでの本文批評の大きな問題点といわねばならないと思うが、「引用論」において意味をもつのは「引用された本文」にほかならないのであって、「原本文」であれ、「後人による改竄本文」であれ、すべての異文は後代文献に引用される資格を等しく有していると考えなければならない。問題はそれぞれの異文の成立時期とその異文の流布状況である。今後、そういう観点からの本文研究が進展していかないかぎり、「引用論」なるものはまっとうな学問としては成り立ち得ないばかりか、研究の進展をおおいに妨げることにもなりかねない。

しかしながら、上に見てきたように、引用論と本文批評は不即不離の関係にあるのであって、旧来の本文批評が絶望的に行き詰まり、久しく停滞している現況のもと、「引用」という視点は、諸本文の成立時期や流布状況を考える際に重要な資料を提供しうる大きな可能性を秘めているともいえる。その意味でも、本文批判をないがしろにしたまま、活字化された校訂本文を唯一の本文と「見なし」、作者の意図などというとらえどころのないものの「憶測」の上に、「思いつき」の域を出ない論ばかりがいたずらに増殖している「引用論」の現状は、すみやかに改められねばならないと思うのである。

（1）『国語国文』第二十七巻八号（昭和三十三年八月）。後に『源氏物語評釈 別巻 第一 源氏物語研究』（昭和四一年・角川書店刊）に再録。同論文の引用は後者による。

（2）「物思ひの花」の用例は巻四にもう一例ある。「もの思ひの花の枝さしそふべかりける宿世にや」（版本・巻四之中・一七オ）

（3）物語における「引き歌表現」は、和歌における「本歌取り」と共通点があり、その類推で論じられることも多い。本歌取りでは意図的に本歌の季を変えて取られることがあり、むしろそういう取り方のほうをよしとする考え方もあるが、それを無条件に物語の引き歌表現に適用してよいかどうかは疑問である。本歌の言葉を用いることによって換骨奪胎の妙をもくろむ「本歌取り」の技法と、和歌の言葉を流用することによって文章を彩ろうとする「引き歌表現」の技法とでは、その意図に違いがある。安易に同一視すべきものではない。

（4）『全書』もこのことに気づいていなかったわけではなく、補注において、『下紐』が「躬恒家集に」として「草々も吹き払ひぬる木枯に咲きこそ増され物思ひの花」という歌をあげていることを指摘し、「それだと、巻頭から冬に入つてゐる事になる」と記している。

（5）『物語文学の本文と構造』（平成九年四月・和泉書院）・第Ⅱ部第四章

（6）「もうひとりの薫――『狭衣物語試論』」（『語文研究』六八号・平成元年一二月）後に『狭衣物語論考　本文・和歌・物語史』（平成二三年一一月・笠間書院）に収録。

（7）「『夜の寝覚』と『狭衣物語』――その共有表現を探る」（『論叢狭衣物語2　歴史との往還』平成一三年四月・新典社）後に『狭衣物語論考　本文・和歌・物語史』（平成二三年一一月・笠間書院）に収録。三八二頁。

（8）堀川百首のこの歌は、夫木和歌抄には、俊頼詠、下句「花こそ春のひかりなりけれ」として出ており、異伝が多い。

（9）拙稿「『白露物語』の基礎的研究」（『文林』第三十一号・平成九年三月）なお、当該論文において、深川本のこの箇所が「花こそ春の」となっている（四六頁）、としたのは事実誤認であった。この場を借りて、訂正しておく。

（10）（5）掲載書・第Ⅱ部第二章

# 第九章　源氏物語研究への提言

## 1　枕草子の記述からうかがわれる「物語の書き変え」

物語などこそ、あしう書きなしつれば、いふかひなく、作り人さへいとほしけれ。（『枕草子』）

「あしう書きなす」とは、物語を書き写す際に書写者がもとの本とは異なる本文を書いた結果、そのテキストが出来の悪いものになる、ということであろう。「こういう書写がなされると、物語自体がつまらないものになってしまって、原作者までが気の毒に思われる」といっているところからすれば、ここで非難の対象となっている「書写者」は、原作者以外の人であると考えなければならない。枕草子のこの文言が成り立つためには、物語を書写する際に作者の書いた本文どおりには書写しない書写者が当時少なからず存在した、ということが前提となっていなければならないであろう。

ちなみに、三巻本枕草子の本文によった場合には、「あしう書きな」す人と「作り人」は同一人物であって、「物語の言葉遣いが拙いと、物語自体までがつまらなく思われる」と解することも、あるいは可能となるかもしれない。たとえば、『枕草子解環』(1)では、この一文に対し、「物語なんかときたら、下手な言葉遣いがしてあれば、よむ気がしないし、作者その人までがみじめったらしくなる」という口語訳が付けられており、「あしう書きなす人＝作り人」と解しているようにも読みとれる。しかし、後述するように、この段の三巻本本文は原態本文ではないし、「(物語を）書く」という表現は、書写することをいうのが一般的であって、物語を創作することは「(物語を）作る」というようであるから、私は、この一文は上に述べたように解すべきであると考える。(2)

もとの本の本文どおりに書き写さないこうした書写というのは、意図的になされるのか、それとも不注意な書写態度のせいでそのような結果になるのか、この一文を見ているだけではどちらとも判断できない。「(書き)なす」という補助動詞の辞書的な意味からすれば、意図的な書き変えと解するのが穏当なように思われるが、必ずしもそうとはかぎらず、枕草子のこの一文は、物語を台無しにしてしまうような不注意な書写態度を非難したものと解することもできなくはなさそうである。

そこで、この一文を前後の文脈の中に位置づけて解釈してみたいと思うのであるが、この一文を含む章段のありようは、枕草子の異本間で大きく異なっている。能因本の「男も女もよろづのことまさりてわろきもの」の段と前田家本の「人は、男も女もよろづのことよりもまさりてわろきものは」の段は、小異があるもののほぼ同文の章段で、その段にこの一文が含まれるが、三巻本は上記二本と異なり、「ふと心おとりとかするものは」の段にこの一文が存在している。また、現在の堺本にはこの一文を含む章段がない。

枕草子の四つの系統の相互関係については諸説があり、近年は三巻本を善本とする説が圧倒的であるが、夙に山脇毅の的確な指摘がある(3)ように、少なくともこの段に関するかぎり、三巻本の本文は枕草子の原態ではありえない。というのも、三巻本の「ふと心おとりとかするものは」の段は、能因本の「男も女もよろづのことまさりてわろきものは」の段と、堺本の「ふと心おとりしてわろくおぼゆるもの」の段の両本文を継ぎ接ぎして成ったものであり、そのために文脈に不整合をきたしていることが明白だからである。三巻本を底本とする新日本古典文学大系『枕草子』も、当該章段の脚注六において、「早くも文脈は『心おとり』から離れる(4)」と記し、この章段の文脈の乱れを指摘している。この注は山脇の「(三巻本ノコノ段ハ)両段を下手にまとめたもの」との判断と同様の見解を遠回しに示したものであろうと忖度する。

したがって、冒頭に掲げた「物語などこそ、あしう書きなしつれば、いふかひなく、作り人さへいとほしけれ」という一文は、本来、「男も女もよろづのことよりもまさりてわろきものは」の段に存在していたものと考えなければならない。その段の本文を、ここでは前田家本によって掲げる。なお、私解を示すべく、この段の本文を三つの段落に分かち、適宜、句読点・濁点を施した上で、能因本系統の学習院大学蔵三条西家本との校異を（　）内に付記した。

人は（ナシ）、おとこもおんなも、よろづの事よりも（ナシ）まさりてわろきものは（ナシ）、ことばのもじいやしう（あやしく）つかひたるこそあれ。たゞ文字一に、いやしうもあてにも（あやしくもあてにもいやしくも）なるは、いかなるにかあらん。さるは、かう思人、よろづのことにすぐれてもえあらじかし。いづれをよきあしきとはしるにかあらん。さりとも、人をしらじ、たゞさうちおぼゆるを（ナシ）もいふめり。なむなき（事）をいひて、その事させんとすと、す（ナシ）、いはんとする（ナシ）、といふを、とすといふこと（と）もじをうしなひて、たゞ、いはむずる、さとへいでんずる、（な）といへば、やがて（いと）わろうなりぬ（し）。まい（し）て、文に（を）かい（き）てはいふべきにもあらず。

ものがたりなど（ナシ）こそ、あしうかきなしつる（れ）は、いふかひなく、つくり人さへいとをしけれ、なをすちやうほん（定本）のまゝ、などかきつくる（つけたる）、いとくちをし。

ひてつくるまにのりてし（ナシ）、（な）といひし（いふ）人もありき。もとむといふことは（を見んと）、みな人（ナシ）いふめり。いとあやしきことを、おとこ（なと）はわざとつくろはで、ことさらにいふはあしからず、わがことばにもてつけていふ（ま）が、こゝろおとりする（事）なり。

以下、この章段の文脈を段落ごとに辿ってみる。

第一段落では、「品のない言葉遣いが何よりもよろしくない。その良し悪しの判断は主観的なものにはちがいないけれど、どんなに無難なことをいっていても、たった一文字の違いだけで、それはただちに下品な物言いになってしまう」と述べる。そして、「むとす—むず」の実例を挙げた上で、段落の最後に、「話し言葉でもそうなのだから、まして、それを文章に書くなど論外である」といい添える。第二段落は、このいい添えの一文に付随して、物語のテキストの言葉遣いに言及したものと解される。第三段落は、本来の主題である「品のない言葉遣い」に戻って、筆者が実際に耳にしたことのある「ひてつくるまに……」や「もとむ」の例をあげ、「意図的にそういう物言いをするのなら悪くはないのだが、普段いい慣れた言葉遣いを不用意に口にしてしまうのがよくないのだ」と、論を結ぶ。

第一段落末尾の「まいて、文にかいてはいふべきにもあらず」は、直前の、「むとす」と「むず」の差について述べた叙述を承けているから、これは、「むず」という語を書き言葉として用いるべきではないことを述べていると解いておくのが自然であろうと思われるが、第一段落の趣旨から考えると、「たった一文字の違いでさえも、とたんに下品に聞こえてしまうのだから、まして、書き言葉では品のない言葉遣いをしていけない」と述べているものと解される。

第二段落は、そこから連想が物語のテキストに及んで、付随的に述べられたものである。したがって、ここにいう「あしう書きなす」というのも、もとの本に「むとす」とあったのを書写者が勝手に「むず」と書き変えてしまうたぐいの、せいぜい一～二字程度の改変について述べているものと解しておくのが、とりあえずは穏やかな解釈であろうかと思われるが、注目したいのは、その次の、「なをすちやうほんのま丶、などかきつくる、いとくちをし」の部分である。「なをすちやうほんのま丶」はきわめて難解で、古来明快な解釈をみない箇所である。この箇所は、『校本枕冊子』(5)によれば、能因本内部では、高野辰之旧蔵本が前田家本と同文であるほかは、諸本とも「なをす定本のま丶なと」とあって、「ちやうほん」の部分が「定本」となっているようである。『春曙抄』をはじめ、従来の能因本の注釈書は、「『直す』『定本のまゝ』など書き付けたる、いとくちをし」と本文をつくった上で、この本文を不審としたり、あるいは、この部分は後人の書き加えではないかと疑ったりしてきた。しかし、枕草子諸伝本の中で群を抜いて書写年代の古い前田家本にすでにこの部分は存在しており、それが現存する末流の能因本諸本にも受け継がれているわけであるから、解釈困難だからといって、この部分だけを後人の加筆として排除するというのでは、解釈を放棄したに等しいといわざるをえない。

そこで、まず「定本」について考えるに、現存最古の写本である前田家本に「ちやうほん」とあり、能因本の中にも「ちやうほん」とする本（高野辰之旧蔵本）が存在している以上、これは「ちやうほん」がもとの形であって、後世の書写者がそれを「定本」と改訂したと考えるべきであろう。ちなみに、能因本の注釈書の中には「定本」の本文にわざわざ「ぢやうほん」というルビを付すものが多くあるが、「定本」をヂヤウホンと発音したことを証拠づける例があっての処置なのであろうか。

次に、「なをす」について考えてみる。そもそも、物語の写本において、「本のまゝ」あるいは「まゝ」と書き入れることはあったにしても、「直す」とか「定本のまゝ」などという注記をすることがあるのかどうか。浅学にして私は知らない。ちなみに、増田繁夫もおそらく私と同じ不審を抱いたのであろう、氏の『枕草子　和泉古典叢書1』は、三巻本による注釈書ではあるが、その(6)頭注で能因本のこの部分にふれて、「直す定（本文ノ訂正ノ仕方）、本のまゝ」との新見を提示している。

以上述べた理由から、「『直す』『定本のまゝ』など書き付けたる、いとくちをし」とする従来の本文整定を、私は承認するわけにいかないのである。そこでいま一度、従来の能因本の読みにとらわれない新たな目で前田家本本文の第二段落を読み直してみたい。

第二段落の前半部分「物語などこそ、あしう書きなしつれば、いふかひなく、作り人さへいとほしけれ」は、もとの本文を書き変えて、よくない本文を作ってしまう書写者に対する非難であった。その非難は、「物語を書写する際には余計な書き変えなどせずに、もとの本に書かれてあるとおりに書写せよ」と主張しているのだ、というふうにもとれる。しかし、清少納言の主張がそこにあったのなら、「直す」と注記してまで本文を書き変えるなどもってのほかなのであって、わざわざ取り立てて非難するにも値しないことである。したがって、「なをす」を「直す」と解くのが誤りであろうことは、ほぼ確実であるといわねばならない。

清少納言は、何が何でも本のままに書写することを推奨しているわけでは、けっしてない。「……本のまゝ、などかきつくる、いとくちをし」と明言しているのだから、本のとおりに書写して「本のまゝ」「まゝ」などと書き付けるような愚直な書写のありように対して、清少納言は「いとくちをし」と厳しく非難しているのである。

前半部分では「下手な書き変えをするな」といい、後半部分では「本のままに写すな」という。両者は、一見、逆方向の主張であるかのように見える。おそらく、そのことが「こそ……いとほしけれ」という逆接表現にこめられているのであろう。

このように考えてくると、「なを」は、副詞の「なほ」であろうとの解釈が浮かび上がってくる。宙に浮いた「すちやう」については後で考えることにして、第二段落の主張を現代語でパラフレーズしてみると、次のようになる。

物語などを書写する場合、もとの本文を書き変えて品のない言葉遣いをしてしまうと、とたんにその物語自体がつまらないものになって、原作者までが気の毒な結果になってしまう。だから、物語を書き写すときは、よくよく気をつけなければいけないのだけれど、かといって、やはり、書写されたテキストに「本のまま」などと書き付けてあったりすると、いかにも芸がなくて、とても物足りなく思われることだ。

先に、私は、この第二段落前半部の文言は、物語を書写する際に本に書かれてあるとおりに書写しない書写者が当時少なからず存在したことが前提となっている、と述べた。しかし、そのいっぽうで、段落後半部にいうように、もとの本のとおりに丸写しして「本のまま」と注記するような愚直な書写のありようは当時にもあったのである。(7)しかし、清少納言は、そうした愚直な書写態度に対して「いとくちをし」と酷評する。筆に自信があり、物語のよしあしについても一家言をもっていた清少納言は、むしろ、物語書き変え推奨派なのだ。「ありがたきもの」の段にいうように、清少納言も物語を書写することがしばしばあったものと思われるが、清少納言の書き写した物語はもとの本とはかなり違ったテキストになっていたのではないかと、私は想像をたくましくする。

最後に、先に保留したおいた「すちやう」について考えておきたい。とくに上手い解釈の用意があるわけでもないが、長年行われてきた「直す、定本のまま」説を退けた以上、宙に浮いてしまった「すちやう」についての私見を述べておく義務が私にはあるであろう。とはいえ、さすがに「すちやう」の本文のままでは如何ともしがたく、何らかの誤写を想定せざるをえない。実は、先にこの部分をパラフレーズした文章の中で、「いかにも芸がなく」としておいたのは、この「すちやう」の改訂を意識してのことである。「すちやう」は「ずちなう」の誤写なのではないだろうか。誤写の原因のひとつは、「那―耶」の字形類似でもあろうか。さらに、この誤写を誘発する背景には、先に紹介しておいた増田の「直す定」という解釈が介在していたかもしれない。

今のところ、これ以外に上手い改訂案を思いつかない。「定本」をヂヤウホンと発音した証拠を示すことができれば、それこそがこの誤写を誘発した最大の原因であるにちがいないが、先にも述べたように、そのような用例を私は知らない。

## 2　本文研究の鍵としての混合・混態本文

蓮空本狭衣物語は、狭衣物語の諸伝本の中では、奥書等によってその書写年代が判明している希有の写本であるが、その巻一の本文が種々の異本の本文を複雑に混合させ、さらなる改竄の手が加わったものであるということも早くから指摘されており、三谷栄一は蓮空本を「混合錯雑した一伝本」「現存諸本中の悪本」であると評した。しかし、またいっぽうでは「伝本研究上からは重要なる地位を占める存在」とも評している(8)。従うべき見解であり、蓮空本本文のそうした性格は巻一にかぎらず全巻に通じるものといってよい。この三谷の伝本研究をふまえた上で、吉田幸一は、「狭衣の異本は既に鎌倉時代に於て二、四系統を生じてゐる。室町時代にはそれらの混合本が更に加はつて複雑な本文を幾つも生ぜしめた。蓮空本はその中の一本である(9)」と述べている。狭衣物語における もろもろの本文の成立を中世以後とする見解は、吉田のみならず、三谷の一連の論考の随所にうかがわれ、今日ではそれが学界の常識になっているようである。しかし、狭衣物語の本文の多様化を中世以後の現象とする考えは改められねばならないであろう。

現存最古の古写本である深川本がすでに錯雑たる混態本文になっていることは、これまでの諸章において繰り返し述べてきたところである。いっぽう、第三章の【第十一例】で指摘したように、蓮空本は深川本の有する明らかな欠陥本文さえもそのままに写し伝えているし、複雑な混態の様相を呈する蓮空本巻四の本文が、中世前期書写の古写本である慈鎮本の本文ときわめて近似しているという事実（第六章参照）からも、むしろ、蓮空本の筆者は、狭衣物語の本文に手を加えるどころか、たとえ親本に明らかな誤謬があった場合でもその本文をできるだけ忠実に伝えようとしている、と考えなければならない。

これまでの諸章で見てきたように、中世初期の古写本である深川本も慈鎮本も、すでに末流の混合・混態本文としての様相を呈している。したがって、狭衣物語諸本に見られる改作、混合、改竄、巻ごとの異系統本文の取り合わせといったおびただしい「狼藉」は、けっして中世の人々のしわざなどではなく、まさしく平安時代の人々の所業にほかならないと考えるべきなのである。原作者の原本文を希求する現代人からすれば、かれらの所業は蒙昧で、狼藉きわまりないもののように思われるかもしれないけれども、この「狼藉」こそが平安時代における物語の享受のありようであり、平安時代物語文学の実態なのである。

深川本巻二から、深川本の本文がまぎれもない混合本文であることを示す例を次にあげる。懐妊した女二宮が母大宮とともに里邸に下がり、ともども競うように弱っていく様子を語るくだりである。

【深川本】御心ちもいとなやましく、たちばなゝどをだにみいれさせ給はず、たゞおなじさまにふしゝづませ給ふ。（大宮）「われさへみたてまつりをきてなくなりなば、いとゞいかなるありさまにて、あめのしたにいひながされ給はん」とのみおぼしつゞくるまゝに、いとゞ御心ちはよはりまさらせ給やうなるを、人も《ひめ・内閣本》宮もみたてまつらせ給に、（女二宮）「うき身ひとつのゆえにかくならせ給ぬる」とおぼすに、いかゞはよのつねの心ちせさせ給はん。（女二宮）「けふあすにてもまづさきだて（ち）きこえさせて、みえたてまつらぬわざもがな」とおぼしめせば、いとゞしづみいらせ給て、いとたのもしげなき御ありさまどもなれば、さぶらふ人どもゝ……（四三オ～ウ）

この箇所が、版本をはじめとする流布本系本文では、

【版本】我御心ちもいとなやましく成て、たち花などをだに見入させたまはず、たゞおなじさまにてふししづませ給へるを、◆ひめ宮も見奉らせ給ふに、（女二宮）「うき身ひとつのゆへにかくさへならせ給ひぬる」とおぼすに、いかでかはよのつねの心ちせさせ給はん。（女二宮）「けふあすにても先さきだちきこえて、はづかしくいみじからんありさまを見えたてまつらぬわざもがな」とおぼせば、いとゞしづみいらせ給ひて、げにいとたのもしげなき御ありさまどもなれば、さぶらふ人々も、……（三七オ〜ウ）

となっている。流布本系本文は、小異はあるものの、深川本とほぼ同根の本文と判定されるが、唯一大きな違いは深川本本文の波線部分が流布本系本文ではすっぽり抜け落ちている点である。鎌倉前期とされる深川本の書写年代の古さからすれば、流布本系本文が◆印のところで波線部分を写し落としたとするのが常識的な判断ではあろうが、次に示す高野本本文を視野に入れてみると、事の真相はまったくそうではないことが判明する。

【高野本】わが御心ちさへれいならずおぼされて、はなたちばなばかりだにもろともにみいれさせ給はぬまゝに、たゞをなじさまにてふしくらさせ給つゝ、（大宮）「我さへみたてまつりをきてなうなりなば、いとどいかなるありさまをしいで給て、あめのしたにいひながされ給はん」とのみおぼして、ひくるゝまゝに、いとゞ御心地はよはりまさらせたまふやうなり。さぶらふ人〳〵……（三九オ〜ウ）

中田剛直は高野本を第二類本に位置づけ、三谷栄一も高野本のこの本文を第二系統と認定している。ここに掲げた高野本本文は、狭衣物語諸本の中では少数派の、異本系本文なのであるが、その異本系本文の中に、深川本に見られた波線部分の本文があらわれている。上記三種の本文の相互関係は次のように図式化される。

| | | | |
|---|---|---|---|
| 【流布本系本文・版本】 | A | B | C |
| 【深川本系本文・深川本】 | A | b・B | C |
| 【異本系本文・高野本】 | a | b | c |

この箇所の三種類の本文について、三谷栄一は、第一系統（＝深川本系本文）が原型、第二系統（＝異本系本文）・第三系統（＝流布本系本文）は第一系統を省略してできたものであるという。そして、「共に簡略化しようとする意欲がそこに現れている。これは鎌倉時代の特色で、この逆の立場即ち、第二と第三系統との混合が第一と考える見方は、文学史観からは絶対に有り得ないことであり……」[10]と述べる。先に述べたように、三谷は、狭衣物語の本文の多様化を中世以後に生じた現象であると考えており、本文の分析よりもこうした「文学史観」を根拠にしてこのように断定するのであるが、三者の本文が上に示したような対立の様相を示す場合、深川本系本文から流布本系本文や異本系本文が派生してきたという考え方は成り立ちえない。なぜなら、もし、深川本のような形が原型であったとするなら、異本系本文の作者は、原本文である深川本系本文を改変する際に、流布本系本文が切り捨てたbだけは手つかずのまま残して、aとcの部分だけを大幅に書き変えたことになり、また、いっぽうの流布本系本文の作者は、ABCについては原本文をそのまま踏襲しながら、異本系本文が残したbだけは過不足なくきちんと省略した、ということになる。両本文の作者たちが原本文を分かち伝えるべく周到な申し合わせをしたというような馬鹿げた想定でもしないかぎり、そのような結果が偶然に出来するとはとうてい考えられない。したがって、これら三者の先後関係は、異本系本文と流布本系本文の二様の本文が先に存在していて、その両者を目にすることのできた改作者が両本文を継ぎ接ぎして深川本系本文を作った、というふうにしか考え

られないのである。

すなわち、現存最古の写本とされる深川本の本文は、すでに存在していた素姓の異なる二種類の本文を合成してできた混合本文であって、版本や高野本のような本文はいずれも、深川本よりさらに古い時代の狭衣物語の本文の姿を伝えている、と考えなければならないのである。深川本の書写年代から推測するに、流布本系本文も異本系本文も、ともに平安時代に行われていた狭衣物語の本文であると考えてよいものと思われる。

そこで、異本系本文と流布本系本文を比べてみると、異本系本文の波線部分は、誰とも知れぬ男の胤を宿してしまった娘の将来を憂慮する母大宮の心中を語っている。いっぽうの流布本系本文には、その大宮の心中を語る部分がなくて、その代わりに、みずからの不行状のせいで心労のあまり日々弱っていく母を見て、自分のほうが先に死んでしまいたいと願う女二宮の心中が語られている。

当然のことながら、どちらかいっぽうがもとの本文で、もういっぽうはもとの本文を書き変えたものと考えなければならないが、思いがけない事態にひたすら困惑する女二宮の心理を描写する流布本系本文も、娘の将来を案ずる母大宮の心理にもっぱら関心が向いている異本系本文も、いずれもこの状況にふさわしい心理描写たりえている。さらに、混合本文である深川本系本文も、ただ機械的に両者を接合したというようなものではなく、両本文を見比べ合わせた上で、どちらの本文にも存在理由を認め、文章に破綻をきたさないよう両方をうまく取り込んで本文を書き変えたという体のものである。これまでの諸章で見てきたように、深川本には、大きく異なる二つの異文を合成して作られたことが明らかな、この手の混合・混態本文が随所に認められる。

平安時代における物語のテキストの書き変えというのはこのような大規模なものであったということを承知した上で、我々は物語の本文に臨まねばならないのである。

そのことをふまえた上で、源氏物語の異文について考えてみたい。ここで取り上げるのは、あまりにも有名な、桐壺巻の「太液の芙蓉、未央の柳」のくだりである。青表紙本系統とされる明融本の本文は次のようになっている。

【明融本】ゐにかけ〈きたる〉る楊貴妃のかたちは、いみじきゐしといへども、ふでかぎりありければいとにほひすくなし。大液芙蓉、未央柳も、げにかよひたりしかたちを、からめいたるよそひは、うるわしうこそありけめありけめ、なつかしうらうたげなりしをおぼしいづるに、花とりのいろにもねにもよそふべき方ぞなき。あさゆふのことぐさに、はねをならべ、枝をかはさむとちぎらせ給しに、かなはざりけるいのちのほどぞ、つきせずうらめしき。（一九オ～ウ）

いっぽう、河内本とされる尾州家本（『尾州家河内本源氏物語第一巻』八木書店による）の本文は次のようになっている。

【尾州家本】ゐにかけるやうきひのかたちは、いみじきゐしといへども、ふでかぎりありければいとにほひすくなし。たいえきのふよう★も、げにかよひたりしかたちいろあひ、からめいたりけんよそひは、うるわしうけふらにこそはありけめ、なつかしうらうたげなりしありさまは、をみなへしの風になびきたるよりもなよび、なでしこのつゆにぬれたるよりもらうたくなつかしかりしかたちけはひをおぼしいづるに、花とりの色にもねにもよそふべきかたぞなき。あさゆふのことぐさには、はねをならべ、えだをかはさむとちぎらせ給しに、たれもかなはざりけるいのちのほどぞ、つきせずうらめしき。（一三オ～一四オ）

明融本との異同箇所に、傍線ならびに波線を付しておいた。★印のところに「未央の柳」が欠けていることについては、『原中最秘抄』『紫明抄』等の記事に基づいてこれまでも注目されてきたところであるが、それはさておき、波線部分の有無という違いを除けば、明融本と尾州家本の間にそう大きな異同はないといってよい。そして、明融本になくて尾州家本のほうだけにあった波線部分の本文は、別本である陽明文庫本にも次のような形で存在している。

【陽明文庫本】ゐにかきたるやうくゐひは、いみじきゐしといへども、ふでかぎりありければいとにほひすくなし。おばなの風になびきたるよりもなよび、なでしこのつゆにぬれたるよりもなつかしかりしかたちけはひをおもほしいづるに、はなとりのいろにもねにもよそふべきかたぞなき。あさゆふのことぐさに、はねをならべ、えだをかはさんとちぎらせ給しに、たれもかなはざりけるいのちのほどぞ、つきせずうらめしき。（一七ウ～一八オ）

これら三者の間には、先に狭衣物語の例で示したのとまったく同様の現象が認められる。すなわち、明融本本文が、「大液芙蓉、未央柳」以下「うるわしうこそありけめ」まで、長恨歌の詩句を引用して楊貴妃の美を詳述し、桐壺更衣については「なつかしうらうたげなりし」だけですませるのに対し、陽明文庫本本文のほうは、楊貴妃の美についてはいっさい触れずに、桐壺更衣の「なつかし」さを、尾花と撫子の比喩を用いて詳述している（「太液芙蓉、未央柳」を更衣の比喩とする解釈が誤りであることは後に詳述する）。したがって、その両方を具有している尾州家本本文は、基本的には明融本のような本文に拠っていながら、陽明文庫本のような本文から明融本本文にない波線部分だけを取り込んで合成されたものと考えなければならない。すなわち、陽明文庫本のような本文と明融本のような本文は、どちらも、河内本の成立以前にすでに存在していたのである。

ちなみに、『原中最秘抄』等の記事によれば、源光行が見たという俊成所持本もまた、河内本と同様、「太液芙蓉」の比喩と「女郎花」の比喩の両方を有していたようである。そうなると、陽明文庫本や明融本のような本文は、俊成本よりも前、さらには、『原中最秘抄』の記事の解釈如何によっては行成自筆本以前にまで遡るもの、ということにもなるわけであるが、古文献の類が伝えるこうした伝承は信憑性において疑わしい場合が多いように思われる。狭衣物語の場合、諸本の伝来についての伝承がほとんど残っていないのに対し、源氏物語は早くからこうした伝承が文献に記録されてきた。そのため、従来の源氏物語研究は無批判にこうした伝承を鵜呑みにして進められ、本文の分析という学問的手続きをないがしろにしすぎてきたきらいがある。いうまでもないことであるが、学問においては、真偽定かでない伝承よりも本文の分析結果こそが尊重されねばならない。

また、尾州家本で「女郎花」となっているところが、陽明文庫本では「尾花」となっている。こうした異同は誰の目にもつきやすいため、しばしば過大に問題視されがちである。しかし、単語レベルのこうした些細な違いは、書写の都度、場当たり的に容易に改変することが可能な箇所であることを知るべきである。これまでの源氏物語研究ではこうした些細な異同を過大に問題視しがちであったように見受けられるが、これまた、木を見て森を見ない過ちに陥り、まっとうな研究を紛糾させる原因となりかねないから、よくよく慎重でありたい。

ところで、陽明文庫本の桐壺巻は、青表紙本とも河内本とも異なるため、「別本」として扱われることになるわけであるが、同じく「別本」の扱いをされてはいるものの、次に示す伝国冬筆本のような本文は、尾州家本と同様、太液芙蓉の比喩と女郎花・撫子の比喩を両方とも有しているから、明融本や陽明文庫本のような本文に先行するものではありえない。

【国冬本】ゐにかきたる長恨歌のやう貴ひが〈の〉かたちは、いみじきゑしといへども、ふでかぎりありければいとにほひすくなし。たいゑきのふようも、げにかよひたりしかたちのいろあひも、からめいたりけんよそひは、うるはしうきよらにこそありけめ、おばなの風になびきたるよりもなよび、なでしこのつゆにぬれたるよりも、なつかしうらうたげなりしかたちけはひを丶もほしいづるに、花とりのいろにもねにもよそふべきかたぞなき。あさゆふのことぐさには、はねをならべ、えだをかはさんとちぎらせ給けるに、かなはざりけるいのちのほどぞ、つきせずうらめしき。（一七オ〜ウ）(11)

池田亀鑑はこの国冬本について、「伝津守国冬筆桐壺の巻は河海抄指摘の本文特性によれば、従一位麗子本の流れを伝へるものの如くである。従ってその一聯の古写本は麗子本と認められ、…（下略）…」として、これを河内本成立以前の古伝本の流れを引くものと位置づけている。(12) しかし、この箇所に関する限り、そのようには断じて考えられない。先に掲げた尾州家本本文とこの国冬本本文を比べてみると、尾州家本で「をみなへし」となっていたところが国冬本では「おばな」となっている点がまず目につく。その点はたしかに河海抄が引用する麗子本本文に一致している。しかし、先にも述べたように、単語レベルのこうした異同は、後人が容易に校訂したり改訂したりしうる箇所であり、そうした実例は枚挙にいとまがない。それよりも、尾州家本と国冬本の異同で注目すべきは、尾州家本に「うるわしうけふらにこそはありけめ、なつかしうらうたげなりしありさまは、をみなへしの……」とあった二重傍線部「なつかしうらうたげなりしありさまは」が、国冬本には欠けている点である。尾州家本本文を丁寧に観察してみると、この二重傍線部の「なつかしうらうたげなりし」は楊貴妃の比喩を有する明融本のような本文から取り込まれたものであり、後にある「なでしこのつゆにぬれたるよりもらうたくなつかしかりしかたちけはひをおぼしいづるに」の「らうたくなつかしかりし」は、桐壺更衣の比喩を有する陽明文庫本のような本文から取り込まれたものであることがわかる。尾州家本本文は両本文を継ぎ接ぎして作られたため、両本文に由来する二重傍線部を重複させてしまっており、その結果、文脈が乱れたものになっているのであるが、国冬本では、前者の「なつかしうらうたげなりしありさまは」がないため、尾州家本本文のような文脈の不整合を免れている。国冬本も、尾州家本と同様、二種類の異なる本文を合成してできたものであることは上に述べたところから明らかであるから、もし、これら混合本文の原型が国冬本のようなものであったとするなら、尾州家本の筆者は、なにゆえその明快な本文を改変してまで不合理な本文に改めなければならなかったのか、説明に窮することになる。尾州家本本文と国冬本本文の先後関係については、尾州家本のような混合本文がまず出来し、その本文から前者の「なつかしうらうたげなりしありさまは」を削ることによって文脈の整合性が図られた結果、国冬本のような本文が成立した、と考えるしかないであろう。

ちなみに、次に掲げる東山御文庫蔵各筆源氏も別本の一つとされるが、これも、楊貴妃の比喩と更衣の比喩をふたつながら有しているので、陽明文庫本や明融本のような本文に先立つものと考えることはできないのである。

【各筆源氏】ゑにかけるやうきひのかたちは、いみじきゑしといへども、ふでかぎりありければ、いとにほいすくなし。たいゑきのふよう、風かよひたりしかたちいろあい、からめいたりけんよそいは、うるわしうこそありけめ、なつかしうらうたげなりしありさまは、をみなへしの風になびきたるよりもなよび、なでしこの露にぬれたるよりもらうたくなつかしかりしかたちけわひの恋しさを、色にもねにもよそふべきかたぞなき。あさゆふのことぐさに、はねをならべ、ゑだをかはさんと契らせ給しに、かなはざりけるいのちのほどぞ、つきせずうらめしき。（二三ウ〜二四ウ）

## 3　陽明文庫本本文と明融本本文の解釈

前節で述べたように、現存する源氏物語本文のうち、陽明文庫本のような本文と明融本のような本文は、河内本成立以前に確実に存在していたと考えられる。本節ではこの二種の本文について検討してゆく。

陽明文庫本の本文は、解釈上まったく問題がないといってよい。「ゑにかきたるやうくゐひ」は、前段に「この（ごろ）あけくれ御らんずる長恨歌の御ゑ、亭子の院のかゝせ給て」（一六オ）とあったのを承けている。帝は、宇多天皇が名人の絵師に描かせた長恨歌の絵を見て、そこに描かれた楊貴妃は「いとにほひすくなし」と思う。それに対し、桐壺更衣のなよやかさは尾花以上、なつかしさは撫子以上であって、何ものにも譬えようがない、というのである。「はねをならべ、えだをかはさん」は、いうまでもなく長恨歌の詩句を和らげていった表現である。したがって、その次の「たれもかなはざりける」には、玄宗皇帝と楊貴妃の場合も願いがかなわなかったのと同様、との含意がこめられていることになる。陽明文庫本の本文は、このように長恨歌を踏まえていながらも、しかし、楊貴妃の物語は物語の前面に立ちあらわれることはなく、終始背景の位置にあるのであって、桐壺帝の更衣追慕という叙述の焦点は毫もブレることがない。それが陽明文庫本本文の特徴といえよう。

これに対し、もういっぽうの明融本の本文は、これまでも議論されてきたように、きわめて問題が多く、難解である。これまでの議論の中心は、もっぱら「げにかよひたりし」の「し」にあったようである。「し」は直接的な体験を表す助動詞であるから、「大液芙蓉、未央柳もげにかよひたりしかたち」は、楊貴妃の容貌ではなく、桐壺更衣の容貌のことをいっている、とする解釈があり、新日本古典文学大系もその解釈を採っている。しかし、その解釈には、玉上琢彌が指摘したように、多々難点があるといわねばならない。

近時、「き」「けむ」の使い分けに注目して、「げにかよひたりしかたちを」を更衣のことと見ようとする説が出た。これによると、「にほひなし」まで貴妃、「太液の芙蓉未央の柳もげにかよひたりしかたちを」が更衣、「からめいたるよそひはうるはしうこそありけめ」が貴妃、以下更衣と転々変動し、文勢はそがれて、『源氏物語』らしくないし、太液の芙蓉未央の柳を更衣に言うことは突然である。そういう意味の文ならば、「いとにほひなし」のあとに、以下は更衣のことと知らすために「これは」ぐらいありたいと思う。更衣を「芙蓉にかよひたりしかたち」と言っておきながら、「花鳥の色にもねにもよそふべきかたぞなき」と言うのでは矛盾しよう(13)。

玉上のこれらの指摘については、私もまったく同感である。ただし、玉上は、この解釈によると、文章が『源氏物語』らしくないものになる、と指摘しているが、「源氏物語らしい」かどうかをいう前に、そもそもこの明融本本文が間違いなく本来的な源氏物語本文であるかどうかを見定めることのほうが先決問題であろうと、私は思う。

玉上は、太液芙蓉・未央柳を桐壺更衣の比喩とする解釈を退けるべく、『仙源抄』を引き、「き」「けむ」の使い分けよりも前後の文脈を重んじて、これを楊貴妃と解すべきである、と主張する。それもそのとおりであるが、私は、ここに「し」が用いられることについてはなんら問題はないだろうと考えている。これは、桐壺帝が明け暮れ目にしていた「ゑにかける楊貴妃のかたち」についていっているのであるから、「ける」や「けむ」ではなくて、むしろ、「し」を用いなければならないところであると思う。副詞「げに」も、「なるほど、長恨歌に『太液芙蓉、未央柳』といっているとおり」の意であって、絵に描かれた貴妃の容貌が『長恨歌』に語られている

「太液芙蓉・未央柳」の比喩にふさわしいものであることを、桐壺帝自身が確認し、納得しようとする言い方である。

むしろ、この箇所の解釈上の問題点は「し」ではなく、「かよひたりしかたちを」の「を」と、「うるはしうこそありけめ」の「けめ」のほうにあるのだろうと思う。

前者についていえば、あきらかに格助詞である「を」を、新編日本古典文学全集のように「～であるが」と訳して誤魔化してしまうことは避けたい。(14) となると、この「を」は、「からめいたるよそひは、うるわしうこそありけめ」を飛びこえて「おぼしいづる」に係る、と解かざるをえなくなるが、その「おぼしいづる」は直前の「なつかしうらうたげなりしを」をダイレクトに受けてしまうから、ここで文脈が辿れなくなってしまうわけである。結局、明融本本文の「かよひたりしかたちを」は、係っていく先がないまま宙に浮いてしまった状態になっているといわざるをえないのである。(15)

もう一つの問題点「けめ」について。「からめいたるよそひは、うるわしうこそありけめ」は、楊貴妃の美に関連していい添えられた、いわゆる「はさみこみ」と解するしかないであろうと思う。「げにかよひたりし」と「なつかしうらうたげなりし」の「し」は、いずれも桐壺帝の心情に即して帝の直接的な体験として語る言い方であることは上に述べたとおりであるが、この「はさみこみ」の部分はそのようには考えられない。なぜなら、帝の心情に即して語るのであれば、ここも、「けめ」ではなくて「しか」とあるはずだからである。したがって、この「はさみこみ」の部分は帝の心情に即して語っているのではなく、「(語り手である私はその絵を実際に見たわけではないが、)そこに描かれていた楊貴妃の唐風の装いは端正だったことであろうが」と、語り手が顔を出してきて自らの推測をいい添えた「草子地」と解すべきなのであろう。そして、さきの、「かよひたりしかたちを」を受けるはずの部分が立ち消えになってしまった理由も、この草子地がはさみこまれたため、と考えれば、それなりに説明はつくわけである。

草子地が割り込んできたために言いさしになってしまった「かよひたりしかたちを」が、そもそも何をいおうとして持ち出されたものなのかは、もはや推測不可能とせざるをえないが、明融本本文の場合でも、玉上が指摘しているように、桐壺更衣の美が「花とりのいろにもねにもよそふべき方ぞな」い点は動かないわけであるから、画中の貴妃の「太液芙蓉、未央柳」といった「(花に)かよひたりしかたち」は、桐壺帝にとっては所詮、花鳥にもなぞらえることのできない桐壺更衣の美に及ぶものではあり得ず、「いと匂ひすくな」きものでしかなかったのである。したがって、ここに取り上げられた貴妃の「かたち」は、桐壺更衣に劣るものとして引き合いに出されたものであろうことだけは確実といってよいであろう。

以上の考察にもとづき、明融本本文が述べようとしているらしきことを現代語でパラフレーズしてみる。

(帝は次のようにお思いになる。)絵に描いた楊貴妃の顔立ちは、どんなにすぐれた絵師であっても、筆には限界があるものだから、生身の人間のような匂いたつ美しさを十分に表現しえていない。絵の中の楊貴妃の顔立ちは、なるほど『長恨歌』にいうように「太液の芙蓉・未央の柳」にも通じる美しさをもってはいた。(加えて、おそらくその唐風の装いは端正でもあったことだろうが、)しかし、慕わしく愛らしかった生身の桐壺更衣をお思い出しになると、更衣の美しさは、絵の中の楊貴妃とはちがって、花にも鳥にも譬えようがない(と、帝はお思いになる)。

明融本本文の語ろうとしたことはおおよそ上のようなことであろうと思われるが、これは、明融本本文にいっさい手を加えることなく、そのいおうとしたことを推測してみるとだいたいこのようになるだろう、ということであって、明融本本文は、明快であるとはいいがたく、スムーズな解釈に堪えうる本文ではないと評すべきであろう。

ただ、ここで断っておかなければならないのは、陽明文庫本本文が明快であるのに対し、明融本本文は文脈の整合性を欠いているからといって、それがただちに、陽明文庫本本文のほうが源氏物語の原形であるということにはならないし、明融本が改変された本文であるということにもならない、ということである。整合性を欠く本文に手を加えて明快な本文に書き改めるということはおおいにありうることであって、先に国冬本の例でも見たように、そういう例は実際にいくらも確認できるからである。本文の善し悪しの問題を、本文の先後関係の問題にすり替えて論じるという過ちは、初期の狭衣物語本文研究においてしばしば見られたところであり、それが狭衣物語の研究を長きにわたって紛糾させてきた経緯がある。昨今の狭衣物語研究ではその点については細心の注意が払われているが、源氏物語研究では、あいかわらず、青表紙本が深い読みに堪える本文であることを言い立ててその正統性を主張しようとする野放図な論が行われているようである。他の物語の研究動向に無関心なまま、不毛な議論が続けられている源氏物語研究の現状は、甚だ残念なことであるといわざるをえない。(16)

## 4　出典を明示する本文のいかがわしさ

狭衣物語には、先行の物語、中でも源氏物語の模倣が目立つ。そのこと自体は一般論としては認められてよいと思うが、第八章で述べたように、異なる作品間の相互関係を論じていく際にはそれぞれの作品の本文異同の問題をきちんと詰めておかなければ、誤った結論を導き出すことになりかねない。

狭衣物語巻一に、狭衣が源氏宮の部屋を訪れ、伊勢物語第四十九段にかこつけて恋心を告白してしまうくだりがある。第三章の三の第4節で【第六例】として取り上げたように、この箇所の深川本系本文には次のような異文があらわれる。

【内閣本】……みたてまつるたびに、むねつぶつぶとなりつゝ、うつし心もなきやうにおぼえ給ふを、よくぞしのび給ける。源氏の女一のみやも、いとかくばかりはえこそおはせざりければにや、かほる大将のさしも心とゞめざりけん、とぞおぼさるゝ。（二六ウ）

源氏宮に対する思いを、源氏物語の薫の女一宮に対する思いと比較して、「薫が女一宮に執着しなかったのは、女一宮が源氏宮ほど魅力的ではいらっしゃらなかったからだろう」と狭衣自身が思っている、というのである。「薫大将」「女一宮」という人物名だけでなく、『源氏（物語）』という書名まで明示して源氏物語を引用しているこの波線部分は、現代の読者にとってはもの珍しく、格別に目を引くものである。内閣本は『大系』の底本に採択されて広く学界に流布したという事情もあって、この箇所は、狭衣物語における源氏物語引用、いわゆる〈源氏取り〉に言及した論文においてしばしば取り沙汰されてきたところであるが、後藤康文は、この本文が後人の所為であることを明快に解き明かしている。(17) 氏の本文批判はまことに的を射たものであり、異論の余地はない。詳細は氏の論文によられたい。本稿では、この波線部分が後人による書き加えであるという事実のほうに注目して論を進めてゆく。

上には内閣本の本文を掲げたが、波線部分は、『校本狭衣物語巻一』によれば、「第一類本第一種A」に分類される三本（深川本・内閣本・平出本）だけに見られるもので、深川本系本文の独自異文のようであり、深川本も内閣本とほぼ同文になっている。ただし、深川本では、「源氏の女一宮も」の「女一」が補入の形で記されている点が注目される。影印で見るかぎり、深川本のこの補入の筆は本行本文と同筆のように見えるし、本行本文「源氏の宮も、いとかくばかりはえこそおはせざりければや、薫大将の……」ではまったく意味をなさないから、この箇所の本文のあるべき形は「源氏の女一の宮」でなければならない。すなわち、深川本において「女一」が補入の形で訂正されているという事実は、この波線部分が深川本筆者による恣意的な書き加えなどではなく、深川本の親本にすでに存在していたものであることを示しているわけである。

それと同時に、「女一」が同筆の補入によって訂正されているという事実から、この〈源氏取り〉本文は、深川本の筆者にとってさえあまりにも唐突すぎて混乱を生じさせるようなものであったのであろうことをうかがい知ることができる。深川本筆者は、親本に「源氏の女一宮」とあったにもかかわらず、これを「(狭衣物語の)源氏の宮」にちがいないと早とちりして、「女一」を削り、「源しの宮」と書いたのであろう。なるほど、この部分は源氏宮の卓越した美質について述べている箇所であるから、深川本筆者がそのように誤解したとしても、むしろ当然であるといえる。しかし、「かほる大将のさしも心とどめざりけん」まで書き写した時点で、深川本筆者は、「源氏の」が「(狭衣物語の)源氏の宮」ではなく、「源氏(物語)の女一宮」であったことに気づき、いったんは削った「女一」をあらためて補入したのであろう。

そもそも、ここにいう「源氏の女一宮」が誰を指すのかは判然とせず、これまでも、冷泉院の女一宮と解されたり、今上女一宮と解されたりしてきたところであって、『大系』(補注六二)はこれを冷泉院の女一宮としたが、その後、反論が出されたせいでもあろうか、『全註釈』(二三五頁)や『新全集』(五七頁)は、二人の女一宮を重ねている、などという奇矯な注を付けたりもしている。かたがた、この〈源氏取り〉本文は狭衣物語のこの文脈にうまく適合するものではないといわねばならない。枕草子が、「あしう書きなしつれば、いふかひなく、作り人さへいとほしけれ」といっていたのを想起させるような、悪しき「書きなし」と評してよいであろう。かかる的外れな源氏物語引用が原作者によってなされたとはとうてい考えられず、後藤が説いたとおり、これは後人のさかしらな加筆にちがいないのであるが、この書き変えはけっして中世の書写者によるものなどではなく、深川本の書写年代よりも前、すなわち深川本系本文の祖本が成立した時（平安時代に間違いあるまい）にこうした加筆が行われたという事実に注目すべきであろうと思うのである。

同様の書き変えの例は、このすぐ後、狭衣が伊勢物語の絵を見ている源氏宮に恋心を告白するくだりにもあらわれる。こちらのほうは、深川本も含めてほとんどの本が「在五中将の日記をいとめでたう書きたるなりけりと見るに、あいなうひとつ心なるここちして」というような本文になっているのであるが、そうした中で、為秀本は、

【為秀本】ざいご中将がいもうとにきんをしへたる所かきたるは、にほふ兵部卿ならねど、めとまり給て、あいなうひとつ心なる心地し給て……（二七オ）

という本文になっている。この為秀本本文は、「にほふ兵部卿」という人物名を出して露骨に源氏物語総角巻を引用している。これも、典型的な〈源氏取り〉本文といってよい。為秀本の巻一は『校本』では「第一類本第一種B」とされており、深川本などとともに特異な異文を多く有する本であるが、この箇所に関しては深川本も〈源氏取り〉本文にはなっていない。為秀本のこの独自異文も、やはり後人による書き変えと考えるべきであろう。

たしかに、狭衣物語は種々の先行物語の構想を巧みに取り込んで作られており、平安時代物語の粋を集めた作品としての側面をもっている。しかし、その取り込み方は、物語名や人物名を明示して引用であることを露骨に

示すような稚拙な方法ではなく、さまざまな物語の構想を自家薬籠中の物として自在に利用し、巧みな技法で自作に活かしている。そのような巧緻な作風をもつ物語を読み進めていく読者にとって、構想のそこかしこに先行物語の面影を見取ることは、狭衣物語を読むときの大きな楽しみのひとつであっただろうと思う。そして、そうした読者が物語の書写者となったとき、自らの炯眼を披瀝すべく、テキストにさかしらな加筆が行われるのであろう。その証拠に、こうした露骨な〈源氏取り〉本文は、概して、ごく一部の特定の本だけにしか見られないのである。そうした特定の本だけを見て、そこにあらわれた〈源氏取り〉ないし〈物語取り〉を、直ちに原作者の創作手法であるとしてしまうような短絡的な論は、平安時代における物語の享受のありようや物語の書写の実態についてのイマジネーションを欠くものといわざるをえないと、私は思う。

そこで、いま一度、桐壺巻の長恨歌引用に立ち戻って考えてみたい。当該箇所の源氏物語本文としては、楊貴妃を太液芙蓉（および未央柳）に喩える明融本のような本文と、桐壺更衣を尾花（あるいは女郎花）・撫子に喩える陽明文庫本のような本文とが、河内本の成立以前にすでに存在していた。その両者を合成してできたのが尾州家本や国冬本のような本文である。

尾州家本本文と国冬本本文を比べてみると、国冬本本文のほうが文脈が整っていることは明らかであり、それは国冬本本文に改竄の手が加わっているためであるということを先に論証しておいたが、本節では、引用した国冬本本文の冒頭にある「ゑにかきたる長恨歌のやう貴ひか〈の〉かたち」という異文について考えてみる。

伊藤鉄也、岡嶌偉久子両氏の翻刻(18)によれば、国冬本のこの部分は、「長恨歌の」がミセケチになっており、「やう貴ひか」の「か」がミセケチで「の」に訂正されているようである。国冬本桐壺巻にはこの箇所以外にもいくつかの書き入れがある。それら書き入れを見てゆくと、誤写によるとおぼしき本行本文の欠陥箇所を訂正したものと、本行本文に必ずしも欠陥があるわけではないにもかかわらず、他本との校合によって異文を書き入れたり訂正したりしたものの、両方がある。その際、校合に用いられた本は、いわゆる青表紙本とも河内本とも異なる本（すなわち、別本）であったようであるが、当該箇所は他本との校合によって「長恨歌の」が削られ、「楊貴妃がかたち」の「が」が「の」に訂正されたものと考えられ、結果、国冬本のこの部分は諸本と同じ本文となっている。すなわち、国冬本の校合に用いられた本にも、「長恨歌の」という句はなかったわけであって、ミセケチによるこの訂正からも、「長恨歌の」という異文がきわめて特殊な本だけにしか見られないものであったことが知られるのである。国冬本本行本文の「長恨歌の」は蛇足以外の何ものでもなく、後人によるさかしらな加筆と断じてほぼ間違いないであろう。そして、この加筆は、狭衣物語における後人による書き変えが典拠を明示しようとする傾向にあったのと同じ指向性をもっている。

典拠を明示しようとする異文は書写者による書き変えである可能性が高い、ということに気づいてみると、明融本本文の「大液芙蓉、未央柳も、げにかよひたりしかたちを」という本文も、はたして原作にあったものかどうか、疑いの目を向けざるをえなくなる。桐壺更衣追慕の物語が長恨歌に基づいて作られていることはまったく疑いの余地がない。しかし、他の長恨歌引用箇所がいずれも原拠の漢詩句を巧妙に和らげて表現しているのに比べると、「大液芙蓉、未央柳も、げにかよひたりし」という引用の仕方は、いかにも露骨で生硬の観を免れず、私には、それこそ「源氏物語らしくない」という気がしてならないのである。加えて、上に見たように、まさしくこの引用のところで明融本本文は文脈が乱れて解釈不能な本文になってしまっていることを併せ考えると、その疑いはますます濃厚になってくるのであるが、これを後人による加筆・書き変えであると断定してしまうのは、もう少し議論を経てからにすべきかもしれない。ただし、明融本本文だけを純正なる源氏物語本文として特別扱いし、他の伝本をあまりにもないがしろにし続けてきたこれまでの無批判な研究姿勢は、すみやかに改められねばならないだろうと思うのである。

## 5 平安時代における物語のありようと「善本」

昭和初期までの、吉沢義則や山脇毅などの源氏物語研究では、青表紙本本文をあっさり捨てて河内本の異文を採ろうとするケースが少なくない。本居宣長の、「いづれの本にまれ、よきあしきにつきてこそ、取りも捨てもすべきわざなれ。かならずその主によりて定むべきにはあらざるをや」（『源氏物語玉の小櫛』）とのナイーヴな提言が、まだ有効に機能していた時代であったのかもしれない。しかし、大島本や明融本が紹介されてからは、河内本をはじめとする他の諸本は周到に忌避されるところとなり、源氏物語研究は、青表紙本、とりわけ大島本本文を尊重し、これに忠誠を尽くすことこそが良心的な研究であるといわんばかりの状況に一変してしまった。

こうした動きは源氏物語研究にかぎらない。枕草子なら三巻本、伊勢物語なら天福本というように、研究者の間に「最善本」という固定観念が急速に浸透していったのもこのころからである。こうした固定観念の浸透を促進したのは、ほかならぬ日本古典文学大系（岩波書店）であり、その後、陸続と刊行されたもろもろの古典全集の類であったが、その背景には、そのころから社会に蔓延し始めた「ブランド崇拝」の風潮もあったのではないかと思う。この風潮は、古典文学を広く一般大衆に普及させるのに大きな成果をもたらしたいっぽうで、学界に「寄らば大樹の蔭」とでもいうべき無批判な研究姿勢を蔓延させてしまったことを見逃してはならない。学問において研究を意義あるものたらしめるために必要不可欠であるはずの「価値判断」を、自らの責任において行うことなく他人まかせにし、権威に追随することによって、国文学という学問は大衆化に成功したのだともいえよう。

一つの本を丁寧に読み解くことの意義は今さらあらためていうまでもない。しかし、そのことが他本の存在を完全に無視してしまう結果になっている国文学、とりわけ源氏物語研究の現状は、錯誤というよりほかないであろう。

現存する平安時代の作り物語のほとんどが中世後期以後の新写本しか伝えていない中で、源氏物語と狭衣物語だけは例外的に中世前期の古写本を少なからず残し伝えている。狭衣物語の場合、伝本間の本文異同の激しさが研究の早い時期から認識されていたため、狭衣研究には手を出さないのが賢明、といった風潮が研究者の間に広がり、狭衣物語の研究は著しく立ち遅れてしまったわけであるが、いっぽうの源氏物語は、大島本の出現以後、数ある伝本をことごとく無視し、研究対象を大島本本文だけに限定することによって飛躍的に研究を進展させてきた。そして近年では「重箱の隅を穿る」といっても過言でないような、大島本の活字テキストに依拠した源氏物語研究が繰り広げられ、源氏物語に関する論文やエッセイの生産はかつてない活況を呈している。

他の物語はさておき、この、源氏物語研究の大盛況と狭衣物語研究の沈滞はまことに対照的であるといってよいが、両者は「善本」なるものへの執拗なこだわりという点で根を同じくしている。狭衣物語の場合は善本の確定が困難であったために著しく研究が遅れることとなり、源氏物語の場合は、大島本に全幅の信頼を置き、その本文をもって「最善本」と見なすことによって急速に研究が進展していったのだといってよい。

近年、大島本への信頼は急速に揺らぎはじめているようだが、かといって、それに代わりうる善本が提示されないかぎり、これまで同様、大島本本文による源氏研究は今後も続けられていくのであろう。それはそれで仕方がない。最善本が確定しないからといって手を拱いてばかりいたのでは、狭衣物語の場合と同様、研究はいっこうに前に進まない。しかし、それと併行して諸本や本文についての研究が推し進められなければ、研究はとんでもない誤った方向へ突き進んでいってしまう懼れなしとしない。というのも、大島本出現以後の物語研究は、物語異文や平安時代における物語のありようといった、物語の本性と深くかかわる大問題についての目配りが完全に欠落してしまっていて、近現代の文学研究や外国文学の研究と何らかかわりのないものになってしまっていると思われるからである。たとえ原本文の復元が不可能であったとしても、第二章に述べたように本文批評が文学研究の基礎であることに変わりはないのであって、せめて基礎だけは自分の手で固めておこうという姿勢がないような研究に豊かな成果など望むべくもない。いやしくも研究者たる者、少なくとも、「この資料はどこまで信用しうるものなのか」という危惧をもち続けるくらいの慎重さは、常にもっていたいものである。

それにしても、人々が「最善本」とか「善本」とかいうとき、いったい何をもって「善」としているのであろうか。源氏物語研究において大島本が最善本であるとされたのは、それが定家本の本文をもっとも忠実に受け継いでいると判断されるからだという。昨今の大島本に対する評価の揺らぎは、そうした判断そのものに疑義を呈するところから起こっているようであるが、その問題は今は措くこととして、たとえ大島本が定家本の本文を忠実に伝えるものであったとしても、大島本の祖本とされる定家本自体が、忠実に源氏物語原本の本文を伝えているかどうかはまったく不明であるといわねばならない。定家本については、定家自身が、日記に「雖見合諸本、猶狼藉、未散不審」と記し、けっしてそれに満足しているわけではない旨を表明していることも見逃してはならないであろう。

もっとも、明月記のこの文言は、古典というものに対する定家の、真摯にして謙遜な姿勢の表明であって、定家は、満足はしなかったものの、定家本に伝えられた本文こそがその時点における最善の本文であると考えていた、ということはありうるであろう。しかし、それとても、定家がそう考えただけのことであって、その証拠に、源親行は、河内本を作成する際に定家本を見ていたにもかかわらず、必ずしも定家本の本文を全面的に採用することはせず、他本の異文を少なからず採択している。また、河内本作成の際に底本として採択された本は、定家が用いた本と必ずしも同じではなかったであろうこと、第一章の注1に述べたとおりである。このことは、定家の考える「善本」が、誰の目にも明らかな、普遍性をもつ善本ではなかったことを物語っていよう。事の善悪は「かならずその主によりて定」まるというわけのものではない。

さらにいうなら、今日の常識では、作者の自筆原本がもし現存していたとすれば、それこそがまったく疑いのない「最善本」であるとされるにちがいないであろう。しかし、作者の自筆原本が「普遍的な最善本」であるのなら、なにゆえ、上に見たようなさまざまな異本が作り出されねばならなかったのであろうか。平安時代の書写者たちにとっては、作者自身の手になる原本の本文といえども「最善」であるとは考えられなかったからこそ、かくもさまざまな異本が次々に作り出されていったのではないのか。

はじめにも述べたように、清少納言は物語の書写に関して、もとの本をそのままに書き写すような愚直な書写に対して、「いとくちをし」と批判していた。考えてみれば、当時貴重であったにちがいない紙を大量に用いて、たかが消閑の具にすぎない物語をわざわざ書写する以上、もとのテキストよりもすぐれたテキストを作ろうとするのは当然の書写態度であったともいえる。

紫式部は、局に隠しておいた「物語の本」が道長によって盗み出され、妍子のもとへ渡ったことを知ったとき、「よろしう書き変へたりしはみなひき失ひて、こころもとなき名をぞ取りはべりけむかし」と嘆いた。紫式部日記にこのように記される「物語の本」は源氏物語にほかならず、源氏物語にはもともと作者自身の手になる草稿本と清書本の二種が存在していた云々、と説くのが今日の通説である。その通説を今ただちに否定しようとは思わない。しかし、テキストを「よろしう書き変へ」ることができるのは原作者にほかならないから、紫式部日記にかくいう「物語」は源氏物語である、という論理からこの通説が導き出されているのだとすれば、それは、平安時代の物語のありようを今日の著作物のありようと同一視した、時代錯誤の考え方であるといわねばならない。道長の持ち出した「物語の本」が源氏物語以外の物語であった可能性というのも十分にありうるのであって、それが源氏物語以外の物語であったとしても、自ら書写したできの悪いテキストが世間に出回り、「こころもとなき名を取」ることになるのを、紫式部は嘆いたにちがいないのである。この点では、物語をもとの本のままに写す愚直な書写を「いとくちをし」と批判する清少納言も、「よろしう書き変へ」られていない物語の本が世に出ることを嘆く紫式部も、物語の書写に対する考え方はまったく一致しているといってよい。

平安時代の物語は、書写の都度「よろしう書き変へ」られるのが常であったと考えるべきである。それは、源氏物語といえども例外ではなかったであろう。親行が「和語旧説、真偽舛雑」といい、定家が「雖見合諸本、猶狼藉」と嘆いた鎌倉初期における源氏物語本文の混乱は、まさに平安時代におけるそうした書写の累積の結果であったにちがいない。

実際、源氏物語にせよ、狭衣物語にせよ、中世前期写本のほとんどはけっして一様ではなく、かなりの規模のさまざまな異文を数多く有している。寝覚物語をはじめとする物語の現存テキストがほとんど異文らしい異文をもたないのは、不幸にも古い時代の写本が残らず、数々あった異本のうちの、たまたま後世に残った一本だけが現在まで写し伝えられたからであると考えなければならないと、私は思う(19)。そうした不幸な例をスタンダードにして、せっかく豊富な伝本を伝えている源氏物語や狭衣物語までもそのスタンダードに合わせて、挙げ句、中世後期書写のただ一本だけを賞翫して満足しているというのでは、源氏物語研究の今後の発展は期待しえないばかりか、ますます隘路に迷い込んでしまうばかりであろう。

従来の大島本源氏物語の研究による先入観をいったん捨て去って、これまで放置されてきた古写本群を新しい目で見ていくことこそが、現在の源氏物語研究にとっての喫緊の課題であるべきだと、私は考えている。

(1)　萩谷朴『枕草子解環　四』(昭和五八年四月・同朋社出版)。一七六頁。

（2）「(物語を) 書く」というのは、物語を書写することをいうのであって、物語を創作することをいうのではないようである。やや時代は下るが、『無名草子』には物語の創作に言及した箇所が頻出するが、そこではすべて「(物語を) 作る」という言い方がされている。しいて例外を探せば、『心高き』の評言中に、「その人となきものの身のあまるばかりのさいはひを書きあらはさむとしたるものこそ」とある例と、源氏物語を非難して「など、源氏とてさばかりめでたきものに、この経の文字の一偈一句おはせざるらむ。何事か作り残し、書きもらしたること一言もはべる。これのみなむ第一の難とおぼゆる」といっている例を挙げることができるが、前者は、『心高き』の主題ないし創作意図について「(いおうとすることを) 書きあらはす」といっているのであって、物語を創作することをいっているのではない。後者も、いったん「作り残し」といった上で、「書きもらし」といい添えているわけであるから、この「書く」も作者の意図を作中に表現する、といった意味合いで用いられているものと考えられる。物語を創作することをいう場合には「(物語を) 作る」というのであって、現代語のように「(作家が小説を) 書く」というような言い方は当時はしなかったのだろうと、私は考えている。ちなみに、当然のことながら、『無名草子』は、枕草子について述べるときには「みづから書きあらはしてはべる」「残らず書きしるしたる」「身の毛も立つばかり書き出でて」のように、一貫して「書く」といっており、「作る」といった箇所は一例もない。なお、『無名草子』における「書く」と「作る」の区別については、神野藤昭夫も、『知られざる王朝物語の発見　物語山脈を眺望する』（平成二〇年一〇月・笠間書院）において注目している。

（3）山脇毅『枕冊子本文整理札記』（昭和四一年七月・山脇先生記念会）。一〇頁。

（4）渡辺実『枕草子』（新日本古典文学大系25・平成三年一月・岩波書店）。

（5）田中重太郎『校本枕冊子　下巻』（昭和三一年三月・古典文庫）。七二三頁。

（6）増田繁夫『枕草子』（和泉古典叢書1・昭和六二年一月・和泉書院）。一六七頁。

（7）『うつほ物語』楼上の下巻。いぬ宮秘琴披露の席で、嵯峨院、右大臣兼雅、式部卿宮、仲忠の四人の詠んだ歌が列挙された次に、「人々ありけるを書かぬは、本のままなり」と記される。いわゆる「省筆の草子地」とされるものである。これまでは、「人々多く詠みおきたれど、漏らしつ」(源氏物語・幻巻)のような草子地と十把一絡げに扱われ、もっぱら、省筆した「作者の意図」という観点からばかり論じられてきたようであるが、ここでは、こういう草子地が存在する背後にある「物語の書写のありよう」に着目したい。もとの本にはその場で詠まれた歌が全部記されていたにもかかわらず、「書写者の判断」によってそれら全部を書き写すことをしない、そういう書写のありようが当時少なからず存在したからこそ、「書かぬは、本のままなり」という断り書きが必要になる、ということなのであろうと私は考えるのである。書写者がもとの本のとおりに写さないのは、省略にかぎったことではないであろう。たとえば、源氏物語蛍巻に、「継母の腹ぎたなき昔物語も多かるを、このころ心見えに心づきなしとおぼせば、いみじく選りつつなむ、書きととのへさせ、絵などにも描かせたまひける」とある「書きととのへさせ」は、具合の悪い箇所はしかるべく書き変えさせた、ということであるにちがいない。

(8) 三谷栄一「狭衣物語における伝本混乱の一過程――蓮空本を中心として」(『国文研究』昭和一一年九月)。後に『狭衣物語の研究［伝本系統論編］』(平成一二年二月・笠間書院)に収録。二〇八頁。

(9) 古典文庫『狭衣物語　蓮空本』(昭和三〇年八月)の「後記」。

(10) 「狭衣物語巻二の伝来と混合写本生成の研究」(『実践女子大学紀要・第五集』昭和三二年九月)後に『狭衣物語の研究［伝本系統論編］』(平成一二年二月・笠間書院)に収録。三四八頁。

(11) 伊藤鉄也、岡嶌偉久子「国冬本源氏物語1(翻刻　桐壺・帚木・空蟬)」(『本文研究　考証・情報・資料第一集』和泉書院・平成八年七月)の翻刻による。

(12) 池田亀鑑『源氏物語大成　研究篇』(普及版・昭和六〇年九月・中央公論社)第二部・第五章・一七二頁。

(13) 「桐壺巻と長恨歌と伊勢の御」(『源氏物語研究　別巻一』昭和四一年三月)二一七頁。

(14) 加藤昌嘉「「を」の気脈――『源氏物語』の句読と異同」(『語文(大阪大学)八〇・八一輯』平成一六年二月)参照。ちなみに、吉岡曠「源氏物語本文の伝流」(『源氏物語研究集成　第十三巻』平成一二年五月・風間書房)は、「かよひたりしかたち」を桐壺更衣の容貌と解くが、その論中において、「を」を接続助詞のように解する新編日本古典文学全集の解に対しては異を唱えている（一一二頁）。

(15)　本章の礎稿発表後、加藤昌嘉氏より、萩原広道『源氏物語評釈』が、この「を」の次に脱文を疑っている旨の教示を得た。「を」のかかっていく先がないとの認識は私見と共通している。ただし、脱文であるとしても、脱文内容の推測はほとんど不可能であろう。

(16)　加藤昌嘉『揺れ動く源氏物語』（平成二三年一〇月・勉誠出版）が同様の見解を展開している。

(17)　後藤康文「もうひとりの薫――『狭衣物語』試論」（『語文研究　第六十八号』平成元年一二月）後に『狭衣物語論考　本文・和歌・物語史』（平成二三年一一月・笠間書院）に収録。

(18)　(11)に同じ。

(19)　寝覚物語の現存諸本間には本文異同がほとんど認められないが、中川照将「同名異体の原作本『夜の寝覚』の存在――現存流布本と中村本の差異が意味するもう一つの可能性について」（『講座　平安文学論究　第十八輯』平成一六年五月・風間書房）は、寝覚物語にも現存本とは別な、中村本のもとになったもう一つの「異本寝覚物語」がかつて存在した可能性を鮮やかな論法で提示している。物語研究者必読のすぐれた論であるといえよう。

# 礎稿一覧

第一章　「狭衣物語巻四の本文系統――蓮空本の異文をめぐって」（『講座平安文学論究　一六号』二〇〇二年五月・風間書房）

第二章　「文学研究における本文批評の位置」（『論叢狭衣物語　1』二〇〇〇年五月・新典社）

第三章

一　「深川本本文の実態」（『論叢狭衣物語　4』二〇〇三年四月・新典社）

二　「深川本狭衣物語の本文――巻一冒頭の脱文をめぐって」（『文林』三四号・二〇〇〇年三月）

三　「深川本本文の実態」（『論叢狭衣物語　4』二〇〇三年四月・新典社）

四　「平安時代人と物語文学」（『国語と国文学』七九の五・二〇〇二年五月）

第四章　「物語異文の研究――狭衣物語「東下り」をめぐる異文」（『文林』三三号・一九九九年三月）

第五章　「狭衣物語巻三の本文系統」（『文林』三八号・二〇〇四年三月）

第六章　「狭衣物語巻四の本文系統――蓮空本の異文をめぐって」（『講座平安文学論究　一六号』二〇〇二年五月・風間書房）

第七章

一　書き下ろし

二　書き下ろし

三　書き下ろし

四　「狭衣物語巻二本文研究ノート――竹の葉に降る白雪」（『文林』三五号・二〇〇一年三月）
五　「狭衣物語巻二本文整理ノート――嵯峨帝譲位」（『王朝文学の本質と変容　散文編』二〇〇一年一一月・和泉書院）
六　「狭衣物語巻二本文研究ノート――斎院移居」（『文林』三七号・二〇〇三年三月）
七　「狭衣物語巻三本文研究ノート――うらみましき里のあま」（『文林』四〇号・二〇〇六年三月）
八　「狭衣物語巻四本文系統再考――かたしきにかさねぬ衣」（『文林』四二号・二〇〇八年三月）
九　「狭衣物語巻四本文系統再考（二）――なぐさの浜」（『文林』四四号・二〇一〇年三月）
第八章　「引用論の基礎的問題」（『論叢狭衣物語　3』二〇〇二年五月・新典社）
第九章　「狭衣物語研究から見た源氏物語」（『源氏物語の展望　第六輯』二〇〇九年一〇月・三弥井書店）

［付記］一書にまとめるにあたり、礎稿発表後に入手した新資料によって礎稿を補訂し、礎稿の一部を削ったり分割したりした箇所がある。

# あとがき

ふりかえってみれば、私が学生だったころは、近代文学の授業でもないかぎり、国文学の授業の教科書に活字本のテキストが使われることなどなかったように思う。教養部時代は大学紛争のせいでまとまった授業はほとんど行われることがなかったけれども、混乱の合間を縫ってときたま開講された授業では、柿本奨先生がわざわざ『落窪物語』の紙焼き写真をご用意くださり、写本を読むための指導をしてくださった。林和比古先生の授業では、『枕草子』の錯綜する異文のありようについて、興味深いお話を聴くことができた。なるほど、高校までとは違って、大学の授業というのはこんなにもエキサイティングなものなのだと、いたく感銘を受けた。学部や大学院では、いうまでもなくどの授業もテキストは影印だったから、下読みだけはしていかなければ、とても授業について行くことなどできなかった。

自分自身が教壇に立つようになってからも、しばらくの間は当然のことのように影印本を使って授業をしていたのだが、教科書に活字本を使うようになったのはいつごろからだったか。それどころか、このごろでは、頭注や、ときには全訳まで完備したテキストを使うのが普通のことになってしまっている。至れり尽くせりの教科書が続々市販されているにもかかわらず、わざわざ教科書に影印を使うのはディレッタントを気取るようで、気恥ずかしくさえある。

右肩上がりの急速な経済成長で、道路には白いナンバープレートの乗用車があふれ返り、女子学生たちが高級ブランドのバッグを持ち歩き、連休ともなると家族揃って海外まで物見遊山に繰り出し……と、時代は急速に変化して、日常生活はどんどん豊かで便利になっていった。そうした経済成長の恩恵をほとんど享受しないまま来てしまった私だが、教科書に活字本を使えるようになって授業はとても楽になった。しかし、それにつれて、学生のほうも、予習をしないで授業に出てくるのが当たり前になってしまった。

さらに、気がつくと、いつの間にか、雑誌や紀要に掲載される国文学の論文のほとんどが校訂本のテキストを研究対象にする時代に変わっていた。学生時代、狭衣物語を卒業論文のテーマに選んだとき、先生がたが口を揃えて「狭衣は本の問題が厄介ですからね」とおっしゃったのを思い出す。英文や仏文の学生たちは校訂された活字本のテキストを読んで卒論を書いているのに、国文の学生はどうしてそれではだめなんだろう、と不満に思ったけれども、一級下の後輩たちが学部に上がってきたときのオリエンテーションで、田中裕先生のなさったお話を聞いて納得した。外国文学の研究は、テキストが読めるようになるためにずいぶん勉強しなければならないけれど、国文の学生は手抜きをしようと思えばいくらでも手抜きができる。しかし、外国文学とは違って、国文は格段に研究環境に恵まれているのだから、しっかりやろうという気がありさえすれば、やるべきことは際限なくある、というようなお話だった。

しかし、それにしても、狭衣物語の諸本の世界は一筋縄ではいかない。どの先生のところにご相談にうかがっても、「本の問題」ばかりをおっしゃるので、卒論提出のタイムリミットを控えている学生としてはいい加減うんざりしてしまったが、学問に対して厳しい姿勢を貫き通される先生がたに囲まれていたおかげで、「本の問題」を避けて通ろうとすると、かえって窮屈で、結局、確かなことはほとんど何もいえなくなるのだということだけは身にしみてわかった。今となっては、安直な妥協をけっしてお許しにならなかった諸先生に対して畏敬の念あるのみである。

「狭衣物語の研究は面白い」と、今ならいうことができる。こんなにも面白い研究領域がほとんど手つかずのまま残っているのに、どうして狭衣物語を研究しようとする人がもっと出てこないのだろうと思う。いっぽう、昨今の源氏物語研究を見ていると、どうしてこんなにもおおぜいの人たちがこんなつまらない研究に時間とエネルギーを費やしているのだろう、と、気の毒な気がしてくる。限られた資料からなんとか話のネタになりそうなものを探し出して、四苦八苦して論文をひねり出している、という感じしかしない。源氏物語は読んでいてとても面白いが、源氏物語の論文は、読んでみてもぜんぜん面白くない。

おそらく、昨今は、学生だけでなく研究者も業績点数稼ぎに追われているのだろう。それでは面白い研究が出てこなくて当然だと思う。ありがたいことに、私はこれまで、自分が納得のいく研究を自由にさせてくれる、とても恵まれた職場で仕事をしてきた。授業のノルマと校務をこなしてさえいれば、何年もの間、一点の論文も発表せずにいても何のお咎めもなく、それでも結構な額の研究費をきちんと支給してもらえたから、存分に自分のしたい研究に没頭することができた。さすがにここ数年はそうもいっておれなくなってきたが、そうなってみてはじめて、自分がこれまでいかに恵まれた研究環境に身を置いていたかを知ることにもなった。だから、その私がこういうことをいうのは少々気が引けるけれども、しかし、そんな私だからこそいうこともできると思うのである。「研究は、向こう見ずで、エキサイティングなものでなければならない」と。点取り虫の学生の答案がつまらないのと同様、業績点数稼ぎの論文はつまらない。じっくり時間をかけて考え、なんとしても自分の考えを人にわかってもらいたいと思って書かれた論文は、熱意にあふれていて面白い。逆に、通説に媚びへつらい、人に認めてもらえるかどうかを気にして書かれた論文は、卑しさが見え隠れして、面白くない。

本書は、今日の学界のマナーからすれば、先学や同僚の研究に対して無礼な物言いをし過ぎていると非難されるにちがいない。私は日常生活においてはかなりお行儀のいい人間の部類に属すると思っているし、無礼な輩とは極力付き合いたくないと思ってもいるが、正直なところ、学問についてのそうした非難に耳を貸すつもりはないのである。というのも、先学の研究成果というのは、追随するものではなく、ありがたく活用させていただくべきものであると考えているからである。だから、そういう批判ではなしに、私の論のどこかに間違ったところやおかしなところがあれば、遠慮なく御批判いただきたい。その批判には謙虚に耳を傾け、自分の考えの至らない点についてはあらためてしっかり考え直してみたいと思っているし、その努力は厭わないつもりである。

最後になったが、本書が成るにあたって御尽力くださった方々に御礼を申し上げねばならない。とうてい割が合うとは思えない本書の出版を快くお引き受けくださった笠間書院の方々、とくに重光徹氏には終始細やかなお心配りをたまわった。また、本書の編集担当を買って出てくださり、わざわざ国文学研究資料館へ出向いて影印本との照合までして、私の粗雑な原稿に周到なアカを入れてくださったフリーランスの編集者・鈴木重親氏の多大なご助力がなければ、本書はとうていモノにならなかったと思う。両氏とは中世王朝物語全集以来のご縁で、ご厚意に甘えて手前勝手なお願いばかりしてしまった。衷心よりお詫びと御礼を申し上げるほかない。ありがとうございました。

平成二十五年八月

| | 有朋堂 | 全書 | 大系 | おうふう | 集成 | 新全集 | 本書ページ | |
|---|---|---|---|---|---|---|---|---|
| 巻二 | | | | | | | | |
| | 105 | 279 | 119 | 84 | 127 | 157 | 294 | 八章 3 |
| | 106 | 280 | 120 | 85 | 128 | 158 | 72 | 三章三 5 |
| | 107 | 281 | 121 | 86 | 130 | 159 | 93 | 四章 2 E |
| | 135 | 307 | 145 | 107 | 161 | 196 | 53 | 三章三 1 |
| | 136 | 309 | 146 | 109 | 163 | 199 | 56 | 三章三 2 |
| | 138 | 309 | 147 | 109 | 164 | 200 | 153 | 七章一 |
| | 141 | 312 | 149 | 112 | 167 | 204 | 61 | 三章三 3 |
| | 143 | 315 | 152 | 114 | 171 | 207 | 319 | 九章 2 |
| | 162 | 334 | 168 | 131 | 193 | 232 | 297 | 八章 4 |
| | 172 | 341 | 174 | 136 | 203 | 243 | 185 | 七章四 |
| | 173 | 343 | 175 | 138 | 204 | 244 | 184 | 七章四 |
| | 188 | 357 | 189 | 149 | 221 | 265 | 203 | 七章五 |
| | 197 | 365 | 196 | 156 | 231 | 277 | 221 | 七章六 |
| 巻三 | | | | | | | | |
| | 226 | 12 | 222 | 179 | 16 | 24 | 109 | 五章 2 第二 |
| | 228 | 14 | 223 | 180 | 18 | 26 | 113 | 五章 3 第三 |
| | 269 | 53 | 257 | 214 | 65 | 78 | 59 | 三章三 2 |
| | 298 | 80 | 280 | 238 | 99 | 113 | 105 | 五章 1 第一 |
| | 304 | 85 | 284 | 243 | 105 | 120 | 60 | 三章三 2 |
| | 354 | 129 | 322 | 281 | 162 | 179 | 229 | 七章七 |
| 巻四 | | | | | | | | |
| | 376 | 149 | 342 | 298 | 189 | 209 | 141 | 六章 3 |
| | 383 | 156 | 348 | 303 | 197 | 218 | 136 | 六章 3 |
| | 388 | 160 | 351 | 307 | 202 | 224 | 124 | 六章 1 |
| | 420 | 187 | 375 | 330 | 237 | 261 | 135 | 六章 2 |
| | 426 | 192 | 379 | 335 | 243 | 268 | 28 | 二章 3 |
| | 444 | 207 | 392 | 348 | 263 | 290 | 244 | 七章八 |
| | 466 | 226 | 409 | 365 | 287 | 318 | 132 | 六章 2 |
| | 482 | 240 | 421 | 377 | 305 | 337 | 259 | 七章九 |
| | 498 | 254 | 433 | 387 | 322 | 355 | 24 | 二章 3 |

## 狭衣物語本文引用箇所索引

本書で取り上げた狭衣物語本文の、有朋堂文庫、日本古典全書、日本古典文学大系、桜楓社版狭衣物語、新潮日本古典集成、新編日本古典文学全集におけるページを表示する。(ただし、異本系の独自異文は上記6本には存在しない。相当する箇所のページを、＊を付して示しておく。)

| | 有朋堂 | 全書 | 大系 | おうふう | 集成 | 新全集 | 本書ページ | |
|---|---|---|---|---|---|---|---|---|
| 巻一 | | | | | | | | |
| | 1 | 185 | 29 | 3 | 9 | 17 | 74 | 三章三 5 |
| | 1 | 185 | 29 | 3 | 9 | 17 | 284 | 八章 1 |
| | 1 | 185 | 29 | 3 | 9 | 17 | 288 | 八章 2 |
| | 1 | 185 | 29 | 3 | 9 | 17 | 291 | 八章 3 |
| | 2 | 186 | 29 | 3 | 10 | 18 | 301 | 八章 4 |
| | 4 | 187 | 30 | 5 | 11 | 20 | 44 | 三章二 2 |
| | 4 | 187 | 31 | 5 | 12 | 20 | 40 | 三章二 1 |
| | 5 | 188 | 32 | 5 | 13 | 22 | 70 | 三章三 5 |
| | 6 | 189 | 33 | 6 | 14 | 23 | 303 | 八章 5 |
| | 8 | 191 | 35 | 8 | 17 | 26 | 160 | 七章二 |
| | 18 | 200 | 43 | 15 | 27 | 38 | 77 | 三章四 |
| | 26 | 206 | 49 | 20 | 36 | 48 | 17 | 二章 2 |
| | 32 | 212 | 54 | 25 | 43 | 57 | 65 | 三章三 4 |
| | 32 | 212 | 54 | 25 | 44 | 57 | 332 | 九章 4 |
| | 32 | 213 | 55 | 26 | 44 | 58 | 335 | 九章 4 |
| | 35 | 214 | 56 | 27 | 45 | 60 | 67 | 三章三 4 |
| | 36 | 215 | 57 | 28 | 47 | 62 | 171 | 七章三 |
| | 57 | 235 | 75 | 45 | 70 | 90 | 86 | 四章 1 A |
| | 64 | 241 | 81 | 51 | 77 | 99 | 88 | 四章 1 B |
| | 64 | 241 | 81 | 51 | 77 | 99 | 21 | 二章 2 |
| | 75 | 251 | 90 | 60 | 89 | 114 | 89 | 四章 1 C |
| | ＊77 | ＊253 | ＊92 | ＊62 | ＊92 | ＊116 | 94 | 四章 3 g |
| | ＊80 | ＊255 | ＊94 | ＊63 | ＊94 | ＊120 | 94 | 四章 3 h |
| | 98 | 273 | 109 | 79 | 115 | 144 | 93 | 四章 2 d |
| | 99 | 274 | 111 | 80 | 117 | 147 | 91 | 四章 2 D |

**著者紹介**

片岡利博（かたおか　としひろ）

1950年、大阪市住吉区（現、住之江区）生まれ。大阪大学大学院文学研究科博士課程修了。1999年、博士（文学・大阪大学）。現在、神戸松蔭女子学院大学教授。
著書に『物語文学の本文と構造』（和泉書院）、『しのびね・しら露』『我が身にたどる姫君　下』（中世王朝物語全集・笠間書院）。他に、「無名草子注釈」（『文林』19号～30号）、「蓬生巻の「めづらし人」—物語異文の形態学的研究—」（『源氏物語のことばと表現』（講座源氏物語研究・おうふう）などがある。


異文の愉悦　狭衣物語本文研究

2013年（平成25）10月31日　初版第１刷発行

著　者　片岡利博

装　幀　笠間書院装幀室

発行者　池田つや子

発行所　有限会社　笠間書院
〒101-0064　東京都千代田区猿楽町2-2-3
☎03-3295-1331　FAX03-3294-0996
振替00110-1-56002

ISBN978-4-305-70707-9　　シナノ印刷
落丁・乱丁本はお取りかえいたします。　（本文用紙：中性紙使用）
出版目録は上記住所までご請求下さい。
http://kasamashoin.jp/